本书获暨南大学"华侨华人研究"
优势学科创新平台资助

《世界华侨华人研究文库》编委会

教育部人文社会科学重点研究基地
Key Research Institute of Humanities and Social Sciences at Universities

暨南大学华侨华人研究院
Academy of Overseas Chinese Studies in Jinan University

国家出版基金项目
NATIONAL PUBLICATION FOUNDATION

· 世界华侨华人研究文库 ·

古巴华侨银信

李云宏宗族家书

李柏达 编著 黄卓才 审订

暨南大学出版社
JINAN UNIVERSITY PRESS

中国 · 广州

图书在版编目（CIP）数据

古巴华侨银信：李云宏宗族家书 / 李柏达编著，黄卓才审订. —广州：暨南大学出版社，2015.7
（世界华侨华人研究文库）
ISBN 978 - 7 - 5668 - 1297 - 1

Ⅰ. ①古…　Ⅱ. ①李…②黄…　Ⅲ. ①华侨—史料—古巴②书信集—古巴
Ⅳ. ①D634. 375. 1②I751. 6

中国版本图书馆 CIP 数据核字（2014）第 286893 号

出版发行：暨南大学出版社

出 版 人：徐义雄
责任编辑：黄圣英　冯　琳　徐晓俊
责任校对：何　力

地　　址：中国广州暨南大学
电　　话：总编室（8620）85221601
　　　　　营销部（8620）85225284　85228291　85228292（邮购）
传　　真：（8620）85221583（办公室）　85223774（营销部）
邮　　编：510630
网　　址：http：//www. jnupress. com　http：//press. jnu. edu. cn

排　　版：广州良弓广告有限公司
印　　刷：深圳市新联美术印刷有限公司

开　　本：787mm×1092mm　1/16
印　　张：20. 25
字　　数：374 千
版　　次：2015 年 7 月第 1 版
印　　次：2015 年 7 月第 1 次

定　　价：60. 00 元

（暨大版图书如有印装质量问题，请与出版社总编室联系调换）

总　序

在 20 世纪，华侨华人问题曾经四次引起学术界关注。第一次是 20 世纪初关于南非华工的问题；第二次是"一战"后欧洲华工问题；第三次是五六十年代东南亚国家出现的"排华"问题；第四次则是 80 年代中国经济崛起与海外华侨华人关系的问题。每次华侨华人研究成为研究热点时，都有大量高水平研究著作问世，不胜枚举。

进入 21 世纪以来，随着全球化进程的加速和中国国际化水平的提升，海外华侨华人与中国的发展日益密切，华侨华人研究掀起了新一轮高潮。华侨华人研究机构由过去只有暨南大学、厦门大学、北京大学、华侨大学等少数几家壮大至目前遍布全国的近百所科研院校，研究领域从往昔以华侨史研究为主，拓展至华人政治、华人经济、华商管理、华文教育、华人文学、华文传媒、华人安全、华人宗教、侨乡研究等涉侨各个方面，研究方法也逐渐呈现出多学科交叉的趋势，融入政治学、历史学、社会学、民族学、教育学、新闻与传播学、经济学、管理学、法学等学科方法与视角。与此同时，政府、社会也愈益关注华侨华人研究。国务院侨办近年来不断加大研究经费投入，并先后在上海、武汉、杭州、广州等地设立侨务理论研究基地，凝聚了一大批海内外专家学者，形成了华侨华人研究与政府决策咨询相结合的科学发展机制。而以社会力量与学者智慧相结合的华商研究机构也先后在复旦大学、清华大学等地成立，闯出了一条理论研究与社会实践相结合的华侨华人研究新路径。

作为一所百年侨校，暨南大学在中国华侨华人研究中具有特殊的地位。暨南大学创立于 1906 年，是中国第一所华侨高等学府。华侨华人研究是学校重要的学术传统和特色。早在 1927 年，暨南大学便成立了南洋文化事业部，网罗人才，开展东南亚及华侨华人的研究，出版《南洋研究》等刊物。1981年，经教育部批准，暨南大学在全国率先成立华侨华人研究的专门学术机构——华侨研究所，由著名学者朱杰勤教授担任所长。1984 年在国内招收首批华侨史方向博士研究生。1996 年后华侨华人研究被纳入国家"211 工程"

1-3 期重点学科建设行列，2000 年获批教育部人文社会科学重点研究基地（华侨华人研究）。暨南大学于 2006 年成立了华侨华人研究院，并聘请全国政协常委、国务院侨务办公室原副主任刘泽彭出任院长和基地主任。2011 年，学校再次整合提升华侨华人研究力量，将华侨华人研究院与国际关系学系（东南亚研究所）合并成立国际关系学院/华侨华人研究院，继续聘请刘泽彭同志出任华侨华人研究院院长和基地主任，由华侨华人与国际问题研究知名专家曹云华教授出任国际关系学院院长兼华侨华人研究院执行院长。同时，学校还加大科研经费投入，努力打造"华侨华人研究优势学科创新平台"。研究院在加强自身科研能力的基础上，采取以研究项目、开放性课题为中心，学者带项目、课题进院的工作体制，致力于多学科和国际视野下的前沿研究，立足于为国家的改革开放和现代化建设服务，为社会服务，为政府决策咨询服务，努力将之建设成为世界一流的学术研究机构和人才培养基地。

值华侨华人研究在中华大地百花齐放、百家争鸣之际，为进一步彰显暨南大学科研特色，整合校内外相关研究力量，发掘华侨华人研究新资源，推动华侨华人研究学科的发展，学校推出"世界华侨华人研究文库"。本套丛书的著作多为本校优势学科的前沿研究成果，作者中既有资深教授、学科带头人，也有学界新秀。他们的研究成果从多学科视野探索了国内外华侨华人研究的一些新问题、新趋势，具有较高的学术价值和现实意义。

本套丛书的出版得到学校领导的大力关心与支持。学校从"211 工程"经费中拨专款予以资助。国际关系学院/华侨华人研究院领导与部分教师也付出了艰辛的劳动，他们在策划、选题、组稿、编辑、校对等环节投入大量精力。同时，暨南大学出版社对丛书出版也给予高度重视，组织了最优秀的编辑团队全程跟进，并推荐丛书申报国家级优秀图书。在此，我们对所有为本丛书出版付出宝贵心血与汗水的同仁致以最衷心的感谢！

最后，我们期盼本丛书的出版能在华侨华人研究领域激起一点小浪花，引来国内外同行更加深入、广泛的研究，为学界贡献更多高水平的成果！

《世界华侨华人研究文库》编委会

2014 年 10 月

序

尽管对华侨家书并不陌生，但当李柏达先生将他珍藏的八十多封自己家族的古巴华侨银信展露在我面前时，我仍然感到十分惊讶。

古巴！"古巴"这两个字首先让我眼前一亮。古巴（亚湾）曾经是中国人主要的一个移民国家，由1847年"卖猪仔"开始，先后到这个遥隔万里的拉丁美洲岛国谋生的中国人至少有二十万。在我的家乡五邑（江门）地区，"去亚湾"曾经是一个流行词。1959年卡斯特罗革命胜利后，由于社会制度的认同，歌曲《美丽的哈瓦那》在神州大地上广泛传唱，"古巴糖"一度进入中国城乡的每个家庭，国人对这个兄弟之邦的名称也就耳熟能详。但20世纪60年代古巴实行"国有化"，大小产业（包括小商店和街头摊档在内）一律被没收，当地华侨失去了谋生的手段，曾经繁荣的华人社区迅速式微。加上水路遥远、信息闭塞等原因，国内学术界对于古巴华侨华人的研究长期停滞不前。直到近期，古巴老华侨已经所剩无几，大小华埠渐次荒废，大量的文物和史料流失，才有人突然醒悟，喊出"抢救"的呼声。在这种情势下，忽见一批古巴华侨家书冒出来，怎能不令人惊喜呢？

家书保存之不易，大家是深有体会的。而华侨家书的收藏，就更为困难。你无法想象，一个家族、两个国家（古巴、中国）、三代人（收藏者的曾祖辈、祖辈、父辈）之间的通信，竟能历时80多年，在经受了抗日战争等严重战祸、旧社会农村的匪患盗贼，以及"文化大革命"等政治动乱，还有台风、洪水、虫蚁等自然灾害的侵袭，仍然能完好地保存至今！在农村，像李云宏宗族这样珍藏家书的例子实在不多。不少人因文化水平所限，或搬迁、扫除，或老人去世，书信就会被当成垃圾扫地出门，或一把火烧掉。这批家书之所以保存下来，有一个特殊原因——它传到第四代，传到了一位对银信（侨批）情有独钟的集邮爱好者、青年收藏家手上，同时又遇上了一个重视华侨历史研究、弘扬华侨文化的好时代。这又是多么令人庆幸和欣喜啊！

2006 年起，我出版了两本书①，发表了先父黄宝世 1952—1975 年的 40 多封古巴家书，曾经引起读者关注和文史界、收藏界专家的高度重视。不止一位朋友曾经断言很难再有这样的家书出现。谁知，李氏家族的古巴银信不但时间上比我父亲的家书长 27 年，而且数量也几乎翻了一番。作为私人生活史和心灵史的民间家书，向有"信史"的美誉，是最真实可靠的历史记录。而华侨家书更是一种宝贵的跨国民间文献，国际信息和世界风云也会游弋其中。民间家书抵万金，华侨家书价更高！

若如学术评论界所言，我的两本书在某种意义上构建了一部古巴当代华侨史，那么李氏宗族银信就不仅是对这部当代华侨史作了有力的佐证和补充，同时也为 20 世纪上半叶的古巴华侨现代史研究提供了丰富生动的史料。为此，我鼓励柏达把它们编辑成书，进一步丰富华侨史料的宝库。柏达十分努力，仅仅用了一年多的业余时间，就把《古巴华侨银信——李云宏宗族家书》的书稿拿了出来。

从史料的视角看这批银信，其中抗日战争时期部分最珍贵，也最让我震撼。"珍珠港事件"发生后，太平洋水路被封锁，美洲侨汇几被断绝。日军多次入侵台山，狂轰滥炸、烧杀抢掠，以致生灵涂炭。而天公偏偏不开眼，连续三年大旱，作物失收，台山侨眷生活陷入困境，以致哀鸿满地、饿殍遍野。海外华侨心急如焚，纷纷捐款抗日，或回国参战，或千方百计寄钱接济亲人。本书的第 24、25 封银信，信封两面密密麻麻地盖着邮戳，经编著者考证，这是在多个国家、地区兜兜转转才由滇缅公路、驼峰航线进入昆明、重庆，足足历时半年才最终到达台山侨乡的。而此时，台山已经沦陷，李氏宗族中有的小家庭早已家破人亡，有位妇女被卷入逃难人流，远走他乡。这是当年台山侨乡一个多么凄惨的缩影！是对凶悍残暴的日本侵略者多么有力的控诉！这些家书将会让我们的子孙后代懂得什么叫作"战争、沦陷"，什么叫作"天灾、人祸"，什么叫作"灾荒、饥饿"……

这批银信中的每一封，其史料价值都是不言而喻的，你细细品读，都会看到历史的身影。由于编著者对银信作了相当深入的分析研究，为读者提供了颇有助益的注释和解读，我相信，本书对于金融史、邮政史、交通史、中外关系史和家书、侨批、文献信息等方面的研究都有助益。

当然，李氏宗族银信的价值还远不止于此。它和所有的华侨家书一样，对于普通读者来说，传谕、教化作用和艺术欣赏价值也是不容忽视的。

银信的三位曾祖辈和祖辈华侨作者（李云宏、李云宽、李维亮）都是农

---

① 黄卓才：《古巴华侨家书故事》，广州：暨南大学出版社 2006 年版；黄卓才：《鸿雁飞越加勒比——古巴华侨家书纪事》，广州：暨南大学出版社 2011 年版。

民出身，读书不多，而且遇到文言文向白话文转变、独特的台山方言以及中西文化碰撞等多重困扰，因而他们的文字表达困难重重。虽然书信中还有好些非文非白、不太通顺的地方，但是，如果你耐心阅读，就不难发现里面有许多值得关注的信息。诸如 20 世纪 20 年代古巴政府的禁赌、禁毒和排华，60 年代卡斯特罗新政府实行共产，受到美国的封锁压制，中古贸易的易货方式，以及古巴华侨为何出走美国等。而信中所展示出的李氏家族先辈的不怕艰险、勇于闯荡、刻苦勤俭、爱国爱乡、重视教育、敬重父母、关怀亲人等内容，则充分体现了华侨优秀的传统品格和伟大精神。他们的每一封信，都离不开寄钱——寄钱，不断地寄钱！即使在只靠微薄的养老金糊口、侨汇受到侨居国政府严酷限制的困境中，依然千方百计地寄钱。临近生命终点时，竟破釜沉舟、倾其所有，将"一生积蓄一次寄回"。这是何等的感人！相对于某些侨眷在家乡缺乏大志、不思进取，习惯性依赖侨汇过悠闲自在的生活，海外华侨则更显独立、奋发、自强，视野和胸怀也更加开阔。针对侨乡的陋习和不良风气，华侨长辈在银信中一边寄钱，一边反复劝导儿孙"人生在世，须要守慎德行，切勿乱作行为。人伦不固（顾）"；与邻里相处要有气量、"以和为贵"，切勿因小事争斗，有矛盾"祈用和平善法解决，切不可用仇怨气语讲话"；"力谋进取，希望发展图强"，"择善而从，立定志向"，"千祈勤俭，不可闲汤（荡）过日"；"父母功劳大过天，儿应奉养父母亲"，教导后辈要常记"血脉之情，平等对待"……简朴的语言中体现了高尚的道德修养，传授了中华民族优秀的传统和西方的平等、民主、博爱理念。虽然时移世易，但今天的读者仍可从中获得教益。

此外，这批银信的艺术欣赏价值也值得肯定。颇见功力的字迹、精美且内容丰富的邮票，以及多姿多彩的信封和邮戳，都会吸引读者的眼球。这批银信大多用毛笔写成。李云宏、李云宽和李维亮的字写得都不错，其中尤以云宽为佳。云宏、云宽生于 19 世纪 80 年代，维亮生于 1903 年，他们是在清末民初受教育的。那一代人学毛笔字，就像今人学电脑，是必修课。但字写得好不好，则与各人所下的功夫与天分有关，这就是所谓"字如其人"。我特别欣赏老一代华侨对中华传统文化的坚守，他们把"文房四宝"（纸、笔、墨、砚）带到大洋彼岸的岛国，直到晚年仍锲而不舍。此等情怀，着实令人感动与佩服。

黄卓才
2015 年元月于暨南大学

目 录

家书作者，李云宏，名桂安，编著者的曾祖父，台山话称为"白公"，古巴的西文名字为 Manuel Lee，1881 年 10 月 17 日（光绪七年辛巳八月廿五日）生于广东省新宁县（台山），1905 年（清光绪卅一年）出洋去古巴，是古巴洪门致公堂党员，先侨居古巴巴梳埠（Palma Soriano，北麻疏靓埠）、亚湾埠，后转舍咕埠（谢戈德阿维拉省会）开洗衣馆，最后迁居古巴甘玛伟埠（卡马圭，西班牙语 Camagüey），1963 年 10 月 8 日（农历八月廿一日）于古巴甘玛伟埠逝世，享年 82 岁。

李云宏

家书作者，李云宽，名寿棠，编著者的二曾祖父，台山话称为"二白公"，西文名字为 Li Li Kan Lol，1886 年生于广东省新宁县（台山），1915 年（民国四年）出洋去古巴亚湾埠，后侨居甘玛伟埠打工谋生（车衣工），1968 年 5 月 1 日于古巴逝世，享年 82 岁。

云宽擅长书法，他的行书登峰造极，达到较高的境界，书法遒劲流畅，字体清秀，长方结合，时而紧劲险峭，时而圆劲飘逸，章法严谨，技艺娴熟，笔法挥洒之间显苍遒之气，独成一派，每一封书信，均可作书法名帖，本书第 41、42、44 ~ 47、54 ~ 58、60 ~ 63 等书信均为云宽手迹。

李云宽

家书作者，李礽润，名维浓，编著者的祖父，台山话称为"阿爷"，生于 1901 年 9 月 20 日（光绪廿七年八月初八），是广东省台山县台城温边村人，1963 年 12 月 6 日（农历十月廿一日）逝世，享年 62 岁。

李礽润

01

家书作者，李维亮，编著者的二祖父，台山话称为"二公"，1903年10月11日（光绪廿九年癸卯八月廿一日）出生于广东省新宁县（台山），1921年去古巴谋生，西文名字为 Aefredo Lee，先在古巴舍咕埠开洗衣馆，后迁居古巴甘玛伟埠开餐馆，1975年4月14日于古巴甘玛伟埠逝世，享年72岁。

李维亮

家书作者，李金足，编著者的祖姑母，台山话称为"长姑婆"，1926年2月27日（民国十五年丙寅正月十五日）出生于广东省台山县，1941年台山沦陷后逃难去邻县阳江，改名李珍祝。

李金足

家书作者，玛料李芳，西文名 Mario Lee Fong，是李维亮的养子，编著者的古巴叔父，大约1950年出生于古巴甘玛伟埠，1968年在古巴服兵役，1971年退役后参加工作，为一名古巴的道路工程技术人员，不懂中文和英文，1975年后失去联系，至今下落不明。

玛料李芳

家书作者，李焕麟，字伟明，曾用名绍信，参加工作后取名振华，编著者的父亲，1925年6月20日（民国十四年乙丑五月初十）生于广东省台山县，1951年起在台山任小学教师，1986年退休后，任台山市附城镇长岭村委会老年人协会会长，于2005年11月10日逝世，享年80岁。

李焕麟

民国初年李俊衍（编著者高祖父）遗照

民国初年李俊衍之妻雷氏
（编著者高祖母）遗照

李云宏青年时期照片

李云宏中年时期照片

李云宏老年时期照片（摄于1963年）

1950年李初润全家合影，前排左起：李秋霞、岑管好、李雪霞、李初润、李秋凤，后排是李焕麟和他的夫人伍秀琼。

1950年李焕麟夫妇合影

1963年李焕麟全家合影

2005年春节期间编著者全家合影（前排左一为李焕麟）

2012年8月，江门市集邮协会成立30周年集邮展览上，编著者全家合影

2012 年 10 月，参加五邑大学"五邑银信研讨会"人员合影（左起：黎新华先生、王志润博士、黄质新先生、闻锡然先生、崔月明女士、编著者、江门市新闻学会司徒明德会长、江门市档案局李文照局长、张国雄副校长、罗达全先生、刘进教授）

2013 年 1 月，在暨南大学"古巴华侨银信研讨会"上合影（左起：暨南大学国际关系学院/华侨华人研究院温秋华博士、谢煊主任、陈奕平教授、编著者、曹云华院长、马炳良先生、黄卓才教授、台山电视台伍国尧台长、黄仙花女士）

2013 年元月，编著者在暨南大学黄卓才教授（左一）引领下参观广东华侨博物馆

2014 年 9 月，古巴驻广州总领事馆菲利克斯总领事前来了解银信

1. 离乡廿载旋故里

1925 年 6 月 14 日古巴寄台山温边村

书信

【原文】

父母亲大人膝下：

　　敬禀者，料必大人平安
到家，与家人之乐事也。伏
望大人玉体双安，不胜欣喜，
惟愿为慰。但吾欲想在家买
得好茸参，如有人来湾①者，
祈寄佢②带来以应补身体为
重可也。又云古巴新总统③
登任不满两月之久，布告禁
赌博吹亚（鸦）片妓馆实行
之事。况且吾衣馆近于此处，
现时禁唱叉④，生意极甚冷
淡，将来或者开反（返）不
定。吾望佢开反（返）为上
策可也。儿各人在外均皆安
康，祈勿远念。余容后禀，
谨此跪请。

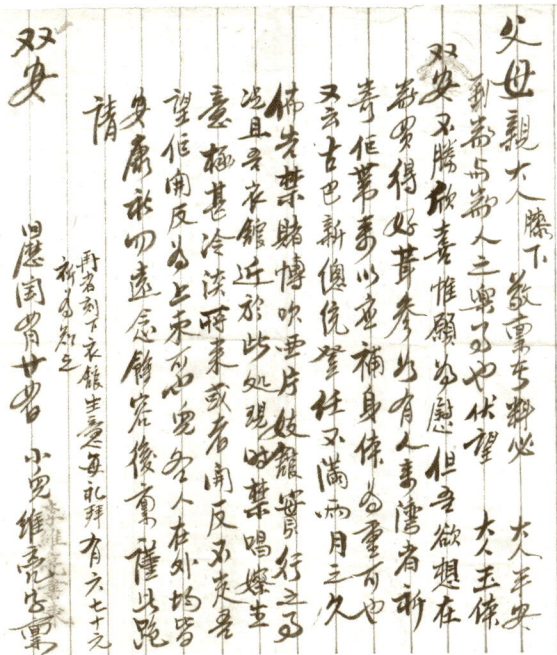

原信尺寸：**210mm × 238mm**

---

①　湾：古巴亚湾的简称，又称夏湾，是古巴首都哈瓦那的台山话音译。这里泛指古巴。

②　佢：粤方言（含台山话）词语，他、她、它都说佢。这个代词在下文多次出现。这里指来湾者。

③　1925 年 5 月，古巴自由党格拉多·马查多·莫拉莱斯（Gerardo Machado Y. Morales）任新总统。

④　唱叉：唱歌的丫鬟，即歌女。

再者刻下①衣馆生意每礼拜有六七十元，祈为知之。

双安

小儿维亮字禀

（1925年）旧历闰四月廿四日

【家书解读】

"喜鹊仔，贺新年，阿爸去金山赚大钱。赚得金银千万两，返来起屋又买田。"这首台山民谣，唱出清末民初时期五邑侨乡特有的社会现象，唱出华侨、侨属的期盼。

这封家书1925年6月14日由李维亮从古巴舍咕埠②寄广东台山县长岭温边村李云宏，是我家族现存最早的一封家书，信封遗失。（很可惜，此前的家书没有保存下来。）虽然这封家书的落款没有年份，但从内容及与同时期的几封家书相比较，可以判断出它写于1925年。这一年，我家办了几件大事，后来的家书能保存下来应该与此有关。

李维亮青年时期照片

本封家书的作者李维亮，生于1903年10月11日（光绪廿九年癸卯八月廿一日），是曾祖父李云宏的次子，我称呼为"二公"（二祖父）。1921年，18岁的他远渡重洋去古巴谋生，与他的父亲一起在古巴舍咕埠经营一间洗衣馆。

曾祖父李云宏自1905年去古巴后，因自己经营的洗衣馆无人看管，一直未有机会回唐山③，直到小儿子李维亮去古巴后，他才有了一个回国的机会。离家20年后，他首次回到台山城东附近的一个古村——温边村。听祖母讲，曾祖父回乡时是乘火车走新宁铁路到大亨车站下车回家的。按照信里所说，大约是当年4月初从古巴出发，经过一个多月的长途跋涉，大约5月间回到台山，与家人团聚。

曾祖父出洋二十载，首归故里，河山依旧，物是人非，当年的清朝已经

---

① 刻下：目前，眼下。

② 舍咕埠：台山话音译，西班牙文 Ciego de & Ávila，古巴中部城市，谢戈德阿维拉省省会。

③ 唐山：是东南亚华侨和美洲华侨对祖国的一种称呼。

变成了中华民国。他的父亲李俊衍五年前已在家乡与世长辞，当年年轻貌美的妻子邓氏已人到中年，大儿子礽润娶了媳妇，且媳妇十月怀胎。还有家乡村边新宁铁路的火车在隆隆飞驰。

出洋归乡，与妻儿共聚天伦，乃人生一大乐事。于是曾祖父择吉日在村尾雅传祖祠堂大摆筵席，款待全村父老乡亲，同时行山祭祖等，好不热闹。不久，我的父亲呱呱坠地，曾祖父喜添孙，喜上加喜，这是他一生中最美好、最幸福的一年。

此时，身在古巴的小儿子维亮写信问候父母亲，并且告知一些古巴的情况。1925 年 5 月，古巴自由党格拉多·马查多·莫拉莱斯当上新总统。他是一位独裁者，以亲美立场、破坏民主政治和镇压工人运动著称。任内修建了古巴中央公路。[1] 他上任不足两个月，宣布全国实行"禁赌博吹亚（鸦）片妓馆"的政策，又禁止卖唱，二公的洗衣馆刚好在这些服务行业的街区，行业的萧条导致生意极其冷淡，每周营业额只有 60 ~ 70 元，因此他希望尽快解禁政策。

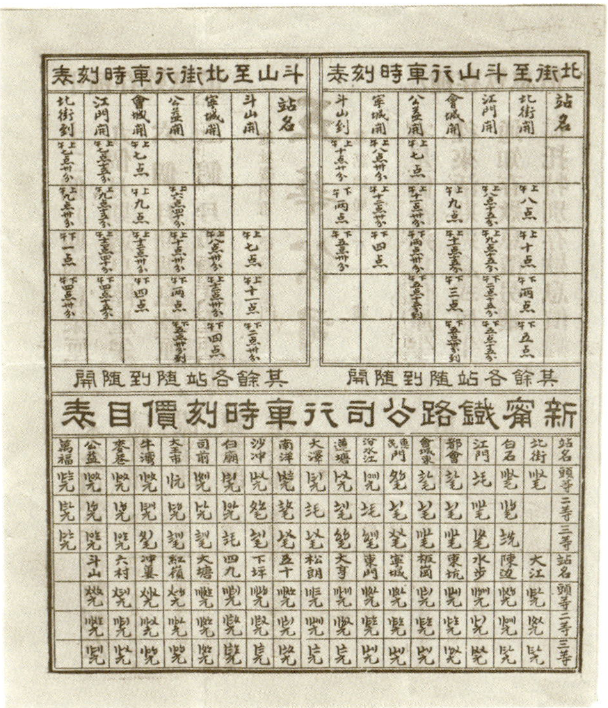

编著者藏品

新宁铁路公司行车时刻价目表。

---

① "格拉多·马查多"词条，中国雅虎网。

二公年少时身体较弱，出洋后也未见好转，经常要买些补品补养身体。他在信中嘱咐"在家买得好茸参"，托人"带来以应补身体"。古巴虽为世界著名的糖生产国和糖出口国，但参茸等滋补珍贵药材奇缺，价格昂贵。民国时期，在古巴的台山人很多，据有关资料记载，最高峰时期达两万人。温边村旅古华侨也不少，经常有乡亲来往于中古之间，带些家乡的东西去外洋也是一件比较容易的事。

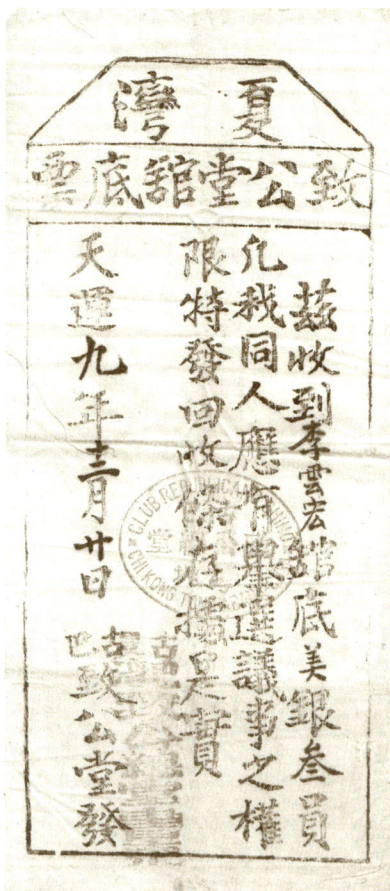

这是天运九年（1912年）古巴夏湾（哈瓦那）致公堂发给李云宏的"夏湾致公堂馆底票"。此种布质底票是孙中山当年筹集革命经费的收据，是华侨捐款支持辛亥革命的重要文物，目前仅见此件。

2. 出洋费用千余元

1925 年 7 月 16 日古巴寄台山家信

【原文】

父母亲大人膝下：

　　敬禀者，儿昨接来家音一封，捧诵回还，亦详明悉矣。说及造屋①之事，要吾寄巨款回家，现时财政不足，大人汝前日在外亦将知之矣，不满两三月之久有何设法②！总至（之）迟他（下）来年有艮（银）到手，然后造屋。又云，胞兄做纸③一事，刻下用金艮（银）120 元④做一张纸，另外舟费合该毫艮（银）一仟（千）余元。有得千余元在家做生意好过来古巴。总至（之）迟他（下）一星期问及广同昌⑤做

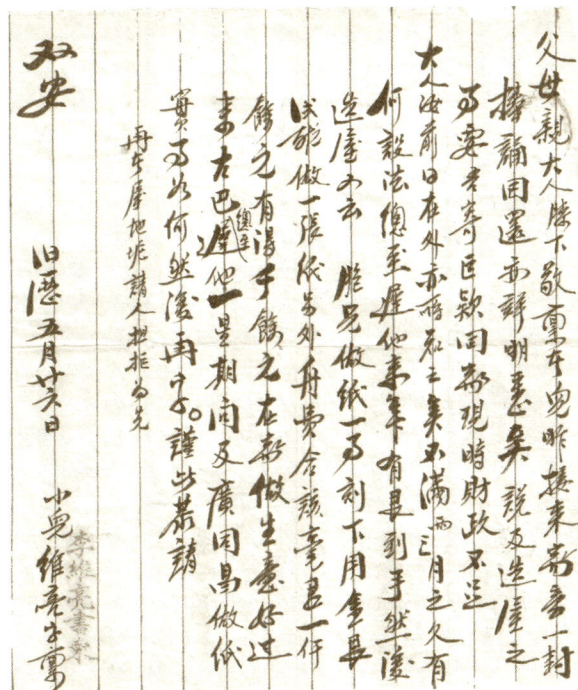

原信尺寸：**200mm × 240mm**

---

① 造屋：建造新屋。
② 设法：办法。
③ 做纸：办理出国的护照。
④ 金银 120 元：原信用商码字记数，读作一百二十元。金银就是美元。
⑤ 广同昌：古巴亚湾的一家"金山庄"，是台山华侨在海外开办的代办出国手续、接理书信银两的机构。

纸，实事如何，然后再字。谨此恭请

再者屋地泥请人担伝为先。

双安

小儿维亮字禀

（1925年）旧历五月廿六日

【家书解读】

这封信与上封相隔仅一个月，信封已经遗失，作者仍然是二公维亮。曾祖父云宏回乡后不到一个月，6月20日，我的父亲出世。家里添了一个男丁，曾祖父喜出望外，给他取名焕麟。40岁出头就有了孙子，在当时是一件光宗耀祖的大喜事。于是，满月时就在村里摆刮头酒（满月酒），逐家逐户去派送鸡酒、红鸡蛋。全村上下喜气洋洋，兄弟、叔伯、婶母个个上门来祝贺，风光无限。

链接

台山乡间满月酒菜单（民国时期）

刮头酒也叫满月酒。新生婴儿长至一月，谓满月。按台山旧俗，是日，孩子的家长摆酒庆贺，并为新生婴儿"刮头"（理发），谓之"刮头酒"。同时，给孩子取名字。有些乡村还有送鸡酒、红鸡蛋的习俗，亲戚朋友多以小孩的衣服、"口水巾"、布料相赠。

民国时期，台山乡村酒席又有男席和女席之分，两种酒席菜单有所不同，男席比女席贵一些，菜式上肉类更多，而女席菜类更多，村民称男席更"好肴"，"男尊女卑"现象在酒席上也体现出来。

华侨荣归故里，买田、买地、起屋（建新房），是理所当然的三件大事。曾祖父回乡后不久，曾祖母及其他家人都催他起屋。清朝末年，高祖父俊衍去金山回来后在温边村建了一间新屋，为何现又要起屋？这里面有一段古

（往事）。高祖父生有三个儿子，却只有半间祖传的旧屋，为了满足人口增长的需要，便于宣统年间建了一间新屋。本来，曾祖父是长房，有优先选择住新屋的权利，但曾祖母因新屋地在兴工时被"牛疴屎"（牛下粪）弄脏了，乡村风俗认为不吉利，所以她宁愿住祖屋也不住新屋。时间一晃过了十数年，终于等到曾祖父回来，于是她和家里人就提出建新屋的要求。曾祖父回乡时没有这个计划，但拗不过全家人，便在村里选择了新屋地择吉日兴工。然而，他带回乡的金银不够，于是写信给古巴的二儿子，要求寄钱回乡建新屋。

古巴方面，新总统上任不久，宣布禁止"黄赌毒"的新政策，这使服务行业萧条，二公的洗衣馆生意受到严重影响。此前曾祖父回国时已经将前几年的积蓄用尽，要再筹集建新屋的资金确实很难，二公只好写信告诉父母，先请人挑泥，平整屋地，迟些待筹足钱再起屋。

1950 年古巴华侨出入境记录册

此时，仍在台山的祖父也想去古巴谋生，寄信去要求二公为他办出国手续。清末民初时期，台山人称办出国护照为"做纸"，当时办去古巴的护照手续费要美金 120 元，再加上船票和路途中的花费，去古巴的费用超过一千元（双毫银）。若拿这千元在家里做些生意，的确比去古巴还好，这也说明古巴经济状况不好，"揾食"（谋生）艰难。

链接

　　信中提到的"广同昌"号位于古巴亚湾，是当时在古巴专为华人办理出国护照的华人机构。它为华人出国办理相关手续，邑人出国前也可在此赊账，出国后由华侨逐步清还。"广同昌"号后来开展"接理华侨书信银两"业务，成为海外的银信机构。该号在香港、邑内设立分支机构，为华侨接驳侨汇。

编著者藏品

　　1928 年古巴亚湾"广同昌"号金山庄代办寄台山牛尾山圩春生堂的银信封。

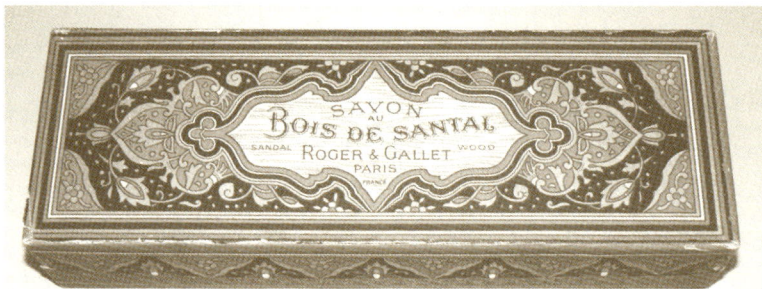

家传藏品

　　1925 年李云宏回乡带回的洋货——法国巴黎制造的精品鞋盒。

编著者藏品

　　1921 年 11 月 26 日香港万国宝通银行赤纸（汇票）。

3. 尽寄金银起新屋

1925 年 11 月 2 日古巴寄台山银信之一

【原文】

父母亲大人膝下：

　　敬禀者，昨接来家音，一切领悉，刻下并付来港银壹仟（一千）大元，祈查照收与应造屋之用，切不可乱支为要。儿在外将手上所得之款尽寄归，如若财政不足，望大人在家借他多少，然后造屋。总至（之）迟他（下）定必再付些少回家与（以）还财东①可也。得接此信，仰祈速速回音，与（以）免相望并（便）是。儿在外平安，不可挂心，余言不尽，好音再申。谨此恭请

　　双安

　　　　儿维亮跪禀

　　　　民国十四年九月十六日

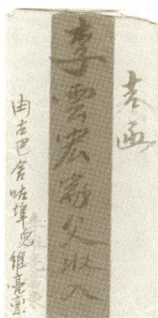

红条封尺寸：72mm×148mm　　　　原信尺寸：172mm×238mm

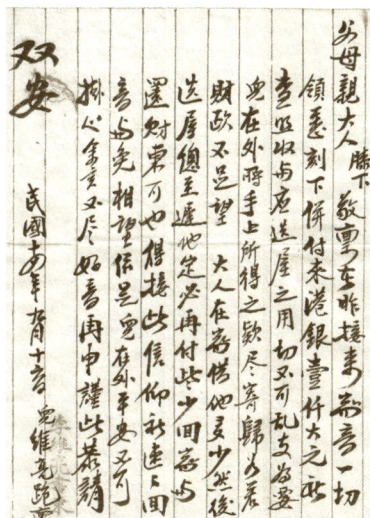

本信外封为红条封，内夹信银及家书。

① 财东：债主。

【家书解读】

这是一封1925年11月2日（农历九月十六日）由古巴舍咕埠寄台山的银信。信封是中式红条封，从封面看，这是一种经巡城马传递的银信。

链接

清末民初，五邑地区有不少来往于省港澳和五邑之间的巡城马。巡城马又称"水客"、"走水客"，专门为银信机构传递银信，同时也帮助华侨将各种洋货带回邑内，进行陪伴华侨出国或回乡等事务。手续费是他们收入的主要来源。古巴位于加勒比海的西北部，路途遥远，为加快银信传递的速度，古巴华侨先在古巴买担保信寄到香港的金山庄，然后交巡城马带到邑内交收银人，或者直接在古巴买担保信寄到邑内银信机构转交收银人。从目前所发现的古巴银信来看，未发现由水客直接从古巴带回五邑的银信。香港是五邑银信的交换中心，古巴银信常经香港中转。

为了筹款建新屋，二公在古巴拼命地工作，5个月后终于筹到了一笔钱，立即将港币1 000元汇回家乡。钱来之不易，所以他嘱咐一定要谨慎使用，切不可乱开支。对于建一间新房来说，这些钱杯水车薪。在这种情况下，二公提出可向别人借一些钱，迟些他再寄钱还清债务。民国时期，台山各种典当铺、钱庄很多，民间融资渠道非常活跃，赊账出国、各种借贷极为普遍。

曾祖父接到古巴寄来的银信后，迅速筹备建新屋事宜。择良辰吉日兴工最为重要，他立即到四九坂潭黄佛堂挑了兴工吉日。当年的择日帖现在仍保存得很好，帖子全文如下：

坂潭黄佛堂荣建吉章

平基、动土吉期：乙丑年十一月十七日卯时兴工吉

修料吉期：乙丑年十一月十九日辰时兴工吉

靖地、上梁吉期：乙丑年十一月十九日寅时上梁起土，全时吉砖先从东北方落土吉，门斗泥桥笠石随时吉

坐梁吉期：乙丑年十二月初五日午时坐梁吉

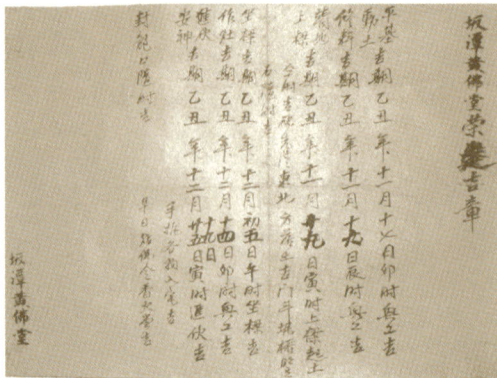

1925年李云宏回乡建新屋的择日帖

10

作灶吉期：乙丑年十二月十四（十九）日卯时兴工吉
进伙安神吉期：乙丑年十二月廿五日寅时进伙吉，手执各物入宅吉
封龙口随时吉
早日贴佛令香火堂吉

坂潭黄佛堂

从上帖看，新屋于乙丑年十一月十七日（1926 年元旦）卯时兴工，乙丑年十二月廿五日（1926 年 2 月 7 日）寅时进伙，全程仅 38 天，一间 106 平方米的砖木结构房屋便全面完成。没有现代化的建筑机械，全部使用人工方法，可见当年建筑工人的效率之高。

建新房屋需要大量的建筑材料，在当时交通比较落后的情况下，新宁铁路是运载建材首选的交通工具。高祖父清末曾入股新宁铁路，也算为自己的子孙后代造福，大量的建筑材料经新宁铁路的火车来到大亨车站，然后用人工搬运到村里，节省了大量的人力、物力、财力，也造就了大亨车站昔日的辉煌。

链接

右图为大亨车站"同安隆"号旧址。该店是大亨圩口一家建材店。火车铁轨与其擦肩而过，交通运输方便，石灰、红毛泥（进口水泥）、洋钉等各种建筑材料琳琅满目、应有尽有，是当时大亨站最旺的一间建材杂货店。后来还开设"接理书信银两业务"。80 多年后的今天，"同安隆"号牌匾依

现存的大亨圩"同安隆"号旧址

然存在，可惜随着新宁铁路的拆毁，该号也逐渐衰败。如今已是人去屋空，门口杂草丛生，屋顶见天，随时有倒塌的危险。旁边一间两层的青砖商铺，屋顶镶着琉璃瓦栏杆，依稀可见昔日的繁华。

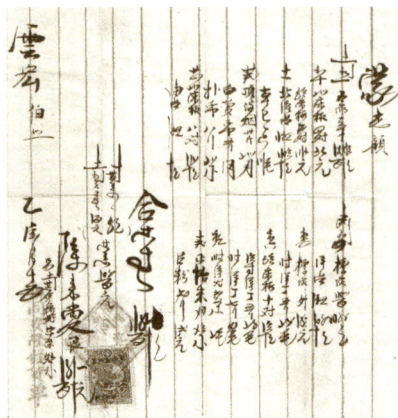

乙丑年十二月十五日（1926 年 1 月 28 日）
李云宏建新屋在大亨"同安隆"号购买建筑材
料、杂货的账单。

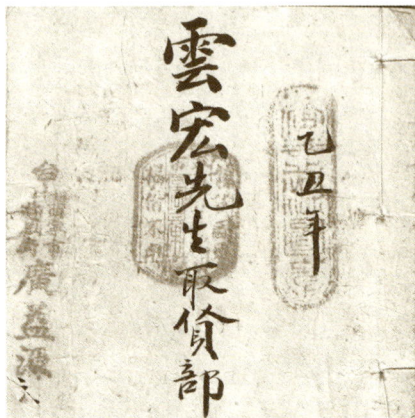

乙丑年（1925 年）李云宏在西宁市北盛街
"广益源"号购买建筑材料、杂货的账簿。

生意冷淡如往昔

1925 年 11 月 2 日古巴寄台山银信之二

【原文】

父母亲大人膝下：

敬禀者，兹并付来赤纸①一张伸（申）港银叁佰（三百）大元，仰祈照收应用可也。昨接来家信数封，一切领悉，未能尊（遵）命，但因财政缺乏，生意冷淡如常，祈为知之。又云前日胞兄②说及做纸一事，未能做得，但因价高，用银120元不能做得。况且又船费数百，用银千元，有得千元在家做各行生意好过来古巴，总至（之）出年③然后打算。儿在外伏望大人玉体安康，祝福万岁，极甚欣喜。儿在外亦见平安，不可挂念可也。得接回音，免至（致）相望。嵩此顺请

双安

小儿维亮奉

（1925 年）旧历九月十六日

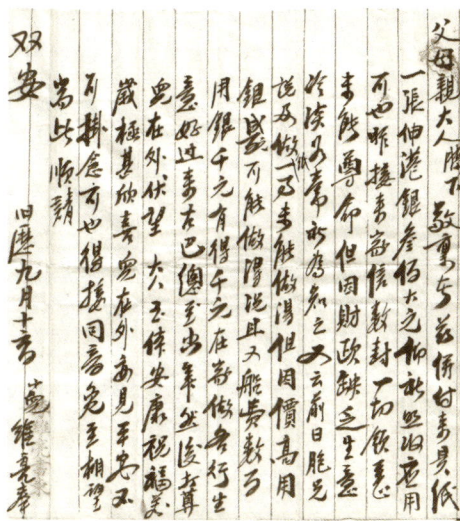

原信尺寸：236mm×238mm

---

① 赤纸：又叫赤纸、通天赤，是英文 check 的译音，即外汇支票。清末民初时期，五邑地区银信以夹寄赤纸最多。

② 胞兄：银信作者李维亮的哥哥李维浓，字礽润，编著者的祖父。

③ 出年：明年。

【家书解读】

这是 1925 年 11 月 2 日二公维亮寄给曾祖父的银信，与上一封信一起寄出，信内夹寄港臮 300 元，作为家庭日常开支用。五邑侨乡有一个传统，邑人出国以后就背上了赡养亲属、接济兄弟叔伯婶母的责任，一定要定期寄钱回乡解决亲属的生活费用问题。这已经成为一条不成文的规定。

曾祖父自当年 4 月回乡后，沉浸于回乡的喜悦之中，请乡亲饮茶、摆酒宴客、为孙子煮刮头酒、筹备建新屋等，不亦乐乎。一眨眼，半年过去了，出洋所带回的金银所剩无几，于是写了数封信催古巴的小儿子维亮寄银回乡。

链接

古巴方面，1898 年美国成为美西战争的获胜者。在其后的将近 30 年里，古巴如同美国的囊中之物。到 1925 年，美国已经控制了古巴的全部经济命脉。除了经济依附之外，古巴社会生活的各个方面也都向美国靠拢，古巴国会大厦的建造就是一个显著标志。1925

哈瓦那国会大厦邮票

年，马查多就任古巴总统，上台伊始，他安排一大批大型公共工程上马，包括 1926 年 4 月 1 日动工的国会大厦。在美国工程师的主持下，8 000 名工人 24 小时不停地工作，国会大厦的建设总共历时 3 年零 50 天。之后，又用了两年多时间装修。按当时币值计算，全部费用总计 1 700 万美元。[①] 为此，古巴邮政于 1929 年 5 月 18 日发行"哈瓦那国会大厦"邮票一套。

马查多上任总统后即推行新政，严禁"黄赌毒"。古巴各大埠服务行业一

――――――――――

① 《美国国会大厦的古巴版本》，新浪网，http：//blog. sina. com. cn/s/blog _ 3ea7a6460100 hn0m. html。

落千丈，舍咕埠各业萧条，二公经营的洗衣馆受到很大的影响。数月过去仍未见好转，生意冷淡，赚钱艰难，二公几次接到父亲的来信，都未能遵命寄钱回乡，在此表示歉意，并祝愿父母亲大人"玉体安康，祝福万岁"。字里行间，展现了侨乡男儿浓厚的家庭观念和以"孝"为先的传统美德。

再说7月份二公曾收到关于办理胞兄出洋去古巴事宜的信，随后去亚湾的"广同昌"号金山庄了解办理出洋的费用，得知花费美金120元也无法办好相关的手续，加上出国船票费用数百元，预计出国费用超过1 000元。在当时古巴经济不景气的环境下，赚钱并不容易。出洋费用如此之高，在家乡做些小生意或许会更好。此后，祖父没有出国，与当时台山的发展前景有关。

20世纪20—30年代，台山经济与全国一样，出现了一个繁荣期。其表现如下：

一是大量侨汇流入台山。1919年第一次世界大战结束后，水路交通恢复正常，汇路接通，大量银钱伴随银信源源不断地流入侨乡，为台山经济发展注入一股强大的力量。①

二是新宁铁路建成通车。1920年，由陈宜禧主持建造的新宁铁路全线通车，为台山的经济和社会发展注入了强大的动力，大量洋银、洋货通过这条交通大动脉进入台山，有力促进了台山的发展。

三是孙中山特许台山自治。1924年3月，孙中山批准台山实行地方自治，五条自治办法给了台山县政府很大的权利，为台山县各项事业发展提供了政治上和财政上的有力保证。

四是刘栽甫的卓越领导才能。1921—1929年，刘栽甫先后三次出任台山县长，他首任后雷厉风行地破除迷信，严禁烟赌娼妓、废除私塾学校，受到邑人赞扬；1925—1929年复任时，便着手筹划台城城区的改造工程。他委派谭铁肩任县工务局局长，与台山商会会长李克明主持市政襄办处，对城区和西宁市进行彻底的改造。谭铁肩撰写了《台山物质建设计划书》，从建筑道路交通网，改造城市，建设

位于台城通济路马路中间的西门圩、西宁市界碑（1948年立）。

① 《广东台山华侨志》编纂委员会编：《广东台山华侨志》，香港：香港台山商会有限公司2005年版，第112~113页。该书记载：1929年之前，台山每年侨汇约为1 000万美元，占全国侨汇的1/8；1930—1937年，每年为3 000多万美元，约占全国侨汇的1/3。

公园，改建县公署，创立医院、图书馆、博物馆，改良乡村等31个方面规划了台山县城和乡村的"物质建设"，绘就了台山县新的发展蓝图，很鼓舞人心。经过改造后的台城，面貌焕然一新，街道平直宽阔，楼房鳞次栉比，台山宁城、西宁市、西门圩融为一体，然功能有别：宁城是政务区、文化区和住宅区，西宁市是商业区、金融区，西门圩是商业区。城区占地面积0.7平方公里，比旧城区扩大一倍多。在20世纪二三十年代，台山城的建设在全国县城中实属佼佼者，享有"小广州"的美誉。①

正因为台山出现了前所未有的发展前景，而古巴方面自独裁者马查多任总统后，经济萧条，加上出洋费用巨大，因此祖父搁置了去古巴的计划。

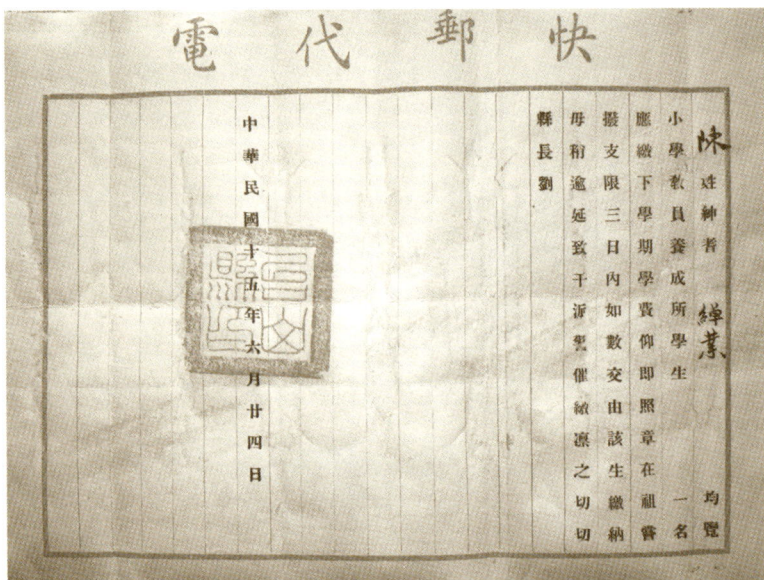

编著者藏品

1926年6月24日由刘栽甫县长签署的《快邮代电》快件公函。

---

① 梅伟强、戴永洁：《台山历史文化集——台城古镇》，北京：中国华侨出版社2007年版，第16～21页。

5. 新政之下生意淡

1925 年 11 月 2 日古巴寄台山银信
之三

【原文】

父母亲大人膝下：

　　敬禀者，昨旧历九月十六日寄港银壹仟叁佰（一千三百）大元，祈为照收应用可也。昃纸分二张，一张一仟（千）大元，一张叁佰（三百）大元，有一张一千元藏在胞兄信内，祈查照收。儿接来家音，一一详明悉矣。但儿

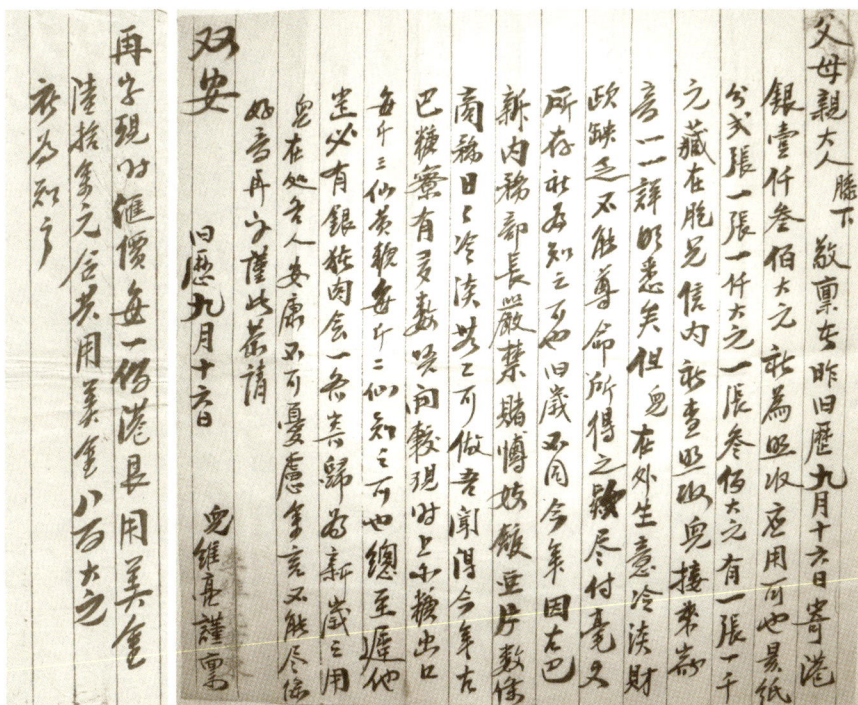

原信尺寸：233mm×242mm

在外生意冷淡，财政缺乏，不能尊（遵）命，所得之款尽付，毫文（无）所存，祈为知之可也。旧岁不同今年，因古巴新内务部长严禁赌博、妓馆、亚（鸦）片数条，商务日日冷淡，无工可做。吾闻得今年古巴糖寮①有多数唔②开较（绞）③，现时（市）上白糖出口每斤三仙，黄糖每斤二仙，知之可也。总至（之）迟他（下）定必有银猪肉会④一齐寄归，为新岁之用。儿在外各人安康，不可忧虑。余言不能尽录，好音再字。谨此恭请

　　双安

儿维亮谨禀

（1925年）旧历九月十六日

　　再字现时汇价每一佰（百）港艮（银）用美金陆拾（六十）余元，合共用美金八百大元，祈为知之。

【家书解读】

　　1925年11月，古巴新总统马查多上任后推行严禁"黄赌毒"政策已过半年，各行各业日趋冷淡，华人赖以生存的服务行业深受打击，二公经营的洗衣馆生意也未见好转，赚钱艰难。此前，他收到父母亲寄来催他汇钱回乡起新屋的家书，经过半年的拼搏，将赚下来的钱全部寄回家乡，作为建新房和养家之用。虽然这次寄了1 300元港币，其中1 000元是用来建新房的，但这个数字离建房预算金额还远。为此，二公只能反复解释赚不到钱的原因，让家乡亲人理解。

　　蔗糖业是古巴国民经济的支柱产业，以制糖为主行业的糖寮遍布古巴全国各地。此

编著者藏品

民国十九年（1930）十二月廿五日古巴湾城朱沛国堂发给的猪肉会领肉凭证。

---

① 糖寮：广东人给土法制糖作坊起的名称，也有人叫"榨寮"。

② 唔：台山邑话，意为否定，"不"。

③ 开较（绞）：开始榨糖。较（绞），是指土法制糖中用于压榨甘蔗的石绞。

④ 猪肉会：是乡间各大姓氏自办的基金会。由海外华侨和乡民捐款成立，每年举行一次分红。猪肉会分红日，按照各家各户男丁的多少在祠堂分猪肉，每个男丁分得一份猪肉。

时甘蔗还未完全成熟，多数糖寮还未开始制糖，糖寮不开绞，劳动力过剩，无工可做者比比皆是，华人失业人数更多。因此，赚钱是当时的一大难题。这样，二公只能期望春节前后再想办法赚点钱寄回家乡。

这封信与上两封家书一起寄出，是对上两封信内容的补充说明。信一开始就讲了五邑银信的寄递方式。五邑华侨侨居美洲各国者居多。民国时期，美洲各国经济发展较快，金融、邮政机构完善，华侨寄递银信，一般先将现金或炅纸和书信一起装在红条信封内，到邮局用挂号担保信寄到邑内的银信机构，然后转交给收银人。

6. 身上无钱难遵命

1925 年 11 月 19 日古巴寄台山
家信

【原文】

双亲大人膝下：

　　敬禀者，兹昨接来家音数封，一切领悉，但未能尊（遵）命，不过因财政缺乏之故耳，今者儿伏望大人玉体安康，强饭加衣①，万事胜意，儿之心可安矣。前昨旧历九月中旬付寄归港银1 300 大元，祈查照收以应造屋之用为要可也。如若财政足用然后行墙②，或若在家筹足亦好。况且儿现时在外生意冷淡，毫无分文所存。总至（之）望迟他（下）数月然③再付多些回家可也。儿在外各人亦见平安，不可挂心。余言不尽，好音再奉。谨此恭请

　　再者，前日汇价④ 60.5 元，刻下时价 58.5 元。

金安

儿维亮禀

（1925 年）旧历十月初四日

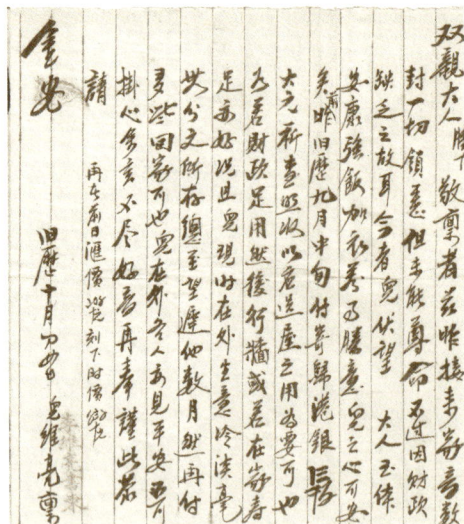

---

① 强饭加衣：吃饱饭，穿足衣服。
② 行墙：建筑砖墙，砌墙。
③ 然：然后。
④ 汇价：指 100 港元兑美元的汇率。

【家书解读】

台山是中国第一侨乡，华侨出国以赚钱养家为己任，如果赚不到钱寄回家乡，那是莫大的耻辱。因此，当家乡亲人需要用钱的时候，无论如何都要想办法寄些钱回来。如果确实无法筹钱寄回乡，也要写信讲明原因，请家乡亲人理解。

这封信是维亮二公寄给他父母的家书，与上次寄钱时间相差仅 17 天，按照正常寄递银信的速度，古巴到台山全程耗费时间最少要一个月，月初寄出的银信尚在途中，这时，又收到父母亲寄来催汇的书信。此刻，二公身上已是囊空如洗。古巴推行新政以来，舍咕埠服务行业大受打击，洗衣馆生意非常冷清，数月过去仍无好转。在此情形下，作为儿子的他，也感到很内疚，只好写封家书寄回来，伏请父母亲体谅他的难处，并祝福父母亲在家丰衣足食，身体安康。同时，请父母亲收到上次寄的银信后，如果已经筹足建房的资金，就可以开始建筑砖墙；如果资金仍不足，也可以先在家乡筹足资金后开工，寄望自己迟几个月赚多些钱再寄回来。

这封信最后提到港币兑美元的汇率。1925 年 11 月 2 日汇率为 100 港币兑60.5 美元，11 月 19 日为 100 港币兑 58.5 美元。港币兑美元汇率的变化，可以看出这段时间美元正在升值。汇率的浮动变化，导致台山侨眷收到戾纸后待价沽售，期望获取最大的利润。

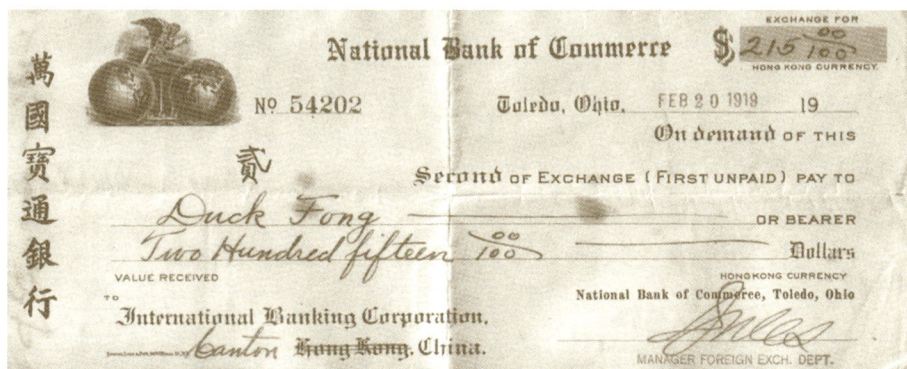

编著者藏品

1919 年 2 月 20 日万国宝通银行戾纸（副戾）。

7. 衣馆一律装水龙

1926年1月22日古巴寄台山家书

【原文】

双亲大人膝下：

敬禀者，儿料必家中大小俱各平安，在外伏望大人玉体安康，强饭加衣，惟祝。儿之心为慰为望也。兹昨接来一音，捧诵回环，一切领悉，亦所知得收到之银。但在家生得①贰仟（二千）余元，吾见觉利息太重，什（十）分忧虑。总至（之）迟他（下）定必有银寄归，以还财东可也。但因年尾未曾有银猪肉会付回之故。况且吾在外因生意冷淡如常，未见有一日之兴旺。又

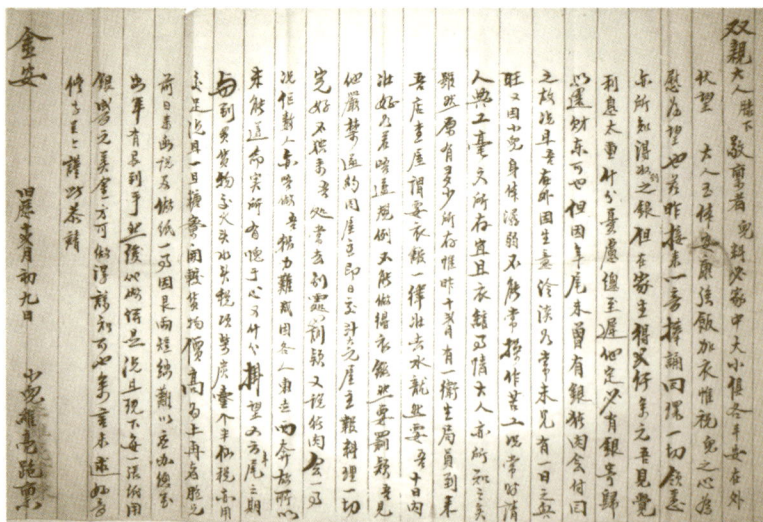

原信尺寸：356mm×220mm

---

① 生得：借得。

因小儿身体潺（孱）弱，不能常操作苦工。况常时请人典（顶）工，毫文（无）所存。宜（而）且衣馆事情大人亦所知之矣。虽然原有多少所存，惟昨十二月有一卫生局员到来吾店查屋，谓要衣馆一律壮（装）去水龙①，然（并）要吾十日内壮（装）好；如若唔遵规例不能做得衣馆，然（并）要罚款。吾见他严禁，遂约同屋主即日交 80 大元，屋主报（包）料理一切完好，不独来吾处常去别处罚款。又说猪肉会一事，况佢数人亦唔做②，吾独力难成。因各人东走西奔，故所以未能遵命，实所有愧于心，又什（十）分挂望。又云年尾之期与（已）到，买货物，交火头③、水头④、税项、柴炭一个半仙税亦用（要）交足。况且一旦糖寮开较（绞），货物价高为上。再者胞兄前日来函说及做纸一事，因艮（银）两短绌，难以应办。总至（之）出年⑤有艮（银）到手，然后代做并（便）是。况且现下每一张纸⑥用银 120 元美金方可做得，谅知（之）可也。余言未述，好音修字呈上。谨此恭请

金安

小儿维亮跪禀

（1925 年）旧历十二月初九日

【家书解读】

为了筹足建新屋的资金，曾祖父向钱庄借来两千多元，择定乙丑年十一月十七日（1926 年元旦）卯时为新屋兴工。新屋是一间青砖瓦平房，面积 106 平方米。据父亲生前说，该屋由外曾祖父负责兴建，工程进展很快，质量也很好。曾祖父出国 20 年后回到乡下建新屋，这是光宗耀祖的大喜事，可谓风光无限。但二公收到家乡寄来的信，得知曾祖父在家乡借了两千多元建新屋后十分忧虑。究其原因，有以下几个方面：

一是民国时期台山民间私营钱庄很多，华侨侨眷赊账比较容易，但利息很高，久而久之，利滚利后就不堪重负。二是近半年来，洗衣馆生意非常冷清，毫无好转之机，加上他的身体单薄，洗衣馆的重活常常要聘请工人去做，成本增加，无钱可剩。三是古巴卫生部门出台新政策，规定洗衣馆一律要安装自来水，否则不准经营，还要罚款。为了维持生计，二公只好将手上仅存

---

① 水龙：水龙头，指安装自来水。
② 况佢数人亦唔做：况且其他几位在外同乡也不参与。
③ 火头：烧火的工人，指厨工。
④ 水头：指水费。
⑤ 出年：明年。
⑥ 一张纸：一份出国护照纸。

的 80 美元交给屋主，让他去负责处理好安装自来水事宜。四是遇上年关，各种税费、工人工资、柴炭物资等费用又要支付，负担重重。五是现在很多糖寮还未开业，一旦糖寮全面开绞，人力紧缺，物价升高，生意更难维持。在重重压力之下，筹款寄回家乡宗族办"猪肉会"基金的事搁置，要花费 120 美元为胞兄办理出国护照纸一事更是遥遥无期。

台山有首这样的民谣："牛耕田，马食谷，阿爸剩钱仔享福。"台山侨眷在家乡接到的银信是真金白银，海外华侨在外付出的是血汗和泪水。百年来，繁荣的侨乡社会背后，隐藏着这段血泪史。

家传藏品

1926 年初李云宏新屋进伙时画的油画《一帆风顺》。

8. 长叔身故两三年

1930 年 2 月 17 日古巴寄台山银信

【原文】

胞兄如面:

　　敬启者，兹昨元月初旬并付来港银贰佰（二百）大元，祈查照收可也。又昨接来家音一封，均鉴皆领悉一切。说及云庄叔前日在古巴时所借之款，实在弟处共佢[1]代支使用银叁拾（三十）大元，系谓（为）佢身体之用也，前日各兄弟在外亦有信寄归说明之事可也。再者

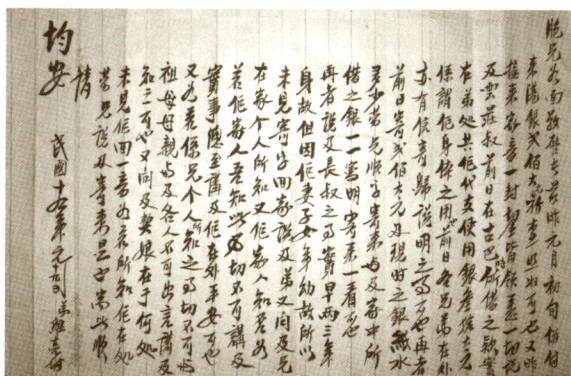

原信尺寸: **370mm×236mm**

前日寄贰佰（二百）大元及现时之银纸水[2]多少，劳兄顺字寄来；与（以）及家中所借之银一一写明寄来一看可也。再者说及长叔[3]之事，实早两三年身故，但因佢妻子女年幼，故所以未见寄字回家说及。弟又问及兄在家个人所知又佢家人知否? 如若佢家人吾（唔）知此事，切不可讲及实事，总至（之）讲及佢在外平安可也。又如若系兄个人所知之事，切不可与祖母、母亲

---

① 共佢: 与他。

② 纸水: 外汇贴水。

③ 长叔: 指云宏的小弟弟云宾，编著者称为"长白公"。"长"字台山话读音同"场"，台山人对父辈的兄弟姐妹中排在最后的一位称为"长某"，如父辈中最小的，男的叫"长叔"，女的叫"长姑"，长叔之妻叫"长婶"。

与（以）及各人不可出言讲及，知之可也，又问及契娘①在于何处，未见佢回一音，如若所知佢在处，劳兄说及寄来是也。嵩此顺请

均安

弟维亮付

民国十九年元（月）十九日

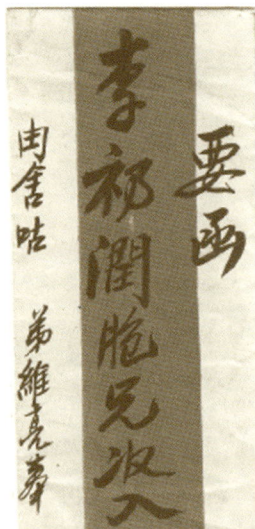

这是一封完整的古巴银信，由外封（邮政封）、内封（红条封）和家书组成。家书写于 1930 年 2 月 17 日（民国十九年元月十九日），盖古巴舍咕埠邮政局 2 月 18 日戳，水陆路寄出—广州—3 月 30 日台山邮局—西宁市源益大宝号—温边村交李祁润收。

【家书解读】

时间一晃过了五年。这些年间，家乡和古巴的人与事都发生了很大变化。1926 年 2 月 7 日（乙丑年十二月廿五日）寅时，新屋落成入伙，曾祖父云宏背着未满一周岁的孙子，携一家男女老幼，喜气洋洋地住进了新屋。20 天后，正遇正月元宵节，云宏的小女儿呱呱落地。阔别家乡二十年，回乡省亲又添千金，感觉犹如功成名就，金银就手，富足凯旋，于是为女儿取名"金足"。此后，又在家乡买了一块田地。正是"买田买地起新屋，添女添孙喜盈门"，好事连连，曾祖父在故乡度过了他一生中最美好、最幸福的时光。

返乡一年后，曾祖父带回的金银用尽，还因起屋负上了重重的债务，不

---

① 契娘：干妈。

得不从头开始，在钱庄赊账买了船票，再次出洋"掘金"。

　　然而，现实是非常残酷的。当他回到古巴后，不如愿的事情接连发生。大约在 1927 年间，曾祖父的小弟弟云宾在古巴一次海上作业中溺水身亡，客死他乡，时年未够四十岁，遗下中年的妻子和年幼的儿女。为了避免寡母幼儿遭受巨大的打击，曾祖父在外与各人约法三章，绝不将此事告知云宾的妻子。每逢过年过节，在外面的兄弟各人筹些银两寄回家乡，冒作云宾寄银回家，并报平安。这样过了两三年，云宾的家人依然被蒙在鼓里。这一次，二公维

李云宾在古巴的遗照

亮寄银信回家，还是千叮万嘱不要将此事告诉云宾的妻子以及其他家人，让时间慢慢去消磨。

　　正如我的祖辈一样，百年来，千千万万的台山人漂洋过海去外国谋生，功成名就、钱财就手者有之；半途而废、客死异乡者更是不计其数。他们都用"有福全家享，有难自己当"的方法将美好、快乐传给家人分享，将苦涩、凄凉留给自己承受。由此看来，海外寄来的每一封银信，都凝结着华侨的血与泪，构筑成今日的台山华侨精神。

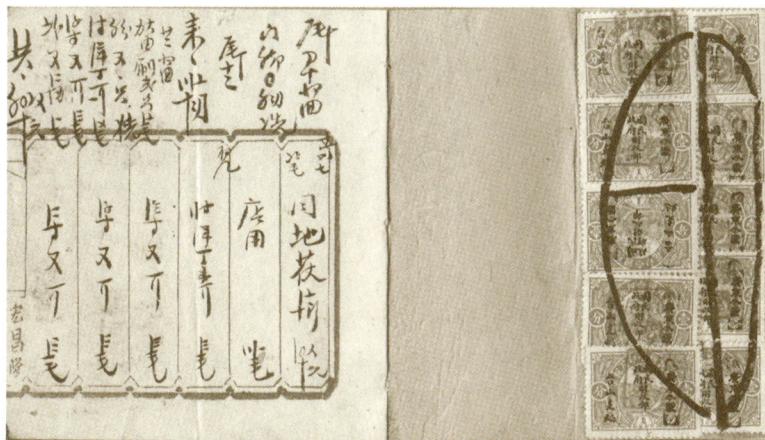

1925 年李云宏建新屋购买建筑材料的取货簿，贴民国长城一分台山地方加盖印花税票 10 枚。

9. 新岁将至寄银信

1930 年 12 月 13 日古巴寄台山银信

【原文】

祈润胞兄如面：

　　敬启者，兹付来晃纸一张，伸（申）港银壹佰伍拾（一百五十）大元，内交拾（十）大元祖母大人①收入，祈查照收以应新岁之用可也。现下各人在外均皆平安，在家切不可忧虑。再者前日得接来函一封，内云及做木料生意一项用银一百五十大元。但前日（日前）弟毫无一文，故所与（以）未能应命，望兄切不可计怒。但因古巴刻下数年世情极至冷淡，安（按）日以湖（糊）口之计。总至（之）持（迟）下然后再付多少回家，以还财东可也。尚此并请

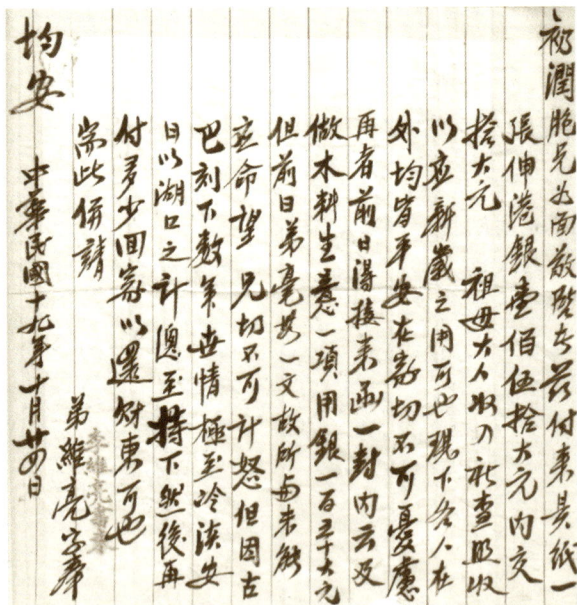

　　均安

弟维亮字奉

中华民国十九年十月廿四日

原信尺寸：217mm×225mm

---

① 祖母大人：指维亮的祖母雷氏，即编著者的高祖母。

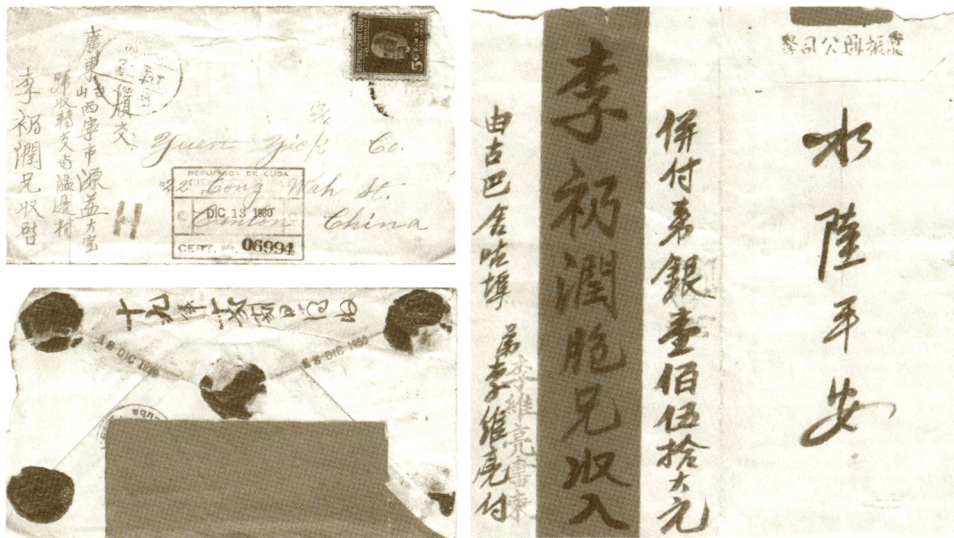

红条封尺寸：**70mm×150mm**

　　这是一封古巴邮政寄台山的银信，由外封（邮政封）、内封（红条封）和家书组成。1930年12月13日由古巴舍咕埠水陆路挂号寄出—1931年1月19日台山—源益大宝号—1月30日温边村交李祚润收，银信夹寄港戾150大元。银信封上"水陆平安"四字，既是银信封口的记号，又作吉祥祝福语。

【家书解读】

　　新年将至，寄银回乡过新年，是台山华侨的传统美德。久而久之，成为一条不成文的规定。每逢新历年或春节前夕，旅居海外的侨胞都要寄些钱给家乡的亲人过年，上孝敬尊长，下扶携幼小，聊表对家乡亲人的关怀之情。

　　时近年关，二公给家乡的亲人寄来银信，内有港戾150元，其中10元用来孝敬他的祖母雷氏，余款作为家庭过新年之用。同时报告旅外各人皆平安，请大家不用挂心。信中讲到古巴近几年来世情极其冷淡，仅可以勉强维持生活，根本无钱可存。此时，祖父想在家乡开一间经营木材的生意店铺，写信请求二公寄150大元作为本金，但因二公囊空如洗，无力支付这笔资金，只好请兄长不要有怨气。

李维亮青年时期照片

　　从此前的几封信，我们可以知道，自1925年古巴马查多总统上任后推行新政策以来，华人赖以生存和发展的服务行业受到巨大打击，日子不好过，加上1929年西方资本主义世界经济危机爆发，美国将经济危机转嫁给古巴，

29

导致古巴经济走进衰退期，华人境遇越来越困难。在这种情况下，旅居海外的二公无钱寄回家乡帮助家乡的亲人，无法担当养家扶助的责任，他感到很内疚，只有写信回家，以求家乡亲人谅解，希望今后好转，多赚些钱寄回家，以还清所借的债务。

编著者藏品

1924 年《古巴湾城溯源总堂①民国十三年征信录》。

---

① 古巴湾城溯源总堂：台山、开平方、雷、邝三姓的宗族团体组织，分支遍布世界各地。旨在联络、团结三姓宗亲，敦宗睦族，互爱互助，求共同发展。此征信录从侧面反映了当年华侨的穷困。

10. 公理公平论纷争

1931 年 6 月 5 日古巴寄台山信

【原文】

男儿知悉：

启者，上月接来音，说及争论"高园菜地、山岗仔田"二事起。前者业广①祖在生前此时，有言对我说明，此高园菜园地，系荒垯②地，李业广、张炳钦祖二人，系光绪元年开荒。各人开荒一个，至如今亦有五十七年至（之）久矣。实系业广祖子孙管业。业广祖有分单写落③，注明各人子孙管业高园菜园地为凭，理应各人不得争论。倘若佢各人系争论，我在处亦有字通传云泮、云宽二人知。要一律菜园地，以及山岗仔各人自开荒之田，全应一律交返出来雄开④祖管业，吾亦赞成。自愿俊衍祖所占得菜园地，亦自愿交出来。倘若佢各人自开荒山岗之田，不能交出来雄开祖管业，吾亦不应成（承）也。如若各人系自愿交返出来雄开祖管业，要投充收上期⑤现银，不得拖欠。如若无银交来，不得开耕，即速要投充过。菜园地以及田亩要一律投充，不论各子孙如是，不得多言。吾在处兄弟谈论取决照此进行，不得多言。又说及山岗仔田地系雄开祖管业来，前者荒垯（垯）有二斗种田亩阔。手（首）先开荒来系业广祖手⑥。光绪十二年间开荒来种番薯，有六七年至（之）久，后来丢荒。至光绪二十一年，云宏手（首）来开荒种番薯，亦有八九年至（之）久矣。至我出外求谋，又丢荒。后来永周、永伦、伟衍各人开荒田共二丘，

---

① 业广：云宏的祖父。温边村李氏十八世开始，班派联如下：高（雅）第开基广衍云礽伟业，始兴树绩永彰家国宏献。业广为廿二世长房，俊衍是廿三世长房，云宏为廿四世长房。

② 荒垯：丢荒的小土丘。

③ 有分单写落：有一份凭证记录下来。

④ 雄开：为温边村李氏第廿世。

⑤ 收上期：先收承包款，后承包。

⑥ 手：经手。

余下少少。民国八年，礽润手（首）开荒来种番薯至如今。此山岗仔地，我亦自愿交返出来雄开祖管业，见字谅知（之）可也。又云吾居处又无云焕弟住址门牌，不能通知也，见字谅知（之）。又说及现下居处，失业工人日日多，无工做，无处归宿，各行生意冷淡，一落千丈，损失太大。经济所迫，难以求食，未知何日得复回言（原）状。常时见土人有排外人风潮起，在处外国人心不安也。又云及云宽二叔①居别埠，做车衣工，亦谨（仅）可以胡（糊）口之介（计）也，手上无文见字知也。纸短情长，难以尽录，好言再申。

又云倘若在家各人自愿交返出来雄开祖管业，或不愿交出来，即速回字说及。吾在处系负青（责）赞成俊衍一人所占高园菜地，自愿交出来；别房人所占，吾不能负青（责），见字可知也。

近安

云宏、维亮全（同）付
民国二十年四月念（廿）日
男　礽润收读

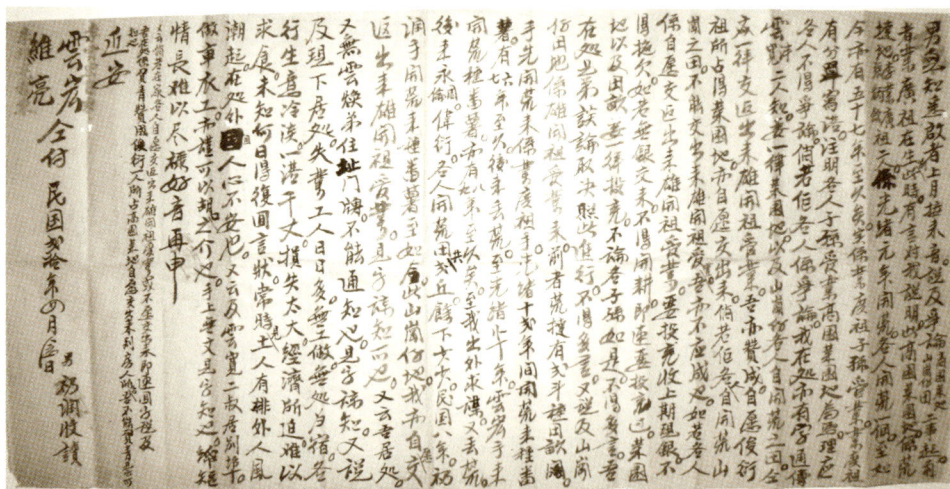

原信尺寸：**503mm×247mm**

1931年6月5日古巴舍咕埠寄台山信。

---

① 云宽二叔：收信人礽润的二叔父，云宏的弟弟，台山话简称二叔。

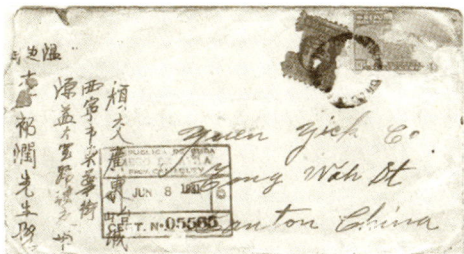

这封家书写于 1931 年 6 月 5 日，1931 年 6 月 8 日由古巴舍咕埠挂号寄—6 月 9 日哈瓦那—7 月 23 日台山邮局—西宁市源益大宝号—7 月 27 日温边村交李礽润收。

【家书解读】

土地是农民的命根子。失去土地后，生存就没有了保障。可是，民国时期的五邑侨乡，土地已经不是侨眷生存最重要的因素，特别是在享有"中国第一侨乡"美誉的台山，大量侨汇的滋润造就了一大批依靠侨汇收入过着休闲、幸福、富足生活的人，他们被人称为"金山婆"或者"金山少"。身在海外的华侨饱经风霜，受尽飘零的苦楚，在他们心中，家乡才是自己的根，家乡的田地仍是他们的命根子。因此，当旅居海外的华侨知道家乡田地发生争端后，即写信寄回家乡，据理力争，以保住自己的命根。

这封信是 1931 年 6 月曾祖父在古巴舍咕埠寄给祖父的，也是现存曾祖父的第一封家书，讲述家乡田地纷争问题及解决办法。

温边村"高园菜地"是现在村对面的菜园地，以前是族人共同所有，为一片丢荒的小山丘。光绪元年（1875）由先祖李业广开荒种菜，而且有字为据。曾祖父认为应按照里俗"谁先开荒谁拥有"的原则去处理物业权。如果众人认为不合理，要重新收回交给雄开祖，那么大家要一视同仁，收回后要重新投充，这样才公平。"山岗仔田"也是如此处理。

曾祖父文化水平低，文字表达困难，但他长期旅居西方，公理、公平、公正的观念深入心中，遇事也以此教育乡人。

编著者藏品
李礽润民国时期用葫芦瓜编织的竹器"葫芦水壶"。

33

　　此时，曾祖父在古巴境况堪虞。自四年前复回古巴后，洗衣馆的生意一直未见好转，失业人数一日比一日多，无工可做、到处流浪的华人比比皆是。

　　古巴处于经济困境中，经济危机加重，失业人数日增，这加剧了各种社会矛盾的激化，古巴本土人排外风潮迭起，以服务行业为主的华人常处在惶恐之中，深受其害。因此，二白公（二曾祖父）云宽远走他埠做车衣工人，收入仅能维持基本的生活，更无钱寄回家了。

11. 以字为证记账目

1931 年 11 月 28 日古巴寄台山信

【原文】

云庄贤弟鉴：

启者，汝前者在舍咕埠我衣馆处汝手交来美金银贰拾伍（二十五）大元，过维亮手收，代调理汝病症，合共支得美金银伍拾伍（五十五）大元正。前者汝在处，内有七个人在期（其）内可知，汝在处使（用）去费用银亦可知无差也。在处眼见目结人云宽、云泮、莲衍、云彬、维亮、云吞（松梅村人）、礽瑞（银河村人），此开口数①开列于后，见字一目了然无差。

支大（第）一次请西人医生利试（是）②银贰（二）大元，另药水银叁（三）大元。

支二次请西人医生利试（是）银贰（二）大元，另药水银贰（二）元捌（八）毛正。

支任（赁）屋房租银四大元。

支松梅村云吞先生日夜料理病症十二日，每日工银贰（二）大元，合共

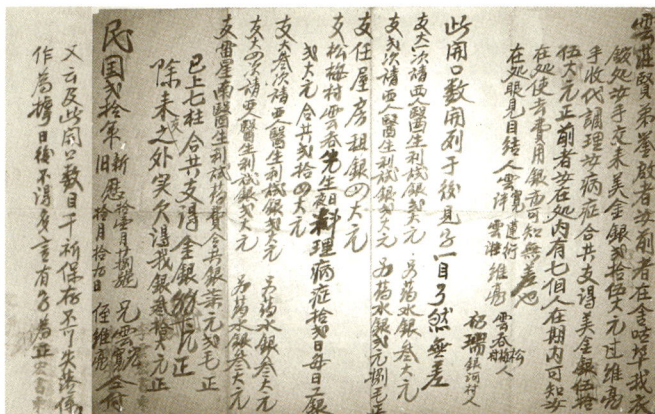

原信尺寸：370mm×236mm

---

① 开口数：可以公开对大家讲的数目。
② 利试（是）：红包，礼金。

贰拾四（二十四）大元。

支大（第）三次请西人医生利试（是）银贰（二）大元，另药水银叁（三）大元。

支大（第）四次请西人医生利试（是）银贰（二）大元，另药水银叁（三）大元。

支雷星南医生利试（是）药费合共银柒（七）元贰（二）毛正。已（以）上七柱（处）合共支得金银55大元正。除来支之外，实欠得我银叁拾（三十）大元正。

> 兄云宏、云宽，侄维亮仝（同）付
> 民国二十年新历十一月廿八号
> 旧历十月十九日

又云及此开口数目千祈保存，不可失落，系作为据。日后不得多言，有字为正（证）。

【家书解读】

民国时期，台山去古巴谋生的人很多，为了能在海外取得立足之地，乡民一般成群结队聚在一起，或是成立同乡宗亲会，或是加入当地的华侨华人社团，团结一致，为华人在侨居国取得合法的权益而努力。每当同乡族人在海外遇到困难的时候，大家都愿意伸出友谊之手，施以手足之情，互相扶持，互相帮助，协助乡亲渡过难关。

曾祖父1905年去古巴后，在舍咕埠开了一间洗衣馆。由于待人和善，服务周到，乐善好施，早期洗衣馆生意兴隆，他也赚了一些钱，洗衣馆逐渐成为温边族人的联络点和落脚点，经常有族人来洗衣馆联络乡情，共谋发展。久而久之，来借钱的兄弟越来越多，每次他都施以援手，满足兄弟叔伯的需求。曾祖父在出国后的第二年（1906年）就开始借钱给当地的同乡族人；另据编

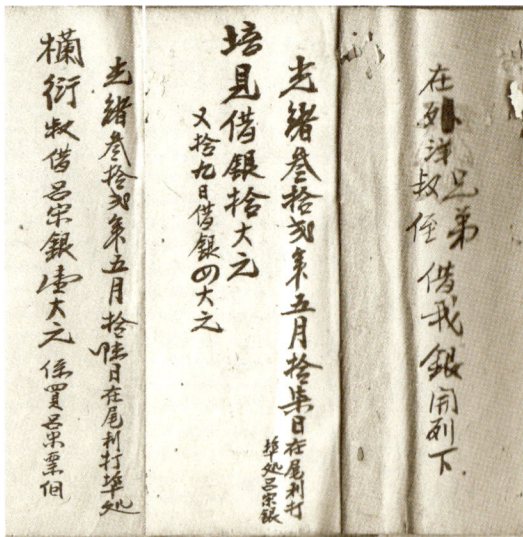

家传藏品
光绪三十二年（1906）李云宏在古巴借钱给兄弟的记录簿。

著者所收藏的一本 20 世纪 20 年代李云宏在古巴借钱给兄弟的记录簿记载，当时一年内就有 57 人向他借钱，欠款金额达 440.3 美元，可见云宏宽宏大量的胸襟和乐善好施的兄弟情怀。然而，兄弟归兄弟，借支账目也要分明，有来有往才是维持亲情、友情长久和谐的保障。以字据为证，是为必须。

　　一年前，本村兄弟云庄在古巴舍咕埠得病，曾祖父帮忙请人为他料理生病期间的一切事务，并支付了相关的费用，借支了美金 30 大元。云庄身体健康后，回乡探亲，但欠款尚未清还。为了账目清楚，曾祖父写信寄回家乡给云庄，讲清楚此前治病期间使用的各项费用详细情况，并指出当时在场有 7 位同族兄弟见证。如以后大家对此有异议，以这封信为证，大家也一目了然。这种公平、公开、公正的待人处事方法，值得我们借鉴。

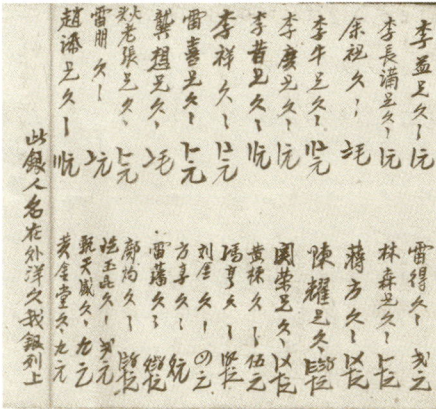

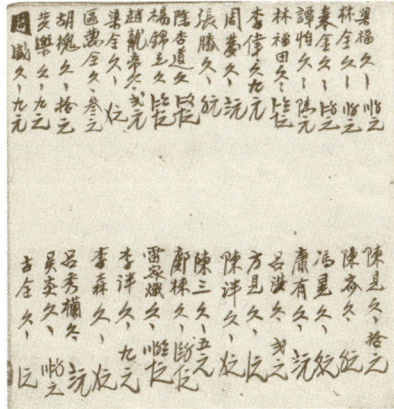

20 世纪 20 年代李云宏在古巴借钱给兄弟的记录簿，记录了当年有 57 人向李云宏借钱，金额共 440.3 美元。

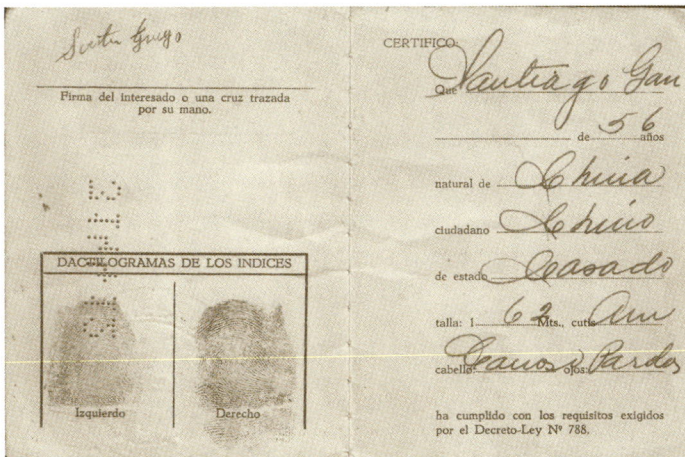

台山海宴古巴华侨颜肖礼的身份证明资料。（颜明海供图）

12. 没钱还债嘱卖屋

1933 年 4 月 25 日古巴寄台山信

【原文】

吾儿知悉：

　　启者，是日接来音，吾一一祥（详）悉矣。为吾居处，民国十九年正月至如今，无工可做有三年至（之）久矣。心中劳闷，手上无文，难以设策筹备银两付归也。吾民国廿年有信字回复付回家，说及使汝全（同）汝母亲乙（一）齐返下来旧屋全（同）居住宿；将此新屋出卖过别人，取此银两来还回债主，免至日九（久）利息太重。或田地以及出卖，倘若田地尽出卖不足还债，即速将此新屋出卖更好，吾什（十）分承认也。时时（下）世界，卖屋还债，不系失耻名誉①也。或者他日吾有黄金到手即来造屋应用。访（况）且文明世界，金钱主议（义）也。吾居处见各行工商生意闭门，一落万万丈，圆（完）全破产无一挽救。各国人民（侨民）无工可做，无能胡（糊）口，全系失业人民，触目皆是。在处（本地）政府人民亦如是。吾各兄弟归（寄）宿舍朋友处，或三日共两餐②食不定也，或无食也不定。如若得接此信，即速将此进行为上。将此新屋出卖过别人，将此银两还回债主便是，千祈至谨为要。倘若还回本银过债主，汝先收取回我言（原）揭帖，然后交银过债主。汝另写欠利息多少收条交过债主，作日后有银可还利息也。至谨为要上也，免至日后多言。倘若债主不允交回言（原）揭帖过我先，汝不可交银两过佢债主，至谨为要上也。又云并付来云庄弟前日在处欠他（下）维亮开口数欠单一张，祈查收入为据也。吾前年亦有欠单付返交云庄收入也。又云现下各兄弟各人居处，无一条路可行也。为（唯）系望迟他日，在古巴白糖有大起价一条路可望③，谨（仅）可以扶持，望各行兴旺，可以取船费回家

---

① 失耻名誉：损坏自己的名誉。
② 三日共两餐：三日只吃两餐，是吃不饱的意思。
③ 在古巴白糖有大起价一条路可望：唯望古巴今后白糖价格大涨，才是唯一出路。

38

也，除此之外不能也。又说吾前者回家，无银多到家，汝亦可知也。大（第）一谓汝祖母、母亲①二人常时迫我造屋为上，吾见多次迫不可以顺松（从）进行，系大（第）一误也；大（第）二谓汝胞弟维亮不固（顾）生意，以赌作生涯也，尽将血汗兹（之）财一注掷②，大（第）二误也，见字谅知（之）。纸短情长，不能尽录。吾居处均赖平安，不可锦念也。好音再申，字示

　　大安

云宏字示
民国廿二年新历四月廿五号
旧历四月初一日付
男礽润收入

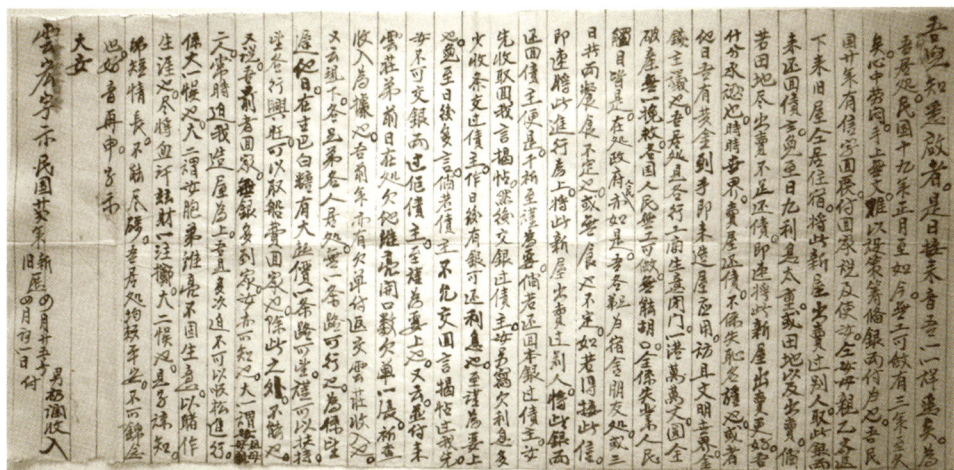

原信尺寸：493mm×237mm

1933年4月25日古巴舍咕埠李云宏寄台山李礽润信。

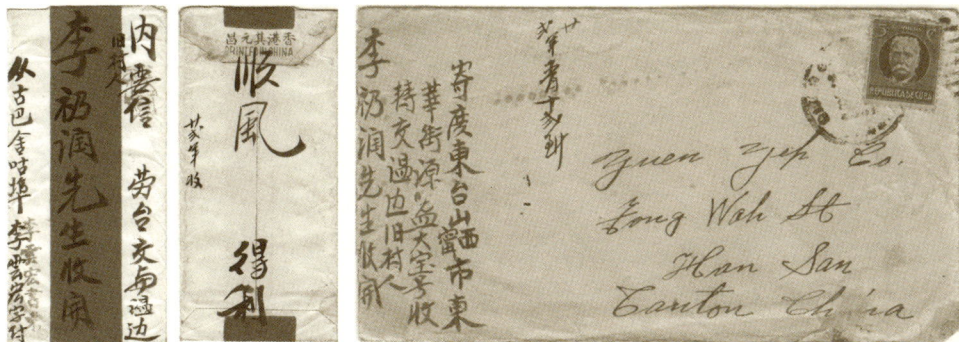

此信1933年4月25日古巴舍咕埠寄—台山—6月3日交温边村李礽润收。

① 祖母、母亲：祖母指礽润的祖母雷氏，母亲指礽润的母亲邓氏。
② 一注掷：孤注一掷，这里指参与赌博，挥霍金钱。

【家书解读】

曾祖父 1925 年返乡，在乡下建了一间新屋，同时也欠下了两千多元的债务。他次年就返回古巴。按照以前的经济形势，估计过个三五年还清债务没有问题。然而，现实是残酷的，当他复回古巴后，一场资本主义经济危机打破了他的既定计划，使他尽快赚钱还清债务的计划落空了。

链接

> 自 1902 年古巴成立后，美国资本在古巴经济中逐步占据支配地位。1925—1933 年，独裁者格拉多·马查多·莫拉莱斯执政时期，美国在古巴的投资迅速增至 15 亿美元以上，作为古巴经济基础的制糖工业几乎完全为美国垄断资本家所掌握。[①] 他们还在古巴开设工厂，占有大片庄园，备有自用铁路。古巴经济的畸形发展和对美国的依赖，使古巴在 1929—1933 年资本主义世界经济危机期间遭受极为严重的打击，随着蔗糖价格的暴跌和产量严重萎缩，古巴经济处于崩溃状态，蔗糖出口锐减，失业人数猛增。曾祖父所在的舍咕埠各行各业生意冷清，"一落万万丈"，关闭、破产的工商企业满目皆是，无一幸免；无工可做、无饭可吃的失业者满眼都是。

在此经济环境下，白公（曾祖父）经营的洗衣馆也处于半关门状态。自 1930 年以来，有三年多时间他没有工作，身无分文，非常郁闷。父子、兄弟数人只好寄宿在朋友处，饮食无着，时常三日只吃两餐，勉强维持生活。在经济危机困境下，古巴政府根本无力应对，人们只有希望古巴今后白糖价格大涨，这才是唯一的出路。

此时，曾祖父的儿子维亮又不争气地染上了陋习，置洗衣馆生意不顾，流连于赌馆之间，将辛苦赚来的血汗钱赌光。此情此景，赚钱美梦破灭，寄钱回乡还清债务更是无望，又怕借款利息越拖越重，可谓"前无去路，后有追兵"。无奈之下，曾祖父只好写信给乡下的儿子，请全家人搬回旧屋居住，将新屋卖出以偿还债务，或者将家里的田地全部卖出来还债。他还吩咐如果卖了新屋，请立即将所得的款项还债，并要取回以前借钱的揭帖（借据），防

---

① 《1940 年的古巴和 2002 年的美国大选》，豆瓣同城网，http：//www.douban.com/event/12232674/discussion/26519635/。

止以后发生争议。

信末讲出此前起屋的缘故：曾祖父回乡期间，他的母亲、妻子经常催他起新屋，但他带回的银两不够，又拗不过母亲和妻儿，只好借钱来建这间新屋。此后复还古巴，遇上古巴经济危机时期，只有出此下策，卖屋还债，实事求是，也不是什么耻辱的事情，请大家谅解他的苦衷。

一封家书，揭开一段痛苦的卖屋风波。饱经风雨近九十年的新屋现在依然完好，屋前瓦檐上，当年曾祖父亲笔题的"家庭发达，世界维新"八个苍劲有力的大字，让我们感悟到曾祖父建新屋的冀望：出洋赚钱回乡起新屋，既带来了财富，也带来世界先进的新思想，寄望子孙后代解放思想，锐意创新，用自己勤劳的双手，建设美好的新家园，子孙昌盛，家庭发达；同时也寄望乡民用"世界维新"开拓创新的新思想，改变家乡贫穷落后的面貌，建设一个美好幸福的新侨乡。

1925 年李云宏回乡建新屋，在大门口前瓦檐雕刻上他亲笔题的"家庭发达"四个大字。

1925 年李云宏回乡建新屋，在小门口前瓦檐雕刻上他亲笔题的"世界维新"四个大字。

13. 银信被扣须追回

1934 年 8 月 13 日古巴寄台山银信

【原文】

祁润吾儿知悉：

启者，现接来信，藉悉一切。云及是日在处由花旗银行①买赤纸一张伸（申）港银伍拾（五十）大元，由源益宝号②付来，祈查收入招（照）交，应家中费用，内交银贰（二）大元祖母③大人收入，余他（下）多少交

原信尺寸：290mm × 236mm

汝母亲收入应家用。又仝（同）日付来雷维英信一封，见字收到此信，即速亲身携带面交求他收回旧岁银两卅（三十）大元，及信内数封要信，及纸水银多少便是，倘佢不应允交回银两与（以）及信，即将吾付来启事情形在台城报馆宣布报章一个月为止。吾在处亦等汝回信如何，亦预备在古巴卖他报纸一个月为止，见字至谨为要上也。又云吾在处佢（俱）各平安，见字不锦念也。又付来万兴④雷维英前日收到此信及银两回音，此信系吾在处得接雷维

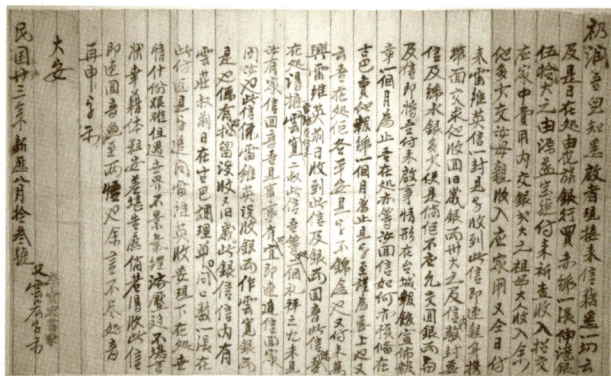

---

① 花旗银行：是美国最大的银行，在全球近五十个国家及地区设有分支机构，总部位于纽约市公园大道 399 号。这里指花旗银行古巴分行。

② 源益宝号：是台山一家兼营银信的商号，位于台山西宁市东华路，开办于清朝末年，由东坑李氏家族创办。

③ 祖母：指收信人祁润的祖母雷氏，即编著者的高祖母。

④ 万兴：万兴宝号，是台山一家私营代办银信机构。

英付来云宽二叔此信，吾等他二个礼拜之九（久）未见汝有家信回音，吾见事（此）事有可宜（疑），即速追信回家问汝也。此信系雷维英没收银两作云宽银两是也，系有心扣留没收。又旧岁此银信信内有云庄叔前日在古巴调理单，问口数一张在此付返，见字追问雷维英收妥。现下在处世情什（十）份（分）艰难，但遇世界不景气，经济压迫不堪言状，幸藉（身）体粗安，差堪告慰。倘若得收此信，即速回音免至（致）两悟（误）也。余言不尽，好音再申字示。

　　大安

父云宏字示

民国廿三年新历八月十三号

原封尺寸：163mm×92mm

　　这是一封完整的三合一五邑银信，由外封（邮政挂号封）、内封（红条封）和家书组成。红条封内装有信银（现金或戽纸）。贴古巴13仙邮票1枚。1934年8月14日由古巴舍咕埠寄出—9月22日广州—9月30日台山西宁市"源益大宝号"转交收银人。邮寄全程历时48天。信银港戽50元。

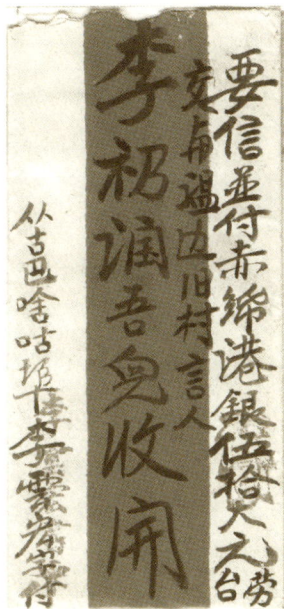

红条封尺寸：66mm×142mm

【家书解读】

　　曾祖父在上封信里讲到，古巴经济危机时期，他多年无工可做，无银寄回家，心里非常郁闷，于是决定卖屋还债，但遭到家乡亲人的坚决反对。他们千方百计渡过难关，无论如何也要保住自己的新家园。

链接

1933 年 8 月，古巴爆发了反美、反独裁斗争，推翻了格拉多·马查多·莫拉莱斯政权。卡洛斯·曼努埃尔·德·塞斯佩德斯（Carlos Manuel de Céspedes）任临时总统。随后的 9 月，巴蒂斯塔作为中士领袖发起"中士兵变"，临时总统被迫下台，政权落入以拉蒙·格劳·圣马丁为总统的五人委员会中。巴蒂斯塔出任陆军参谋长，提升自己为上将，并实际控制政权。拉蒙是一名社会主义者，他憎恨美国人，并且善于煽动群众的情绪，在大学生中颇有影响力。4 个月后，1934 年 1 月 15 日，拉蒙被迫辞职，由埃维亚接任。两天后，埃维亚丧失权力，由卡洛斯·门迭塔·蒙特富尔（Carlos Mendieta y. Montefur）出任总统。这些人只不过是巴蒂斯塔所任命的傀儡总统中的几个，随后的 6 年中他还任命了 3 位傀儡总统。在对美国的关系方面，巴蒂斯塔积极迎合美国的睦邻政策。1934 年 5 月，美国政府宣布废除与古巴的《普拉特修正案》，而签订《美国—古巴条约》。在条约中，美方表示在关塔那摩建立海军基地，巴蒂斯塔没有任何异议。同时他还接受美国政府的贷款①，上台执政。巴蒂斯塔执政以后，在美国政府的支持下，古巴经济由危机走向萧条，然后进入复苏期。

　　经济复苏给人们带来了希望。经过努力，曾祖父终于凑够 30 元港币于 1933 年 12 月寄回乡作养家之用，这封银信对于中断侨汇多年的华侨家庭来说，可谓"久旱逢甘露"。本来，此银信是寄到台山城正市街万兴宝号雷维英转交温边村李礽润收，但雷维英收到银信后，不但不送给收银人，反而将银信扣留没收，作为偿还云宽以前的借款之用。虽说云宏、云宽是兄弟，但台山有句老话讲得好，"细来两兄弟，大来两房人"，现在各有各的家庭，应是各还各的债务才合理，更何况现正处在经济最困难时期，就算兄弟想帮助也无能为力了。8 个月过去，扣留银信的事件仍无法解决，于是曾祖父又寄 50 元港屄回家，由西宁市源益大宝号转交祖父收，并将此前雷维英扣留银信的回信寄回家，吩咐祖父携带这封回信去万兴宝号追回信银港币 30 大元及纸水银。如果该宝号不答应交出银两及书信，即在台城和古巴的各种报刊发表公开声明，曝光此事，让海内外的华侨、民众知道万兴宝号扣没银信的黑幕。

　　此信最后讲到，古巴现在的经济环境还是较为险恶，处于全世界经济不景气时期，旅居海外的华侨苦不堪言，幸赖身体平安，可以告慰自己。

────────────

　　① "巴蒂斯塔"词条，搜狗百科，http：//baike. sogou. com/h308815. htm？sp = l49626517。

位于台山西宁市东华路的源益大宝号旧址。

在这里，介绍一些五邑银信的基本知识。2013 年 6 月 19 日，联合国"世界记忆"工程国际咨询委员会第 11 次会议在韩国召开，16 万封粤闽华侨华人留下的珍贵记忆遗产——"侨批档案——海外华侨银信"通过投票表决，正式列入《世界记忆名录》。这是继开平碉楼与村落之后，江门五邑地区又一世界遗产。那么，五邑银信的庐山真面目是怎样的呢？看过这封古巴银信后，你就可以找到答案。

这封银信的寄递全过程如下：寄银人先到古巴花旗银行购买赤纸一张，将赤纸和家书一起装在红条封内，然后到舍咕埠邮政局用担保信（挂号信）寄到台山西宁市的银信机构"源益大宝号"，源益大宝号收信后即写通知书给收银人前来收信取赤，收银人凭赤纸到银行领取外汇。由此可见，五邑银信是由钱银（现金或尽纸）、家书、红条封、邮政封组成，钱银赤纸在领取外汇时被银行收回，因此，现存完整的五邑银信只有家书、红条封、邮政封三部分，"三合一银信"成为五邑银信鲜明的特色。

从上面的寄递过程看，寄一封银信好像关公"过五关，斩六将"一样，经过一个月的水路、陆路长途跋涉，最后才能送达收银人，如果其中某一个环节出现问题，就会造成银信损失。在五邑侨乡社会里，银信丢失是常发生的事。而现存大量银信实物中，经过多个银信机构转接后留下的侨批档案，

45

大多数是不完整的，一件或两件者多见，能完整配套的"三合一银信"则少
之又少。古巴银信存世量少，品相完好的古巴银信更是难得一见。

编著者收集、研究银信多年，首先提出"五邑银信三合一"的观点，并
以此为素材编组《广东五邑侨批（1900—1949）》邮集参加东亚地区、全国和
各地集邮展览，四次夺得镀金、大镀金奖，在报刊、电视、广播等媒体上大
力宣传别具一格的五邑侨批，得到集邮界、学术界和社会各界人士的广泛赏
识与赞同，为《侨批档案——海外华侨银信》成功申报世界记忆遗产作出了
自己的贡献。

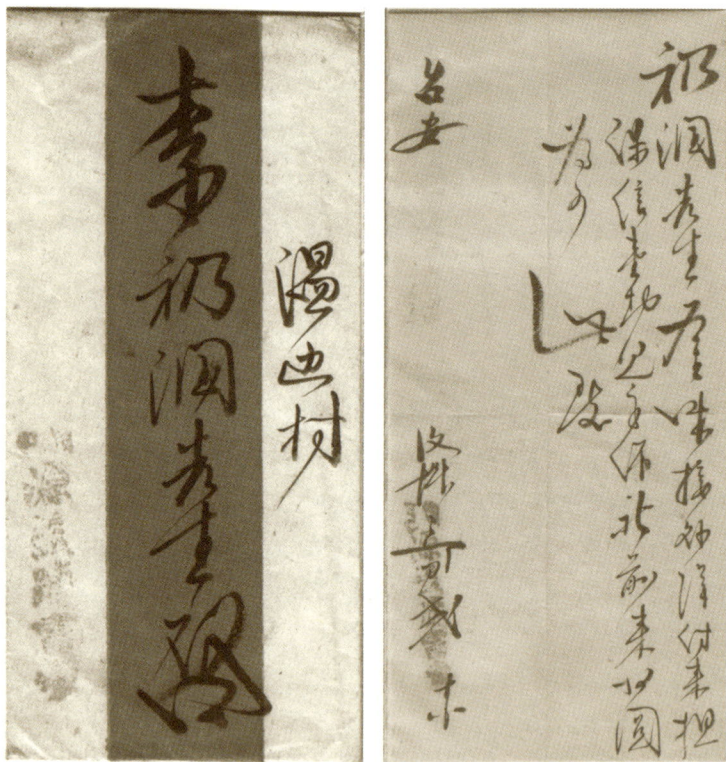

这是台山西宁源益大宝号1930年发给温边村李礽润收担保信的通知
书，内容为：礽润先生鉴，昨接外洋付来担保信一封，见字凭此前来收阅
为要。此致台安西宁市源益号书柬李十九年三月初二。

1本. 刊布启事昭恶行

1934 年 8 月 13 日古巴寄台山信

【原文】

旅古巴李云宏启事

启者:

鄙人观祖国生计艰难,是以挺身走险。抵古以来,因世界不景气,经济恐慌,华侨在处无工栖身者不知几岁,所以年来甚少艮(银)两付返家用。鄙人未有家用汇归亦经已(已经)数年。去岁十二月间在处购艮纸一张,伸(中)港艮(银)叁(三)十元,由台城正市路万兴宝号雷维英收转交吾儿李礽润收,以作养家费用。不料至今数月,雷维英不旦(但)不

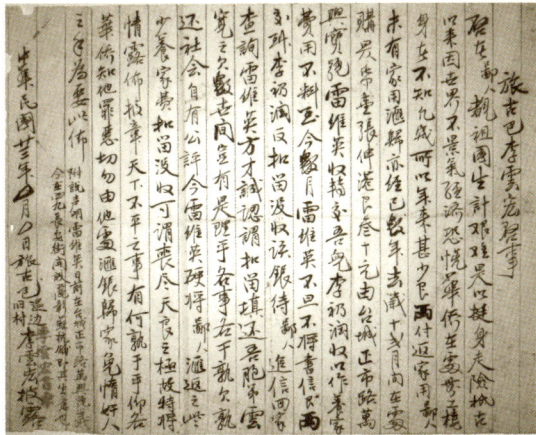

原信尺寸: 310mm × 250mm

将书信艮(银)两交到李礽润,反扣留没收该银,待鄙人追信回家查询,雷维英方才诚(承)认,谓扣留填还吾胞弟云宽之欠数。世间岂有是理乎!各事各干,孰欠孰还,社会自有公评。今雷维英硬将鄙人汇返之些少养家费扣留没收,可谓丧尽天良之极!故特将情露布报章,天下不平之事有何孰于乎。仰各华侨知他罪恶,切勿由他处汇银归家,免惰(堕)奸人之手为要,此布。

附说声明:雷维英日前在台城正市路万兴宝号当职,岁今在四九长安街开设丽彰苏杭铺即其生意也。

旅古巴温边旧村李云宏披露

中华民国廿三年△月△日

【家书解读】

清末民初时期，台山经营银信业务的机构很多。银信机构依靠接驳侨汇收取手续费赢利，手续费标准一般为1%～2%，行业竞争非常激烈。为了赢取最大的利润，银信机构在本地和海外的华人报刊上大肆刊登广告招揽业务，以宣传"实力、信誉、服务"等方面为主要内容。这样，规模大、信誉好、服务周到、管理完善的银信机构越受华侨欢迎，接驳银信数量就越多。如慎信药行银业，由台城谭裔璞家族经营，分别在美国、中国香港和台山设立多个连锁接驳点，民国三十六年（1947）接驳华侨银钱达460万港元，仅手续费收入就有4.5万港元。① 慎信药行银业凭借良好信誉和完善的服务，跨越清朝、民国、新中国三个历史时期经营银信业务，成为台山十五大银号之一。如果银信机构扣押、截留侨汇，当事情曝光后，该机构很快就会遭人唾骂、拒绝和抛弃，不久也将关门大吉。

廣東省台山縣西寧市北盛路

藥行 信慎 銀業

Seen Shun
85 Park Sing St.
Toy Sun Dist,
Kwangtung, China.

谭裔璞 收

香港文咸東街一百二十五號
新同益参茸交慎信銀號

Sun Tong Yick
115 E Bonhom St,
Hong Kong,
China

谭裔璞

皆男光炳上
光燧

本號自備厚資建築洋樓經營銀業西藥兩行生意專做我換匯兌接理外洋書信銀信即照著久為親友所稱道兹為外洋付銀親友欲快得家中回信起見每接到信銀兩委件送到府上向收信人親簽字據趕從郵局寄回付銀人以免久望倘各親友有掛號郵件托轉交貴府小號亦樂代收田廉費以資彌補如蒙惠顧特別歡迎

20 世纪 40 年代台山慎信银号办理侨批业务广告式样。

民国时期台山慎信银号侨批业务印章。

1933 年 12 月，曾祖父寄的一封银信到台城正市路万兴宝号被扣留没收后，他拟好了一份启事，分别在台城和古巴各种报刊上发表声明，向海内外华侨华人揭露该银信机构的黑幕，以反击万兴宝号的失信。该启事公布以后，雷维英因为扣没银信事件曝光而被开除，万兴宝号也从此走下坡路。

据理力争，将不公平的事情公之于众，是最好的处事的方法。曾祖父长期旅居海外，学到西人的维权观念，在自己的利益受到侵害时，以法律为依据，以理服人，维护自己的合法权益。这种待人处事的方法，今天仍值得我们借鉴。

---

① 《台山县志》编纂委员会编：《台山县志》，广州：广东人民出版社1998年版，第396页。

15. 新屋受损要索赔

1935 年三月廿九日台山李礽润寄给
古巴李云宏信

【原文】

父亲大人膝下：

　　敬禀者，现在我间新屋被本家李衍藩叔造屋叠上青砖在于我屋后背塘基①边面。高叠四尺余，叠长照塘基原底数丈，连叠三行余，统计砖数万余只，离我中宫墙②三四尺阔。因砖力过重，迫塘基边围墙连砖同时倒塌，择坏③我新屋中宫。我屋全座四围墙壁变动报（爆）裂，至伤甚大系中宫墙，小门口④听（厅）低墙兼屋盖面墙壁敊扭⑤二三分。照现时看，间屋未什（十）分紧要。因内边败坏不知后日变动如何，未能敢决断。事实因倒塌砖日期系旧历三月廿九日七点余表时间，倒塌砖声可似如雷声之大。乙（一）乡公民老幼所知其事（当日有话安我心，破坏何处照常健（建）筑，若全座不合倒平⑥健（建）筑），至四月初六恳求坭（泥）水工呈（程）师到来看过，我新屋实系变动，李衍藩方面请坭（泥）水工会三人李孟瑞、邝亚荣、周亚强兼伛造屋工头陈乡相，小儿方面请岑乡阜伛子岑不秧等共六人，要求我取决其事。当初六日本乡棠衍、道森在其内，闻得其语，李孟瑞仝（同）衍藩提议损失价目三十元，问我取价目若干。小儿所说照常健（建）筑墙壁屋盖面伛不能担诚（承）健（建）筑，总至（之）赔损失要求我提议价目若干，良

---

① 塘基：村前或村中间规划预留的空地叫塘基。
② 中宫墙：房屋背后的围墙，这里指新屋的后墙。
③ 择坏：压坏。
④ 小门口：台山民居是典型的岭南汉族民居，住宅方形，左右对称开门口。靠近村头的一边门口较大一些，叫大门口；靠近村尾一边的门口小一些，叫小门口。
⑤ 敊扭：摇动歪斜。
⑥ 倒平：拆平。

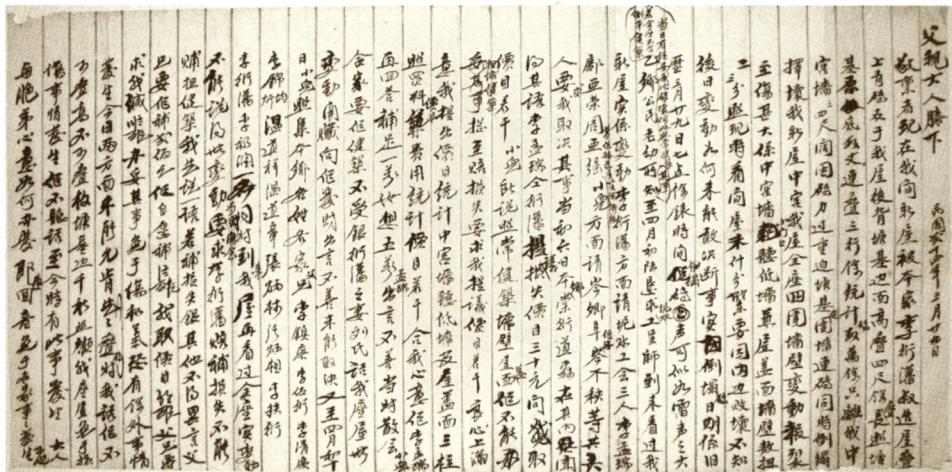

原信尺寸：520mm×255mm

1935 年三月廿九日台山李初润寄给古巴李云宏侨信。

心上满意。我提出价目统计中宫墙听（厅）低墙及屋盖面三柱照买料价目筑费用统计价目若干合我心意。佢李孟瑞再回答补足一萬（万）汝想五萬（万）。孟瑞出言不善，当时散会。小儿合家要佢健（建）筑，不受银，衍藩之妻刘氏话我座屋无变动，开赃向佢发财，出言不善，未能取决。又至四月初十日，小儿照（召）集本乡各姓各家父兄，李镇展、李佐衍、李清广、李锦均、李锦炘、温道祥、温道章、张炳林、张炳相、李扶衍、李衍藩、李初润一齐，同时到来我屋。再看过全座实变动，不能说得无变动，当时开会要求李衍藩赔补损失，不能补担健（建）筑。我先说一语，若补损失银其他不得异言。父兄要佢补贰佰（二百）元，佢自愿补 180 元，我取价目 580 元，父兄要求我缄 380 元办妥其事，免于伤和气，恐有余外事情发生。今日两方面未能允肯。先先叠砖时，我话佢不可叠高，不可叠枚①塘基边，千祈照顾我座屋，免于损伤事情发生。佢不听话至今时有此事发生，大人与胞弟心意如何办法，即速回音，免于在家事事发生可也。

民国二十四年三月廿九日

【家书解读】

故乡家园是华侨的根。曾祖父去古巴打工 20 年，用积攒下来的血汗钱在家乡起了一间新屋，为此，他负上了重重的债务。两年前，因无钱还债，曾

---

① 枚：音同"埋"，粤方言，近、靠近的意思。

祖父想将新屋卖出，幸亏全家人全力保卫，才将新屋保留下来。

一波未平一波又起，新屋建好未满十年，又遭受到意外的创伤。民国二十四年（1935）农历三月廿九日七时许，新屋后面同族兄弟李衍藩因建造新屋，在新屋后塘基地面叠上青砖，叠四尺多高，长度达数丈，连叠三行多，估计有一万多块青砖。因砖压力过重，塘基边围墙连砖同时倒塌，压坏新屋中宫墙，新屋全座四周墙壁都有裂痕。损伤最大的中宫墙、小门口厅底墙和屋盖面墙壁，均扭曲了两三分，当时倒塌砖声如雷声一样，全村人都可以听见。曾祖父一生的心血、全家人多年的期望，尽在建造这间新屋上，现在遭受如此重大的创伤，大家看在眼里，痛在心里，甚为悲愤。

为了解决赔偿问题，数日后，祖父和李衍藩各带一些建筑工程师到现场评估损失，但因未能达成一致的赔偿协议，李衍藩之妻刘氏又出言不善，两次协商都是不欢而散。事无大小，都是海外华侨说了算，这是侨乡人的传统观念。在此情景下，全家人只有期望身居海外的前辈来解决这个问题。

新屋厅底（中厅）的捣米碓，是民国时期侨乡人民加工粮食的主要工具。

16. 免伤和气是上策

1935 年 6 月 14 日古巴寄台山
家信之一

【原文】

祁润吾儿知悉：

　　启者，是日接来音，说及衍藩弟不法行为，吾心不安也。衍藩造屋砖数万倒塌，损坏吾新屋，四围墙壁兼屋盖面报（爆）裂，敦扭数分曲阔，损伤甚大。吾主意不受钱银一文。大（第）一问提（题），即速要衍藩健（建）筑吾新屋好为止，免于伤和气，免至日后多言，一团和气。吾居古巴处，二十余年血汗金银尽在此造屋支用，吾大（第）一问提（题）。衍藩如若不担

原信尺寸：**204mm × 240mm**

1935 年 6 月 14 日古巴舍咕埠寄台山信，7 月 21 日到台山，7 月 26 日交温边村李祁润收。

诚（承）健（建）筑好为止，吾此新屋无用也。吾即速要衍藩诚（承）领吾此新屋连地。吾此新屋前日健（建）造连地合共支用银六仟六佰伍拾陆（六千六百五十六）元九毛正，此大（第）二问提（题）是也。吾亦有字求本乡各姓、各家父兄、公、伯、叔、兄弟老幼，照吾主意取决行事为要上也，余言不尽，好音再申。

又云迟他（下）星旗（期）再付来音，见字谅知（之）可也。

近安

云宏字示

民国廿四年旧历五月十四日申

【家书解读】

曾祖父收到家乡儿子的来信，看后犹如当头棒喝。当年他回乡后因拗不过母亲、妻儿，筹资 6 656.9 元建造了这间侨房，让全家人住上新屋，以为是万世之基业。如今遭受意外的打击，心里痛苦万分。然而，长期在海外飘零、接受中西方文化的洗礼、饱经风风雨雨的他，遇事不乱，处变不惊。曾祖父提出了合情合理的赔偿方案：

第一，不收受对方一分钱，按照房屋损坏的实际情况，要求对方迅速对全屋进行维修。第二，如果对方不答应修理损坏的房屋，则要按照房屋的原来造价如数卖给衍藩。为了公平起见，他另写一封公开信给家乡的父老乡亲、兄弟、叔伯等，让其主持公道，共同决定赔偿方案，并强调免于伤和气，防止今后有争议，让大家能够一团和气。

在正常的情况下，自己花了数十年心血建造的房屋遭受如此严重的破坏，确实令人气愤，如果一个人不够冷静，没有宽大的胸怀，很容易引起双方的对骂或者打斗。然而，华侨旅居海外，接受中西文化的熏陶，造就了开放、包容的广阔胸襟。当自己的利益受到侵害的时候，他们本着以理服人、"一团和气"的宗旨，化干戈为玉帛，将各种社会矛盾及时化解。这种"开放、包容"的台山华侨精神，在建设和谐社会的道路上，值得我们发扬光大。

17. 族人议决和为贵

1935 年 6 月 14 日古巴寄台山家
信之二

【原文】

李镇广、李佐衍、李棠衍、李扶衍、张炳林、张炳相、李锦均、李锦炘、李清广、温道森、温道祥、温道章、李衍藩、李礽润，列位父兄、公、伯、叔、兄弟：

敬启者，弟是日接来家音，弟一一祥（详）明矣，见衍藩家弟造屋当日叠砖，此时吾小儿礽润有言话伝衍藩，不可叠近塘基边围墙边，如若叠近，况①有损坏我新屋，当时衍藩有言，汝安心不能破坏我屋，如若系有损择破坏何处，照常健（建）筑好为要，如若全座不合，即倒平健（建）筑好为止。本乡父兄老幼公民所知其事也，数万砖叠数尺高、数丈长、数丈阔，砖力过重，迫塘基边围墙连砖同时倒塌过我新屋中宫墙，损择坏我新屋全座四围墙壁变报（爆）裂，损伤甚大，墙壁兼屋盖面敠扭数分，当砖倒塌此时，砖力过重择（掷）破坏我新屋，可似如雷声之大也，劳烦本乡各姓各家父兄、公、伯、叔、兄弟老幼，即速取决，要衍藩家弟当初言语，照常健（建）筑屋好为要，云宏主意，不受银一文，免于伤和气，免至（致）日后两家多言，为要上也，现下见衍藩反心②，不能担诚（承）健（建）筑我新屋破坏，不合理也。

余言不尽，好音再报，谨此恭请
金安

小弟李云宏字
民国廿四年五月旧历十四日

---

① 况：台山话与"慌"音近，怕的意思。
② 反心：反悔。

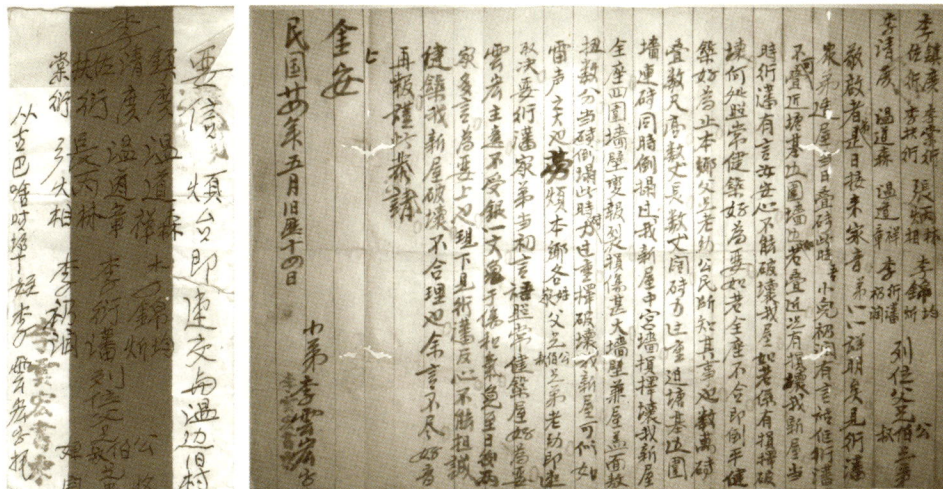

原信尺寸：310mm×250mm

【家书解读】

温边村，是台山市台城长岭村委会边一座古老的村庄，建村历史悠久。小时候，村里父老乡亲常常教我们唱一首民谣："唔讲汝唔知，讲出来汝脚骨痹，未先立城先立我温边村。"这里所说的"城"是指新宁县城——宁城，即现在的台城。新宁建县于明弘治十二年（1499），当年六月，知县任钺到任，正式主持县城建设。[①] 由此推算，温边建村应该是五百多年以前的事了。温边村由温、李、张三大姓氏立村，开枝散叶，村中各事，事无大小，均由三姓氏代表共同商议决定。这是那个年代解决纷争的办法。

曾祖父李云宏是李俊衍的长子，在村中也是云字辈的兄长，虽然身居海外，却心系家乡，关心公益，乐善好施，每年都寄钱回乡支持李氏家族自办的雅传祖"猪肉会"基金，在村中有较高的威望。当日，他收到家乡的来信后，虽然气愤，

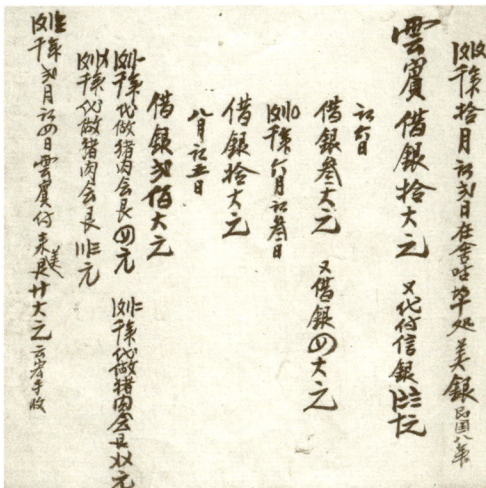

家传藏品

李云宏在古巴借款给云宾捐猪肉会基金的记录簿。

---

① （清）何福海、郑守昌主修：《新宁县志》，清光绪十九年（1893）本，第178～179页。

但非常冷静，立即写了一封公开信，召集村中三大姓氏的父老 14 人，详细讲明衍藩在塘基边叠砖墙倒塌压坏新屋的前因后果，为了公平起见，邀请村中各姓各家父兄、公、伯、叔、兄弟大家共同商议，确定赔偿方案，依理赔偿。云宏的主意就是要衍藩遵守诺言，修理损坏的房屋，恢复原状，不收受一分钱，免伤和气，也避免今后因此发生口角。

以和为贵，是历史上作为社会规范与制度安排的"礼"，规定不同社会角色的各自行为边界，以此来调解利益冲突，防止社会无序。《论语·学而》云："礼之用，和为贵。"制度化的"礼"与精神性的"和"，两者刚柔相济，不可或缺。在当时的半封建半殖民地社会，身居海外的华侨，能够采用众人取决这种具有民主因素的方法去化解各种社会矛盾，有一定的进步意义。

位于台城东门的长岭村委会边的温边村。

温边村雅传书室（雅传祖祠堂）。

18. 在家勤俭莫闲荡

1936 年 3 月 5 日古巴寄台山银信

【原文】

男儿知悉:

启者,早日由红毛①银行买赤纸一片,伸(申)港纸银壹仟壹佰(一千一百)大元,祈查收入,应还回李琼来祖本银伍佰(五百)大元,李逢广祖本银四佰(百)大元,求佢二人减利息多少能还回债主,先收回揭按帖,然后好②交银债主,免至(致)日后多言,见字可知也为上。又云汝在家千祈勤俭,不可闲汤(荡)过日为上策也。现下吾居处政府,新苛例百出,实系一切有排外人性质之政策也。吾居处年老,苦工实系难艺(捱)也,手上无一文可存。能以求食,难以取船费回唐也。吾有字法衍、培琛二人,求佢减利息多少仝(同)汝商量可知也。见字如何即速回音,免至(致)两相望可也。余言不尽,好音再申。

大安

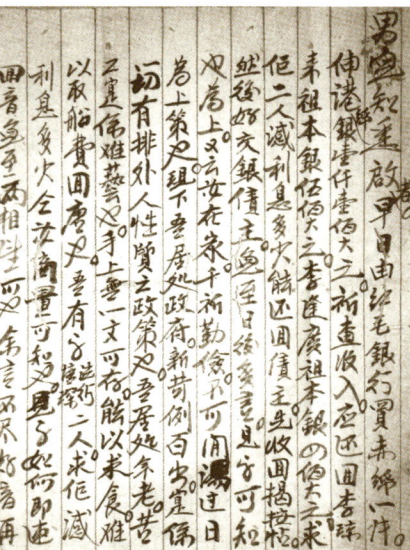

原信尺寸: 233mm×237mm

云宏字示　小儿祁润收读
民国廿五年西历 1936 年三月五号
旧历二月十二日

---

① 红毛:台山人称加拿大为红毛。

② 然后好:然后才。

【家书解读】

"父赚钱，仔享福"，这是台山华侨家庭的写照。一百多年来，成千上万的台山人前赴后继出洋谋生，寄回大量的真金白银，造就了富裕、繁荣的侨乡特色。但在大量外汇的滋润下，也滋生了一批不求进取、好吃懒做、挥霍无度的"金山少"。民国时期，台山曾流行这样的一首民谣："吃爷饭，穿爷衣，唔风流快活等到何时。"富裕的侨眷生活，使一批华侨子弟染上嫖、赌、饮、荡、吹等恶习，被人称为"二世祖"，这是海外华侨最不愿意见到的一幕。曾祖父在海外飘零 30 多年，饱经沧桑，深知五邑侨乡社会的恶习，所以，当寄钱回乡时，他告诫儿子在家乡千万要勤俭节约，不能闲游散荡过日子，可见其一片苦心。

后来，古巴经济开始复苏，经过艰苦奋斗，曾祖父终于凑够港币 1 100 元寄回家乡，以偿还建房债务。民国时期，台山各乡村族人自设的基金会很多，民间借贷也比较方便，李琼来祖和李逢广祖均为温边李氏族人基金会的创办人，本着为族人服务、排忧解难、扶贫济困的宗旨，借钱的利息不算高，有时还可以讲人情。因此，曾祖父寄钱回乡，嘱咐祖父请求债主减去部分利息，以还清建房所欠的债务，并叮嘱要取回按揭帖。

十年的债务终于还清，本来可以一身轻松了。可是，曾祖父反而忧心忡忡，因古巴走以生产蔗糖为中心的单一经济发展道路，忽视了其他产业的发展，近年来古巴政府又出现排外的情绪，政府各种苛刻的政策百出，华侨华人赖以生存和发展的服务业深受打击，土人排外风潮迭起，华侨华人深受其害。在这种经济困境下，曾祖父只能为两餐而操劳，根本无钱可存，更无法取得回乡的舟车费用。

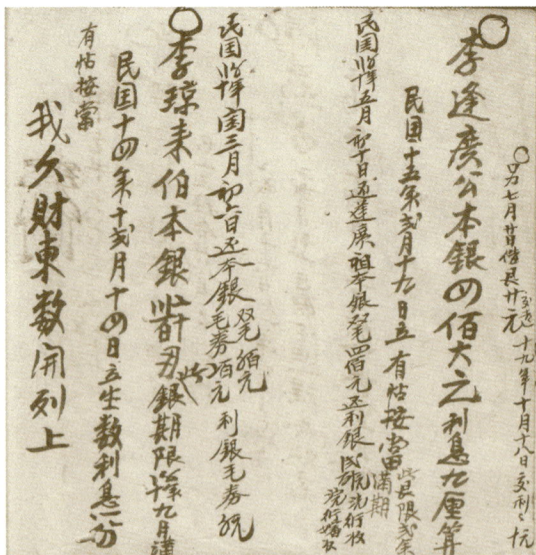

李云宏当年起屋借款还款的记录簿。

19. 吉不用红之银信

1939 年 1 月 11 日古巴寄台山银信

【原文】

祄润吾儿知悉：

　　启者，昨旧历六月廿二号并付港银伍拾（五十）大元交香港谭卓然①收，亦见回音，但未见汝回音，未知汝得收否？在家祈查照收，望早日来字免至（致）两误，耑此并请

　　近安

父云宏字

旧历民国廿八年十二月初三日

吉不用红②

原信尺寸：218mm×250mm　　　　红条封尺寸：65mm×140mm

1939 年古巴舍咕埠寄台山温边村银信，经香港金山庄转接，信银港币 50 元。

---

①　谭卓然：香港金山庄接驳银信机构的负责人。
②　吉不用红：吉日不用红纸写信的银信。

【家书解读】

每逢逢年过节的吉庆日子，中国人习惯以"中国红"来烘托节日的气氛。每逢这些节日，海外华侨一般都寄银信给家乡的亲人过节。时逢农历十二月，年关已近，写信回乡一般要用红色信纸书写，以示吉祥。但当时写信人因找不到红色信纸，所以按当时礼俗加注"吉不用红"四个字，请收信人谅解。

信中讲到当年六月廿二号寄了港银 50 大元回乡，经香港谭卓然转驳回台山，但时过半年还未收到家乡的回信，这是为何呢？

抗日战争前，广州为国际邮件交换中心，五邑银信邮件一般经广州出入境。正常情况下，一封由古巴寄台山的银信一般经过一个多月就能送达。

1937 年 7 月 7 日，"卢沟桥事变"后，抗日战争全面爆发。9 月 30 日，日军军用飞机首次入侵台山，在台城上空侦察，市民惊惶，纷纷躲避。10 月 15 日，日本军用飞机空袭台山，出动飞机 19 架次，投弹 37 枚，台城、斗山圩、冲蒌圩、红岭、都斛白石乡、公益牛湾等地受袭，死伤民众 28 人，炸毁商店 3 间、新宁铁路货车厢 6 个、铁路运输铁船 1 艘、新宁铁路工厂 1 座和铁路轨 2 段。[①] 此后，日军多次空袭台山，台山民众陷入苦难的深渊。

1938 年日寇大举入侵广东，10 月 21 日广州沦陷，作为五邑银信进出口咽喉的广州国际交换邮局沦陷，银信寄递受阻。广州沦陷后，经中英双方邮政当局商定，12 月 22 日在香港成立分信处[②]，办理国际邮件交换业务，直至香港沦陷前夕，五邑银信一般经香港转入国内。

台山受袭，新宁铁路交通瘫痪，广州沦陷，海外至侨乡的各条邮路相继中断，银信要到达目的地往往历经重重困难，邮路阻滞是正常的，银信能送到目的地已经是不幸中的万幸了。身居古巴的曾祖父当时不知道这些情况，因此写信回乡追查银信是否收到，要求祖父迅速回信，以免互相牵挂。

家传藏品

1935 年新宁铁路火车坐船过河的情景。

---

① 黄剑云：《简明台山通史》，北京：中国县镇年鉴社 1999 年版，第 148 页。

② 余耀强：《烽火中的海外飞鸿：抗战时期广东的海外邮务》，广州：广州出版社 2005 年版，第 26 页。

20. 儿孙升学最重要

1940 年 6 月 14 日古巴寄台山
银信

【原文】

男儿知悉：

启者，吾上月接来音，一一祥（详）明悉矣。是日并付来赤纸一片伸（申）国币银伍佰（五百）大元，祈查收入。内交壹佰（一百）大元焕麟①升学费，又内交壹佰（一

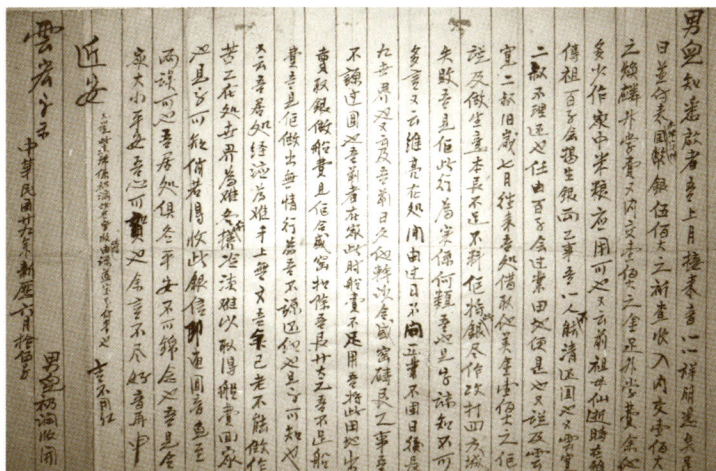

原信尺寸：400mm×255mm

百）大元金足②升学费，余他（下）多少作家中米粮应用可也。又云前祖母③仙逝时在雅传祖④百子会⑤揭生银两乙（一）事，吾一人不能清还回也。又云宽二叔不理还也，任由百子会过业⑥田地便是也。又说及云宽二叔旧岁七月往

① 焕麟：本书信作者云宏的孙子，礽润的儿子，编著者的父亲。
② 金足：云宏 1925 年回乡后所生的小女儿。
③ 祖母：指云宏的母亲雷氏。
④ 雅传祖：是台山温边村李氏十八世二房祖宗，班派联如下：高（雅）第开基广衍云礽伟业，始兴树绩永彰家国宏献。长房为雅君祖。
⑤ 百子会：由各姓氏成立的基金会，男性才有资格成为基金会成员。
⑥ 过业：将典当的物业过户。

来吾处，借取他美金壹佰（一百）大元。佢说及做生意本艮（银）不足，不料佢将此银尽作攻打四方城①失败。吾见佢此行为实系何类（拖累）吾也，见字谅知（之），不可多言。又云维亮在处闲由（游）过日，不问正业，不固（顾）日后长九（久）世界也。又云及吾前日欠他（下）干沙合盛窑②砖艮（银）之（一）事，吾不愿过回③也。吾前者在家此时，船费④不足用，吾将此田地出卖取银做船费。见佢合盛窑扣除吾艮（银）廿（二十）大元，吾不足船费。吾见佢做出无情行为，吾不愿还他也，见字可知也。又云吾居处经济为难，手上无文。吾年已老，不能做作苦工。在处世界为难，各行各样冷淡，难以取得船费回家也，见字可知。倘若得收此银信，即速回音，免至两误可也。吾居处俱各平安，不可锦念也。吾见合家大小平安，吾心可贺也。余言不尽，好音再申。

近安

又说此赤纸系祁润汝名字收，此信由源益宝号付来也。

云宏字示
男儿祁润收开
中华民国廿九年新历六月十五号（实为14日）

吉不用红

这封银信于1940年6月14日由古巴舍咕埠挂号寄—8月26日台山邮局—西宁市源益大宝号—温边村李祁润收。邮路全程历时75天。

【家书解读】

第二次世界大战爆发后，虽然古巴未受战火影响，却受战争引起的全球

---

① 攻打四方城：打麻将赌博。
② 合盛窑：台山大亨乡干沙洞一间砖厂。
③ 过回：还回这笔欠数。
④ 船费：指回古巴的船费。

性经济衰退拖累，各行各业行情冷淡，难以赚钱，曾祖父云宏遇到重重困难。一是他收到家乡寄来请求清还他的母亲雷氏早年逝世时在雅传祖百子会借下的债务的信。在自己无力还债的情况下，只能任由百子会将先祖田地典当还债；二是他的二弟云宽上年 7 月来向他借了美金 100 大元，结果去赌博输精光；三是他的儿子维亮在古巴不务正业，到处闲游散荡过日子，无法帮助家庭；四是当年建新屋时在合盛窑欠下的砖款尚未还清，债主又催还款；五是自己年近花甲，多年饱受岁月折磨，现已无能力操苦力工，囊空如洗，日思夜想筹钱买船票回乡的愿望一次又一次落空。此情此景，令他忧心忡忡。

但他明白，无论如何也要筹钱寄回家乡支持儿孙读书，小女儿金足已经 14 周岁，孙子焕麟 15 周岁，刚好是进入学校读书的年龄。他筹了一笔钱，寄银信回家乡，内有戋纸国币 500 元，其中 100 元给孙子焕麟交学费，100 元给女儿金足交学费，余下部分作为家庭购米粮的费用。先解决读书和米粮的问题，其他的欠款再想办法清还。

台山农村旅居海外的华侨，文化水平较低。为了生计，只能从事体力劳动和粗重的工作。他们经常受到外国人的排挤和欺凌，亲身感受到在外谋生之艰辛，深刻体会到上学求知的重要性。于是极力支持家乡子弟读书，寄望通过教育来兴邦。拥有较高的学历和广博的学问，是华侨们的普遍愿望。他们想得到和拥有的，也希望自己的亲人得到和拥有。

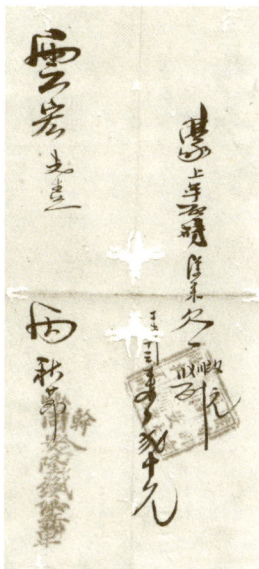

1926 年云宏在合盛窑购砖建房的账单。

1939 年台山古巴华侨颜肖礼的华侨登记证。（颜明海供图）

63

21. 顺风得利道吉祥

1940 年 6 月 16 日古巴寄台山银信

【原文】

祈润吾儿知悉：

启者，早日付来赤纸一片，伸（申）国币银伍佰（五百）大元，祈查收入，此信由广东台山西宁市东华路源益大宝号转交祈润收入应用，见字将此前艮（银）信内照办也，余言不尽，好音再申。

大安

云宏字示

中华民国廿九年西历（六月）十六号付

吉不用红

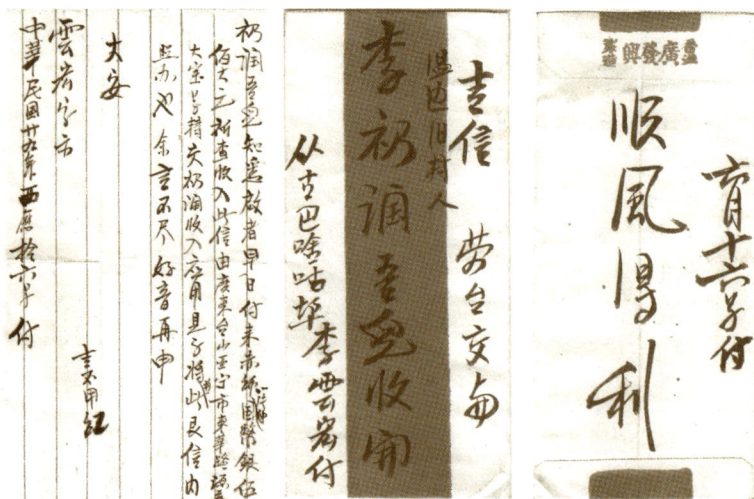

原信尺寸：137mm×256mm　　　　红条封尺寸：65mm×140mm

此信经西宁市源益大宝号送到温边村。

64

【家书解读】

这封家书是对前一封的补充说明，简短的几行字讲明此银信是寄到台城西宁市源益大宝号转驳到温边村李礽润收的。银信封背面写上"顺风得利"四字，这是银信封上的吉祥词语，包含着丰厚的侨乡文化内涵，说明中华民族是一个礼仪之邦。

台山华侨寄递银信，一般用红条封装上现金或戥纸与家书一起寄回家乡，这些红条银信封称为吉信，有如意吉祥之意。为了防止寄递过程中被人开封，寄信人一般在信封封口处写上一些吉祥术语，如生财、接手生财、接手生香、吉祥如意、顺风得利、竹报平安、顺适、鸿毛顺遂、水陆平安、好音再报等，既作银信封口的印记，又问候和祝福了家乡亲人，还寄托了侨乡人民对美好生活的向往。

除了吉祥词语外，许多银信还在信封和内信盖上朱砂吉祥印章，其意义与吉祥词语大致相同。红条封、吉祥词语、吉祥印章形成五邑银信鲜明的特色。

吉祥词语只是表达海外华侨的一种美好的愿望，而现实却是非常残酷的。自抗日战争爆发后，位于台城东门附近的温边村经常受到日军的骚扰，沿村边经过的新宁铁路成了日本军机攻击的主要目标，飞机经常在村子的上空盘旋飞过，村民纷纷惊惶躲避。1937年10月至1938年1月，日本飞机多次轰炸公益、斗山、水步、冲蒌、台城、大江等车站、火车头、车辆、路轨、桥

家传藏品
宣统元年李俊衍入股新宁铁路之股息折。

梁及其他建筑遭到严重破坏，新宁铁路实际上已经陷于瘫痪，只能分段行驶有轨汽车。[①] 1938年12月12日至1940年6月5日，为防止日军迅速推进，

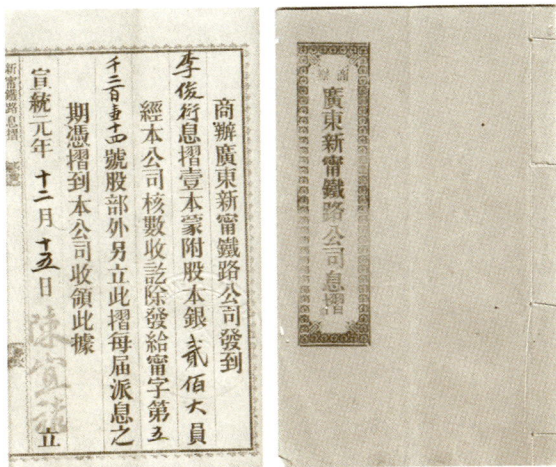

---

① 《台山文史》编辑部：《陈宜禧与新宁铁路》，《台山文史》（第九辑），台山：台山县政协文史资料研究委员会1987年版，第105页。

国民党军事指挥部先后四次电令台山毁路抗日，新宁铁路全线被拆毁。1939 年 4 月 15 日，台山县政府接第二次毁路电，下令铁路沿线 10 公里内的乡村按人口的比例征工 15% 迅速毁路，限 3 天内完成。① 当年祖父被征工参加拆毁铁路，他挥洒着辛酸泪水，亲手拆毁俊衍祖父入股的新宁铁路，最后只藏下几颗铁路道钉和螺丝钉，让子孙后代记住这段惨痛的历史。

目睹铁路被毁，家园遭受破坏，海外华侨纷纷寄钱回乡支持抗日，长岭温边、白石、松梅、松柏等村迅速组织了一批壮丁成立抗日自卫团防队，购买枪械，联合附近的各乡村团防队加强巡逻防卫，并于 1941 年 3 月 3 日马山之战、9 月 24 日长岭洞之战和 1944 年 9 月 20 日的马山之战痛击日寇。②

家传藏品

李礽润当年被征工参加拆毁新宁铁路时珍藏的铁路道钉。

---

① 戴永洁：《陈宜禧与新宁铁路》，北京：中国华侨出版社 2007 年版，第 91 页。
② 黄剑云：《简明台山通史》，北京：中国县镇年鉴社 1999 年版，第 157 页。

22. 见相片如见亲人

1940 年 12 月 9 日古巴寄台山银信

【原文】

男儿知悉：

启者，昨日得接来音，一一详明悉矣，吾见德（得）吾孙焕麟相片，吾心可喜可贺也，吾居处伥（俱）各平安，见字不可锦念也。又云是日并付来赤纸一张，伸（申）国币叁佰（三百）大元，祈查收入，应家用也。吾居处本埠银行不能汇港艮（银）也，见字谅知（之）。又云现下古巴世情什份（十分）难也，各行冷淡，无工可做，各勿（物）行（腾）贵，吾年老迈①，工不能固（顾），手上无文②所存，难以取船费回家也，见字谅知（之）可也。倘若

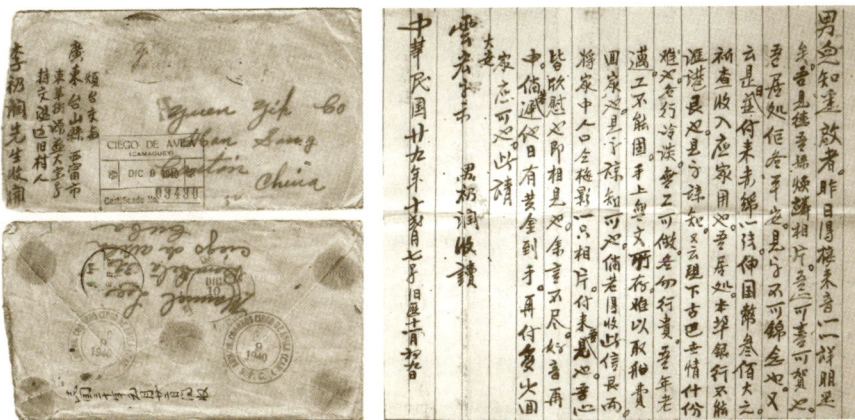

原信尺寸：292mm×255mm

此封银信 1940 年 12 月 7 日写好，12 月 9 日由古巴舍咕埠寄挂号—12 月 10 日古巴—1941 年 2 月 9 日台山西宁市源益大宝号—2 月 17 日温边村李初润收。

---

① 老迈：这一年曾祖父已经 59 周岁。按当时观念，算老人了。
② 无文：没有钱。

得收此信艮（银）两，将家中人口仝梅①影一只相片，付来吾见也，吾心皆欣慰也，即相见也。余言不尽，好音再申。倘若迟他日有黄金到手，再付多少回家应（用）可也。此请

大安

云宏字示
男礽润收读
中华民国廿九年十二月七号
旧历十一月初九日

【家书解读】

小时候，乡下流传两句流行语："家里贫穷去亚湾，去到亚湾实艰难。"清末民初时期，台山人去古巴谋生者很多，温边族人就有数十人。他们长期旅居海外，境遇堪忧，很少有机会回乡和家人相聚。即使有机会回乡，不久也因金银用尽又要远渡重洋。1940年7月，巴蒂斯塔当选古巴总统。同年10月，国会通过一部比较进步的资产阶级宪法，但古巴经济仍无法走出困境。曾祖父所在的舍咕埠各行各业生意冷淡，物价高涨，加上他年纪老迈，无法做工，回乡探亲的希望又是一年年落空。在这种困境下，对家乡亲人的思念，只有寄托在家乡寄来的照片中。这天，他接到家乡寄来的孙子焕麟的照片，当年骑在自己背上的小娃娃如今已经是一个英俊少年，还在学校当上了童子军。儿孙是他的希望所在，此刻，一股甜滋滋的感觉涌上心头，激动的泪水模糊了视线，耳边好像传来天真活泼的孙子在呼叫："阿爷，我返馆啦……"见到亲人的照片，就像和亲人相聚一样，他即寄银信国币300大元回家，作为家庭生活和孙子读书的费用，嘱咐儿子召集全家到台城的照相馆拍一张全家福寄来古巴，以解万里相思亲人之痛苦。

编著者藏品

　　1940年9月《台山县动员委员会借征团队抗战伙食准备费收据》。

---

①　家中人口仝梅：全家人集中在一起。仝梅：台山方言"同埋"，一起。

李云宏照片（20世纪40年代）

李焕麟照片（1940年）

　　古时有"望梅止渴"的故事。见相片如见亲人，其意与望梅止渴相似。无论是身居海外的华侨还是在家乡的侨眷侨属，他们都有一个共同的愿望——团聚。

　　但愿人长久，千里共婵娟！

23. 世情维艰仅糊口

1941 年 1 月 29 日古巴寄台山银信

【原文】

男儿知悉：

　　启者，昨旧岁新历十二月十号，旧历十一月十二日由红毛银行付来国币银叁佰（三百）大元，祈查收入应用可也。又云吾居处世情什（十）份（分）难也，谨（仅）可以胡（糊）口之界（计）也，见字谅知（之）。余言不尽，好音再申。

　　近安

云宏字示

男礽润收读

中华民国卅年新历正月廿九日

旧历正月初三日

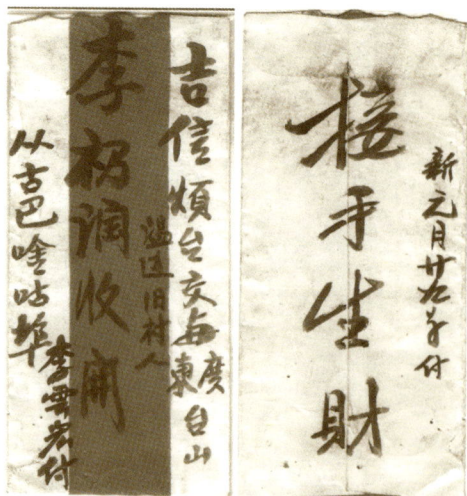

红条封尺寸：65mm×140mm　　　　原信尺寸：115mm×255mm

此封银信于 1941 年 1 月 29 日由古巴舍咕埠寄温边村李初润收。

70

【家书解读】

　　这是曾祖父1941年1月29日由古巴舍咕埠寄往台山的信，按当时经水路寄达台山一般要耗时2个月左右的邮程计算，这封信刚好经历"三三"事变，即台山第一次沦陷时期。它穿越枪林弹雨，历尽劫难，最后到达亲人手上，确实是不幸之中的万幸。银信背后隐藏着一段侨乡沦陷的悲惨往事。

　　1941年，这是极不平凡的一年。当年12月7日，日本偷袭珍珠港，太平洋战争爆发，香港沦陷，五邑侨乡汇路中断。12月9日，古巴加入盟军，对德、意、日宣战。古巴虽未成为主战场，但受"二战"的影响，刚刚开始复苏的经济难以迅速走出困境。古巴单一的蔗糖经济导致该国的劳动力利用率极低。据相关统计，"二战"时期古巴50%的农业劳工每年只有4个月充分就业。① 早期出国的台山华侨文化水平低，主要依靠出卖劳动力来维持生计。在劳动力过剩的环境下，华人就业极其困难。此时，曾祖父已经步入花甲之年。年老体弱的他，在劳工市场失去了竞争力，粗重的体力劳动工作干不了，较为轻松的工作又找不到，在此困境下，仅能维持基本的生活。上月很艰难才凑够300元国币寄回家，此刻又是新春佳节期间，本应寄些钱回乡过年，但他身无分文，唯有写信祈求家人谅解。

　　曾祖父在古巴前景堪忧，但他还不知道，春节刚过不久，大难降临台山，家乡已陷入苦难的深渊。3月3日，日本军队1 000余人在飞机的掩护下，分两路入侵南海之滨的广海城，广海、斗山相继失陷。同日下午4时，台山县城第一次沦陷。据父亲生前所说，当天黄昏时刻，阿人②和姑母还在新屋厅底舂米捣粉准备做糍粑过节，听说日军已经来到台城，阿爷带齐全家人和一些随身物品慌忙摸黑逃到横湖底岗避难。在这次逃难过程中，长姑婆金足与家人失散，下落不明。她当时年仅15岁，尚未结婚。

链接

　　在"三三"事变中，我家乡所在的企岭三乡自卫队联合起来英勇抗击日军，谱写了一曲侨乡人民保家卫国的赞歌。3月3日，日军侵占台城后，连日分成小股骚扰城郊的村庄，以杀人烧村恐吓百姓。企岭三乡（长岭洞乡、

---

　　① 刘金源：《古巴的单一经济及其依附性后果》，《学海》2009年第4期。
　　② 阿人：即祖母，台山话的称谓。

大亨乡、安步乡）自卫队的乡勇们做好战斗准备，宁愿毁家丧命也要与来犯的日军决一死战。3月5日下午3时，日军40余人，从台城沿新宁铁路越过马山，企图侵扰长岭洞乡的白石、温边和松柏等村。各村自卫队预早埋伏在村前的围墙上，待日军迫近，自卫队长一声令下，乡勇们奋勇袭击，日军队伍乱成一团，当场被击毙十余人、战马一匹，狼狈逃窜回城。我村壮丁乘胜追击，将日军战马抬回村中，在村尾榕树头以马肉佐酒庆祝首战胜利。

3月8日下午1时左右，日军又出动大队人马，用小钢炮、机枪掩护骑兵和步兵向白石、温边等村进犯。长岭洞乡自卫队一面鸣锣告急，护送乡民紧急疏散，一面扼守险要地形，沉着应战，以土炮及排枪御敌。日军四次发动攻势，均被击退。同时，大亨、安步、松安等乡的自卫队固守洋亨一带，向日军侧击。南坑乡的自卫队截击从石花山侵袭的日军，使日军无法实施迂回包抄。激战至傍晚，日军前进半步，且伤亡甚重。最后，不得不鼠窜而退。①

日军不甘心两次惨败，于3月9日拂晓，调派200余名士兵，分三路向长岭洞乡再次来袭。一路从左翼的咀岭猛攻白石村，一路正面沿新宁铁路直扑温边村，一路从右翼攻占沙步村，进军松梅村。日军以小钢炮、掷弹筒掩护各路队伍前进。自卫队的乡勇毫不惧怕，给日军迎头痛击。至中午时分，日军不能得逞，即出动轰炸机，从上空开枪扫射。自卫队掩蔽作战，集中火力狙击出现在温边、白石两村之间的日军。激战间，日军沿台冲公路增援，分两路包抄前进。自卫队及时撤出包围圈。日军冲进白石、温边、松柏和银河等村烧杀抢掠。朗东乡自卫队和政警队得知情报后，即赶到增援，分三路猛攻。激战1小时，日军无还击之力，逃窜回城。日军三次进犯长岭洞乡共伤亡37人，毙战马1匹。我政警队的胡飞、黄国荣和蔡福等3人光荣牺牲，自卫队6人受伤。②日军盘踞台城、三埠、公益、斗山、广海等城镇10多天，四处抢掠烧杀，奸淫妇女，拉夫充役，无恶不作。"三三"沦陷，台山全县被杀死262人，被焚毁商店、房屋534间，被掠物资时值360多万元。③

---

①　黄剑云：《简明台山通史》，北京：中国县镇年鉴社1999年版，第160页。

②　黄剑云：《简明台山通史》，北京：中国县镇年鉴社1999年版，第160页。

③　梅伟强、关泽峰：《广东台山华侨史》，北京：中国华侨出版社2010年版，第260页。

24. 滇缅公路转银信①

1941 年 8 月 31 日古巴寄台山
银信

【原文】

男儿知悉：

　　启者新历七月十一号、旧历六月十七日由源益大宝号付来担保信②一音，内有赤纸二片伸（申）国币银六佰（百）大元。云宏、福衍各叁佰（三百）大元，祈查收入，分各人家中应米粮支用也。又云吾居处佢（俱）各平安，见字不可锦念也。前日接来信一音，系大（第）三函与（巳）经收妥，大（第）一、二函未见收到③，不知在何处，见字可知也。现下居处各行冷淡，难与（以）求食，无工可做，见字谅知（之）。余言不尽，好音再申。并请

　　近安

　　又云见字千祈照得合家大小相片付来吾可见也。

　　吉不用红

云宏字付男祄润收读

中华民国卅年新历八月卅一号

旧历七月初九日申

---

　　① 滇缅公路：由中国云南省昆明市至缅甸腊戌的国际公路。经中国云南省内平浪、楚雄、祥云、下关市、保山、潞西、畹町镇等城镇，过缅甸境内木姐、新维等城镇，全长近 1 200 千米。抗日战争时期，该公路是中国与国外联络的重要通道。

　　② 担保信：挂号保价信。

　　③ 未见收到：抗日战争时期，各邮路异常凶险，邮路经常中断，银信寄递十分困难。这里讲到祖父寄了三封信给曾祖父，但只收到一封，有两封在邮路沦陷中丢失。

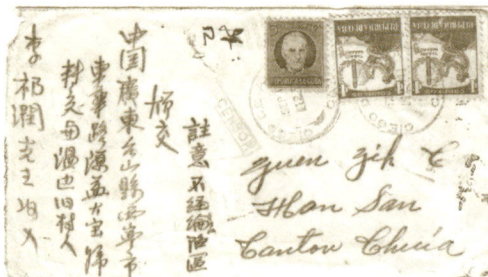

原封尺寸：165mm × 95mm

仰光第 57 号检查戳

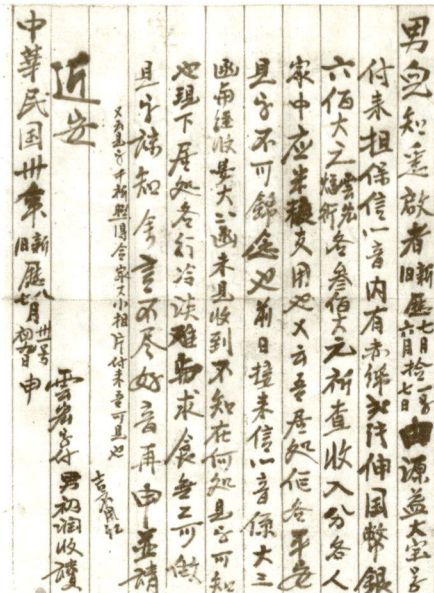

原信尺寸：190mm × 255mm

这是经滇缅公路进入侨乡的银信。1941 年 9 月 1 日古巴含咕埠寄—缅甸仰光第 57 号检查员检查—腊戌—滇缅公路—昆明—10 月 19 日台山—西宁市源益大宝号交收银人。此封上写明"注意不经沦陷区"。直到 1942 年 3 月，缅甸当时的首都仰光沦陷，此邮路中断。

【家书解读】

"三三"沦陷过后，家乡满目疮痍，家中严重缺粮，祖父即写信寄去外洋，要求寄银回来救急。信寄了一封又一封，数月过去了，杳无音信。直到 8 月底，曾祖父才收到家乡寄来的一封信，方得知此前有两封家书在战火中丢失。此前，曾祖父从新闻中获知家乡沦陷，虽然当时古巴的经济环境不好，但他也想尽办法筹些钱寄回家，用以购买米粮救济家人。银信寄了近 2 个月，仍无回复。他按捺不住心中的烦闷，再次写信追问银信是否收到。可是，这封信寄出后，台山经历了第二次劫难。

链接

1941 年 9 月 20 日，天刚亮，日寇 10 余艘电船载着 300 余人向广海疾进，在飞机的掩护下登陆，与国民党守军展开激战，广海失陷。同日，日军 800 余人进犯三夹海口，保七团排长苏立辉与士兵 8 人勇敢抗击，杀伤

74

敌人 20 余人后全体殉国。22 日，日军在飞机的掩护下，越过三娘迳攻陷台城，台山第二次沦陷。①

台城沦陷后，企岭三乡立即召开联防会议，决定设立岗哨，日夜巡逻，监视日军动向；并调集各乡自卫队在温边、白石、洋亨、沙步一带布防，枕枪待敌。9 月 24 日，日军分股进犯城东区的白石村和温边村，长岭洞乡自卫队分别埋伏于白石村围基和温边村围基，用土炮及排枪袭击进犯的日军。上

当年白石村自卫队伏击日本鬼子的围基，部分依然保存完好。（2013 年摄）

午 10 时许，日军派出 40 余人向白石村进扰，该村壮丁队长刘子贞指挥所属壮丁分头埋伏于该村围基上之茅草丛中，待敌行近该村前之热湖地方，始一齐对敌瞄准密袭，敌人中弹倒地者，计凡五人，被击毙者两人，伤者三人。是时敌方知我有备，乃相率散伏田间，借禾苗掩蔽，展开激战，相持一个多小时之久，敌见不得逞，且战且走，狼狈鼠返台城。25 日，敌蓄意报复，凑集大队四五百人，以钢炮、马队、机枪掩护，于上午 10 时许分两路再向城东各乡作总攻击，一路百余人由台冲公路方形进攻，三百余人由南坑路方面进攻，企图占据大亨，切断企岭三乡与后方各乡之联络，至上午 10 时，大亨方面开始接触，战况甚烈。②

白石方面，则于上午 10 时半发现敌人，以纵队行军式沿台冲路向东进犯，白石壮丁斯时与大银联和松安（大亨、银河、松梅、松柏、安步）等乡之壮丁取得联系后，麟伏于围基草丛中，待敌行至小涧桥以上地方，始由队长发令射击，对准敌阵，密集扫射，敌一时不备，横遭闪击，阵容大乱，狼狈异常，随以钢炮正对白石乱轰，并以机枪始开施威，以图泄愤，唯我方损失甚微。我敌交锋，相持一个多小时之久，嗣后闻大亨防线被敌击破，诚恐后路被围，为保存实力，赓继抵抗起见，乃忍痛退出白石防地，

① 黄剑云：《简明台山通史》，北京：中国县镇年鉴社 1999 年版，第 153～155 页。
② 台山朱洞月刊社：《朱洞月刊——台山"九廿"事变特号》，台山：台山朱洞月刊社民国三十年（1941）版，第 38～39 页。

取道东湖向后方撤退。据事后调查，伤毙敌人多名，白石村壮丁受伤者凡二人，一为该村常备队员刘惠强，一为该村运输队员刘尊星，妇女被敌杀亡者有刘冼氏、刘何氏、刘黄氏三名。①

日军冲进长岭、安步、大亨、南坑等乡村庄，大肆烧杀掳掠，温边、白石、松柏、松梅等村损失惨重。据1941年10月22日出版的《台山民国日报》记载，在"九廿"事变中，长岭洞乡阵亡男2人，抗敌受伤男7人，被杀民众妇孺6人，受伤民众男3人，焚毁铺户数十间，物资损失价值20多万元；安步阵亡男4人，抗敌受伤男1人，被杀民众11人，受伤民众男6人，孕妇1人，物资损失价值30多万元。据统计，"九廿"沦陷期间，台山被杀民众529人，伤160人，被焚毁的商店和房屋70多间，物资损失时值900万元。②

这封银信于1941年9月1日由古巴舍咕埠寄出，此时，太平洋战争尚未爆发，美洲通往亚洲的水路还可通行，经过长途水路到达缅甸仰光，经仰光第57号检查员检查后盖上检查戳，转陆路至腊戍，经滇缅公路转到昆明，由昆明送到重庆，再转回广东韶关，于10月19日转到台山，由西宁市源益大宝号送到温边村李礽润手上。

此封银信特别之处是信封上面注明"注意不经沦陷区"一行字。1940年12月台山《南萌月刊》第七八期合刊的《寄往外洋函件者注意》的启事写道：现查寄往外洋函件，无论挂号、平常信，一律经沦陷区转运，如不愿经沦陷区者，须在信面显眼处写明"不经沦陷区"字样……可见，这个时期，台山进出口银信多数由沦陷区经转。此前，家乡寄古巴的3封信也是由沦陷区经转，但其中2封信丢失，因此曾祖父明智地选择了"不经沦陷区"中转邮路。但是，由昆明至腊戍的滇缅公路，并不像曾祖父想象的那样顺利。

自"七七"事变以后，日军迅速占领了中国北方的京津地区及汉口、上海、南京、广州等华中、华东和华南地区，中国沿海几乎所有的港口都落入了日本人的手中。武汉会战以后，中日双方进入战争的相持阶段。战争变成了消耗战。对于中国来说，物资供应问题此时显得异常严峻起来。

旅居海外的华侨得知祖国遭遇日本侵略后，纷纷捐款捐物，筹集了大批国内急需的药品、棉纱、汽车等物资。迫于抗日救亡的严峻形势，政府还拿

---

① 台山朱洞月刊社：《朱洞月刊——台山"九廿"事变特号》，台山：台山朱洞月刊社民国三十年（1941）版，第38～39页。

② 梅伟强、关泽峰：《广东台山华侨史》，北京：中国华侨出版社2010年版，第260页。

出极为珍贵的外汇从西方购买了大量的汽车、石油、军火等，此外还有海外华侨寄回家乡赈灾的银信，这些物资需要紧急运回国内。中国急需一条安全的国际运输通道。1938 年，中国政府开始修建滇缅公路。滇缅公路从昆明经下关、保山、龙陵、芒市、畹町出国，至缅甸的腊戍，全长 1 153 公里。其中从下关到畹町这一段全长 548 公里的路程全为抗战时新建。从 1937 年底开工到 1938 年 8 月初步通车，当时动员了 20 万人，在崇山峻岭中主要依靠人挑肩扛，在 9 个月内建成，可以说是一个奇迹。滇缅公路的建成，对于维系我国与外界的联系，输送美英援助的军需物资起了有力的保障作用，其重要意义，在滇越铁路于 1940 年 7 月中断以后，显得更为突出。它一时也成为国际邮件出境的重要通道。虽然滇缅公路早在 1938 年即已建成，但当时国际邮件经此路者很少，这主要是由于当时还有滇越铁路等出境通道可供利用。滇缅公路邮路的黄金时期是 1940 年底至 1942 年初，尤其进入 1941 年以后，除少数邮件还经广州出海外，非沦陷区的大多数国际水陆路邮件均经此邮路出境。这一情况一直持续到 1942 年 3 月缅甸当时的首都仰光沦陷。这一时期的五邑银信，主要依靠滇缅公路进出口，滇缅公路成为五邑银信进出境的咽喉。

这封银信"先知先觉"，在太平洋战争爆发前顺利通过太平洋的水路，又在滇缅公路避过了日军的围追堵截，来到广东韶关，刚好遇上台山"九廿"沦陷，待到 9 月 29 日日寇撤退，此后台山及五邑各地相继光复，10 月初邮路恢复正常，经过邮政步差的长途跋涉，于 10 月 19 日将该银信送到台山，历尽艰难险阻，最后幸运地送到祖父的手上。它是一条成功穿越天罗地网的漏网之鱼，极其难得。

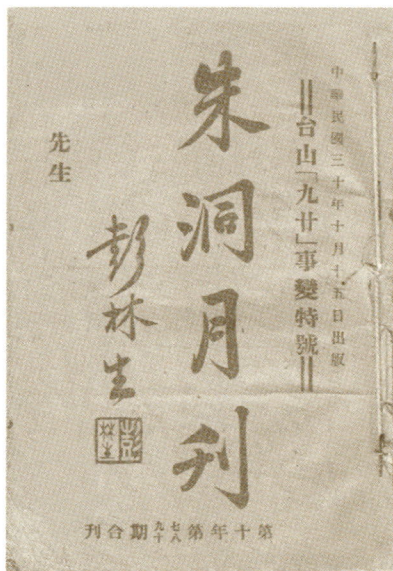

编著者藏书

1941 年 10 月《朱洞月刊——台山"九廿"事变特号》。

25. 驼峰航线护飞鸿[①]

1944 年 4 月 20 日古巴寄台山航
空担保银信

【原文】

男儿知悉：

启者，昨四月十八号电汇[②]国币银壹仟（一千）元由重庆政府处付来，祈查收入。又 1941 年十一月廿八号付香港银贰佰（二百）大元，未见收到否？如何？此信由航空担保付来，见字谅知（之）可也，倘若得收此信银，即速付回乙（一）音，免至（致）两相望也。吾居处佢（俱）各平安，见字不可锦念也，余言不尽，好音再申。

又云中国政府另给百分之百津贴，见可知。

近安

李云宏字付
吾儿李维浓[③]收开
西历一九四四年四月廿号旧历三月廿六日付
广东台山弟（第）一区温边旧村人字礽润收入

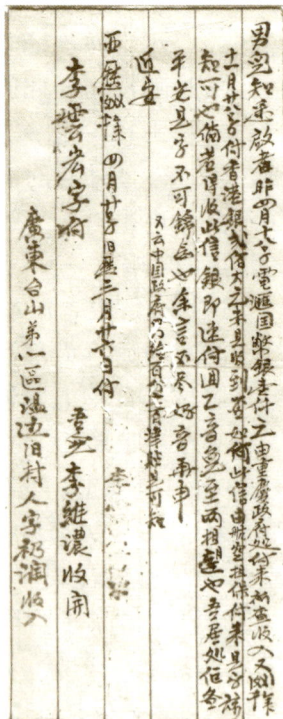

原信尺寸：**100mm × 255mm**

---

① 驼峰航线：第二次世界大战时期中国和盟军一条主要的空中通道，始于 1942 年，于"二战"结束，为打击日本法西斯作出了重要贡献。"驼峰航线"西起印度阿萨姆邦，向东横跨喜马拉雅山脉、高黎贡山、横断山、萨尔温江、怒江、澜沧江、金沙江，进入中国的云南高原和四川省。航线全长 500 英里，地势海拔均在 4 500～5 500 米，最高海拔达 7 000 米，山峰起伏连绵，犹如骆驼的峰背，故而得名。

② 电汇：电报汇款。

③ 李维浓：编著者祖父名维浓，字礽润。

78

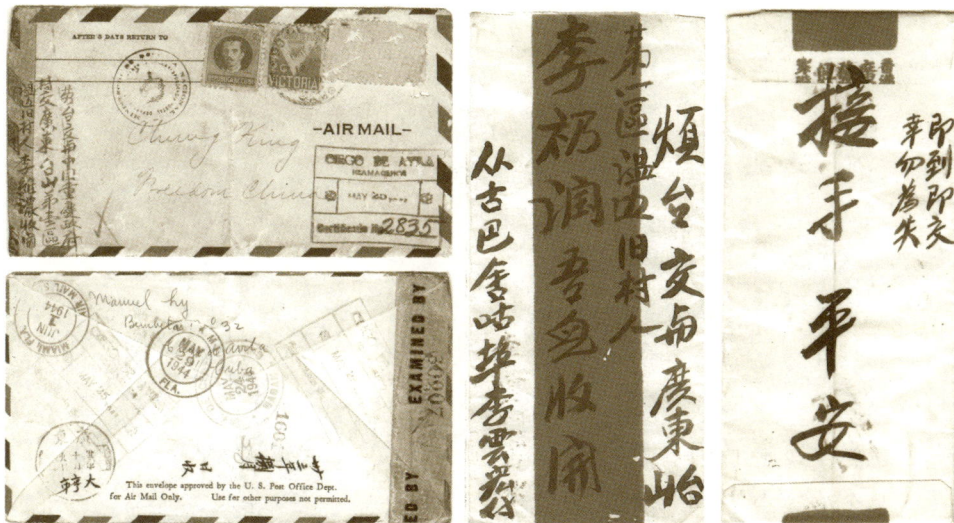

原封尺寸：165mm×95mm   红条封尺寸：65mm×141mm

　　这是封经驼峰航线进入侨乡的银信，1944 年 4 月 20 日已经写好，到 5 月 24 日才从古巴寄出，5 月 25 日舍咕埠邮局—5 月 29 日美国迈阿密—美军开封检查—6 月 1 日迈阿密—巴西—尼日利亚拉哥斯—加尔各答—驼峰航线—昆明—重庆—桂林—广东—10 月 9 日台山大亨市—温边村交收银人，全程历时近半年。这信外封、内封、书信齐全。红条封封背有"接手平安"封口吉祥语。

【家书解读】

　　屋漏偏逢连夜雨，灾难重重降侨乡。经历"三三"和"九廿"两次沦陷，侨乡台山已经大伤元气。1941 年 12 月 7 日，太平洋战争爆发了。12 月 8 日，日军攻陷九龙，12 月 25 日香港沦陷，五邑银信进出口最后的一条生命线中断了。侨汇中断后，台山侨眷侨属处于水深火热之中，我们这个长期依赖侨汇维持生活的古巴华侨家庭，粮食紧缺，经常无米下锅，一家六口饥寒交迫。1942 年，温边村边的竹子全面开花，村民喜出望外，争相采集竹米充饥。1942 年 5 月 15 日，阿白（曾祖母）邓氏在贫病饥饿中突然去世，终年 58 岁。1943 年，台山又遇上了百年一遇的大旱、大饥荒，侨乡人民苦难又更深一重。

　　战争期间，古巴与中国之间银信邮路经常阻塞，银信丢失为常事。1941 年 11 月 28 日，曾祖父寄了 200 港元回乡，两年半过去了，该银信犹如石沉大海，不见回音。近年来，他已中断了与家乡的联系，但心中仍记挂着全家人的安危，无论家人如何，莫论银信能否收到，都要拼命地往家里寄钱，只有往家里寄钱，全家人才有一线的希望。1944 年 4 月 18 日，他利用电报汇款经重庆政府汇国币 1 000 元回家，4 月 20 日写好这封家书，此时，古巴通往中国

链接

　　汇路的中断，家乡的沦陷，让海外华侨心急如焚。他们成立了抗日救国团体，纷纷参加抗日救国运动。八年抗战期间，全美洲华侨共捐款6 900多万美元，古巴华侨捐款就有240万美元。很多在美国的台山华侨为了打通汇路，独自捐献了30余架飞机支援抗战。① 1941年8月1日，"中国空军美国志愿援华航空队"正式成立，由于该队在P－40战斗机身前涂装以凶悍的虎鲨为标志，故名"飞虎队"；同年9月10日，第一批美国航空志愿队飞行员历尽艰辛从旧金山向中国、缅甸、印度战区挺进，这支实力强悍的队伍中，95％为美籍华裔。1941年12月8日，中国航空公司开辟重

编著者藏品

祖籍台山的飞虎队队员Buck Hoy照片。

庆—昆明—腊戍—加尔各答国际航线，重新开通了美洲银信进入侨乡的通道；1942年4月29日，日军攻占了缅甸腊戍，上述航线改为重庆—昆明—印度汀江—加尔各答国际航线，这就是被世界航空史和军事史上称为"死亡航线"的空中战略运输线——驼峰航线。驼峰航线成为五邑侨乡最后一根救命的稻草，但该航线时断时续，异常凶险。在航线中断的时候，美洲的侨汇采用电报汇款经重庆转入五邑侨乡，银信则在邮路恢复畅通时飞越驼峰航线寄递。

编著者藏品

台山华侨捐款购买航空救国券及航空捐缴款凭证。

---

　　① 《广东台山华侨志》编纂委员会编：《广东台山华侨志》，香港：香港台山商会有限公司2005年版，第102～107页。

的水陆邮路全部中断，航空邮路也不正常，因此这封信搁置了一个多月，于5月24日才由古巴舍咕埠航空寄出。鸿雁刚刚飞越加勒比海，又走上了一个多灾多难的旅程。

1944年6月26日，日伪军4 500余人从新会、开平兵分三路入侵台山，台山第三次沦陷。日伪军侵占台城、三埠即四处骚扰，由汉奸带路，挑夫随从，破门入屋，劫掠财物，强奸妇女，纵火烧村，无恶不作。7月4日，日寇在台山三社制造了一场血腥的"三社大屠杀"，焚毁民房531间，学校3所，祠堂5间，商店41间，被杀乡民720人，受伤44人。①

日军侵扰台山整70天，于9月6日撤走，留伪军600余人驻防县城。下午3时，台山抗日自卫团队调集城东长岭等乡抗日自卫队协同攻城，台城光复。②

9月13日，台城光复第七天，伪军头目陈子容派便衣队潜入城内为内应，并与伪军黄求部互相勾结，打着"抗日救国"旗号，瞒骗群众，偷袭县城，国民党守城军警毫无防备，台城第四次沦陷。9月20日，伪军分两股向城东、城南进扰。城东的伪军100余人沿新宁铁路进至马山咀，即被温边、白石两村的自卫队迎头痛击，不敢前进，退至圣塘坑、美琴村和景福里放火劫掠，驻大亨站的抗日团队闻讯赶到，发起攻击，伪军被迫溃逃回城。出扰城南的伪军也有100余人，因驻守高佬山的自卫团队调防，伪军乘虚闯入南昌、五福和上朗等村劫掠，村民走避不及者，被伪军杀害，死亡6人。当伪军企图侵扰缠溪一带村庄时，被永康乡抗日自卫队截击，驻四九圩的自卫团队亦赶到，协同夹击，伪军仓皇逃窜。此次伪军出动共烧毁民房37间。9月21日、10月1日、10月4日、10月6日到10月10日，伪军先后5次出动劫掠水步圩、东坑乡、石化乡、板岗站和白水，均被抗日团队和各乡抗日自卫队截击，捕获伪军军官阮达、谢兆祺，擒拿伪军第一师军需员张霖，伪军伤亡20多人。抗日自卫团队牺牲1人，伤1人。乡民的财物、粮食损失惨重，莲塘、永乐、和安、南村等被伪军烧毁房屋16间。这次，伪军陈子容部侵驻台城28天，天天挨打，最后陷入抗日团队及各乡自卫队重重包围之中。10月11日，抗日团队指挥部兵分三路向台城挺进。左翼由台获公路向城西进攻，右翼沿新宁铁路向城东进攻，另一路队伍从石化山牵制城北通天竺山顶的伪军。同时，在西华山和雷公潭一带布防，截击逃敌。天刚亮，攻城的号炮由左翼发起，各路抗日团队勇猛攻击伪军阵地，杀声震天，上午10时，台城光复。③

---

① 黄剑云：《简明台山通史》，北京：中国县镇年鉴社1999年版，第156~170页。
② 黄剑云：《简明台山通史》，北京：中国县镇年鉴社1999年版，第156~170页。
③ 黄剑云：《简明台山通史》，北京：中国县镇年鉴社1999年版，第156~170页。

经过多次轰炸、沦陷、大旱、饥荒的台山，已经处于奄奄一息的状态，日寇又三番五次攻陷台山，把侨乡人民逼上了绝路。苦难的台山，苦难何时了！

自从太平洋战争爆发后，"驼峰航线"成为五邑银信的唯一一条生命线。"驼峰航线"自 1942 年 5 月至 1945 年 9 月历时三年零五个月，共坠毁飞机 609 架，平均每月 15 架，牺牲和失踪的飞行员 1 579 人，成为世界战争空运史上持续时间最长、条件最艰苦、付出代价最大的最悲壮的空运航线。① 飞机失事、银信丢失是常事。

这封银信，李云宏写于 1944 年 4 月 20 日，外封（邮政封）、内封（红条封）、家书齐全。由于战时航空邮路受阻，直到 5 月 24 日才由古巴舍咕埠寄—盖 5 月 25 日

巡啓者電匯登記電碼按原訂計劃須俟中美間航郵不通時方始應用頃接㪍總行來電囑登記手續辦妥後即可提前施行查
台端登記手續現已辦妥電匯密碼即可應用惟
台端嗣後委託㪍行電報匯欵請注意下列各點
（一）滙欵時除應將收欵人及滙欵人詳細中文姓名住址告知㪍外並請將登記號碼告知以便辦理因覆記電碼係按號排列如不告知號碼則無法核對
（二）滙欵人不能在此種電匯電文中附言
（三）此項登記電碼祇限於登記人本人應用他人不得借用
（四）最近國幣滙價係每國幣一百元合美金五元三角五分（包括總行手續費一角）
（五）此種電滙電報費每次暫收美金二元
以上各節統希
洽照爲荷此致

紐約中國銀行啓

年
月
日

编著者藏品

抗战期间纽约中国银行办理电汇汇款的宣传单。

挂号戳航空寄出—5 月 29 日经迈阿密美军基地，美军第 60907 号检查员开封检查，无问题邮件封口放行—6 月 1 日迈阿密邮局，搭美国航空飞机—绕道南美洲巴西贝伦及纳塔尔—非洲尼日利亚拉哥斯，转英国航空飞机—印度加尔各答，转中华航空飞机—驼峰航线—昆明—重庆—桂林—广东—10 月 9 日台山大亨市邮局—温边村李礽润收。这银信从寄出到投递，历时近半年，横渡四大洲（北美洲、南美洲、非洲、亚洲）、两大洋（大西洋、印度洋）。所走的航线史称"中—印—尼—美航线"，是"二战"期间最漫长的航空邮路，历经台山第三次、第四次沦陷，邮路曲折漫长。虽然如此，银信最终被送到目的地，可谓十分幸运，它是一只成功飞越枪林弹雨的鸿雁。

奇怪的是，10 月 11 日前，台山处在第四次沦陷期间，银信怎么能送到祖父的手上呢？原来，"六二六"沦陷期间，祖父在逃难的途中伤了一只脚，无药医治，长期无法痊愈，患上了烂脚之症，到"九一三"台城第四次沦陷时，

---

① 杨浩：《驼峰航线邮史》，台北：集邮界杂志社 2010 年版，第 26～27 页。

祖父已经无法行走，只能一个人留在家里等死了。父亲生前说过，当年祖父烂脚无法逃难，自己一个人躺在厅底的板床上，日本鬼子破门进屋，气势汹汹冲进厅底举枪要杀人，祖父抬起发臭的烂腿，指画着烂脚呻吟几声，鬼子见状立即捂着口鼻退去。"大难不死，必有后福。"此后，穿越战火的古巴银信送达，祖父收到了救命之银，全家人终于挨过了这一年。

　　沦陷期间，能成功送达台山的银信非常罕见，这封银信能成功飞越四大洲、两大洋和驼峰航线，经历台山两次沦陷，穿越自由区到沦陷区，弥足珍贵。正是：血泪斑斑侨乡史，银信铭记家国恨。

26. 战后家书报平安

1945 年 11 月 5 日古巴寄台山信

【原文】

男儿知悉：

　　启者，吾居处佫（俱）各平安，见字不可锦念也。又云民国卅年付来香港银贰佰（二百）大元之由源益大宝号收转交来礽润收入，未知收到否？如何？又民国卅三年四月中旬电汇中国银行银壹仟（一千）大元，祈查收入。如若未收到否，即速

付字来说及，免至（致）两误也。又云及现下吾不知家中人口如何，即速回字报及，免至（致）两相误也。余言不尽，好音再申。

　　近安

云宏宇　付吾儿礽润收开

中华民国卅四年新（历）十一月五号

旧（历）十月初一日

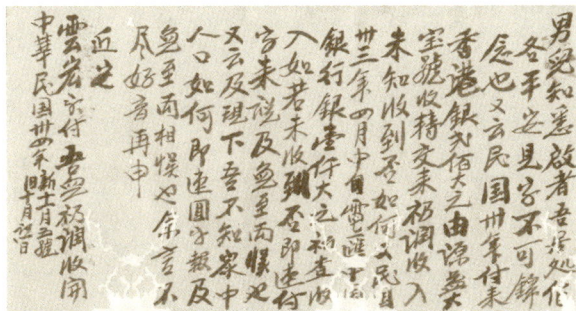

原信尺寸：260mm × 145mm

这是抗战胜利邮路接通后编者家收到的第一封古巴来信。

【家书解读】

　　1945 年是最不平凡的一年，全世界人民将永远铭记这一年。春夏间，反法西斯战争迎来胜利曙光，德日法西斯垂死挣扎。

　　4 月 21 日，日军为防抗日盟军在台山登陆，即调 1 000 余人，战马 100 多

匹，乘木船从新会牛湾驶向公益埠。下午 4 时，大江圩失陷。4 月 22 日凌晨，
驻大江日军 300 人经凤江村渡河入侵新昌，其余 700 人及骑兵 80 人侵入水步，
进犯台城。日军来势凶猛，兵力充足，特别是骑兵往来驰骋，势不可挡。上
午 10 时许，台城第五次沦陷。23 日，驻江会及三埠的日军分水陆两路开往台
城，台城日军共计 3 000 余人。24 日，驻台城日军兵分两路向台南侵犯，占
领冲蒌、斗山铁路沿线，继而争夺战略要地广海，以防抗日盟军登陆。25 日，
广海城被日军占领。5 月 5 日，台山县第二次建立伪政府，由日军曾扶持的台
山维持会会长李灿光任县长。伪政府建立后，为日军征粮征夫，设烟馆、赌
窟、妓寨，按日征收捐税，台城成为敌占区藏污纳垢的人间地狱。伪政府的
官员身穿日军服装，狐假虎威，无恶不作，向诸多民众恐吓勒索。①

　　8 月 15 日，日本政府宣布无条件投降，
台山光复。9 月 2 日，日本天皇和政府代表
在停泊在东京湾的美国战舰"密苏里"号
上签字，向包括中国在内的盟国无条件投
降。徐永昌代表中华民国在日本投降书上
签字确认。9 月 3 日，日本于南京向中华民
国政府递交投降书。

　　抗战胜利，举国欢腾，全球华人欢庆
打败日本。1945 年 10 月，国际航空邮路恢
复正常运转，"驼峰航线"从此停航。得知
抗战胜利的大好消息，曾祖父喜出望外，
家乡音讯中断数年，终于又有机会通信了。
家乡亲人是否平安，是他最挂心的事。他
即提笔疾书，写好一封家书寄回家，报告
旅古亲人均皆平安，问候家人如何。又问
及 1941 年 11 月寄来银信香港银 200 大元和
1944 年 4 月中旬电汇银 1 000 大元是否收
到。如收信后，要迅速回信古巴，免至牵
肠挂肚。

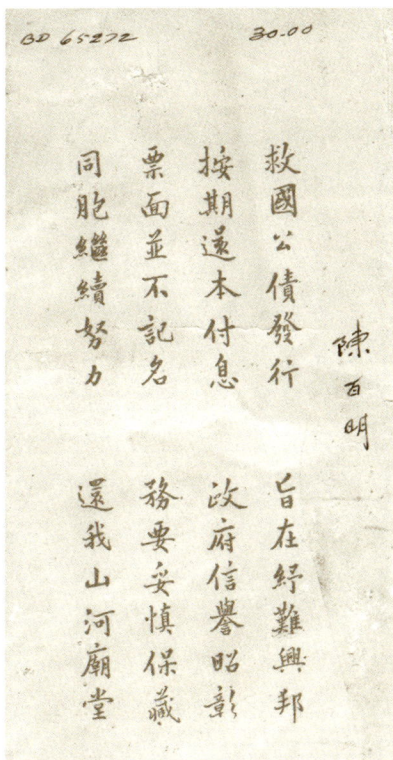

编著者藏品

抗战时期台山华侨购买救国公债的宣
传封。

---

　　① 黄剑云：《简明台山通史》，北京：中国县镇年鉴社 1999 年版，第 158 ~ 159 页。

27. 再问家人可平安

1945 年 11 月 17 日古巴寄台山
银信

【原文】

男儿知悉：

　　启者，吾居处佢（俱）各平安，见字不可锦念也。又云民国卅三年四月中旬由中国银行电汇来国币银壹仟（一千）大元，未知汝收到否，如若收到，即速回音，免至（致）两相误也。又云民国卅一年十一月尾由西宁市源益大宝号汇来香港银贰佰（二百）大元亦未见收到否？如何？如若收到，见字即速回音，免至两误也。现下中国胜利，交通利便，各人兄弟回家乡也。又云吾家中人口平安如何？即速付字说及报知，免至（致）两误也。余言不尽，好音再申。

　　并请

近安　　　　　　　　云宏字示

　　　　　　　男维浓吾儿收读

中华民国卅四年新历十一月十七号

　　　　　　旧历十月十二日

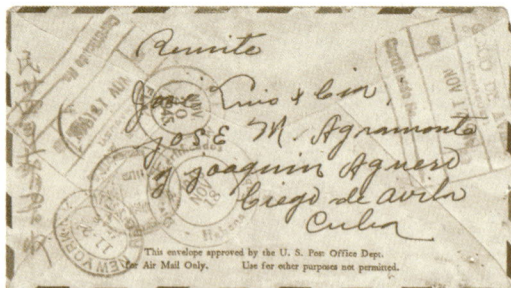

原封尺寸：165mm×95mm

　　此封银信于 1945 年 11 月 17 日古巴舍咕埠挂号寄—11 月 18 日哈瓦那—11 月 20 日迈阿密—11 月 21 日纽约—12 月 2× 日广州—1946 年 1 月 3 日台山大亨市—1 月 3 日温边村李维浓收。邮路全程 48 天。抗战胜利初期虽然邮路接通，但邮件传送还是比较缓慢。

【家书解读】

抗战胜利，普天同庆。来往美洲的水陆交通又恢复正常，交通便利。旅外华侨最关心的是自己家人的安康，迫不及待要回乡与家乡亲人团聚，看看劫后的故土是否依然无恙，因此纷纷买船票回乡。

多年乡音断绝，身在古巴的曾祖父饱受煎熬。月初他写了一封平安家书回家，12 天后，他再次写信回乡，告知旅外各位亲人平安，迫切希望得知家人平安的消息，请儿子即速回音报告，以解思亲之苦。信中再次问及民国三十三年四月中旬由中国银行电汇来的国币 1 000 大元和民国三十一年十一月尾由西宁市源益大宝号汇来的 200 港元是否收到。

清末民初时期，自然灾害多，战乱频繁，加上中国的交通、通信非常落后，台山华侨离乡背井，长期旅居海外，唯有依靠飞越重洋的鸿雁通报音讯，乡音中断是常有的事。为解心头之念，只有不断地往家乡寄信，希望通过和平的信鸽，能尽快与家人取得联系。一封家书，一声问候，寄托着海外华侨对家乡亲人的关怀之情。一只只翩翩飞越加勒比海的鸿雁，带着古巴华侨的心声，为侨乡送上最真挚、最亲切的问候，筑成了血浓于水的台山华侨精神。

正是：枯眼望遥山隔水，往来曾经几心知。壶空怕酌深杯酒，笔下难成和韵诗。途路隔人离别久，信音无雁寄归迟。孤灯夜守长寥寂，夫忆妻兮父忆儿。①

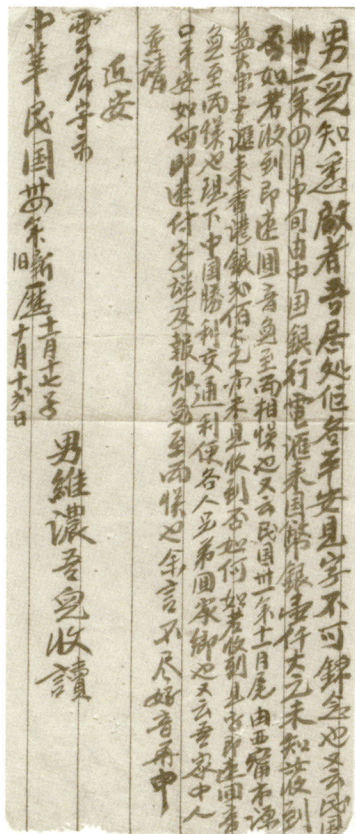

---

① （清）余廷槐：《回文诗》，《台山县志》编纂委员会编：《台山县志》，广州：广东人民出版社 1998 年版，第 491 页。

28. 阴阳相隔唤母亲

1945 年 12 月 14 日古巴寄台山银信

【原文】

母亲①大人膝下：

敬禀者，兹并付来国币贰佰（二百）大元，祈查照收与应用。儿在外俱各平安，切不可挂念可也，谨此并请

金安

儿维亮字禀

中华民国卅四年旧（历）十一月十日

新（历）十二月十四日

【家书解读】

抗战胜利，旅古巴华侨一片欢腾，古巴与中国之间的交通、通信也恢复正常。这些天来，二公维亮心里非常激动，已经多年没有写信的他，压不住兴奋，提笔疾书，有如行云流水，一气呵成，喜悦之情显露在笔墨之间；同时寄上国币 200 大元，作为孝敬慈母的一点心意，表达对家人的关爱之情。

可是，他还不知道，经过八年抗战的侨

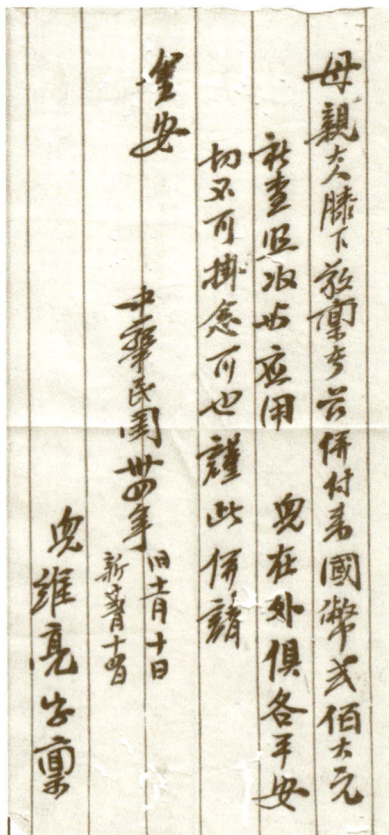

原信尺寸：**104mm×230mm**

---

① 母亲：维亮的母亲，即是云宏之妻邓氏。

88

乡台山，已经是满目疮痍。城乡各处残墙败瓦遍地，市场萧条冷落，毫无生气。城东郊外的村庄，屡遭践踏，只余烧毁的房屋、破坏的门户、残留的灰烬，触目伤心。侨眷侨属不是家破人亡，就是妻离子散。宁城内外，饿殍遍地。城东珠峰山下埋人坑内，枯骨嶙峋，乌鸦哀鸣。二公苦命的母亲，曾祖父云宏之妻邓氏，已在三年半前台山侨汇断绝期间，于贫病、饥饿中离开了人世。可怜的她——一位典型的台山古巴侨妇，42 年的侨妇生涯中，只有 7 年能与夫君相聚。数十年来，她天天抱着与丈夫、二儿子团聚的心愿，为养活一家大小，为子孙后代美好幸福的明天默默地耕耘，直到生命的最后一刻。曾祖母悄悄地离去，甚至连一张照片也没有留下。由于抗战时期邮路不通，台山与古巴之间的通信中断，数年过去了，旅古的儿子维亮依旧不知道慈祥的母亲已逝去，以致出现了阴阳相隔、呼唤母亲的凄楚场面。海外寄来的银信，只能告慰母亲在天之灵了。

正是：海外忽闻通乡音，孩儿雀跃寄银信；国破家亡别离恨，阴阳相隔唤母亲。

抗战胜利后，无人居住的侨房在台山随处可见。

29. 年老失业欲回乡

1945 年 12 月 18 日古巴寄台山信

【原文】

男儿知悉：

启者，昨十二月八号由中国银行电汇来国币一仟贰佰（一千二百）大元，另中国政府补助费每佰（百）补二仟（千）四百大元，合共国币叁萬（三万）大元，见字祈查收入应家用。内交伍佰（五百）

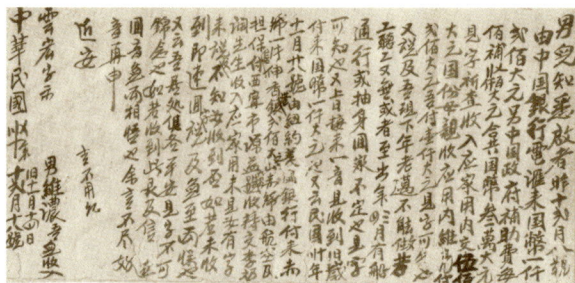

原信尺寸：292mm×145mm

大元国份母亲收应用。内维亮付贰佰（二百）大元，吾付壹仟（一千）大元，见字可知也。又说及吾现下年老迈，不能做苦工，听（轻）工又无，或者至出年三四月有船通行，或抽身回家不定也，见字可知也。又上日接来一音，见收到旧岁付来国币一仟（千）大元也。又云民国三十年十一月廿八号由纽约美国银行付来赤纸一片，伸（申）香港银贰佰（二百）大元。此赤纸由航空及担保信付西宁市源益大宝号收，转交李礽润先生收入应家用，未见汝有字来说及，不知汝收到否？如若未收到即速回字说及，免至（致）两误也。又云吾居处俱各平安，见字不可锦念也。如若收到此艮（银）及信，即速回音，免两相误也。余言不尽，好音再申。

近安

吉不用红

云宏字示

男维浓吾儿收入

中华民国三十四年旧（历）十一月十四日

（新历）十二月十八号

90

【家书解读】

上月初，曾祖父寄了两封平安家书回家，一个月过去了，仍未接到家乡的来信。虽然听说水陆交通已经恢复，但邮路能否正常运转尚不知。这些天来，他心里忐忑不安，盘算着家里亲人是否收到古巴来信，是先寄钱回乡还是等接到家乡来信后再寄钱呢？经过八年战争，估计家乡凶多吉少，经过反复衡量，他还是决定先寄钱好，因为这是救命之钱。于是，曾祖父在 1945 年 12 月 8 日从中国银行电汇国币 1 200 大元回家，作为家用救急之银，信中注明分信银 500 大元给他的妻子邓氏。可怜的白公尚且不知，阿白早三年已驾鹤西去，迟来的银信也无福享受了。正是：离乡井，去亚湾，廿载唔见良人返；今生有份无缘续，来世化蝶伴郎君。

再说近 20 年来，受资本主义世界经济危机和第二次世界大战的影响，古巴经济停滞不前，加上当地政府推出各种排斥华人的律例，华人饱受折磨，生存维艰。"二战"结束后，已经年满 64 岁的曾祖父，原来从事依靠体力来赚钱的工作，现在老迈无力，而且文化水平低，根本无法找到较好的、较轻松的工作。在此困境下，他回唐山的欲望又重新冒了出来，计划明年如果三四月间有回乡船通航就抽身返乡。

落叶归根，是每一个海外华侨共同的愿望，随着年龄的增长，这种愿望越来越强烈。华侨在海外飘零数十年，尝尽了与妻子、儿女离别之苦楚，期望能与家人团聚，安享晚年。

编著者藏品

1943 年 10 月 28 日纽约中国银行电汇汇票。

30. 侵略者罪恶滔天[①]

1946 年 1 月 7 日台山寄古巴回批信

【原文】

父亲大人膝下：

敬禀者，昨接来书乙（一）封，谈及居外俱各安慰，吾心可喜也。信内说及民国卅三年四月中旬，由中国银行电汇来国币壹仟（一千）大元，另政府津贴壹仟（一千）大元经已收妥，不可远念。但民国卅年十一月尾由西宁市源益宝号汇来香港银贰佰（二百）大元，连付来银信不见收到，请大人居外追查银行该港银收回，免至（致）误后可也。自本国胜利，儿居家乡均皆安康，不可甚望[②]。自旧年五月初六日本仔沦陷台山[③]，日本仔上村乡抢劫财物，但我新屋天面破怀（坏）两处，及小门口走龙（栊）[④] 大门被废烂，又及大门口边房门、两边走水窗[⑤]被废烂。我屋财物被失些少，不及仟（千）元。但旧年日本仔沦陷我家乡，上村抢劫财物，小儿走难被走伤坏只脚，至今未得痊愈，不能庸（用）工维持家庭粮食。至于各物，日续价高。白米每

---

① 这封信没有签名，经编著者查证，应为李礽润写给他在古巴的父亲李云宏的回信稿。

② 不可甚望：无须过分挂念。

③ 五月初六日本仔沦陷台山：指 1944 年 6 月 26 日，崖西日军百余人穿过台新边境的玄谭迳，进占五十乡塘田村；同日，日军两千余人从单水口渡江占据了公益；另股日军千余人，由天亭过平迳，占据了沙浦乡的莲塘村，台山第三次沦陷。

④ 走龙（栊）：又叫趟栊门，整个看上去就是一个大的木框，中间横架着十几根圆木（台山话称“栊子”），一般采用较坚硬的坤甸木材制成。它是借助简单轨道左右开启的一种古老的“防盗门”。台山侨房大门由三道门构成，第一道是屏风门，土名叫“门仔”，像两面窗扇，挡住了外面路人的视线。这道门比较轻巧，方便开关。最具岭南特色的是第二道门，即走栊，走栊关上时，既可将屋里和屋外的空间隔开，又方便与屋外联络，凉风、空气和光线均可进屋，兼具通风、采光、保护隐私和安全等方面的作用。第三道门是真正的大木门。

⑤ 走水窗：台山旧式民居左右两边的房间一般安装木阁作夹层，木阁上面留出一个人可以出入的透气窗，即走水窗，由窗走出去就是天面的晒露台。

斤 130 元，生油每斤 500 元，上味每斤 60 元，猪肉每斤 640 元，土布每套五六仟（千）元。各物俱价高，未能尽录。旧年敌人沦陷时至今两年生产田禾①谷及杂粮收割甚少，无法维持粮食，合家酌议愿将实业田按揭国币六萬（万）余元，取来救急（买）粮食，免至（致）饿死生命。每日两餐食粥挨日，救回合家各人生命安全。至于环境，来年米价重（更）高涨一倍，见字请速付银回家购米粮之要用也。现小孙焕麟年尊长大廿二岁，合格成家室②。儿在家无法积艮（银）办事，请大人居外营谋设策，助银为事至望。合家俱各平安，见字不可劳念，覆此敬请。

但儿家庭粮食不敷，来年欠缺四个月米粮，见字请速付艮（银）回家购米用为要。

金安

民国卅四年旧历十二月初五日

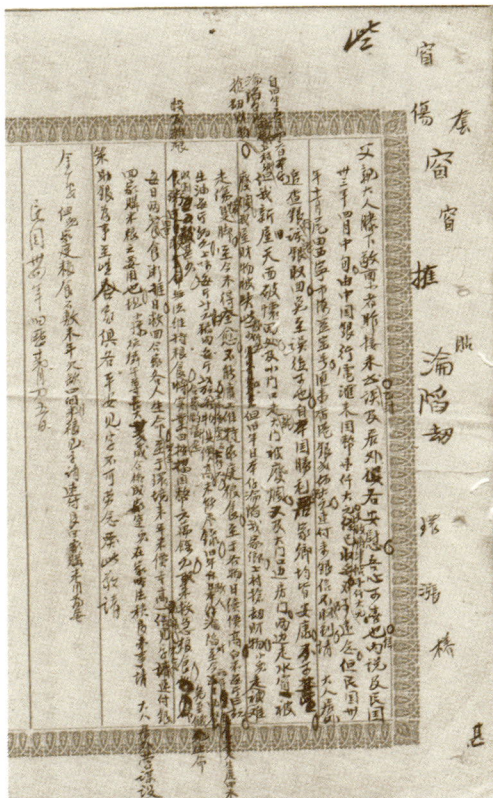

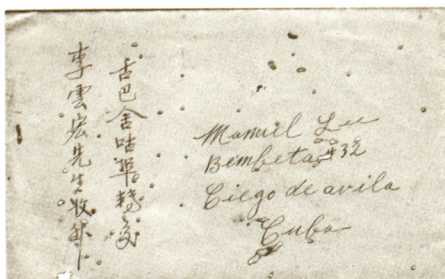

原信尺寸：185 mm × 270mm

这是 1946 年 1 月 7 日台山寄古巴的回批信，也是抗战胜利邮路接通后台山第一封寄古巴的回批信。

---

① 田禾：农田水稻。
② 合格成家室：合条件成家立室。

【家书解读】

这是一封满含血泪的回批信。该信虽然没有落款，但可以判断出是阿爷
礽润寄给白公的回信。信中清楚地记录下了日本侵略者践踏侨乡的滔天罪证
以及战后侨乡人民的悲惨生活。

抗战胜利后，曾祖父寄了三封信回家，1946 年元旦刚过，家里才接到古
巴的来信。祖父怀着复杂的心情提笔回书，报告全家人皆平安，说明民国三
十三年四月中旬由中国银行电汇的信银及国币 1 000 大元已经收到，但民国三
十年十一月尾由西宁市源益大宝号寄来的香港银 200 大元银信没有收到，请
曾祖父在古巴追查银行收回信银，同时痛斥日本鬼子的滔天罪行。

民国三十三年五月初六，台山第三
次沦陷（"六二六"事变）。日军由汉奸
带路，挑夫随从，到城东各乡四处劫掠
财物。在日军每次进犯过程中，温边村
自卫队壮丁均给予迎头痛击。但因寡不
敌众，最后只能放弃家园撤离。日本鬼
子即杀进村内，到处烧杀掳掠。当年曾
祖父回乡建的新屋也是他们搜刮财物的
主要对象之一。小时候，曾听父亲讲过
日军拆屋的详细情形：新屋是用青砖建
造的，墙体新净，门口安装台山侨房特
色的趟栊门，非常坚固，因此成为日军
破门的主要对象。日军先在小门口动
手，拆烂"门仔"后即用日军大刀拼命

台山侨房常见的趟栊门

地砍趟栊门的栊子，企图毁门进屋。由于栊子用进口坤甸木材制成，间距很
小，大刀无从发力，刀锋不断穿过栊子插入杉木制造的大门，大门严重受损。
但一个时辰过去了，日本鬼子无论怎样砍也砍不断趟栊门的栊子，不得不放
弃。随即狗急跳墙，爬上天面，想拆烂两扇走水窗木门进屋，又遇到钢筋大
窗柱的阻拦；最后，他们只能用暴力破开屋顶瓦面，砍断拆烂数条桁桷，从
天面破口进入屋内，将家中存放在厅底的谷物全部抢走，又撬烂两边房门，
将房内值钱的财物抢光。

这次台山沦陷 70 多天，在逃难过程中，祖父的一只脚不幸受伤，无药医
治，患上烂脚之症。一年半过去了，烂脚根本没有好转的迹象，无法做工。

这一年，我家六口人（两男四女），其中祖父烂脚残疾无法做工，三位姑母未成年，祖母要负责照顾刚满两岁的小姑母，只能靠父亲打工来维持全家的生活。由于日本军队经常四处骚扰，农田根本无法正常耕作，近两年收获很少，加上战时侨汇中断，各类物价高涨，粮食非常紧缺。在此情景下，全家商议将两斗多田和半间旧屋变卖，买回些许粮食救急，每天吃两餐粥挨过战乱和饥荒，保住全家人的生命。估计第二年，粮食将更加紧张，米价将成倍大涨，全家全年粮食还缺1/3，因此请曾祖父迅速寄银信回乡以购买米粮。

信中提到父亲已经22岁，可以成家立室了，但在当时的环境下，办婚礼这等大事根本是不可能的，只有请旅古巴的曾祖父想办法了。在五邑侨乡社会里，买田建房娶媳妇，都是海外华侨肩负的重任，他们无论如何也要想办法完成这些任务。

正是：沦陷劫，破窗恨，阿爷走难脚伤残；侨汇断，物飞涨，全家老小盼信银。

顺便说说"回批"。回批是侨眷收到银信后的回信。五邑乡民收到海外寄来的银信后，即写回信寄给寄银人，报告收到信银，顺报平安，经常还说及家乡的情况。回批大多数委托代办银信的机构寄给寄银人，也有些侨眷亲自去邮局寄给寄银人。五邑回批信一般是一封银信一封回信，这与潮汕地区的总包式回批有所不同。

在正常的情况下，邑人收银后要立即回信，否则就会引起寄银信人的担忧。但抗日战争期间，银信进出侨乡的邮路异常凶险，经常中断，以致旅外华侨乡音隔绝，失去和家人的联系。直到抗日战争胜利后，邮路恢复正常，才能寄回批。因此，祖父1944年10月收到银信后，等到1946年初才寄回批，这是特定历史时期的特殊产物。

五邑回批一般寄到外洋去后，很少能被带回家乡，因此，五邑银信中回批的存世量很少。此外，集邮者在收藏过程中，只重视收集信封和邮票，回批的内信多数被抛弃，以致五邑银信中回批信非常少见。李云宏家族86封古巴华侨家书中，只有6封（其中2封不完整）是回批信的底稿，原信均无法收回，可见五邑银信中回批信是极其珍罕的。

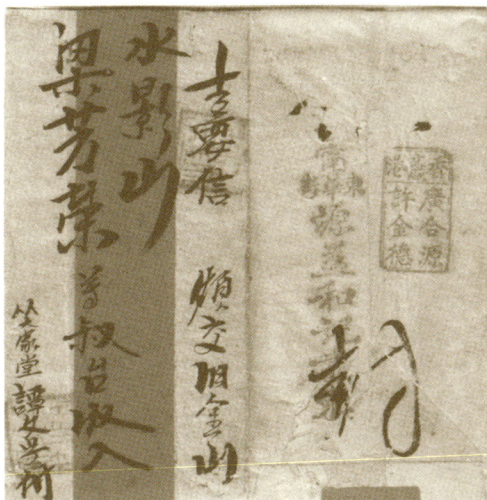

编著者藏品
　　1909年8月15日台山西宁市源益大宝号经水客接驳美国旧金山的回批信封。

31. 战后通胀兼缺粮

1946 年 2 月 22 日台山寄古巴回信

【原文】

父亲大人膝下：

　　敬禀者，前旧岁十二月廿二日得接来银信，内说明电汇来国币壹仟贰佰（一千二百）元，政府补助费 24 倍共国币叁萬（三万）元①，至于本年元月廿一日收到中国银行银票②，廿二日往中国银行收到国币叁萬（三万）元正，亦照信内交国份母亲收壹仟（一千）元妥交。又说及民国三十年十一月廿八号由纽约美国银行付来香港银贰佰（二百）大元，该银信连港赤不知寄在何处，不肖儿未曾见收。儿追查源益收该款，意议③伍时美伯所说言词，但此款寄来时间久奈④，不明其故，难与（以）追查该款。敌人沦陷见（经）过数次⑤，无法调查该款，请大人在外携回港赤副票追查纽约美国银行收回港银贰佰（二百）元，或查政（证）交何人收，免于误后。信内云及大人富足荣旋，吾心可喜也，现今世界不比旧日，如有相当金银请可旋乡，如未相当金银，在外营谋事业取多金银为上策。但家庭粮食本年所欠缺四个月米粮，每日两餐粥需要米粮费 1 200 元，见字知之，请大人再付银救急米粮之用，救回生命免至饿

----

　　①　政府补助费 24 倍共国币叁萬（三万）元：民国后期，国币贬值迅猛，通胀加剧，外汇黑市汇率与政府牌价汇率相差很大，为了吸引外汇，国民政府采用政府补贴的办法来补偿侨眷的损失。即使如此，黑市外汇市场还是非常活跃。

　　②　银票：银行汇票。

　　③　意议：意图探听。

　　④　久奈：很久；长久。

　　⑤　沦陷见（经）过数次：抗战期间台山共经历五次沦陷。

毙。不肖儿闻称有多数华桥（侨）汇港赤①，现据台城港纸每佰（百）元找换国币贰萬（二万）余元，或银市高价找换多不定。现年各行货物高价数十倍甚重②，现在时价时时不同，白米每斤330元，猪肉每斤850元，生油每斤800元，上味③每斤60元，咸鱼每斤六七佰（百）元，鳊鱼每斤550元，咸虾④每斤340元，生姜每斤350元，秋布每套用萬（万）余元，丝口（土）布每套数萬（万）元，口（土）布每套亦数萬（万）元，其他各行货物比对旧岁货物高价数十倍，我台山同胞有多数人受饿无法维持粮食。如再付银信请寄台山城革新路启华行金铺⑤收转交不肖儿收无误，免至寄（寄至）大亨市同安隆转交手续盖章难乙（一）。现合家均赖平安，不可远念。但母亲

原信尺寸：185mm×270mm

这是 1946 年 2 月 22 日台山李初润寄古巴李云宏的回批信。原信已寄出，这是回批信的底稿。

前民国卅一年旧历四月初五寅时不幸身故，母亲身上之病右脚发生，名称入脏蛇，不满一对时登仙⑥，该种病由三月卅日九时发生起救之不及，当时无人不知其病。前民国卅二年有数封吉信⑦告知父亲，未见大人复字谈及母亲之事，前母亲殡殓之事与启金事⑧完妥，共支去贰萬六仟（二万六千）余元妥办。

民国卅五年元月廿一日

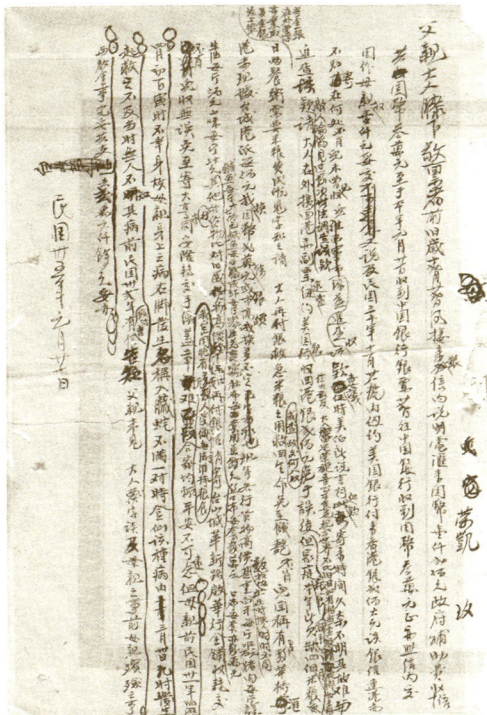

---

① 多数华桥（侨）汇港赤：民国后期，国内通胀严重，外币与国币的汇价每日都不同。为了保值，台山华侨寄钱回乡，都是用挂号信夹寄外汇汇票，土话称为炅纸或赤纸。港币汇票为港赤，美元汇票为美赤，依此类推。抗战胜利后，由于国币、金圆券等民国货币贬值太快，五邑侨乡各地干脆用炅纸作流通货币，因此又称为通天赤。

② 甚重：甚至更重。

③ 上味：食盐。

④ 咸虾：台山人用幼海虾制成的虾酱。

⑤ 启华行金铺：是台山经营银信业务的机构，位于台山西宁市革新路（又称"牛屎巷"）。

⑥ 一对时登仙：一对时即 24 小时，也是一天。登仙即逝世。

⑦ 前民国卅二年有数封吉信：抗日战争期间多数来往书信丢失，海内外来往音讯中断。吉信原指中式红条信封，这里指台山寄古巴的收银回信。

⑧ 启金事：安葬山坟。

【家书解读】

这是战后接通侨汇的首封回批信。1945 年 12 月 8 日，曾祖父电汇国币 1 200 大元回乡。1946 年 1 月 24 日（十二月廿二日）祖父收到银信，但等到 2 月 21 日（元月廿一日）才收到中国银行的电汇汇票，次日即将国币 1 000 元转交给国份的母亲收。这封回批上又列数了日军的数条罪状：

第一，太平洋战争爆发，银信被战火吞没，侨眷损失惨重。1941 年 12 月 7 日，日军偷袭珍珠港，太平洋战争爆发。此前，曾祖父于 1941 年 11 月 28 号由古巴的纽约美国银行寄出银信一封，内有香港银 200 大元，在寄递途中刚好遇上太平洋战争爆发，估计运载银信飞机失踪。此后台城又经历多次沦陷。战后，祖父去追查该银信，根本无法查找，只好请旅外的曾祖父去寄银银行收回汇款，或者查清楚这笔汇款的去处。

台山先后五次沦陷，邮路中断，大量海外寄来的银信积压无法投递，甚至丢失。据史料记载，自 1944 年 6 月 26 日台山第三次沦陷后，中国银行台山办事处被迫歇业，随后迁往重庆办公，当时遗留的不及时发放的侨汇多达国币 15 亿元。1945 年 8 月 15 日日军投降，抗日战争胜利。同年 12 月 17 日，中国银行台山办事处复业，银行才陆续开始清理积压的侨汇，然而也有不少被银行从中吞没。台山广海墨西哥华侨

台城台西路中国银行旧址（1937 年）

张龙城（福寿）说，香港沦陷后，他每年都有一两次款从重庆中国银行汇回家乡，可是家里人一次都没收到。① 曾祖父这封银信连同港币 200 大元，均成为战争的牺牲品，可见侨乡人民在抗战期间侨汇损失惨重。

第二，曾祖母在战乱饥荒中身亡，通信断绝，旅外侨胞数年无法得知。银信丢失，侨汇中断。1942 年，台山遭遇百年一遇的大旱，庄稼颗粒无收，侨乡民众困难更深一重。民国三十一年旧历四月初五，曾祖母身患急病，无药医治去世。为了安葬曾祖母，当时在村里基金会借支款项两万六千多元。1943 年，祖父曾经寄过多封信去古巴，报告此事，但全部信件在邮路中丢失，因此，曾祖父四年后才知道他妻子去世的消息。

---

① 台山县侨务办公室编：《台山县华侨志》，台山：台山县华侨志编纂委员会 1992 年版，第 244 ~ 245 页。

第三，战后通胀缺粮，民众苦不堪言。战后的台山，百物腾贵，物品价格日日不同，1946 年 1 月 7 日和 2 月 22 日的物价比较如下：

	白米（元/斤）	生油（元/斤）	上味（元/斤）	猪肉（元/斤）	土布（元/套）
1 月 7 日	130	500	60	640	5 000～6 000
2 月 22 日	330	800	60	850	数万
涨幅	160%	60%	0	33%	400% 以上

从表中 1 月与 2 月前后 45 天的物价比较中可以发现，各种主要生活消费品价格均大涨，其中白米涨了 1.6 倍，土布更是涨了 4 倍以上，各种货物比上年高涨数十倍。在高通胀的环境下，祖父一家六口每日吃两餐粥需要米粮费 1 200 元，家庭粮食全年还缺四个月，因此请旅外曾祖父迅速寄银信回来购买救济米粮，免至家属饿死。战后的侨乡台山，仍然处于物价飞涨、全县缺粮的状态，挨饿的民众无数，台山人仍处于水深火热之中。前者，曾祖父曾写信透露他想回唐山，祖父告诉他，在家乡处于这样恶劣的环境下，如果没有大富大贵就不要返乡了，否则是自讨苦吃。曾祖父落叶归根的心愿又一次落空了。

这封回批信告知曾祖父"如再付银信请寄台山城革新路启华行金铺收转交不肖儿收无误，免至寄（寄至）大亨市同安隆转交手续盖章难乙（一）"。抗战期间台城沦陷，大亨是革命老区之一，沦陷期间古巴寄回的银信多经大亨同安隆号转接。抗战胜利后，邮路恢复正常，从海外寄温边村的银信不需要经过大亨中转，以免寄递邮路多费时间。

位于台山大亨圩的同安隆号旧址牌匾现在依旧保持完整。

32. 园地纷争又再起

1946 年 3 月 19 日古巴寄台山信

【原文】

雄开祖子孙、伯叔、兄弟、列位先生：

启者，雄开祖实系菜果圆（园）仝梅一个管业，份（分）各五房人来种菜。后来业广祖见圆（园）基①过大，将圆（园）基开方（荒），多一阬地种菜也，实系雄开管业也。又云及高园菜圆（园）地，前者系方（荒）坺地，本村张姓兄弟开方（荒）一个，业广祖开方（荒）一个。业广祖在生前时有言对我云宏说及，业广祖卅岁开方（荒）高园菜圆（园）地至如今，实系业广祖管业，各房兄弟不能争论也。又伍成荣先生青火（迁伙）②过别处住，将竹圆（园）交过业广祖取竹用。至民国十五年我在家时交回竹圆（园）本村中人管业，本村有年少人不知，亦想可高园菜圆（园）地。各姓父兄出言不能取也，实系业广祖管业也。又云山岗仔方（荒）坺地，林广祖田一丘有三份，一份系山岗仔开方（荒）伟衍田，一丘有一半系山岗开方（荒），余他（下）多少，系云宏手（首）开方（荒）种番薯，后来礽润开方（荒）田。如若各三房人个个心甘愿交出来，我亦心甘愿交出来雄开祖管业。如若有一房人不能交出，我亦不能交出雄开祖管，见字谅知（之）也。

李云宽、李云宏、李云焕、李维亮
中华民国三十五年三月十九日

---

① 圆（园）基：菜园田埂。

② 青火（迁伙）：搬迁入伙；迁徙。

原信尺寸：293mm×231mm

【家书解读】

这是曾祖父等几位旅古巴华侨寄给本村族人的一封公开信。15 年前（1931 年），曾祖父为家乡田地之争而写信回乡表明自己的立场。后来，村里各家侨汇越来越多，不想耕作田地，纷争也被逐渐淡忘。抗战胜利后，特别是经历 1943 年的大饥荒后，侨乡人民终于明白了"土地是命根子"的道理，不少人用侨汇来买地，平息多年的家乡田地纷争再次掀起。为此，曾祖父与旅古巴的几位同乡族人商议，写了一封公开信给雄开祖的各位父兄，表明他们的立场——在处理田地争端的问题上，要尊重历史，要实事求是。按照"谁先开荒谁拥有"的原则，他提出如下的处理方法：

第一，菜果园之地，是雄开祖传

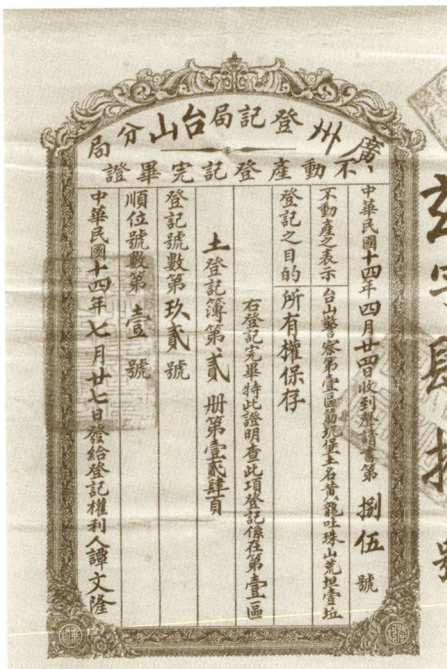

编著者藏品

1925 年台山《不动产登记完毕证》。

101

的物业，后传至业广祖，业广祖将菜园田基开荒，故多一陇菜地，云宏是业广的孙子，那么这菜果园理所当然属云宏的物业。

第二，高园菜园之地，是业广祖30岁那年开荒的田地，一直由业广的子孙耕作至今，拥有无可争议的权利，各房兄弟不应对此产生争议。

第三，山岗仔荒垅之地，是林广祖、伟衍祖、云宏三人每人开荒一部分耕种，各家兄弟传承至今。如三房人都同意交出来，云宏便同意交回雄开祖管；如有一房人不愿交出，云宏便不将此田地交回雄开祖管。

和曾祖父等古巴华侨一样，台山华侨旅居海外，接受中西方的文化教育，在处理家乡发生的各种矛盾纠纷中，做到以历史为依据，以事实为准绳，人人平等、事事公平，传达出自由、平等、博爱的理念，值得我们借鉴。

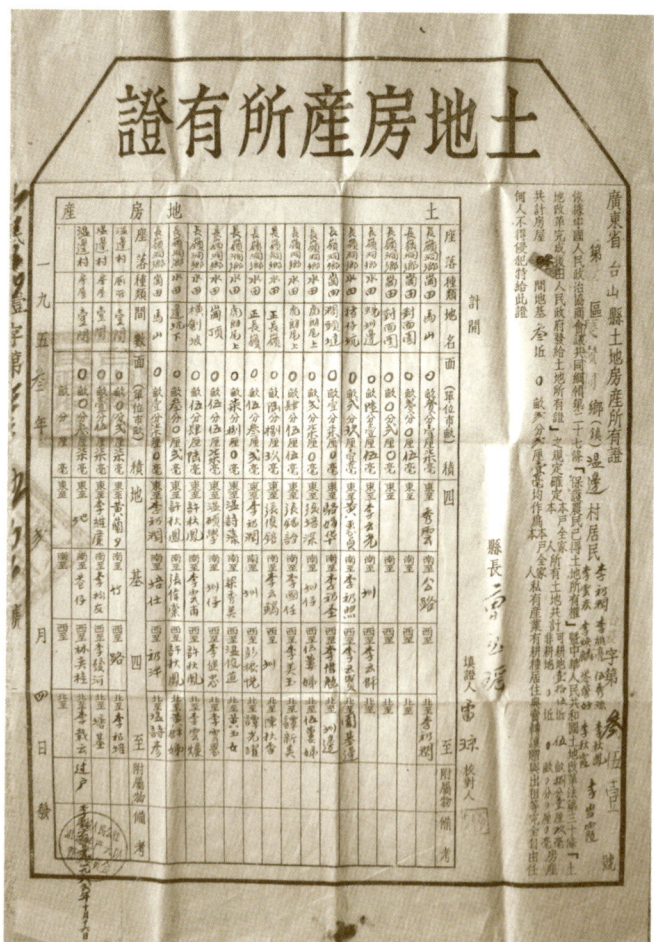

家传藏品

1953 年李云宏家族的《土地房产所有证》。

33. 重复收银属犯法

1946 年 3 月 20 日古巴寄台山银信

【原文】

礽润吾儿知悉：

启者，昨西历正月一号接汝来音，吾一一详明悉矣。是日转付来前者西历一千九百四十一年十一月尾汇来香港副赤纸①一张，伸（申）香港银贰佰（二百）大元作正赤纸收银，见字可知也。如若前者未见正赤纸，即将此副赤纸，即时可能收得银也，见字谅知（之）也。如若系正赤到手收银，千祈不可又将此副赤纸收银，即速将此副赤纸付回来吾收，吾往银行作清结也。如若汝将正副赤纸收两回银，中国政府有权拘捕人②，吾居处银行有（又）拘捕我也，见字

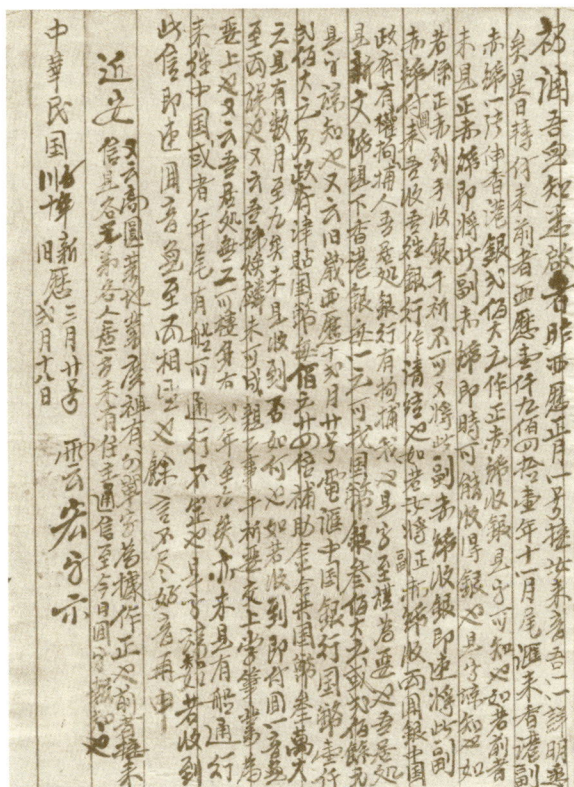

原信尺寸：166mm × 230mm

---

① 副赤纸：赤纸分为正赤（纸）和副赤（纸），寄银信时，先将正赤放在挂号担保信内寄回国内，副赤由寄信人保存存查。当正赤遗失时，可以凭副赤去银行提取汇款。这样看起来很保险，但在兵荒马乱的年代，银信丢失无数，大多数都是无法追查的。

② 有权拘捕人：凭赤纸重复收汇是犯法行为，所以政府有权拘捕犯法的人。

至谨为要也。吾居处见新文（闻）纸①，现下香港银每一元可找国币银叁佰（三百）大元或贰佰（二百）余元，见字谅知（之）也。又云旧岁西历十二月廿号电汇中国银行国币壹仟贰佰（一千二百）大元，另政府津贴国币每佰（百）元廿四倍补助金合共国币叁萬（三万）大元，见有数月至（之）九（久）矣，未见收到否，如何也。如若收到即付回一音，免至（致）两误也。又云吾孙焕麟未可成亲乙（一）事，千祈要交（教）上学笔（毕）业为要上也。又云吾居处无工可栖身有二年至（之）九（久）矣，亦未见有船通行来往中国，或者年尾有船可通行不定也，见字谅知（之）。如若收到此信，即速回音，免至（致）两相望也。余言不尽，好音再申。

近安

又云高圆（园）菜地业广祖有分（份）单字为据作正（证）也，前者接来信见各兄弟各人居一方，未有住主（址）通信，至今日回字报知也。

云宏字示

中华民国三十五年新历三月廿号

旧历二月十八日

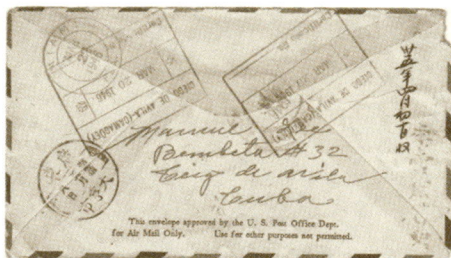

此封银信 1945 年 3 月 20 日舍咕埠航空挂号寄—3 月 21 日哈瓦那—3 月 22 日迈阿密—三藩市—4 月 29 日广州—5 月 8 日台山大亨市—5 月 10 日温边村李礽润收，邮路全程 52 天。

【家书解读】

曾祖父接到家乡的来信，得知孙子焕麟已长大成人，心里很高兴，嘱咐不要急于谈婚论嫁，告诫年轻人要以学业为重，先学好知识，以后才有出头的机会。

1941 年 11 月末，曾祖父寄的一封银信及港赤 200 大元在邮路中丢失，经过多次查找也不明下落。1946 年 3 月 20 日，他又将原汇票副联（副赤）用挂

---

① 新文（闻）纸：报纸。

号担保信寄回乡，告
诉祖父，收到后可以
凭副赤去银行收取外
汇，但千万不要凭正
赤收汇后又凭副赤去
银行收汇，这是犯法
的行为，国民政府有
权拘捕违法犯罪的人。
因此，在这件事上，
一定要慎重处理，要

编著者藏品
1946 年 7 月 4 日万国宝通银行副赤。

实事求是，不能采用欺骗的手段。曾祖父不断谆谆教导家人一定要实事求是，
要遵纪守法，教育后辈要以学业为重，由此可见海外华侨的一片苦心。

　　信中讲到 1945 年 12 月 20 号电汇中国银行国币 1 200 大元的银信，三个
月过后还未收到家乡的收银回信。这是因为抗战胜利初期，邮路刚刚接通，
仍不顺畅，战时积压银信很多。1945 年 12 月 17 日中国银行台山办事处才开
始在台城复业，陆续清理积压的侨汇，再加上战后又有大量的银信从海外蜂
拥寄入台山，这样，完成银信寄递的全过程就需要更多的时间了。按照当时
的流程，1946 年 2 月 21 日祖父才收到中国银行的汇票，那么，三个月的时间
肯定是无法收到回批的。第二次世界大战虽已结束，但中国与古巴之间的水
路还未恢复通行，这个时期银信所走的邮路都是"古巴—美国—中国"的航
空邮路，多重接驳，这是邮路运作缓慢的重要原因。

34. 收银回音莫两误

1946 年 8 月 5 日古巴寄台山银信

【原文】

男儿知悉：

启者，是日由中国银行汇来赤纸一张，伸（申）国币银九万（萬）六仟（千）大元，祈查收入，应家用可也。见字即速回音，免至两相望也。又说及今年西历三月廿号由广东台山大（第）一区温边旧村人李礽润收担保信一音及航空付来，信内有副港赤纸一张，伸（申）港银贰佰（二百）大元，作正赤纸收银，此赤纸系民国三十一年十一月廿八号在古巴国啥（舍）咕埠付来担保及航空来，有数年至（之）九（久），未见汝收到，我在处追查美国纽约银行总理，将副赤纸交到我付来家人收入应家用也。

原信尺寸：**186mm×230mm**

有四五个（月）至（之）九（久），未见汝字回音，吾不知如何也。如若收到，即速回音，免至（致）两相望也。如若此赤不能收银，即速将副赤付回来吾处收回此银，免至（致）误迟也。余言不尽，好音再申。

近安

父云宏字示
中华民国三十五年西历八月五号
旧历七月初八日付

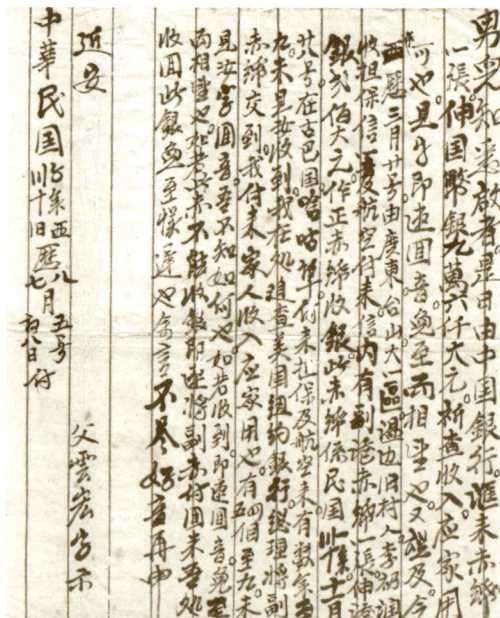

　　这是 1946 年航空担保银信，贴古巴航空邮票 2 枚，邮资合计 1.15 元，8 月 5 日舍咕埠挂号寄—8 月 7 日迈阿密—8 月 8 日三藩市—8 月 26 日广州—8 月 29 日台山—革新路"启华行金铺"—9 月 2 日交温边村李维浓收。邮路全程 28 天，这银信走"古巴—美国—中国"的经典航空邮路。抗战胜利后，这条邮路的开通，加快了银信传递速度。此银信封是经美国邮政部门核准的专用航空信封。

【家书解读】

　　海外华侨寄出银信后，最热切期盼的是尽快接到家乡寄来的回批，因为每一封银信都有他们用血汗换来的银钱，寄托着他们对家乡亲人的关爱之情。在收到回信之前，寄银信人的心里总是牵挂着的。因此，侨眷收到银信后，要立即写回信给寄银人，不可延误，这是五邑银信的一种传统。

1903 年古巴护照。收藏者：暨南大学古巴侨属梁玲珠。（黄卓才供图）

　　1946 年 3 月下旬，曾祖父征得美国纽约银行总理的同意，将抗战期间丢失信银 200 大元港赤的副赤寄回家乡，作追收侨汇之用。时间已经过了近五

个月，他仍然没有接到家乡的回音。他每天都在担心着这只飞越加勒比海的鸿雁。这只鸿雁能否到达自己家人的手上？儿子礽润能否追收到这笔侨汇？鸿雁何时才能折返古巴？他就像热锅上的蚂蚁一样团团转，心乱如麻。曾祖父深知家里这一年仍缺四个月的米粮，如果无银寄回去，全家人肯定要挨饿了。不管怎样，还是寄钱要紧。他随即到邮局用挂号担保信寄中国银行赤纸国币 96 000 大元回乡，同时写信追问 3 月下旬寄的银信是否收到，要求祖父迅速回音，以解除他心中的忧虑。

　　正是：邮路漫漫寄银信，信中一片赤子心。战后家乡盼侨汇，海外游子盼回音。

35. 沦陷饥荒连六年[①]

1946 年 9 月 11 日台山寄古巴回
批信

【原文】

父亲大人膝下：

敬禀者，昨接来书信，内有中国银行国币赤纸乙（一）张，将赤纸携往中国银行收到国币九萬陆仟（万六千）大元，现应家佣（用），见字不可远望。但本年旧历四月念（廿）旬[②]得接来音信，内有副港赤乙（一）张伸（申）香港银贰佰（二百）大元，准作正香港赤纸收银。现在台城有十余间找换铺[③]无法找换银，又迟他（下）廿余日，请台城信生银业谭培先生携带往香港万国宝通银行收香港银。因香港万国宝通银行经理说及前香港沦陷时该号港艮（银）付回古巴不能支付该款，谭培先生带回台城交小儿收回副港赤，将该张副港赤付回古巴交大人收回。携往古巴艮（银）行改换现时汇新正香港赤可能收得银，或在古巴万国宝通银行收回原银，再汇亦方能收得银。因事情不合，所与（以）误候（后）付回，见（字）知之可也。再说本年三四月旱灾，至六月风飓水灾，因田禾被灾，每斗[④]收割三四分，经本年饥慌（荒）重要，近来见（经）六年饥荒，万物高价，欠他（下）米粮银甚重，请大人速汇美银贰佰（二百）元伸（申）国币如数付来，应还财东佣（用）（现台城美银一元找换国币三仟一佰（三千一百）元，香港赤一元找换国币六佰（百）六十元）。前数年被敌人沦陷，扰乱耕种，外汇不通，无法维持粮

---

① 该信虽然没有签名，但从书信字迹和内容可判断出写信人是李礽润。

② 念（廿）旬：念（廿）即二十；念（廿）旬指下旬。

③ 找换铺：指经营银信业务的机构，民国期间，台山经营书信银两、金银找换、汇兑业务的金融机构很多，成为侨乡一大特色。

④ 每斗：每斗田，一斗等于半亩。

食，十死一生，因此揭生艮（银）甚重，见字祈为原谅。幸得揭生艮（银）救回，均皆生命安居。（侧写）另有字加。前两月接来吉函问及在家人口如数，现居家大小男女人数六口，合家均赖平安，见字不可劳念。覆此。

恭请

金安

中华民国卅五年旧历八月十六日

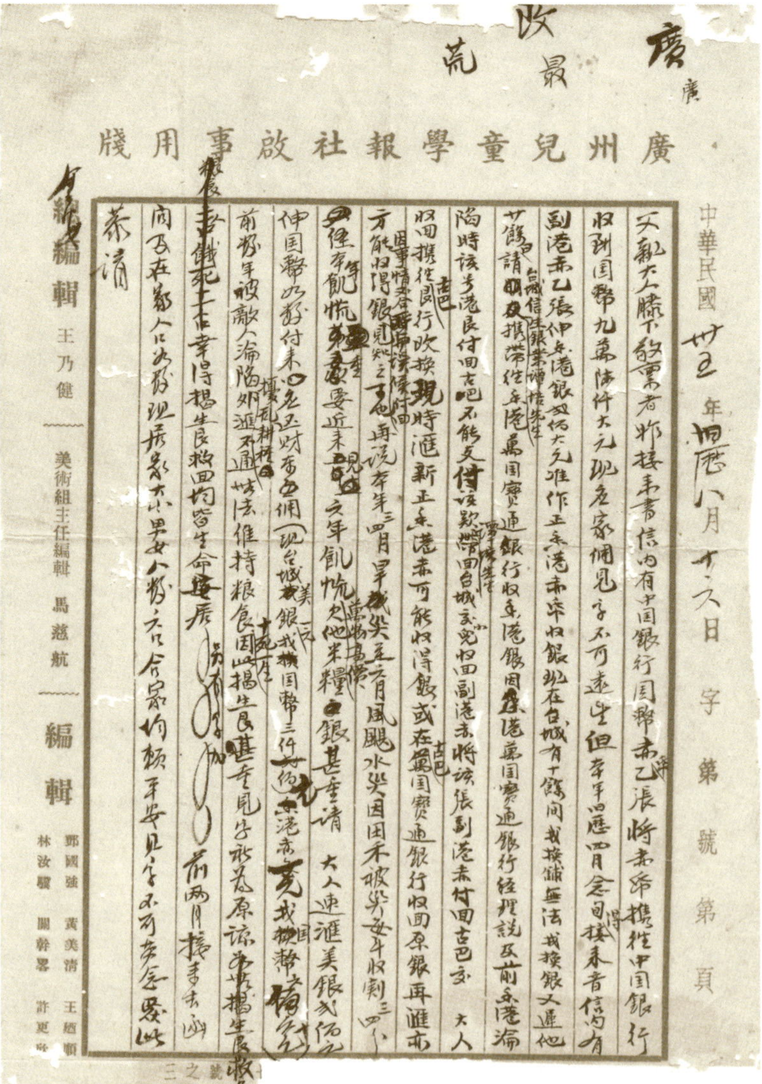
廣州兒童學報社啟事用箋

中華民國　年　月　日　字第　號第　頁

總編輯　王乃健

美術組主任編輯　馬蕊航

編輯　鄧國強　黃美清　王栢順　林汝驥　關幹器　許更咸

原信尺寸：205mm×290mm

这是1946年9月11日台山李礽润寄古巴的李云宏的回批信。原信已寄古巴，这是回批信的底稿。

【家书解读】

自 1946 年 3 月下旬曾祖父寄出副港赤后，半年时间过去了，祖父终于写了这封回批信，首先报告已收到上月寄来的银信和国币 96 000 大元，同时讲明耽误寄回信的原因。

原来，祖父四月下旬收到银信后，即携副港赤去银行收银，但走遍台城十多间金银找换店铺，都无法找换。20 天后，祖父又去台城信生银号请谭培先生带着这张副港赤去香港万国宝通银行意图收取侨汇，但香港万国宝通银行经理说，在香港沦陷期间他们已将此港银寄回古巴，不能支付这笔侨汇，谭先生随即带着这张副港赤返台城后退给祖父。折腾了几个月，还是收不到款，无奈之下，只有将这张副港赤寄回古巴，由曾祖父去古巴银行更换新的香港赤取汇，或者在古巴万国宝通银行收回原银，重新汇款才能收得此银。事情一波三折，耽搁了很长时间，最后还是两手空空。

抗战胜利似乎给侨乡带来了曙光，但我们这个乡下六口人的大家庭，并没有根本性的好转。祖父烂脚未愈，无法正常工作，祖母负责照顾三位小姑母（二姑母 9 岁，三姑母 7 岁，长姑母 3 岁），全家只能依靠我父亲佣工赚钱来补助买粮，粮食紧缺，举步维艰。

再说，1946 年又是一个多灾多难之年。三四月份台山遇上旱灾，稻田沽裂，插下的禾苗很多枯死。刚挨过了天旱，到六月份，又遇上台风带来的水灾，成熟的稻谷被风刮过又被洪水淹没，导致严重歉收，只有三四成的收获，家中缺粮严重，处于挨饿状态。自 1941 年以来，台山经过六年的沦陷、粮荒、饥荒、侨汇中断、物价高涨等天灾人祸的煎熬，侨乡各地无钱购粮而饿死者与日俱增，饿殍遍野，可谓九死一生。为了维持全家人粮食，祖父向钱庄借来购买米粮的钱很多，请曾祖父迅速寄 200 美元回来还清债务。

信中讲到外汇的汇率变化情况，1946 年 9 月 11 日台城的香港赤纸 1 元兑 660 元国币；此前 3 月 12 日 1 港元兑 200～300 元国币。从这个汇率变化来看，半年的时间里，国币贬值 1.2～2.3 倍。民国后期，国内通货膨胀严重，货币贬值迅猛，侨眷侨汇损失惨重，侨乡人民处于水深火热之中。

这封回批信从头到尾都是讲银，没有银就没有粮，没有粮侨眷的生命就没保障。尤其是在我们这个人口多、劳动力少的大家庭，侨汇成了家庭收入的重要来源。从某种意义上说，银信是侨乡经济的生命线。在战乱、饥荒的年代，没有银，信不能充饥；没有信，无法向外洋求银，更无法将银从外洋寄回乡。银与信合二为一，成为这个特定历史时期的特殊产物，成为侨乡活水之源。

36. 爱妻身故四五年

1946 年 11 月 25 日古巴寄台山银
信之一

【原文】

男儿知悉：

启者，上月八号接汝来音详明矣，及副港赤纸一片，吾居处带往查问银行。现下未见收回此银，此赤纸银手续什（十）份（分）烦（繁）难也，未知何日收回艮（银）也。吾接到汝来此信可知汝母亲身故有四五年至（之）九（久）矣，系急症错误丧命，无人可救医治也。吾见此信什（十）份（分）忧虑也。可恨吾不在家中，吾系（在）

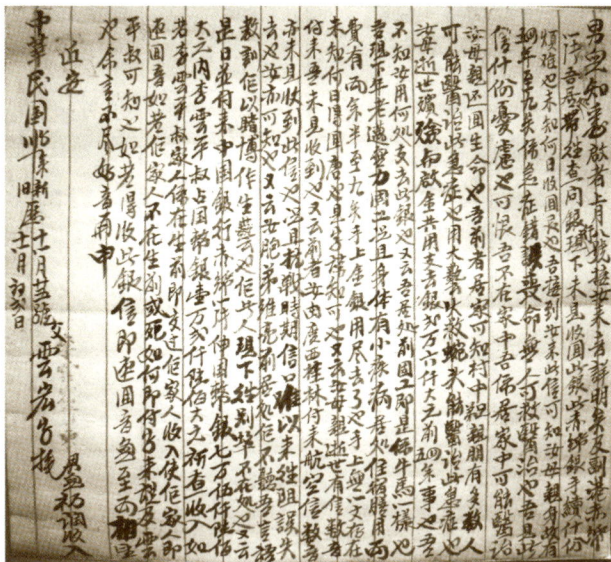

原信尺寸：250mm×230mm

这是 1946 年 11 月 25 日古巴舍咕埠李云宏寄台山银信。

居家中可能医治汝母亲还回生命也。吾前者居家，可知村中兄弟亲朋有多数人可能医治此急症也，用大艺（艾）火救（灸）蜿（腕）头能医治此急症也。汝母逝世殡殓与启金①共用支去银贰万六仟（二万六千）大元，前四五年事也，吾不知汝用何处支去此银也。又云吾居处前固（雇）工即是系牛马

---

① 殡殓与启金：殡葬入殓和安装山坟。

112

一样也。吾现下年老迈无力固（雇）工，况且身体有小疾病，居处住宿膳用
两费有两余（年）半至（之）九（久）矣，手上金银用尽去了也。手上无一
文存在，未知何日得回唐也，见字谅知（之）可也。又云汝母亲逝世有信数
音，付来，吾未见收到也。又云前者汝由广西桂林付来航空信数音，亦未见
收到此信也。况且抗战时期信口①难以来往，阻误失去也，汝亦可知也。又云
汝胞弟维亮前居处佢不听吾言语教训，佢以赌博作生艺（涯）也，佢此人现
下往别埠，不在处也。又云是日并付来中国银行赤纸一片，伸（申）国币银
七万伍仟陆佰（五千六百）大元，内李云平叔②占国币银壹万贰仟陆佰（一万
二千六百）大元，祈查收入。如若李云平叔家人系在生前即交过佢家人收入，
使佢家人即速回音；如若佢家人不在，生前或死，如何，即付字来说及云平叔
可知也。如若得收此银信，即速回音，免至（致）两相望也。余言不尽，好音
再申。

　　近安

　　　　　　　　　　　　　　　　　　　　男儿礽润收入
　　　　　　　　　　　　　　　　　　　　父云宏字托
　　　　　　　　　　　　　　　　中华民国三十五年新历十一月廿五号
　　　　　　　　　　　　　　　　旧历十一月初二日

　　此封是1946年航空担保银信，11月25日舍咕埠挂号寄出—11月27日迈阿密—11月28日三藩市—
12月14日广州—12月×日台山—革新路"启华行金铺"—12月19日交温边村李礽润收。邮路全程25
天，这银信走"古巴—美国—中国"经典航空邮路。银信封是经美国邮政部门核准的专用航空信封。

【家书解读】

　　上回讲到，祖父拿着古巴寄来的副港赤欲去银信机构收侨汇，但走遍台
城和香港，都无法收汇，最后又将副港赤寄回古巴。那天，曾祖父收到了回

---

　　①　信口：信件。
　　②　李云平叔：温边李氏同族兄弟，与李云宏一起旅居古巴。

信，即拿这张副港赤去原汇款银行查询，结果还是竹篮打水一场空，无法收回原汇款，也不知道什么时候才能收回这笔款。失去的已经无法追回，家里人还要生活。虽然曾祖父在古巴每况愈下，过着和牛马一样的生活，加上身体又有小疾病，近两年半来无钱可剩，但他还是想尽办法寄了一封银信回家，内有国币75 600大元，其中12 600大元是代李云平叔寄给他的家人收，请祖父查清楚云平的家人的生死，要求迅速回信告知。

和曾祖父寄银信一样，台山华侨在抗战期间丢失的银信数不胜数。侨汇中断，乡音隔绝，海外华侨也不知道战后家乡的亲人是否平安，只能期盼战后的鸿雁，重新架起海内外联络的桥梁。

编著者藏品

　　民国时期遍布台山城乡各地的金银代办银信机构，均写上兼（专）营金银找换的广告语。

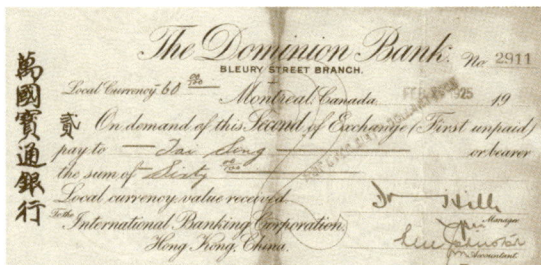

编著者藏品

1925年2月27日万国宝通银行副港赤。

曾祖父这次接到家里回信，得知自己的结发妻子邓氏四五年前已经身故，犹如晴天霹雳，痛苦万分。他痛恨自己作为人夫，在爱妻遇到危难的时候无法伸出双手给予扶助，无法担当丈夫的责任。假如自己在妻子的身边，用大艾加明火灸手腕的头部急救，或许可以医治好她的病，扶她渡过危难，挽回生命。他痛惜自己不能见到妻子最后一面，不能给妻子盖上长眠的寿被，不能给妻子送终。他思前想后，老泪纵横，泣不成声。可怜的白公，你可曾知道，这不是你的罪过。每年清明前夕，我站在曾祖母的坟前默默地祈祷，祝愿她与曾祖父在天堂团聚。

正是：赴湾求财痛别离，鸳鸯枕上泪淋漓。话别富足旋故里，谁知孤雁无归期。生则难同床共枕，死亦难合棺共坟。抛妻弃子亚湾路，旅古老侨半相同。

37. 有心无力难助学

1946 年 11 月 25 日古巴寄台山
银信之二

【原文】

焕麟①吾孙知悉:

启者,上月八号接来音读书②乙
(一)事,吾心可喜可贺也。说及每年学
费用国币壹佰(一百)万大元,祖父居
处年老迈③无力固(雇)工,况且吾身体
有小疾病阻误,居处住宿膳用费有两余
(年)半至(之)九(久)矣,吾手上
金银用尽去了,手上无一文存在。吾有
心无力,难以为(维)持负担,随时世
(势)世(逝)④也,见字谅知(之)可
也。余言不尽,好音再申。

近安

祖父云宏字托
中华民国三十五年新历十一月廿五号
旧历十一月初二日

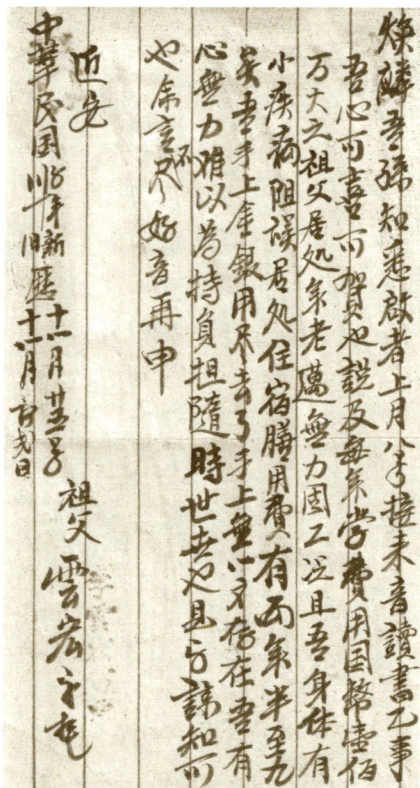

原信尺寸:125mm×230mm

---

① 焕麟:编著者的父亲。

② 读书:抗战前,李焕麟在台城敬修初级中学读书。台山沦陷后,台山的学校全部停课,直到
抗战胜利后,各学校才陆续恢复开学。

③ 老迈:彼时云宏已经年过 65 周岁。

④ 随时世(势)世(逝)也:见步行步,只能跟着时光走了。

115

【家书解读】

　　战后的古巴，经济状况没有根本性的好转，古巴政府推出各种排外政策，加速华人社会的衰变。1946 年 11 月，曾祖父年过 65 岁，体弱有疾，本来应该是到了退休、颐养天年的时候，但残酷的现实逼使他还要拼命地找工作，要想尽办法赚些钱寄回家乡。然而，他有心无力，再也无法工作了。近两年半以来，衣食住行等几项日常生活费用毫无着落，手上无一文所存。这些天来，他接到家里的来信，得知孙子焕麟要回校读书，心里悲喜交加，讲不出其中的滋味：可喜的是抗战胜利后，台山的各中小学陆续复课，后辈又有机会读书了，自己因为文化水平低，在外漂泊数十年，尝尽被洋人歧视、排斥、欺凌的苦楚，期望子孙后代发奋图强，读更多的书，掌握更多的知识，不再受人欺凌；悲痛的是自己年老清贫，手上无银，连解决温饱问题都有困难，更不可能寄钱支持孙子读书。此情此景，只能见步行步，跟着时势走罢了。

　　台山华侨热心公益慈善事业，以兴办教育最为突出。供子女上学、捐资建学校的开支成为侨汇的主要用途。民国时期，台山华侨办学的积极性空前高涨，1912—1949 年，台山华侨、港澳同胞捐建的学校有 91 所，中西合璧的校舍遍布侨乡各地，成为农村的标志性建筑。曾祖父清朝末年去古巴，加入古巴洪门致公堂，向来大力支持公益，支持后辈读书。但到如今，漂泊 42 年，财富之梦破灭，最后身无分文，连寄钱供孙子读书的费用也无法支付，唯有写信祈求家乡亲人的原谅。海外华侨的心，向来是

编著者藏品

　　1946 年 2 月台山华侨捐款支持"源浩学校"办学的收据。

火热的，但此时此刻，曾祖父异常痛苦，他悲喜交加，心乱如麻，这种痛苦比任何时候更难受。从他的身上，我们可以看到一代古巴老华侨的历史缩影。

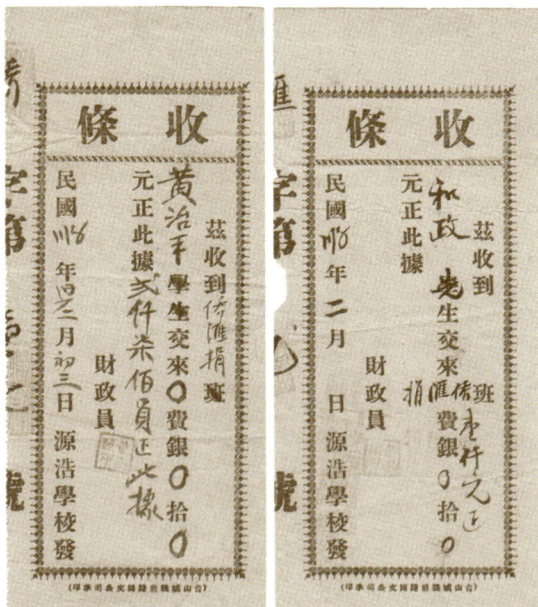

38. 相盼回音断肝肠

1947 年 2 月 18 日古巴寄台山银信

【原文】

祁润吾儿知悉：

启者，吾居处旧年新历十一月廿五号、旧历十一月初二日，由台山县城革新路启华行金银业铺大宝号付来担保及航空信一音，内有中国银行赤纸一张，伸（申）国币七万伍仟六佰（五千六百）大元，转交吾家中吾儿收入应家用。见（经）有八十五日至（之）九（久）矣，吾居处未见接吾儿祁润来字说及收到否，吾不知如何也。如若未见收到此赤银，即速往查启华行大宝号收回此银，应家用可也，即速回音，免至（致）两相望可也。此赤纸内名兆进、字云平叔着（占）银国币一万二千六百大元，交佢家人收应用。如若佢家人如何，付字来说及佢可知也。又云现在信内有美银纸伍（五）大元一张付来，祈查收入即速回音，免至（致）相望可也。又云吾在处见报纸说及中国内地每美银一元换国币一万九千四百大元，见字可知也。又云吾居处年老迈，未有工栖身，见字谅知（之）。余言不尽，好音再申。

近安

云宏字示

中华民国三十六年新（历）二月十八号

旧（历）正月廿八日

117

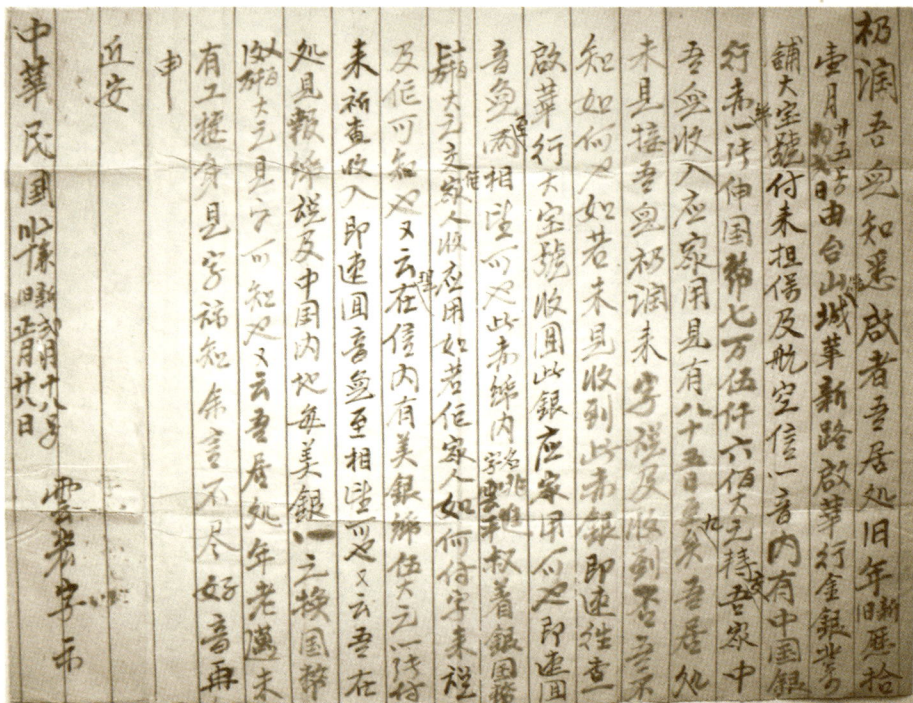

原信尺寸：305mm×232mm

此信写于1947年2月18日，2月19日由古巴舍咕埠李云宏寄台山李礽润。

红条封尺寸：65mm×140mm

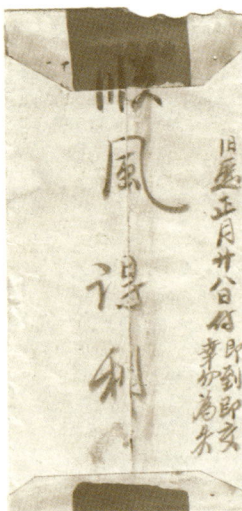

原封尺寸：165mm×95mm

这是1947年航空担保银信，2月19日舍咕埠挂号寄出—2月20日哈瓦那—2月21日迈阿密—2月22日三藩市—3月7日广州—3月10日台山—东华路源益大宝号—3月25日交温边村李礽润收，信银5美元。银信寄递全程35天，这银信走"古巴—美国—中国"经典航空邮路，银信封是经美国邮政部门核准的专用航空信封。

【家书解读】

1946 年 11 月 25 日，曾祖父寄一封银信回家，内有法币 75 600 大元。时间过了 85 天，还未收到家乡的回批信，他心里有说不尽的猜疑和担忧：上次寄银信是寄到革新路"启华行金铺"转接的，银信寄了近 3 个月不见回音，会不会在寄递途中丢失？如果银信丢失，云平叔托寄的银钱不知怎样向他交代？云平叔的家人是否依然无恙？家乡是否发生什么变故，家里的亲人是否平安？如不及时收到银信，那张汇票快要变成废纸了，自己将会眼睁睁地看着辛辛苦苦积攒下来的血汗钱付诸东流。一个个悬念，都是无法解答的。唯有再次寄信回家追问缘由。虽然他年纪老迈，已经很长时间没有工作，但还是将从牙缝里省下来的美金 5 大元寄回家。为了安全起见，这次的银信寄到李氏族人开办的银信机构西宁市源益大宝号，毕竟源益号是本族人开办的。

但曾祖父的担忧还有深层原因。1946 年初，国民政府实施法币国际化政策后，法币兑美元的汇率从 20∶1 一下子贬值到 2 000∶1，此后，金融市场不稳定，国内通胀加速，法币开始快速贬值。曾祖父此前寄的家书中记录了汇率的变化：

时间	汇率
1945 年 12 月①	1 美元兑 20 元法币（官方汇率）/1 222 元法币（市场平均汇率）
1946 年 3 月	1 美元兑 2 020 元法币（官方汇率）
1946 年 6 月②	1 美元兑 2 020 元法币（官方汇率）/2 665 元法币（国币）（市场平均汇率）
1946 年 9 月 11 日	1 美元兑 3 100 元法币（五邑黑市汇率）
1946 年 12 月③	1 美元兑 3 350 元法币/6 063 元法币（市场平均汇率）
1947 年 2 月	1 美元兑 12 000 元法币（官方汇率）/14 000 元法币（市场平均汇率）
1947 年 2 月 18 日	1 美元兑 19 400 元法币（五邑黑市汇率）

① 张公权：《中国通货膨胀史（1937—1949）》，北京：文史资料出版社 1986 年版，第 253 ~ 254 页。

② 张公权：《中国通货膨胀史（1937—1949）》，北京：文史资料出版社 1986 年版，第 253 ~ 254 页。

③ 张公权：《中国通货膨胀史（1937—1949）》，北京：文史资料出版社 1986 年版，第 253 ~ 254 页。

　　从 1946 年 3 月到 1947 年 2 月 18 日，前后短短的一年时间里，按官方公布汇率算，法币贬值 4.94 倍，按黑市汇率算法币贬值 8.6 倍。在宋子文实施法币国际化后，在严重通货膨胀的刺激下，更直接引发国民政府大规模贸易赤字，然后继续引发货币严重贬值，老百姓必须尽快把手里的法币抛出，否则只会缩水，到外面吃饭，必须赶快吃完一碗叫第二碗。吃得慢一点，可能第二碗饭就要价格涨了一半……在这样不稳定的社会里，老百姓对法币的信任彻底崩溃，台山侨眷损失最为惨重。一封从美洲寄到台山的银信，一般要经过 1 个月左右的时间才能送达。如果用中国银行法币汇票寄银，银信还未到家门口就已经贬值了大半；倘若寄递过程延误，侨眷损失更为惨重。曾祖父 11 月 25 日寄法币 75 600 元（约值 25 美元）回家，如果到 2 月底才收到，那么这张中国银行法币汇票只有 5.1 美元（按黑市汇率算）的价值，贬值了 4.87 倍，损失极为惨重。因此，他一天一天地计算日子，希望尽快收到亲人回信，以解除心中疑虑。吃一堑，长一智，为谋求保值，曾祖父这次寄银，干脆寄美金现银，以免受法币贬值造成损失。货币快速贬值，加上通胀急剧加速，苦难的台山侨眷刚逃出日寇的魔掌，又掉进腐败的国民政府的深渊。

编著者藏品

　　1946 年 7 月 6 日台山广东银行寄法币副戾，汇款额法币 1 000 840 元，时值约美金 370 元。

39. 人生要守慎德行

1947 年 10 月 11 日古巴寄台山信

【原文】

焕麟吾孙知悉：

启者，今年接来信数音，一一详明悉矣。所以阻误迟未回复，吾居处心不在贤（焉）①，见此事情形什（十）份（分）忧虑伤心也。总至（之）迟他（下）年尾付多少银回来吾孙收，作旅行费用生活，求工栖身为要上也。又说及今年二月在处看见新闻报消息，宣布告出来温边村人李金足②卖落阳江去当羞业③，吾见此情形忧虑伤心也，污羞辱家门，破坏羞辱我在处各人荣誉。人生在世，须要守慎德行，切勿乱作行为。人伦不固

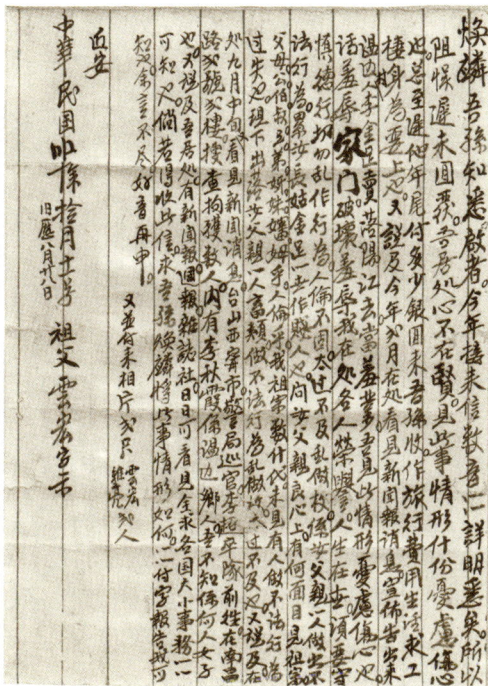

原信尺寸：167mm×230mm

---

① 心不在贤（焉）：心情很复杂，无心写信。

② 李金足：云宏的小女儿，焕麟的姑母，台山话称为长姑。

③ 卖落阳江去当羞业：卖去阳江做见不得人的行业（当妓女）。太平洋战争爆发后，五邑银信各条邮路中断，侨眷收不到侨汇，生活无着，逃荒是当年侨眷被迫选择的一条出路，又以侨眷妇女为多。她们当中有被迫改嫁的，有被诱骗卖去为妾为妓的。台山当年逃荒去邻县阳江的人很多。据记载，当年阳江县城有间"南强旅馆"，曾在门口张贴这样的广告："本店新到大批台山金山婆，分上中下三等，任君选择，价钱面议。"估计当年台山流亡外县的妇幼有数万之众。因此，在海外华侨的眼中，流亡去阳江的妇女是去当见不得人的娼妓。

（顾），太过不及乱做枚①，系汝父亲一人做出不法行为，累汝长姑金足一世作贱人也。问汝父亲良心上有何面目见祖宗、父母、公伯叔、兄弟、姊妹、婶姆乎？人伦乎？我祖宗数什（十）代未见有人做不法行为过失也，现下出落汝父亲一人畜类，做不法行为乱做枚，太过不及也。又说及在处九月中旬又看见新闻消息，台山西宁市警局巡官李超卒（率）队前往在南昌路二号二楼搜查拘获数人，内有李秋霞系温边乡人，吾不知系何人女子也。又说及吾居处有新闻报、周报、杂志社，日日可看见全求（球）各国大小事务，一一可知也。倘若得收此信，求吾孙焕麟将此事情形如何，一一付字报告我可知也。余言不尽，好音再申。

又并付来相片二只，云宏、维亮二人。

近安

祖父云宏字示

中华民国三十六年十月十一号

旧历八月廿八日

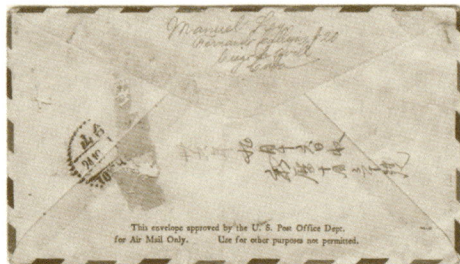

原封尺寸：165mm×95mm

这封银信于 1947 年 10 月 11 日由舍咕埠李云宏寄—10 月 22 日广州—10 月 24 日台山—革新路启华行金铺—10 月 30 日交李焕麟收。银信寄递全程 20 天。

【家书解读】

近段时间，曾祖父接到家里寄来的多封回信，但没有及时写信寄回家，原因是他知道自己家里出了一件丢脸的事。一年前他得知爱妻战时病故的心灵创伤尚未痊愈，如今又得知小女儿失散，痛上加痛！这些天来，他精神恍惚，伤心忧虑，思绪万千，根本无法集中精神，下笔难成书。小女儿失散的消息是近来在古巴的报纸上看到的。而曾祖父认为，这件坏事是他儿子干的。

———————————

① 太过不及乱做枚：太过分了，胡乱做出这种事。

满腔的悲愤无处发泄，思前想后，想到自己的孙子已是成年人，先将此事告知孙子焕麟，一来可作诫勉教育后代，二来可让他转告给其他家人。于是，等到这时才写信回家，表明自己的观点。曾祖父指出，我们李家自从在温边村立家以来，数十代人都是遵纪守法、循规蹈矩的，未做过违法、违背乡规民约或常理的事，现在自己的儿子身上出现这等禽兽不如的丑事，简直是伤风败俗，污辱家门，连累金足一世"作贱人"①，无颜面对江东父老。他教育后人，人生在世，一定要谨慎自己的道德行为，不能胡乱做出一些伤风败德的行为，更不能做出一些不顾人伦、手足亲情，出卖自己亲妹妹的事情。他请焕麟问一句父亲，有何面目见祖宗、父母、公伯叔、兄弟、姊妹、婶姆等亲人，简直是太过分了，可恨自己教子无方，家门不幸啊！

这封信笔迹铿锵有力，尤其是"在贤（焉）"、"家门"、"羞业"等字句加重笔墨，字里行间充满着悲愤。他嘱咐孙子焕麟要迅速将事情查清楚，寄信来古巴报告事情的前因后果，并说等到年底将寄一些银钱给他读书之用。

旅外华侨最关心的是家乡的事情，事无大小，必须过问清楚。因此，海外的侨刊乡讯是他们的精神食粮。这封信中提到西宁市警局巡官李超在台城南昌路二号二楼搜查拘获温边乡人李秋霞。在这里说明一下，我的三姑母也叫李秋霞，当年才8岁。而这书信里的"李秋霞"是温边堡另外一个同名同姓之人。清朝和民国时期，台山习惯用丈夫在家中排资论辈的称谓称呼过门的媳妇，从来不称呼对方的真实姓名，因此，一般同乡的过门媳妇，从来也没有其他人知道她的真实姓名，由此闹出了一些笑话。我的长白公云宾之妻名叫许秋凤，但过门之后大家都称呼她为"长嫂"、"长婶"、"长婆"、"长白"……长此以往，就连家人也不知道她的真实名字。许多年后，我奶奶生了一个女儿，取名"李秋凤"，后辈与长两辈的同家族人同名，大家也不知道。直到新中国成立后进行户口登记时才知道后辈与前辈同名，全家人哭笑不得。

人以善为本，以德为行。中国是一个文明古国，是世界闻名的礼仪之邦，"德"既是中国伦理思想的核心概念，又是中华文化的重要组成部分。曾祖父生长在中国清朝末年，接受过"四书"、"五经"的教育，道德伦理观念浓厚，教育后辈要"人生在世，须要守慎德行，切勿乱作行为"，不能置"人伦不固（顾）"，做出违背道德的不法行为，可见其一片苦心。

老子在《道德经》第三十八章说："上德不德，是以有德。下德不失德，是以无德。上德无为而无以为；下德无为而有以为。"这段话告诉我们有德和

① "作贱人"：指祖父卖了金足去阳江作人妇或娼妓，事实并非如此，后面章节将讲清楚。

无德的概念，以及在行为上的区别：具备"上德"的人不表现为虚假的有德，因为这种人是真正的有"德"；具备"下德"的人表现为虚假的不离失"德"，其实这种人实质是没有"德"的。"上德"之人是自然实质性的作为，没有带着贪念的意图，为世间所付出的牺牲与奉献是出自于无为的，哪怕自己做了许许多多善事，也像没有做过一样。"下德"之人不是实质性的作为，而是另有企图的形式上的作为。台山华侨，长期旅居海外，为了全家人的幸福，为了家乡的建设，为了祖国的繁荣昌盛，默默地耕耘，献出自己的一切。生命不息，寄银不止，他们从来没有讲过自己的功劳，他们才是真真正正的有德之人。

40. 父母功劳大过天

1947 年 10 月 12 日古巴寄台山信

【原文】

祁润儿知悉：

　　启者，吾在处今年看见中国杂志社、周报及在处报章宣布告出来，消息系台山温边村人李金足女子，系汝胞妹，卖落阳江去当羞业。吾见此事消息情形什（十）份（分）伤心忧虑也，羞辱家门，破坏我各人在处荣誉也。汝此畜类①因何事做出不法行为也，将汝胞妹卖落去阳江，累汝胞妹一世作贱人也。人生在世，须要守慎德行，切勿乱作行为。人伦不固（顾），太过不及乱做枚，汝此人做出不法行为，汝有何面目见父母、祖宗、公伯叔、兄弟、姊妹、婶姆乎？人伦乎？我祖宗数什（十）代，未见有人做出不法行为过失也，现下出落汝此人做不法行为乱做枚，太过不及也。又说及在处九月看见此消息，系

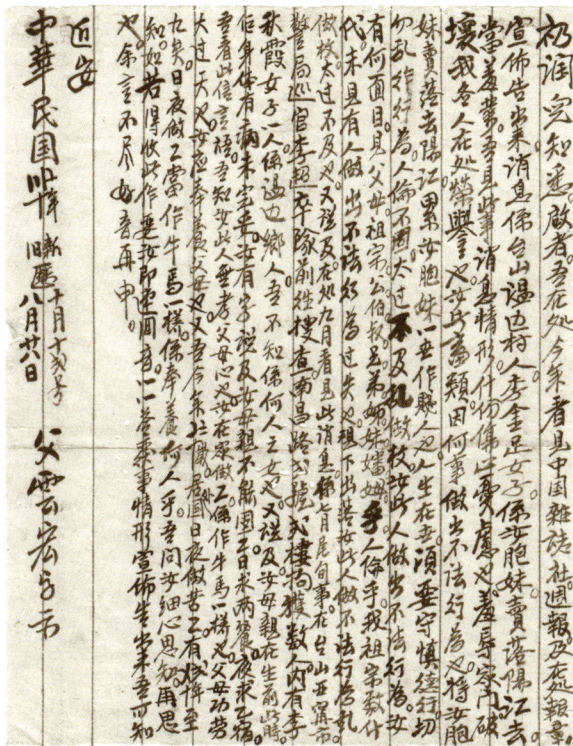

原信尺寸：**180mm×230mm**

---

① 畜类：与牲畜同类。

七月尾旬①事，在台山西宁市警局巡官李超卒（率）队前往搜查南昌路二号二楼拘获数人，内有李秋霞女子一人，系温边乡人，吾不知系何人之女也。又说及汝母亲在生前此时②，佢③身体有病未完妥④，汝有字说及汝母亲不能固（雇）工，日求两餐夜求乙（一）宿⑤，吾看此信言语，吾知汝此人无孝父母心也。汝在家做工，系作牛马一样也。父母功劳大过天也，汝应奉养父母也。又吾今年六十七岁，居外国日夜做苦工，有四十二年⑥至（之）九（久）矣，日夜做工当作牛马一样，系奉养何人乎？吾问汝细心思知，再思知⑦，如若得收此作，要汝即速回音，一一答复事情形宣布告出来⑧吾可知也。余言不尽，好音再申。

近安

父云宏字示
中华民国三十六年新历十月十二号
旧历八月廿八日

【家书解读】

这封信和上一封一起寄出，只是收信对象不同，这是曾祖父写给他儿子的问责信，用词、语气非常严厉，正是一封严正的家训，里面列数了祖父的罪状：

第一，不讲礼义道德，不顾人伦，出卖亲妹妹去阳江是极大的错误。按照旧时的惯例，父不在家，长兄为父，家里大事均由长兄做主，家里出了什么事当然也应由长兄来承担责任。当他得知自己的小女儿被卖去阳江后，认为是身为长兄的儿子的过错，是一种禽兽不如的行为。这样做羞辱了自家家门，损坏旅古巴各父兄的荣誉，不仁不义，他责骂儿子好好反省（这里补充说明一下，这件事其实不是祖父的过错，后面的章节将讲清楚）。

第二，对母亲生活不够关心，视为不孝。曾祖父当年67岁，侨居古巴42年，为了养活全家老小，夜以继日地做苦力工，即便年老无力也拼命地干，

---

① 尾旬：下旬。
② 生前此时：还在生的时候。
③ 佢：她，指礽润的母亲邓氏。
④ 未完妥：未完全康复。
⑤ 日求两餐夜求乙（一）宿：对物质生活要求甚低，过着只为生存的辛酸生活。如果儿子这样对待母亲，视为不孝。
⑥ 有四十二年：李云宏1905年去古巴谋生，到这时已经42年了。
⑦ 细心思知，再思知：要细心去反省，再反省。
⑧ 一一答复事情形宣布告出来：将事情的来龙去脉写信一一讲清楚。

辛辛苦苦将积攒下来的血汗钱寄回家乡，自己却过着牛马一样的生活。身在家乡的儿子，不因此感恩，在母亲患病期间，不太关心母亲的生活，只用"日求两餐夜求乙（一）宿"的标准对待母亲，这是不孝，根本没有孝奉父母之心。要知道，父母的功劳大过天，儿子要善心奉养父母，在母亲生病之时，要无微不至地关怀。只有这样，才能对得起养育自己的母亲，对得起长期在外寄钱供养一家人的父亲。作为儿子，做出此等对父母不孝的行为，要彻底检讨自己，要好好反省，再反省；要迅速写信寄来，将事情的来龙去脉讲清楚。

中国传统文化特别强调"孝道"。《孝经》开篇讲："夫孝，德之本也，教之所由生也。"就是说，孝是一切德行的根本，也是教化产生的根源。所谓孝，最初是从侍奉父母开始，然后效力于国君，最终建功立业，功成名就。其后《三才章》又讲："夫孝，天之经也，地之义也，民之行也。"也就是说，行孝是天经地义的事情，人人都是父母所生，父母所养。作为孝道的最基本要求的养亲，是必须履行的道德行为，它是儿女对父母养育之恩的真诚回报。作为儿女，要报答父母的养育之恩，就要全心全意地去奉养父母亲，只有这样才能遵循孝道，感恩父母。

古语云：养不教，父之过。"人生在世，须要守慎德行"，"父母功劳大过天"，百行孝为先，不能忤逆在堂前。曾祖父运用《孝经》的伦理道德观念来谆谆教育后辈应要怎样做人、怎样立足于天下。从曾祖父的字里行间，可以看到台山海外华侨崇高的道德观念和高尚的情操。我们所说的孝道不是愚

位于台城新河路的瑞昌米行银号旧址。（2013年摄）

孝，而是指对亲人、恩人的孝敬和回报。用现在的眼光去审视老华侨提倡的孝道，大力倡导尽孝、家庭和睦、个人安身立命和道德自律的人文关怀，汲取其精华，对当今社会的家庭建设和个体心灵精神家园的建立，具有更为实际的意义。

民国时期台山瑞昌米行银号代理银信业务广告。

斗. 择善而从定志向

1947 年 10 月 14 日古巴寄台山银信

【原文】

焕麟贤侄知悉：

　　启者，现并付加拿大银行赤纸一张，该美金艮（银）伍拾（五十）大元，祈查照收。交艮（银）25 元国份①收，余艮（银）25 元贤侄收。即将此款急往寻习②，莫论何等艺术工作，维护长策之计，切勿变更。不执③思想，你听我言，定必将来实有好

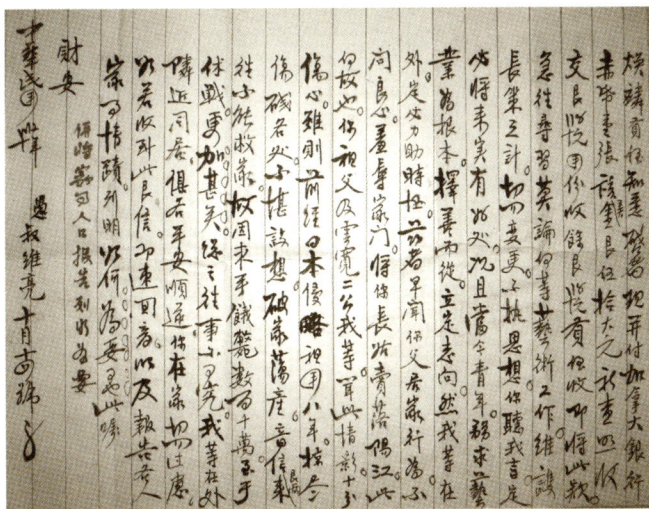

原信尺寸：**320mm×250mm**

处。况且当今青年，务求艺业为根本，择善而从，立定志向，然我等在外，定必力助时怀④。兹者早闻你父居家行为，不问良心，羞辱家门，将你长姑卖落阳江，此何故也？你祖父及云宽二公我等，闻此情影（形），十分伤心。虽则前经日本侵略祖国八年，掠尽伤残各处，不堪设想，破家荡产，音信艮（银）两来往不能救家，故因束手饿毙数百千万。至于休战，更加甚矣，总之

---

①　国份：是收信人焕麟的堂叔父，写信人维亮的堂弟。
②　寻习：寻求学习（上学读书）。
③　不执：不能固执。
④　力助时怀：时时会记住尽力帮助你们。

129

往事不可究。我等在外邻近同居，俱各平安顺遂，你在家切勿过虑。如若收到此艮（银）信，即速回音，以及报告各人家事情迹，列明如何为要可也，此嘱。

并将家事人口报告列明为要。

财安

愚叔维亮
中华民国三十六年十月十四号字

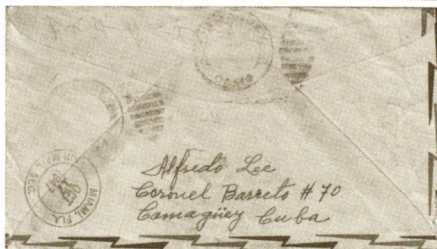

原封尺寸：165mm×95mm

此信于 1947 年 10 月 14 日由甘玛伟埠（Camagüey）李维亮航空挂号寄—10 月 17 日迈阿密—10 月 25 日广州—10 月 27 日台山—革新路启华行金铺—10 月 30 日交李焕麟收。银信寄递全程 17 天。

此信落款签名是李维亮，然而从字迹可判断为李云宽代笔。

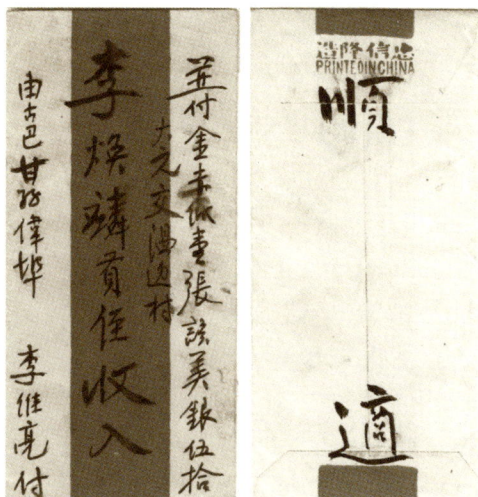

此信 1947 年 10 月 14 日由古巴甘玛伟埠李维亮寄台山李焕麟。

红条封尺寸：70mm×147mm

【家书解读】

李金足被卖去阳江的信息在古巴唐人社会迅速传开，人们议论纷纷。身居甘玛伟埠的维亮二公得知此消息，心中甚为悲愤。此前，曾祖父将自己无能力支持焕麟读书之事转告他。他心中明白，作为叔父也要承担供后辈读书的责任，于是寄银信及美金赤纸 50 大元回家，其中 25 元给堂兄弟国份，余下 25 元给侄子焕麟读书使用。为了教育好后辈，激发其勤奋学习的斗志，他

从几方面对侄子进行教育:

第一,要择善而从,立定志向。接到银信后,要迅速携款去台城寻找学校读书。不论学习哪方面的专业知识,都要勤奋好学。只有掌握各门科学知识,多才多艺,才能为今后寻找工作打下坚实的基础,才是今后的长久之计。当今世界,潮流滚滚,作为战后新时代的青年人,一定要眼光开阔,切不可封闭自己,自甘落后,执迷不悟。要择善而从,立定远大的理想,向着目标奋勇前进。旅外的亲人自然会多想办法,寄钱支持在家亲人读书。

第二,勿以恶小而为之。二公信中说及"金足卖落阳江"事件,这是一件羞辱家门的事,旅外的白公、二白公、二公等人都感

1948年同学录中李焕麟灿烂的笑容,足见他重返学堂之喜悦。

到很伤心,到底这件事发生的前因后果如何,请迅速来信详细讲清楚,要从中吸取教训。

第三,往事不堪回首。八年抗战期间,中国饱受日军践踏,沿海通商口岸相继沦陷,邮路阻塞,银信无法寄递,侨汇中断,乡音隔绝。尤其是侨乡台山,在银信邮路中断后,所赖以生存的侨资已无法接济,整个台山社会突然衰落,倾家荡产者无数,饿莩遍野,民不聊生。据统计,1938年台山(不含赤溪)人口867 775人,到1946年只有730 277人,八年抗战期间减少了137 498人[1];另据1949年《至孝笃亲月刊》第71期报道,"八年抗战期间,台(山)民因缺乏营养而死亡者,几占人口总数百分之三十",全国各地饿死者更是数以千万计。现在想来,仍心有余悸。抗战胜利后,接着内战爆发,腐败的国民政府无能为力,全国物价飞涨,货币快速贬值,侨眷侨汇损失惨重,人民仍陷于苦难的深渊,确实不堪回首。因此,作为战后的青年人,一定要立定志向,发奋图强,才能有机会报效祖国。

我的父亲李焕麟出生于20世纪20年代,1935年至1939年在温边小学读书,1940年在台城敬修初级中学读书。那时正是抗战期间,台城常常被日本军机骚扰,形势非常紧张,学校的教学处于一片混乱之中,学生在惶恐之中断断续续地上课。1942年台山沦陷被日寇蹂躏后,敬修初级中学被迫停办。

---

① 梅伟强、关泽峰:《广东台山华侨史》,北京:中国华侨出版社2010年版,第260页。

因战时兵荒马乱，无法找到工作，父亲于是回家耕种。除了耕种自家农田外，还帮助乡里的大耕户耕种作物，通过出卖劳动力得些零用钱资助家里购买粮食渡过饥荒。1947年下半年，父亲在朋友的帮助下，到台城新生书局当职员，在此期间曾冒险在国民政府统治下暗中运送一些共产党的书籍发售。这几年间，他亲身经历了战争、失学、逃荒、沦陷、饥荒、耕田、打工、所得工薪常被金融动荡的社会吞没等种种磨难，深刻领会到国家贫穷落后受人欺凌的道理。他暗下决心，如有机会一定要勤奋读书，学更多的知识，将来报效国家。

1947年底，父亲收到二公从古巴寄来的银信，喜从天降，终于又有机会读书了。1948年春，父亲高高兴兴地带着藤夹①重新回到台城敬修初级中学读书。阔别校园6年，又回到可爱的母校，实在太幸福了。他下定决心，要发奋读书。父亲没有辜负二公的期望，1949年9月，他以优异的成绩毕业，成为台城敬修初级中学复校第一届毕业生。新中国成立后他成为新中国的第一代小学教师，为国家培养了大批人才。

家传藏品

1948年李焕麟《台山敬修初级中学同学录》。

李焕麟当年使用过的藤夹

《论语·述而》云："三人行，必有我师焉。择其善者而从之，其不善者而改之。"《劝学》云："积善成德，而神明自得。"意思是在人生的漫漫长途中，会有许多事情要作出选择，只有每次都选择善良，才能塑造优秀的自我，才能使自己在人生之旅中拥有大量的财富，才能为自己铺平前进的道路。清代学者彭端淑的《为学》也说"人之立志，顾不如蜀鄙之僧

1948年10月李焕麟（后排左一）
在敬修初级中学参加野外活动的照片。

① 藤夹：民国时期用藤制作的箱子，一般用来装书籍和衣服，多为学生所用。

哉"，意为：一个人树立志向，难道还不如四川边境的这个和尚么？我们在每次选择中都应积极地选择善良，择善而从，树立远大的志向，并只有付诸实施，才能实现自己的愿望。

家传藏品

1948 年台山县地籍整理办事处登记费收据。

42. 问君能有几多愁

1947 年 10 月 14 日古巴寄台山
银信

【原文】

国份贤弟知悉：

启者，现并付加拿大银行金赤①一张，该美金银伍拾（五十）大元，焕麟着银25元，余银25元贤弟收用。倘若收到即速回音，劳弟即将我家事人口情形如何列明报知，以及云宽二伯家人

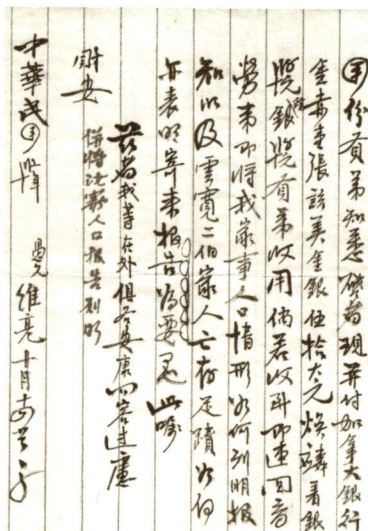

原信尺寸：170mm × 250mm

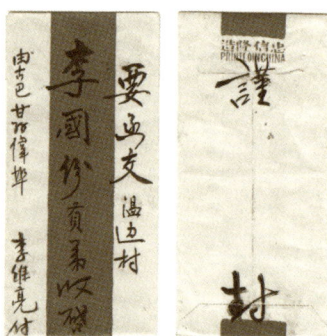

红条封尺寸：70mm × 147mm

此信 1947 年 10 月 14 日由古巴甘玛伟埠李维亮寄台山李国份，与上封一起寄出。此信也由李云宽代笔。

亡、存足迹②如何，亦表明寄来，报告为要，可也，此嘱。

兹者我等在外俱各安康，勿容过虑。并将汝家人口报告列明。

财安

愚兄维亮
中华民国三十六年十月十四号字

---

① 金赤：指美金赤纸，即美元汇票。
② 亡、存足迹：死亡的经过或生存的现状。

【家书解读】

这封银信与上一封信一起寄出，寄银人仍是李维亮，收信人是长白公云宾之子李国份，即二公的堂弟。20年前，云宾在古巴不幸去世，遗下年轻寡母许氏和一子一女。起初，全家人都隐瞒了云宾去世的消息，多年后，他们从各种渠道才得知古巴的亲人已不复在世。那时许氏人过中年，两个孩子也长大了，一番悲伤过后，他们都抬起头来面对残酷的现实生活。这些年来，每逢过年过节的日子，旅外各人都寄些钱给他们过年。长白母子三人日出而作，日落而息，靠着勤劳的双手，生活还勉强过得去。

自抗战爆发后，音讯中断。近段时间来，"金足卖去阳江"事件牵动海外各父兄的心，战后家中各兄弟人口如何，是他们迫切想知道的事。二公写信给我的父亲以后，感觉还不踏实，于是又写一封信给他的堂弟国份，寄上25美元作为战后的平安慰问金，告知旅外各父兄身体安康。信中他请国份将云宏、云宽、云宾三家人口战后生存或死亡的情况详细讲清楚，要迅速寄信回复。

残酷的战争，令侨乡生灵涂炭，海内外两个台山之间的桥梁倒塌，乡音隔绝。海外华侨好像热锅上的蚂蚁一样，急得团团转。他们虽然身在海外，心里却始终系着故土。为了了解家乡亲人的真实情况，白公、二公多次通过不同的渠道写信追问家中各人的详细情况，祈求从中得到心灵的慰藉，这是

编著者藏品
民国时期古巴湾城（哈瓦那）朱沛国堂新年贺卡。

因为，只有家才是支撑他们在海外谋生的精神支柱，家人平安才能让他们心灵温暖。

抗战胜利已经两年了，但双方情况还没有弄清，可见当时信息传递的缓慢。

"问君能有几多愁？恰似一江春水向东流。"这是战后海外华侨心灵的写照。

43. 严词责问金足事

1948 年 1 月 20 日古巴寄台山银信

【原文】

祝润吾儿、焕麟吾孙二人知悉：

启者，昨十一月接来信数音，吾一一详明矣。为（唯）系民国三十三年电汇来国币壹仟（一千）大元，另政府补助金壹仟（一千）大元，支美金 70 余大元，与（以）及信追问①及家中人口如何。汝回信不说告知汝母亲及金足乙（一）事也，说及家人平安。又三十四年电汇国币银 1 200 大元政府补助金二十四倍共三万大元，支美金 85 大元，与（以）及信追问及家中人口如何，汝便无说及家事也，亦说及家人平安。又三十五年由中国银行汇来国币 96 000 大元及信追问家中人口如何，汝回信说及告知汝母亲前数年不幸身故，在处数年我可知也，不说及金足乙（一）事也，亦系说及汝家中人口共六名平安也。有何缘故，因何事不告我可知也？至今年吾在处，我见报纸宣言②出来，吾见此前刑追信③回家问及汝事如何，汝回字金足自愿去往阳江求食求生也。因有何事有数年至（之）九（久）矣，汝不说及报告我可知也。抗战时期未接④汝来字告知家事如何。又云现今吾居处身体有病，年老迈不能固（雇）工，手上金银尽用医病用尽去也，现手上无文所存也。吾有心无力扶助吾孙⑤也，见字可知也。又吾居处往朋友处余借银⑥贰拾（二十）大元，是日

---

① 追问：因为云宏此前多次写信问及家人平安情况，没有得到家里来信说明，所以不断追问这件事情。

② 宣言：刊登文章。

③ 刑追信：像用刑一样逼问的书信，表示强烈逼问的意思。

④ 未接：接不到。战时邮路受阻，书信来往因此中断。

⑤ 吾孙：指焕麟。

⑥ 借银：借钱。逢年过节要寄钱回乡，这是海外华侨的责任，在自己身无分文的情况下，借钱寄银信，可见海外赤子之心。

由红毛银行付来赤纸一片，伸（申）美金贰拾（二十）大元，祈查收入应旧历新岁①支用也。又付来吾现今相片一只，汝可知也。倘若得收此银信，即速回音，免至（致）两误也。余言不尽，好音再申。

　　近安

父云宏字示

中华民国（三十六年）新历正月廿号

旧历十二月初十日

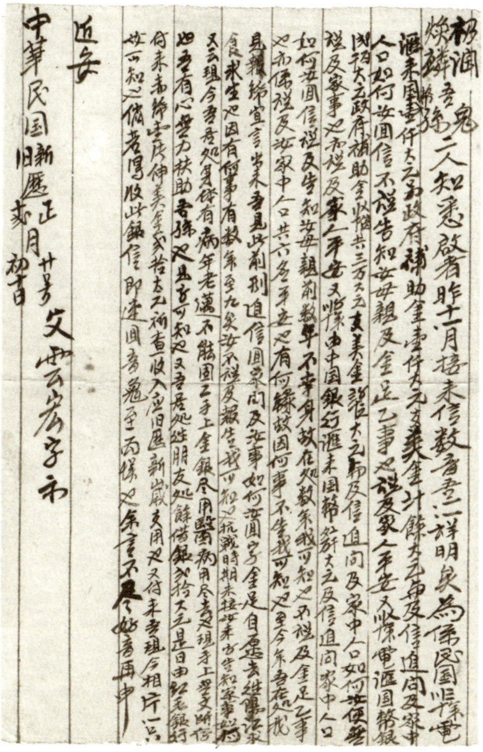

原信尺寸：**150mm × 230mm**

此信 1948 年 1 月 20 日由古巴舍咕埠寄台山李礽润。

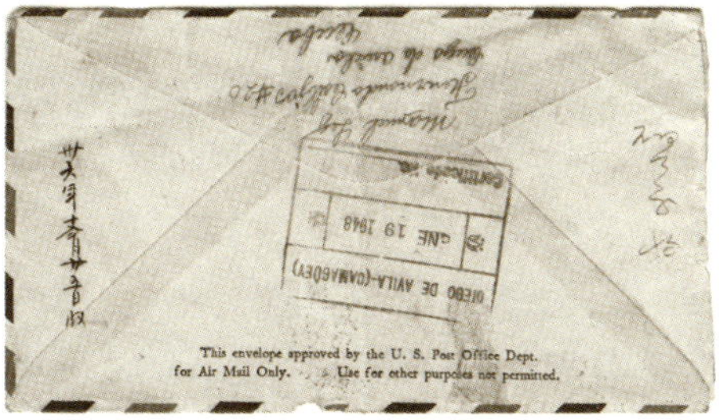

原封尺寸：**165mm × 95mm**

此信 1948 年 1 月 20 日由舍咕埠航空挂号寄—1 月 31 日广州—台山—西宁市启华行金铺—2 月 4 日温边村李礽润，银信寄递全程 16 日。

【家书解读】

　　1948 年 1 月，曾祖父收到家乡寄来的多封信件，写信人有我的祖父和父亲，经过多方查证，终于知道了"金足卖去阳江"事件的真相。1941 年 3 月 3 日，日寇首次入侵台山，台城沦陷。温边村离台城仅两公里，为逃避战乱，

当时全家人摸黑逃往我祖母的外家横湖底岗村山区避难，逃难途中金足失散。后来从村里人得知，金足当天在逃难途中走失后，跟随着同村人德华的母亲流落阳江，此后与家人失去联系。当时她已 15 岁，不会不知道自己的家乡。那么，她为什么选择去阳江呢？原来台山沦陷期间，台山银信出入境的各条邮路中断，侨眷收不到侨汇，生活无依，侨乡各地严重缺粮，逃荒是侨眷当年被迫选择的一条出路。邻县阳江是产粮区，当时台山流传着阳江地区有饭吃的消息，"每日有两餐粥一餐饭吃"，因此是逃荒首选的地方。金足当天失散后，刚好碰上本村德华的母亲，在回家也要挨饿的情况下，无可奈何地选择跟她逃荒去阳江。金足当时是否被诱骗卖去阳江，那就不得而知了。但在海外华侨的眼中，流亡去阳江的妇女是做见不得人的行业，因此，当初曾祖父才在知道这则消息后，非常气愤。

曾祖父自 1944 年至 1946 年寄了 3 封银信回家，每次都追问家人的情况，但每次收到的回信都没有讲清楚家中各人的详细情况，导致其对家庭信息不明，妻子离世、女儿失散多年也不明原因。直到近来收到各人寄来的家书后，才得知真相，当初责怪祖父将"金足卖去阳江"是错误的，此后也没有追究此事（上文曾说是祖父的责任，请见第 40 封信）。

再说曾祖父年纪老迈，多年无法去打工，身体常有疾病，仅存的一些生活费全部用于治病，身无分文，寄钱支持我父亲读书的事也有心无力了。时值年关，春节已近，寄银回乡过年似乎是海外华侨义不容辞的责任，而此刻曾祖父囊空如洗，唯有向朋友借来美金 20 大元，在加拿大银行买赤纸寄回家乡，给家乡亲人过节用，同时寄来照片一张，嘱咐收到银信后要迅速回信，以免互相牵挂。

44. 环球各国竞争逐

1948 年 6 月 16 日古巴寄台山银信

【原文】

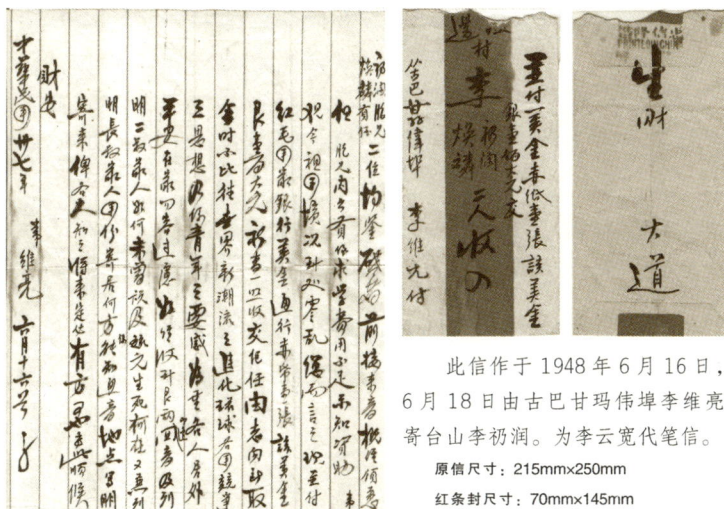

此信作于 1948 年 6 月 16 日，6 月 18 日由古巴甘玛伟埠李维亮寄台山李礽润。为李云宽代笔信。

原信尺寸：215mm×250mm

红条封尺寸：70mm×145mm

礽润胞兄、焕麟贤侄二位均（钧）鉴：

启者前接来音，概经领悉。但胞兄内云贤侄求学费用不足，示知资助，弟观今祖国境况到处零（凌）乱，总而言之，现并付红毛国家银行①美金通行赤纸②一张，该美金艮（银）壹（一）百大元，祈查照收，交伲任由志向所取。今时不比往，世界新潮流之进化，环球各国竞争之思想，乃系青年之要感为重③。各人居外平安，在家勿容过虑。如经收到艮（银）两，即速回音，及列明二叔④家人如何，未曾说及毓元⑤生死何在，又兼列明长叔⑥家人国份寄居何方，系能知通音地点，写明

---

① 红毛国家银行：加拿大国家银行。
② 通行赤纸：又称艮纸、赤纸、通天赤等，即现代支票或汇票。
③ 要感为重：感到责任重大。
④ 二叔：指维亮的二叔父云宽。
⑤ 毓元：是云宽之子，战争期间死亡。
⑥ 长叔：指维亮的长叔云宾。

139

寄来俾①各人知之，将来定必有方可也②。专此顺候。

财安

弟维亮
中华民国卅七年六月十六号字

原封尺寸：165mm×95mm

此信 1948 年 6 月 18 日由甘玛伟埠李维亮航空挂号寄—6 月 28 日广州—6 月 30 日台山—西宁市启华行金铺—7 月 6 日交温边村李礽润。银信寄递全程 19 日。信封是李维亮的笔迹。

【家书解读】

抗战胜利后，人们期盼已久的和平终于到来，可是好景不长。1946 年 6 月 23 日，蒋介石以 30 万大军围攻中原解放区，点燃了全面内战的战火。接着又对华北、华东、晋绥、东北等地进攻。8 月 2 日，其又派飞机轰炸延安。"世界上一个最大的帝国主义竭力支持着世界上一个最大的卖国集团，发动了世界上最大的反革命内战"③，中华民族又一次陷入战争的泥坑。国共内战爆发，国内通货膨胀加速，货币迅速贬值，形成了恶性循环，腐败的国民政府束手无策，通货膨胀犹如脱缰之马而为所欲为，民不聊生。经济上的不稳定导致政治上和社会道德上的崩溃，这种现象在四邑侨乡尤其突出。抗战胜利后，四邑银信邮路恢复正常，大量的侨汇如洪水一样从外国涌入侨乡，迅速把侨乡人民在战争中经历的痛苦冲褪了，骄奢浪费、享受之风死灰复燃，社会各种危机埋伏于社会经济病态之下，加上社会的不安、金融的动荡，那些雄厚的侨资便无法合理地投向生产的用途，从而变成游资，像洪水一样充斥于侨乡社会。1948 年 7 月广州《再生》月刊记者邓崇楷到四邑各地调查后，详细记录了当时四邑侨乡在侨汇泛滥下的社会腐败现象：

① 俾：给。
② 有方可也：有方向可查。表示今后可以通信的意思。
③ 朱德：《中国人民怎样击败了美帝国主义武装的蒋介石反动派》，《人民日报》，1951 年 7 月 1 日。

一、一面是炒黑市一面是开烟赌。巨额的侨汇，无法投向合理的生产用途，以目前的实际情势，非投向炒黑市，便集中开烟赌。而黄金外币公开买卖，更形活跃，金饰业和银号风起云涌地设立进来，规模之大，不亚于沪、穗，最多的可以直接与香港、广州、南洋、美国通汇，小计一下，新昌、荻海、长沙、赤坎、台城几处已达百余家，尤以江门、三埠、台城为三大黑市场。我们随便在马路上跑跑，总可以看见"承办汇兑，金银找换"的无数大招牌，在钱庄内可以看出交接金钞的紧张，成条的黄金，成叠（沓）的港纸、旗纸①，一麻包一麻包的国币，就在里面旋转不绝，据最可靠的统计，全四邑的私行直接汇入的侨汇，以及兑入的金氽（美元、旅行支票、通天金单）平均每日约有国币五百亿左右（每日折港币 107.142 9 万元，按这个数字推算，全年可达 3.91 亿元——编著者注）。正因为充沛的侨资变成了膨胀的洪流，在社会横冲直撞的时候，许多不事生产、不求上进的堕落分子，终日混身于赌场。这一年来，特别是今春以后，烟赌更盛，许多乡村，都借迎神赛会的机会，或借筹募自治经费、教育经费的名义，不惜重资礼聘省港名班演戏为招徕，大开烟局、赌局。最近计有开平的水口连演几次猛班，台山水步亦是如此，公益也演过了，新昌附近的三社乡，开平波罗三江、鼠山等乡，无不演戏兼开赌。台山的洞口刚演完，新昌又继续开演，每处演完戏以后，有关的，当捞的"水头"十足，一进一支，动轧（辄）几十亿。原来以"酬神演戏"为幌子，戏场的周围都搭满了赌棚。

二、侨汇流入，赌博以美金、黄金、珠宝为赌注。记者最近曾亲赴开平作实地观光，果能证实此前传说并非过分，据一个老归侨描述进行中番摊的紧张镜头，说所有的赌注汇集时"确见豪光四射"，他说以黄金宝钻作场面的交易已成"寻常"注码。参加所谓娱乐的人客（客人）于赌兴勃发时，一次港纸三两千元挟着百元面额的美钞亦不惜尽情一掷，在场的幕后人语：水步最旺的一天，全场"抽水"总数曾打破七亿元（港币一万五千元）的最高纪录，平时每日平均亦在二亿元以上，这比"东方蒙地卡罗"还要热闹的赌风，确为四邑一大奇迹。这些演戏聚赌的事件，既经过"官方证实"以后，赌风"尚未消戢"，刻下还有许多紧锣密鼓，听候"省港猛班"拉箱，一面广纳"貔貅"，准备发动其夏季攻势。一个阔别廿年的老归侨，看到家乡大行其道的"炒风"和"赌风"，喟然长叹曰："这是败家的妖孽！政府曾不想到拯救人民于水深火热中吗?"②

---

① 旗纸：美钞。
② 邓崇楷：《四邑侨汇到哪里去?》，《再生》1948 年第 3 期。

从上面的调查可知，当时四邑侨汇出路只有两条：一是炒黑市，二是开烟赌。这种腐败的社会现象在侨乡泛滥，政府无人监管，可以肯定的是，这些事业的主人是有地方政府做后台的。正如台山民谣一样："银仔白，金仔黄，唔好阿哥花清光（花精光），卖田拆屋唔够使，爷娘痛哭嫂投塘。"不少华侨叹道："不怕子弟牛头裤，最怕子弟挞坏鞋!"民国后期，侨乡社会种种腐败现象，海外华侨看在眼里，急在心里，他们无不忧心忡忡，然而又无能为力，只有通过银信，表达他们忧国忧民的情怀。

这封银信二公寄了 100 美元回家，作为父亲读书的费用，信中语重心长地教育侄子，当今世界新潮滚滚，世界各国竞争非常激烈，作为战后新时代的中国青年，要感到责任重大，要择善而从，立定志向，努力学习科学知识，为振兴中华而奋斗。信中嘱咐收到银信后要迅速回信，将云宽、云宾的家人情况及住址写清楚。

正是：极目神州实可悲，烽烟四起紊乱时，纵使胸怀安邦略，远隔重洋莫及施。

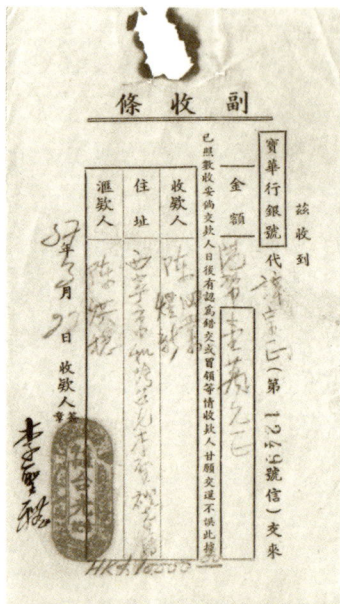

编著者藏品

1948 年 3 月经西宁市宝华行银号接驳的侨批，单笔汇额达港币 1 万元。

1948 年 7 月李焕麟在敬修初级中学读书时的学生照。

编著者藏品

1947 年孚信金铺在侨刊上代办银信业务的广告。

45. 祖国紊乱盼和平

1948 年 12 月 13 日古巴寄台山
银信之一

【原文】

胞兄如面足下：

敬禀者，刻①接来音及前来共数封，概经详悉矣。但弟及各人虽居海外，亦知祖国紊乱，困难居民不堪设想。总而言之，乃望国内和平②，可能产生良好政府，安民保国，提振国民③，研究泰西科学，培养人才，定必图强，速（促）进国教④之愿望也。现并付美金赤一张，该美金艮（银）壹佰（一百）大元，

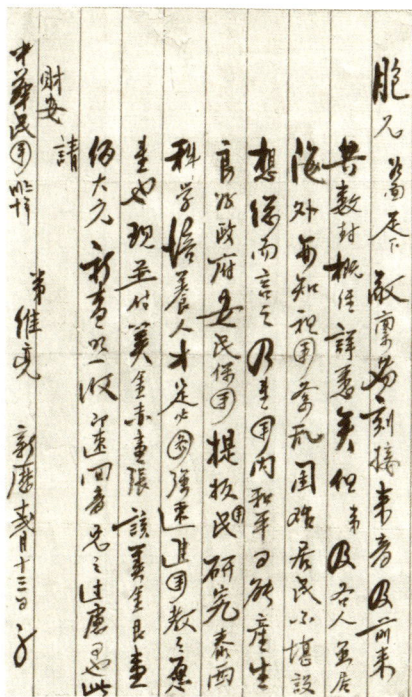

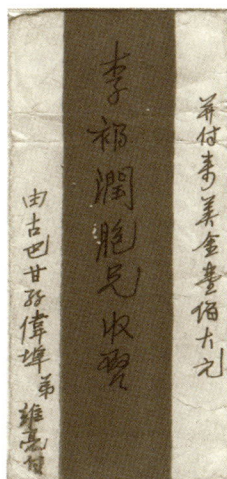

原信尺寸：160mm × 250mm
红条封尺寸：70mm × 146mm

此信 1948 年 12 月 13 日由古巴甘玛伟埠李维亮寄台山李祁润。为李云宽代笔。

---

① 刻："刻下"的缺省，意为现在。
② 望国内和平：中国经过八年的抗战以后，国共内战又连续多年，旅古巴华侨身在海外，心系祖国，盼望国内早日和平，这是华侨最大的心愿。
③ 提振国民：振奋精神，提振国民士气。
④ 教：教育。

祈查照收，即速回音，免之过虑可也。此请

　财安

弟维亮

中华民国三十七年新历十二月十三日字

原封尺寸：165mm×95mm

　　此信 1948 年 12 月 13 日由甘玛伟埠李维亮航空挂号寄—12 月 16 日哈瓦那—12 月 31 日广州—1 月 3 日台山—启华行金铺—1 月 6 日交温边村李祁润。银信寄递全程 23 日。

【家书解读】

　　经过八年抗战，中国到处伤痕累累，人们期盼已久的和平刚刚出现，但 1946 年 8 月国共内战全面爆发以来，国内社会非常"紊乱"。长期战争的创伤还未来得及平复，内战又使国民政府军费开支浩大、赤字剧增，法币发行量垂直上升，贬值幅度巨大。抗日战争结束时，各地物价和黄金、外汇价格普遍猛烈下跌。国民政府为了发动反共反人民的内战，为解决庞大的军费开支，变本加厉地实行恶性通货膨胀政策，从下表 1946—1948 年国民政府支出、财政赤字、钞票增长、物价指数、美元汇率等的变化可以见证它的腐败无能：

时　间	政府支出增长倍数①	财政赤字增长倍数②	钞票增长倍数③	物价指数（广州）④	美元官方汇率（兑法币）	美元市场汇率（兑法币）
1946 年 1 月				214 827	20	1 220
1946 年 12 月	3.2	4.2	3.6	561 091	3 350	6 030

---

① 张公权：《中国通货膨胀史（1937—1949）》，北京：文史资料出版社 1986 年版，第 66 页。
② 张公权：《中国通货膨胀史（1937—1949）》，北京：文史资料出版社 1986 年版，第 66 页。
③ 张公权：《中国通货膨胀史（1937—1949）》，北京：文史资料出版社 1986 年版，第 66 页。
④ 张公权：《中国通货膨胀史（1937—1949）》，北京：文史资料出版社 1986 年版，第 242 页。

144

（续上表）

时　　间	政府支出增长倍数	财政赤字增长倍数	钞票增长倍数	物价指数（广州）	美元官方汇率（兑法币）	美元市场汇率（兑法币）
1947 年 1 月				645 916		
1947 年 12 月	5.7	6.2	8.9	9 419 215	77 636	149 615
1948 年 3 月					211 583	449 620
1948 年 12 月	30.0	30.0	22.4		366 000 000	405 000 000

　　从上面表格对比可知，国民政府支出、财政赤字、钞票发行的急剧增长，使通货膨胀犹如火上浇油，物价指数迅速上涨，货币急剧贬值，以致市场上的商品日益枯竭，消费者越来越不愿意储备货币。民国后期，通货膨胀形成了恶性循环，物价狂涨推翻了社会秩序和政治信心，当权者对其所控制的经济的性质一无所知，社会各种腐败现象滋生，民心涣散，民不聊生。国民政府的倒行逆施，激发了广大群众的怨恨和反抗，加深了社会危机，加速国统区经济的总崩溃，其最后的命运，其实早已注定了。

　　这几年来，侨乡各地烽火漫天，崔莘遍野。战后回乡的华侨，不能安居乐业，纷纷携妻带子再渡重洋，回复寄居海外的生活。内战时期，金融动荡，当局对于办理侨汇问题无法改善，外汇官方汇率与市场汇率严重偏离，侨胞通过国家银行汇返的侨汇损失惨重，于是华侨银信纷纷选择民间渠道传入邑内，导致五邑侨乡黑市外汇市场异常兴旺。1948 年至新中国成立前夕，绝大部分的华侨汇款均通过民间渠道流入侨乡，民间银信机构遍布城乡每一个角落。1948 年 10 月，台山注册的私营银信机构就有 137 家，美元、港币、英镑等外币及通天戾纸当流通货币使用，台城及各地墟市烟馆、赌馆、妓院林立，乡村则借迎神赛会大开烟局、赌局，一大批的"二世祖"闲游散荡，整天穿梭于灯红酒绿的街市，社会风气败坏。

　　二公虽然身居海外，却心系家乡，耳闻目睹祖国内战、通货膨胀、政府腐败给人民带来的种种苦楚，恨自己不能报效国家。此刻，他能做的，只有期望国内和平，产生一个良好的新政府，上保国

编著者藏品
　　1949 年初国民政府发行 1 000 元面值的金圆券，相当于 30 亿元法币。

145

家太平，下护黎民百姓，振奋精神，提振民众士气，重视教育事业，培养大批有用人才，大力引进西方的科学技术，这样国家才能走向繁荣富强，这也是海外华侨共同的愿望。二公在这封信中预言中国将"产生良好政府，安民保国……"足见他的高瞻远瞩。这封银信寄回美金100大元，作为养家和支持侄子读书的费用，嘱咐要迅速回信，以免互相挂念。

国内和平，是海外华侨永远的渴望，也是全国人民共同的愿望。全世界的华侨华人要携起手来，共同努力把战争拒之门外。只有和平，才会有强大的中国；只有和平，我们的世界才会处处普照爱的阳光。

家藏照片
　　1948年10月10日台城举行"双十节"大游行，这是游行队伍经过通济路的场面照片。

46. 破家荡产是何故

1948 年 12 月 13 日古巴寄台山银
信之二

【原文】

初润贤侄知悉：

　启者，早日亮①侄接你来音，内云我家庭破家
荡产②，未能知理，是何缘故？况我与你乃系叔侄
之情，不容过问，自应置理便是。恳侄劳动往访我
两女儿嫁在何方，对其言及呈来一音，即将门牌寄
来。我与亮侄同居甘埠③，勿误。

　此嘱

愚叔云宽

中华民国三十七年十二月十三日字

此信 1948 年 12 月 13 日由古巴甘
玛伟埠李云宽寄台山李礽润，与上封
同寄。

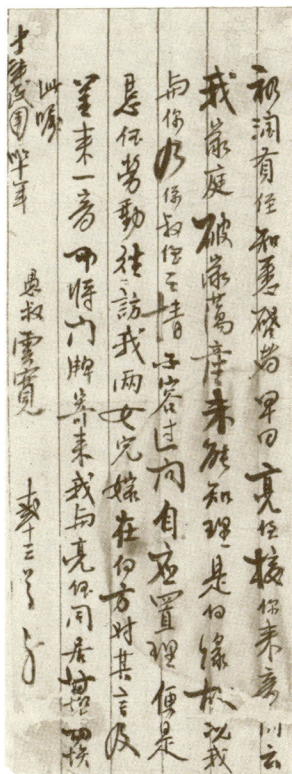

原信尺寸：95mm×250mm

---

　① 亮：指维亮。

　② 破家荡产：云宽之妻伍氏及儿子在抗战期间死亡，两个女儿亦在抗战时期走难失散。

　③ 甘埠：原名 Camagüey，普通话音译"卡马圭"，台山话音译"甘玛伟"，简称"甘埠"，是古
巴卡马圭省省会。

【家书解读】

前数封信，白公、二公嘱咐我的祖父、父亲去寻访各兄弟家人的足迹。这天，二白公云宽收到家乡的来信，得知自家已经破家荡产，甚为悲伤。云宽原配伍氏，生有一子二女，儿子名毓元，字礽毓，两个女儿取名为金爱、连金。1915年，云宽在大哥云宏的帮助下去古巴谋生，数十年未有机会返回"唐山"。八年抗战期间，台山经历五次沦陷，温边村饱受日军兽蹄践踏，满目疮痍，不少家庭破家荡产。云宽的妻子伍氏、儿子礽毓均在饥荒中饿死，两个女儿逃难出走，下落不明，村仔①新屋已人去屋空，一片萧条。

想当初，二白公背井离乡，远渡重洋去古巴谋生，为的是谋求家庭兴旺发达，儿孙满堂。可是一场惨绝人寰的战争导致家破人亡，妻离子散；出洋数十年，财富之梦还没有实现，家破惨剧就发生了，想来极其悲痛，一切梦想破灭。此刻，他欲哭无泪。死者已矣，生者仍需追寻，于是他写这封信寄回乡，嘱咐我的祖父帮忙寻找他两个女儿的下落，将她们的家庭情况和住址写清楚，寄去古巴。

抗日战争期间，侨汇中断，侨乡台山大批侨眷生活无着，饿死病死者很多，流离失所者不计其数，破家荡产的华侨家庭遍布台山城乡各地。现在，如果我们到侨乡旅游，随处可见一座座漂亮的洋楼周围长满杂草，荒凉的侨墟、破落的侨房、毁颓的村庄，杳无人烟，令人唏嘘。然而，抗战胜利后，人们似乎很快就忘

台城同安里村，一间两层高的青砖侨房人去楼空，里面长着参天的大树。

却了伤痛，好吃懒做、骄奢淫逸之风又在侨乡社会蔓延，昔日悲惨的经历早已抛诸脑后，这是一种极其危险的信号。

---

① 村仔：指温边村村仔，相对于温边大村而称之。

47. 血脉之情恩难忘

1949 年 2 月 19 日古巴寄台山银信

【原文】

祁润贤侄知之：

　　启者，旧岁十二月中旬接来知音经已领悉。前托通传金爱女儿亦兼来音，乃是情恩难忘，女子兄弟叔侄是系血脉之情，理所当也。兹者现到加拿大艮（银）行买美金赤一张，该美金艮（银）捌拾（八十）大元，内福衍①着银叁拾（三十）元，交发河②收应家用，余艮（银）伍拾（五十）元交叁拾（三十）元金爱收，交拾（十）元长婶③收，你着艮（银）拾（十）元，照列明分交可也。我现时四人云泮、福衍、云宽、维亮同居甘孖（玛）伟埠，平安操工④，你父邻居一埠⑤，俱各安康，勿容过虑可也。此嘱

　　财安

　　　　　　　　　　愚叔云宽

　　　　　民国三十八年二月十九号字

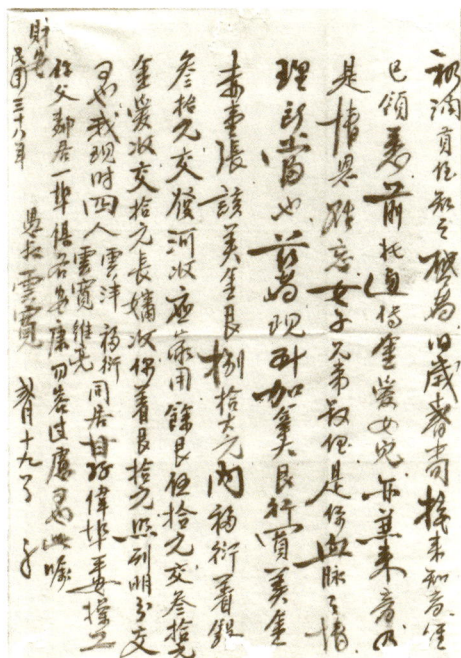

原信尺寸：**150mm×215mm**

---

① 福衍：温边李氏衍字兄弟，与云宽等人同居古巴。
② 发河：是福衍的儿子，居住在编著者乡下新屋对门口。
③ 长婶：指云宽的长婶，云宾之妻许氏。
④ 操工：打工。
⑤ 邻居一埠：指舍咕埠。

原封尺寸：**161mm×93mm**　　　　　　　　　　红条封尺寸：**70mm×142mm**

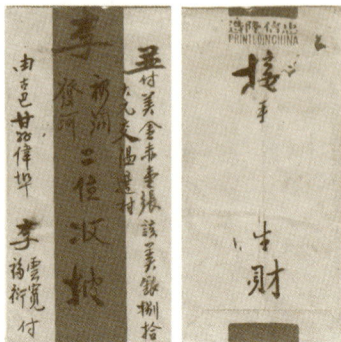

此信 1949 年 2 月 19 日由古巴甘玛伟埠李云宽航空挂号寄—哈瓦那—3 月 1 日广州—3 月 3 日台山—启华行金铺—3 月 7 日交温边村李礽润，银信寄递全程 17 日。

【家书解读】

近两个月来，二白公云宽饱受"破家荡产"之痛的折磨，精神不振，两鬓斑白。上次寄信回乡只隔 60 多天，他感觉好像 60 多年一样长，刚过花甲之年就失去妻子、儿子和女儿，自己一个人活在世上还有什么意义！思前想后，独自悲伤，不觉额前多添了数条皱纹。他天天盼望着失散女儿消息的到来。这天，飞越太平洋的鸿雁终于来到甘玛伟埠，二白公迫不及待将信封撕开，原来是自己爱女金爱的来信，他激动得老泪纵横，泣不成声。自己的千金终于找到了，自己的血脉又可以延续，终于又有一个属于自己的家。兴奋之余，他即寄书信及 80 美元回家，其中 30 美元给自己的爱女，10 美元给他的长婶，10 美元给我的祖父，余下 30 美元是代福衍寄给新屋对门口兄弟发河收。信中感谢家乡的亲人为他找到了失散的女儿，同时教育后辈要记住无论是兄弟、姐妹，还是叔侄，都是一脉相承的，流着相同的血；大家要互相关心、互相帮助，要有情有义，永远不能忘记自己身上流着李家的血。并告知旅古巴的云泮、福衍、云宽、

1948 年 10 月李焕麟（后排左一）在敬修初级中学门口与同学合照。

维亮四位同村亲戚也同时居住在甘玛伟埠打工，大家能互相照应，白公云宏另居舍咕埠，各人身体皆安康。

　　家是华侨安身立命之所。由血缘、姻缘形成的父母、妻子、儿女和未婚兄弟姐妹组成的家庭是核心圈层，是出洋华侨的经济、情感共同体。在这个圈层里的成员有相互满足其经济、心理需要的责任和义务①。台山华侨由家庭形成的血脉之情，已将海内外侨乡儿女的心紧紧连在一起，纵使踏遍万水千山，远隔重洋，也阻断不了。

　　二白公出生于清朝末年，从小就在本乡的雅传书室读书，饱受"四书""五经"教育的洗礼，也练就了一手好书法。自1915年去古巴后，离乡三十多年都没有机会回乡。在漫长的旅居生涯中，其饱受夫妻分居、骨肉分离的痛楚，乡愁绵延不断。家乡亲人的存在、血脉的延续是他生存的动力。在那个交通、通信不发达的年代，写信是他与家乡亲人沟通的唯一途径，寄钱是履行养家责任的唯一办法，只有通过不断地写信、寄钱，才能找到心灵的慰藉。银信，成为他精神生活的重要支柱。因此，无论何时何地，文房四宝都是他的随身之物。从家传藏书来看，二白公的书法技艺在不断进步，他的早期书法得益于欧体字之奇险，笔法险峭，字体秀长；出国后增加了《兰亭序》字体之流畅，并适当引入一些外语笔法之遒圆飘逸，字体长方结合，时而紧劲险峭，时而圆劲飘逸，章

家传藏品

清朝末期李云宽手抄本《撮要目录》首卷。

法严谨，技艺娴熟，笔法挥洒之间尽显苍遒之气，独成一派。每一封书信，每一个文字，都充满感情色彩。如果我们细心去品读这些银信，也可以从中得到至美的艺术享受。

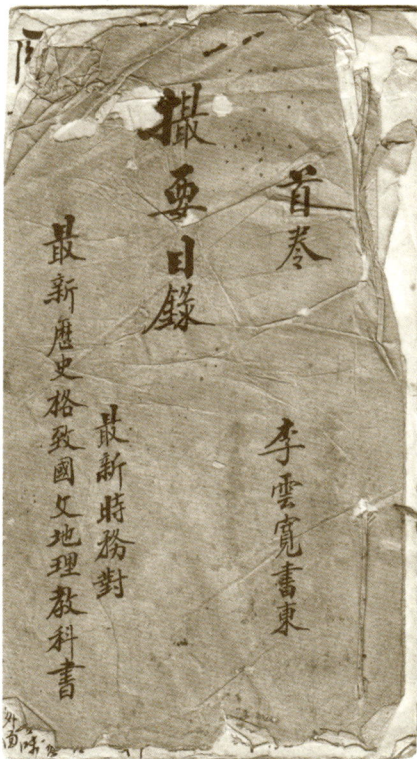

---

　　① 刘进、李文照：《银信与五邑侨乡社会》，广州：广东人民出版社2011年版，第204页。

48. 日求两餐夜求宿

1949年5月2日古巴寄台山银信

【原文】

祈润吾儿、焕麟吾孙知悉：

启者，是日由红毛银行付来美金赤纸一张，伸美金伍拾（五十）大元，祈查收入应家中费用也。又云现今身体平安，吾年老迈①无力固（雇）工，吾居处日求两餐，夜求一宿②而矣也，见字谅知（之），不可锦念也。又云吾往退（去）云宽、维亮二人处，见汝来信说及家中事务，吾看过一一可知也。现今各人及吾手上无壹（一）文存他（下），难以扶助办理家中事务也。又云及维亮前者居处身体有病，往西人医生处割横肠症③，至今有十余年至（之）九（久）矣，伹常时④见身体内有肚痛症，常时用番人西药水医治养补⑤也。又云吾前者居处有衣馆一间在本埠，吾见身体有

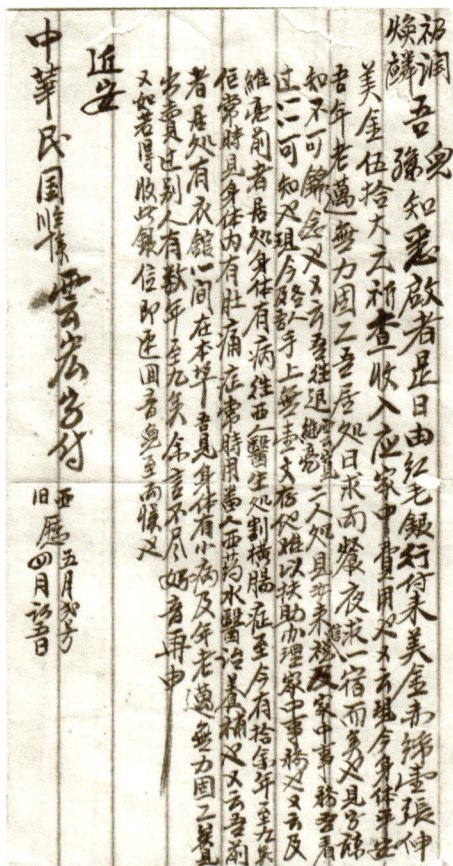

原信尺寸：135mm × 253mm

---

① 年老迈：云宏当年68岁。
② 日求两餐，夜求一宿：由于年老，无法做工，生活无着，过着艰苦的老年生活。
③ 横肠症：盲肠疾病。
④ 常时：经常，常常。
⑤ 养补：吃药治病。

152

小病及年老迈无力固（雇）工矣，见（经）出卖过别人有数年至（之）九（久）矣。余言不尽，好音再申。

又如若得收此银信，即速回音免至（致）两误也。

近安

云宏字付

中华民国三十八年西历五月二号

旧历四月初五日

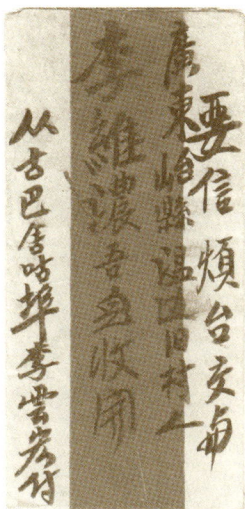

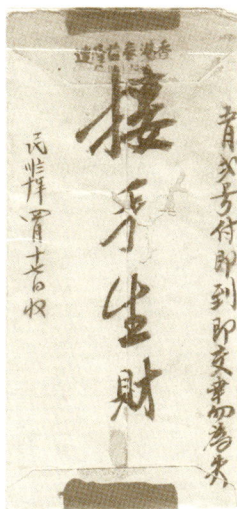

原封尺寸：165mm×95mm　　红条封尺寸：67mm×140mm

此银信1949年5月2日李云宏由古巴舍咕埠航空挂号寄—5月3日哈瓦那—5月11日广州—5月13日台山—启华行金铺—5月14日交温边村李维浓，银信寄递全程13日。

【家书解读】

1949年，是中国历史性转折的一年，也是五邑银信历史性的一年。在这一年的前9个月，金圆券以灾害式的速度贬值，使国民政府陷于最后挣扎的混乱之中。这里以国民政府的邮资举一个例子。1948年11月5日，一封20克以下的国际平信邮资为金圆券1角，1949年4月28日资费恶性涨至1.1万元金圆券，半年内通胀幅度近11万倍。当时台山一位侨妇去邮局寄一封信，营业员给她一大版邮票，这位女同胞不知道是该把邮票贴在信封上呢，还是该把信封贴在邮票上。这成了当时报纸上一则叫人哭笑不得的新闻。

链接

　　吃尽苦头的海外华侨，再也不信任由官办银行办理侨汇业务，几乎所有的华侨汇款都通过民间渠道汇入侨乡。中国香港成为最繁华的外汇交易市场。美元、黄金、中国货币、通天戾纸均可在香港自由交易。从外国流入香港的华侨汇款中大量供给美元，用来就地购买中国货币，以免在中国的最后收银人受到不应有的损失。五邑侨乡来往于省、港、澳的巡城马非常活跃，常常带着巨额的货币和洋货、港货来往穿梭。为了吸引侨汇，国民政府财政部制定新办法，规定"得依汇款人志愿，汇返黄金或港币，指定银行得支付黄金或港币"①。但此办法有名无实，如果汇款人没有加具意见，则一律付给银圆券。没有官办银行参与接驳侨汇，也使五邑侨乡成为全国最大的黑市外汇交易市场。腐败的政府无力监管，大量资金外流。社会道德败坏无遗，大批商号纷纷倒闭，劫匪到处横行，社会动荡。在这种情况下，国民政府的倒台是必然的。

这是1949年《至孝笃亲月刊》第71期关于台山劫匪频现的报道。

　　再说曾祖父当年已经68岁，年老无力，无法打工。本来是到了颐养天年的时候，但古巴没有完善的社会保障制度，使这些老年华人生活无着落，仅靠二公打工所得的一点工资来勉强维持一日两餐，过着清贫的老年生活。经营数十年的舍咕埠洗衣馆，在古巴经济衰退、排外风潮的冲击下，举步维艰，常常处于半关闭、亏本的状态。

　　1944年，古巴政府实施对外侨的《五十法例》，该法例规定："凡旅古外

---

① 《时局影响难望吸收侨汇》，《至孝笃亲月刊》1949年第71期，第67页。

侨经营工商业、农业的，必须雇用 50% 的古巴人。如需裁员，则先裁减外侨。"① 古巴政府不敢触犯帝国主义的大企业，故向华侨的小本生意开刀。虽然此条例后来遭旅古华侨职业团体联合会坚决反对，迫使古巴政府没有强制执行，但其破坏力也是相当大的。当时有些歹徒，纠集社会上一些人，借口华侨不执行《五十法例》，乘机向华侨商店勒索，甚至进行捣乱、破坏，华侨深受其害。这些年来，曾祖父经常有病，加上年老无力，本来已经难以经营的洗衣馆更是无法维持下去，也无能力雇用当地工人。数年前，他忍痛出售经营数十年的洗衣馆。二公十多年前有病，在古巴的西医院做了割盲肠手术，但手术后多年常有腹痛症状，要经常吃药治疗，无法正常工作，也无钱积存下来。旅外各父兄都是两手空空，无能力寄更多的钱回乡支持家庭了。虽然如此，曾祖父还是想办法凑些钱寄回家，这封银信夹寄加拿大银行赤纸 50 美元，作为家中的生活费用。

日求两餐，夜求一宿，是人最基本的生活要求，但对于一位在海外拼搏了近半个世纪，到年老时候以这种最低标准度过晚年的华侨来说，这确实是一种悲哀。这封银信寄来的 50 美元，算不上什么大钱，但要知道，这是曾祖父

编著者藏品

1927 年 12 月加拿大商务银行副戻纸。

在自己饭碗里一口一口地省下来的。曾祖父宁愿自己吃不饱，也要将钱寄回给家乡的亲人。他就像蜡烛一样，默默无闻地不断燃烧着自己，为家人带来了光明，为他们的幸福默默地奉献自己的一切。

① 黄平：《古巴著名爱国侨领黄作湛》，开平市外事侨务局网，2004 年 5 月 27 日。

49. 婚礼应照新例办

1949 年 7 月 11 日古巴寄台山银信

【原文】

礽润、焕麟二人知悉：

启者，上月接汝来字，吾一一详明悉矣。吾在处仝梅商量筹备款项①，美金叁佰（三百）余元，至到十月尾付来应用，见字可知也。千祈不可招（照）旧律例②而行办事也，不可设筵酒席宴会也。现今潮流不合也。现今本国青年人行结婚礼招（照）新律例而行办事，节省俭款项多少，日后作家庭中（众）人口粮食费用为要上策也。如若招（照）新律例筹办事，合吾心可喜也。设茶会助庆欢迎来客贺也。吾在处各人不能筹款项多，现今在处各人手上无一存他（下）也，坊（况）且吾在处年老迈无力，不能固（雇）工也，又无生意做也。

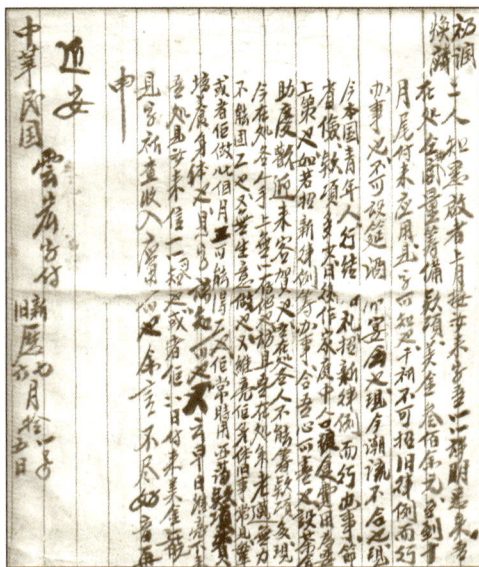

原信尺寸：216mm×233mm

这是 1949 年 7 月 11 日李云宽由古巴舍咕埠寄台山李礽润的航空信。

原封尺寸：167mm×95mm

① 筹备款项：筹款办云宏娶孙媳妇的大喜事，即焕麟结婚所需款项。
② 旧律例：旧式婚礼的规矩。

156

又维亮佢身体旧事常见①，每年或者佢做七八个月工，可能得工②也。佢常时用西药款项费培养③身体也，见字谅知（之）可也。又云早日维亮下来吾处，见汝来信，一一可知也，或者佢一、二日付来美金 110 元，见字祈查收入应用可也。余言不尽，好音再申。

　　近安

　　　　　　　　　　　　　　　　　　　云宏字付
　　　　　　　　　　　　　中华民国（卅八年）新历七月十一号
　　　　　　　　　　　　　　　　　　　旧历六月十五日

【家书解读】

　　民国时期，台山流行这样一首民谣："有女莫嫁耕田人，时时泥气郁败人；有女要嫁金山客，打转船头百算百。"1949 年，父亲年满 24 岁，正好是成家立室的时候。于是，祖父在家托媒奔走。父亲虽然不是金山客，但祖辈、父辈多人在外洋，家里有田有地还有新屋，而且还是温边村里有名的小"秀才"，经过媒人一介绍，很快就与四九镇五四都宁里的一个华侨家庭黎氏家族拉上关系。红娘立马搭线，约女方来相亲。双方见面后都很满意，择定吉日举行订婚仪式。为了筹备婚礼，祖父即写信去古巴求银。

　　这天，曾祖父收到家乡的来信，得知自己要娶孙媳妇，心中甚为高兴。虽然当时古巴经济环境并不太好，但这是光宗耀祖的大喜事，一定要全力支持。他随即召集旅外各兄弟亲人共同商量，筹款举办婚礼。大家知道自家要办大喜事后，个个喜上眉梢，纷纷解囊相助，当即筹集了

1950 年初李焕麟、伍秀琼的结婚照。

礼金 300 多美元，计划到 10 月底寄回家乡。曾祖父嘱咐儿子、孙子一定要厉行节约，要按照新时代新的婚礼仪式，举办一个简朴而隆重的婚礼。他说可以召集家乡的父老兄弟、亲戚朋友前来助庆，只设茶话会招待来祝贺的客人，将节省下来的钱作为今后家庭购买米粮之用。千万不能按照旧的习俗举行婚

①　旧事常见：旧病时常出现。
②　可能得工：可以做得工。
③　培养：吃药治病。

157

礼仪式，要克服大摆筵席、大吃大喝等铺张浪费的陋习。

要知道，当时曾祖父年老无法做工，身无分文，二公身体有病，经常需要吃药治疗，每年只有七八个月正常打工，境遇不佳啊！

老一辈台山华侨旅居海外，接受中西方文化的洗礼，耳闻自己的家乡在抗战期间因侨汇断绝造成家破人亡等种种惨剧后，他们充满了忧患意识，坚决拒绝奢侈之风。

平心而论，我们这个古巴华侨家庭当年虽不富裕，但也不贫穷。如果举行一个简单的婚礼仪式，不向外洋伸手也是可以的。台山一首民谣唱得好："喜鹊喜，贺春来，阿爸金山寄钱回，阿妈托媒去说亲，同哥娶个老婆仔。"在侨乡人们的心目中，去外洋都是发大财的，帮办婚姻嫁娶等大事是华侨义不容辞的责任。华侨家庭要办喜事，就要办得风风光光，向族人显示豪华的气派。这是祖父依赖外洋寄银的主要原因。

台山是中国第一侨乡，在大量侨汇的滋润下，侨乡社会快速发展，奢靡之风盛行。时至今日，我们还可以随处见到城乡各处酒楼食肆在大摆排场、比阔气、大吃大喝等穷奢极侈的宴会场面，在一片迎来送往的海洋中，淹没了侨乡沦陷时期所遭遇的惨痛，也掩盖了在改革开放中发展滞后的问题，实在发人深思。

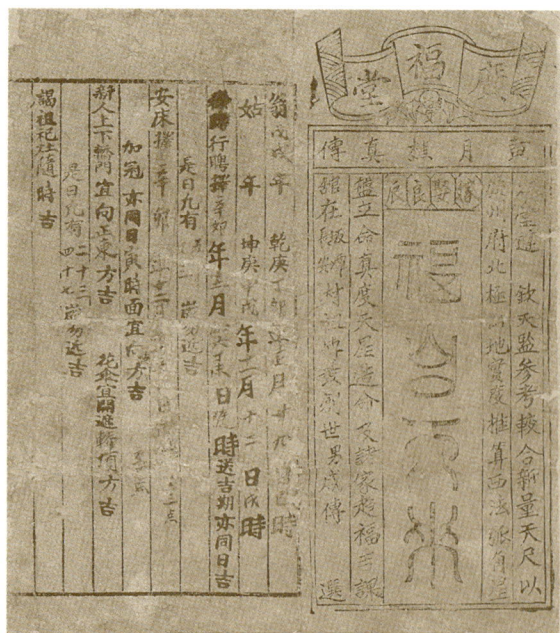

清末辛卯年（1891）四九"坂潭长安村广福堂黄创世"为人嫁娶择日帖。

50. 常接族刊各事知

1949 年 7 月 22 日古巴寄台山信

【原文】

祁润尊胞兄如面：

　　敬启者，上月接来兄与侄家信数封，及云爛叔同云育叔①来书，谈及家事均皆领悉。兹寄上赤纸乙（一）张美金 110 大元，父亲壹拾（一十）大元、愚弟一百元寄归作家用及还财东之须（需）。现时父亲共各叔兄弟在处平安，勿念。早数月本村谭锦椒兄复回来古巴，面谈家事，言及本乡事情，亦时常接到《温边族刊》②，各事知之。上月弟与

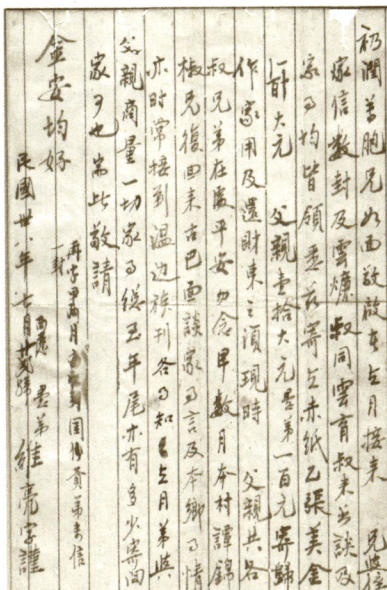

原信尺寸：210mm×251mm

原封尺寸：165mm×95mm

红条封尺寸：69mm×142mm

　　此信 1949 年 7 月 22 日由古巴甘玛伟埠李维亮航空挂号寄—7 月 30 日广州—8 月 1 日台山—启华行金铺—8 月 6 日交温边村李维浓，银信寄递全程 16 日。

---

① 云爛叔同云育叔：两人都是温边李氏"云"字兄弟。
② 《温边族刊》：民国时期温边村的族刊，是台山侨刊的一种。

父亲商量一切家事①，总至（之）年尾亦有多少寄回家可也。嵩此敬请。

金安均好

再字早两月亦收到国份贤弟来信一封。

愚弟维亮字谨

民国卅八年西历七月廿二号

【家书解读】

1949年6月，二公收到数封家乡的来信，得知李家要办大喜事，心里极其高兴，即寄美金赤纸110元回家，作为家庭生活费以及还清此前所借之款。前几个月，本村族人谭锦椒兄弟也刚从家乡返回古巴，转告了家乡的部分情况。此外，他经常收到家乡寄来的《温边族刊》，村中及邑内各事，都能一一了解。前一个月，二公与白公商量过办喜事的准备工作，计划到年底就有银两寄回家。

信中讲到的《温边族刊》是台山侨刊的一种，又称"侨刊乡讯"，它是侨乡人民寄给海外亲人的"集体家书"。清代、民国时期，华侨长期旅居海外，路途遥远，交通落后，通信不发达，他们常常通过往来书信或回乡探亲的族人了解家乡的情况，但这只是一条较为狭窄的信息纽带，无法满足海外华侨对乡音的渴望。在海外华侨的倡导和资助下，台山民间出版了大量的地方性、家族性刊物，海外华侨、港澳同胞和本地民众可以通过侨刊来传递乡音，报送侨情。台山是我国侨刊的发源地，历史之悠久、数量之众多、种类之齐全、特色之鲜明，实为全国之冠。自1909年2月5日我国第一份侨刊《新宁杂志》创办起，到20世纪30年代，台山一县就有侨刊乡讯100多种，至中华人民共和国成立前，台山侨刊发展到120多种，

编著者藏品

1934年《台山县立女子乡村师范学校新校舍开幕纪念册》。

---

① 一切家事：指为焕麟举行婚礼筹款等事项。

此外还有教育界出版的校刊、特刊 50 多种。① 台山被誉为"中国第一侨乡"，侨刊是一个十分重要的因素。因此，侨刊乡讯是最具地方特色的华侨文化之一。本银信中提到"亦时常接到《温边族刊》，各事知之"，可见侨刊乡讯在海外华侨心中的重要地位。

毕业证书

敬修初级中学第一届毕业同学照片，第二行左三是李焕麟。（1949 年 9 月）

---

① 梅伟强、关泽峰：《广东台山华侨史》，北京：中国华侨出版社 2010 年版，第 289 页。

51. 有心无力叹无奈

1958 年 10 月 2 日古巴寄台山信

【原文】

祢润吾儿、焕麟吾孙知悉:

启者,上月接来音,新屋门古墙①事修建,吾有心无力。我居处生意早数年失败,年老迈,今年有(又)八十岁老人,脚不能行动,用木棍来扶手行一二步。吾居处年老,不得过世,难矣、难矣!现今手上无一毛银可存,难矣(以)帮助矣,见字可知矣。

原信尺寸: **156mm × 227mm**

原封尺寸: **162mm × 93mm**

此信 1958 年 10 月 2 日古巴甘玛伟埠寄——10 月 17 日台山——10 月 18 日台山投递,邮路全程 17 天。

汝胞弟维亮,此人不念兄弟手足之情,不帮助多少,佢娶西女系娼妇,作妻同住,数年之久,多少金银用去矣。娼妇有杂种仔②带来,佢自认正色(式)仔③,往政府处登记写纸④,佢此人无用矣。故云宾来到古巴一二年,拖欠我

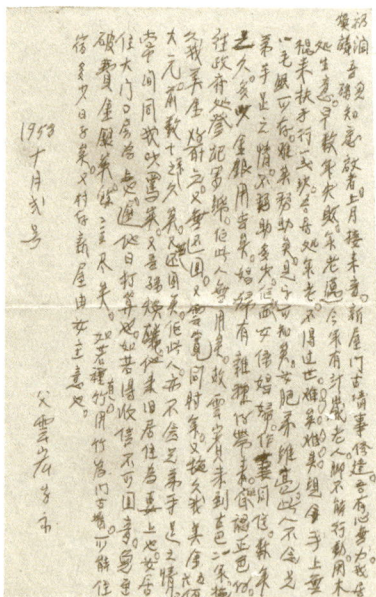

---

① 门古墙:门口旁边的板墙。
② 杂种仔:私生子。
③ 正色(式)仔:当作自己的正式(亲生)儿子。
④ 登记写纸:登记入户口。

162

美金450元，又无还回。又云宽同时年①，又拖欠我美金五六佰（百）大元，前数十年之久矣，又无还回矣。佢此人亦不念兄弟手足之情，常间同我吵骂矣。又吾孙焕麟他（下）来旧居住为要上也，汝居住大门口房为上也，迟他（下）日打算也。如若得收信不可回音，免至（致）破费金银矣，余言尽矣。如若种有竹，用竹为（围）门古墙可能住宿多少日子矣，又村仔②新屋由汝主意也。

父云宏字示
1958（年）十月二号

【家书解读】

很可惜，新中国成立初期（1949年10月至1958年9月）的书信丢失了。这九年间，中国历史翻开了新的一页。1949年10月1日，毛泽东主席在首都北京宣布中华人民共和国中央人民政府成立。1949年10月22日下午，中国人民解放军第二野战军第4兵团15军43师128团以迅雷不及掩耳之势从开平渡过潭江，直捣黄龙，解放台城。11月6日，台山全境解放，57万侨乡人民扬眉吐气，3 200多平方千米大地阳光灿烂。

这些年，我们这个古巴华侨家庭也发生了很大的变化。1950年农历四月吉日，温边村雅传祖、李家新屋和村尾临时搭设的两间喜酒厂门前张灯结彩，大红双喜对联整齐对贴，光彩耀目。村里男女老少人来人往，熙熙攘攘。这里正在举行云宏迎娶孙媳妇的婚礼仪式。③曾祖父无法回乡，便由祖父作主婚人。噼噼啪啪的鞭炮声响过后，在先生书友铜鼓架护送下，一台大红花轿抬进村里。父亲戴着毡帽，身穿长袍，腰扎大红腰带，在伴郎李畅达的陪同下，来到轿前扶新娘子下轿，三拜之后，喜结良缘。父亲命字伟明。父母亲年轻时各自经历战争、沦陷、饥荒等磨难，现在终于成为新中国成立后温边村第一对新人，母亲也成为本村最后一个坐大红花轿的媳妇。为纪念这个大喜日

1950年初李焕麟、伍秀琼的结婚照。

---

① 同时年：相同的年份。

② 村仔：指温边村仔。

③ 按照中国传统婚礼仪式，以长辈排资论辈来称呼后辈的婚礼，最高辈分的为主婚人。

子，父亲改名为李振华，决心要为振兴中华而奋斗终生。

新中国成立初期，父亲在家乡从事农耕工作，为支持祖国建设，积极参加征收公粮工作。1951年初，父亲在黄崇礼老师的介绍下到大亨小学任教，光荣地成为新中国第一代人民教师。1951年8月调到敬修小学任教。此后30多年里，父亲任教过的学校很多，为新中国培养了大批有用的人才。

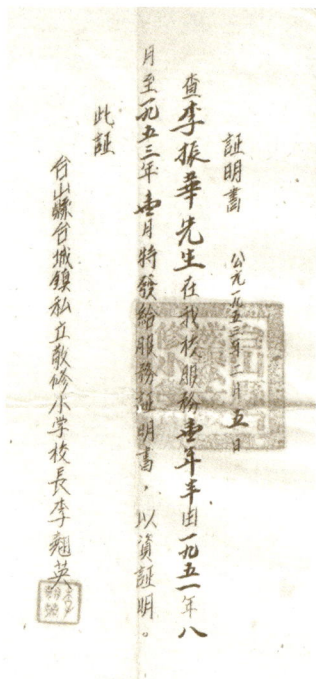

1951年8月李振华在敬修小学的任教证明。

1954年1月台城一小学生会成立大会，李振华（前二排左五）与学生、家人合影留念。

1957年9月李振华被聘为少先队中队辅导员的证书。

链接

新中国成立初期，以美国为首的帝国主义对我国实行了严酷的经济封锁。美洲地区不准华侨寄挂号银信回国。美国还专门制定了条例，凡是华侨寄钱回国便属违犯法规，要被判刑入狱。古巴政府历来亲美，也跟随美国禁止华侨汇款回中国大陆。其他东南亚国家，出于政治或经济目的，对华侨寄钱回国也采取了种种限制。为打破困局，中国政府用尽种种方法，冲破重重困难，接通海外侨汇：一是中国银行加强与国外及港澳地区银行的联系，分别在香港南洋银行和澳门南通银行设立转汇点，专门接驳海外华侨银信，大大便利了华侨和港澳同胞的汇款①。二是利用原来的私营侨批局，与国外和港澳地区接上关系，接驳侨汇；对侨批局，国家采取"维持保护，长期利用"和"外汇归公，利润归私"的政策②，注意发挥它的长

---

① 台山中国人民银行、中国银行编：《关于目前侨汇问题答客问》，1950年10月印行。
② 王琳乾：《浅谈解放后潮汕的货币流通与侨批业活动和侨汇物资供应》，潮人网，2009年8月25日。

处。三是利用"水客"经常往来于内地和港澳地区，主要到一些偏僻地方向华侨收揽汇款，带回内地，通过银行结汇交给侨眷。四是有的华侨在国外向外国银行购买汇票，直接寄回或经香港转寄国内亲属，向银行领款或办理托收。五是中国银行还与一部分外国代理行建立了代理侨汇业务关系，华侨可以向这些外国银行申请汇款回国。新中国成立初期，古巴寄台山的华侨银信，绝大多数是经香港转入邑内的。

1950 年台山中国银行办理侨汇业务的宣传单。

新中国成立初期，我家有田 3.3 亩，平房一间，耕牛一头，主要依靠农耕收入和侨汇收入维持家庭经济生活。1952 年，台山"土改"，我家由于人口多，人均田亩不多，被划为贫农。

1958 年，父母亲已经有了一个三岁女孩，名叫美慈，加上阿爷、阿人和两个读小学的姑母，全家在乡人口共 7 人。当时遇到"三面红旗"（"总路线"、"大跃进"和"人民公社化"）运动，台山各乡村为响应党的号召大炼钢铁。父亲身为人民教师，思想先进，表现积极，公社召开动员大会后，他第一时间回到家里，将新屋的"天井栊"① 拆掉，将那些铁柱献给公社炼钢炼铁。我们的房屋前刚好是一间

1959 年 7 月李秋霞（编著者的三姑母）的小学毕业证书。

---

① 台山传统民居为五间结构，左右两边门口，进门后经过厨房（又叫灶下、廊），进入中间大厅，大厅前面开一个大的天井口，用以通风、透光。为了防盗，天井口一般安装防盗铁闸，好像趟栊一样可以推动打开，因此称其为"天井栊"。它与门口的"走趟栊"有异曲同工之妙。

泥墙屋，当年也被强拆去作土肥料使用。温边村的房屋都是上下屋连在一起建的，叫"搭墙屋"，所以新屋前墙是搭建下屋的泥墙，当下屋拆了以后，露出了泥墙，饱受风雨的冲刷，在当年雨季门古墙就倒塌了。那时，我家只有父亲一人有固定的工资，但要供两个姑母读书和整个家庭的基本生活开支，生活非常困难。门古墙倒了也无法筹钱修补了，只有写信寄给曾祖父，要求寄银回来修理破墙。

话分两头，曾祖父时年近八十，患有疾病，双脚不能自由行走，平时用木棍来作拐杖支撑着可以走一两步。前些年他本来还有一些钱可存，但两个弟弟借去 1 000 多美元，无钱还回。"二战"期间他生意失败，洗衣馆也变卖了，现在身无分文。二公当时和一个有私生子的古巴女子结婚，并将其私生子登记入户作为自己的儿子，手上的银两多少都用在这个家庭上了。曾祖父于清朝末年出生在中国，封建传统观念极为浓厚，对二公娶古巴女子这桩婚事极不满意，认为有辱祖宗，因此称这个古巴女子为娼妇。在这种情况下，要想寄钱回乡修屋是难上加难了。为了安全起见，只好建议孙子焕麟回到旧屋居住，或者去砍些竹子将破烂的墙缝围住。无奈，的确是无奈，一位年近八旬的古巴华侨写完这封泪迹斑斑的无银回信，他的内心无疑是处于极度痛苦之中的。

52. 茕茕无依真可怜

1961 年 5 月 22 日古巴寄台山信

【原文】

焕麟吾孙知悉：

启者，上日接来信可知。我金（今）年八十二岁①，年老迈，无力固（雇）工，有八九年至（之）久。又身体有病核（咳）症，有年至（之）久已（矣），无艮（银）医调理。我现在吾儿维亮处同住宿，食少少。今维亮做小小餐馆，生意冷淡，入仅可胡（糊）口。今付相片二人合共二只，见字查收可也。

近安

云宏字付

公元一九六一年五月廿二号

旧历四月初八日

原封尺寸：**165mm × 93mm**

此信李云宏亲笔写于 1961 年 2 月 23 日，封是李维亮所写，6 月 29 日由甘玛伟埠寄出—5 月 30 日哈瓦那—6 月到台山。

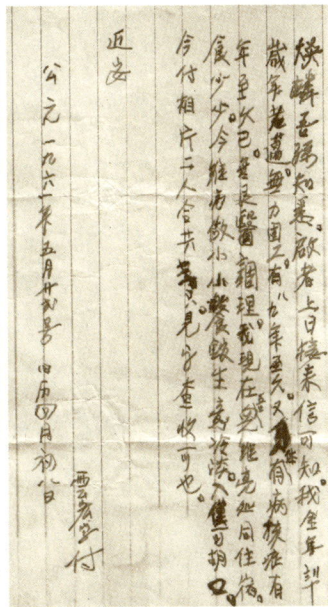

原信尺寸：**122mm × 208mm**

① 李云宏生于 1881 年，到这年已经 80 周岁了，台山人传统按照落地占岁计算年纪，因此算 82 岁。

167

1959年台山华侨在古巴圣地亚哥纳税证明书。（颜明海供图）

李云宏照片。（1956年）

李维亮照片。（1956年）

【家书解读】

时间来到1961年5月，与上一封信相隔两年半了。"大跃进"和"人民公社化"运动忽视了客观的经济发展规律，过分夸大了主观意志和主观努力的作用，使高指标、瞎指挥、浮夸风、"共产"风等错误大肆泛滥，工农业生产遭到极大破坏，国民经济比例严重失调，人民生活遇到严重困难。

这当中最严重的当属浮夸风的兴起。新中国成立初期，我家被划为贫农。1959年，父亲在四九松朗小学教书，由于家庭成分好，中文功底佳，书、诗、画样样精通，被抽调到公社做宣传队员，专门负责绘制各种宣传标语、宣传壁画和大型宣传画。当时父亲画了一幅《鼓足干劲，力争上游，多快好省地建设社会主义》宣传画，画面上一个工人双手握着总路线大红旗，另一位农民妇女一手握着龙角，一手揽着一把稻谷。他们站在龙头上，乘着巨龙腾云驾雾地前进。多么夸张啊！

父亲参加1959年2月16日"附城人民公社教师大会"会议，在他的笔记本里，清

1959年李振华绘社会主义建设总路线宣传画底稿。

楚地记录了当年附城公社的浮夸之风："1959 年要苦战第二年，全社全民要加倍努力，在 1958 年的基础上，要获得全社（粮食）2 亿斤，其中水稻 4 万亩，亩产 3 000 斤，总产量 1.2 亿斤。我们要求有万斤，但要保证扎实；其他作物木薯 2 万亩，亩产 3 000 斤，番薯 6.4 万亩，亩产 3 500 斤，芋头 4 000 亩，亩产 3 000

1959 年李振华绘《团结就是力量》宣传画底稿。

斤，以上折扣后合计二亿一千五百万斤。"从以上数字可以看出，当时的浮夸之风令人惊讶。有副春联正是这种社会现象的写照：钢铁开花粮满仓，工农携手社如家。

"大跃进"和"人民公社化"运动使"左"的错误严重地泛滥，造成国民经济比例严重失调，导致 1959—1961 年台山农村粮食紧缺。村民锄蕉树头、挖野菜充饥；蔗渣禾秆草磨成碎，用糖精混制成饼，人们吃了会导致拉大便难，出现浮肿，甚至出现非正常死亡。台山全县非正常死亡 0.3 万人，非正常病人 18.25 万人①。

1961 年，我家又多了一个两岁的女孩子，名叫雅慈。一家在乡八口人，阿爷、阿人都步入老年人行列，两个姑母还在读书，两位姐姐处在孩童年代，只能依靠父亲数十元工资和母亲参加公社劳动生产的工分维持全家人的生活。家中严重缺粮，在长期挨饿的情况下，阿爷双脚水肿，加上药物紧缺，诱发抗战时的旧伤，导致双脚无法行走。没办法，只有写信去古巴告知曾祖父，希望能得到外洋寄银帮助解脱困境。

1954 年李振华在台城一小与老师们合照。

① 黄剑云：《简明台山通史》，北京：中国县镇年鉴社 1999 年版，第 271 页。

　　然而，古巴这几年也发生了翻天覆地的变化，全家向外洋求助的愿望落空了。

　　1959 年 1 月 1 日，古巴卡斯特罗率领革命党推翻巴蒂斯塔亲美独裁统治。1960 年 7 月，古巴同中国签订贸易协定，同时颁布征用美国人在古巴财产的法律，将价值约 15 亿美元的 400 多家美资企业全部收归国有。① 革命的头一年，卡斯特罗政府实施了包括土地改革在内的国有化改革，推广集体农业。原本美国掌握古巴 40% 的甘蔗田、几乎全部养牛场、90% 的矿场和 80% 的公共事业，包括这些在内的私人资本总计 250 亿美元，全部收归国有，这导致美国于 1961 年与古巴断交，并对古巴实行经济、贸易和金融封锁，关键的蔗糖出口和石油、零件的进口中断。② 同年 9 月，中古建交。11 月，中、古签订经济技术合作协定，规定中国向古巴提供 6 000 万美元无息贷款，中国还向古巴提供军事援助。③ 古巴虽然取得了民主革命胜利，但国家经济没有因此走出困境。相反，由于经济政策不当，加上美国的禁运，古巴国内经济面临重重的困难。

　　这一年，曾祖父已年过八十，且身无分文，身体逐渐衰弱，生活无法自理，最后含泪离开生活了半个世纪的舍咕埠，跟随二公来到甘玛伟埠并一起居住。他每餐只吃少量东西，身体患有疾病，常常咳嗽，但无钱医治，只能过一日算一日。二公当时在甘玛伟埠开了间小餐馆，生意一般，仅可以维持基本生活开支，也无钱可剩，所以很少寄钱回乡，加上古巴推出禁止一切外侨寄汇政策，就算有银也很难寄出。

　　生病是一件很正常的事，但有病无钱医治，对任何人来说都是不幸的。曾祖父在古巴漂泊了半个多世纪，到耄耋之年病魔缠身却无钱医治，活着也只能白白地受罪，饱受疾病的折磨，这种境遇是何等悲惨、何等凄凉！从书信里弯弯曲曲的字迹上，可以感受到曾祖父身心的痛苦。他用颤抖的手，写尽人生的坎坷。

---

① 黄卓才：《鸿雁飞越加勒比——古巴华侨家书纪事》，广州：暨南大学出版社 2011 年版，第 47 页。
② 维基百科。
③ 黄卓才：《鸿雁飞越加勒比——古巴华侨家书纪事》，广州：暨南大学出版社 2011 年版，第 47 页。

53. 晚年困境话无多

1963 年 7 月 9 日古巴寄台山信

【原文】

祁润儿、焕麟孙二人：

　　吾现今年八十四岁，身体有小病痛，不能行有二三年至（之）九（久）也。现今在维亮吾儿仝注（住）食调理，手上无艮（银）不能付归，见字可知之也。余言不尽，好音再申。

父亲、祖父云宏字

云宏手写

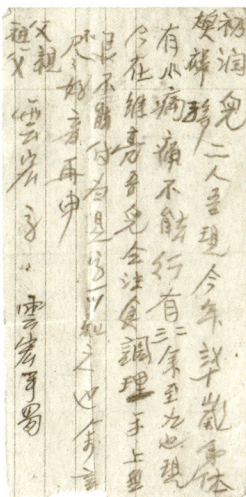

原信尺寸：82mm × 174mm

　　1963 年 7 月 9 日李云宏写的信，这是他生前最后一封书信。

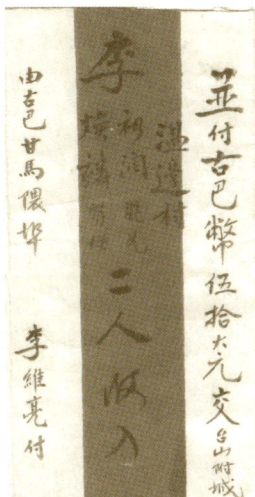

红条封尺寸：70mm × 147mm

　　这是李云宽书写的红条封，代李维亮寄发，并汇寄50元古银。

原封尺寸：160mm × 93mm

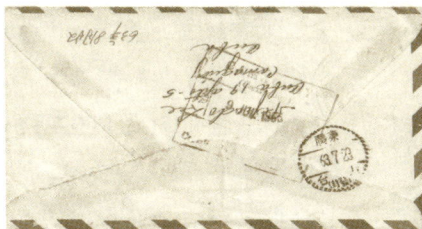

　　此信是李云宽书写，代李维亮寄，1963年 7 月 9 日古巴甘玛伟埠航空挂号寄—7月28 日台山—8 月 1 日交温边村李焕麟，邮路全程 24 天。

【家书解读】

这封信是曾祖父生前的最后一封信，书信正文是云宏手迹，落款"云宏手写"四个钢笔字是维亮的字迹，外封钢笔字、红条封毛笔书法是云宽的字迹，古银50元汇款是维亮寄出的，书信落款没有时间，但从信封上的邮戳可以清楚地看到寄出时间是1963年7月9日，与上封信时间相隔已两年了。这是三位旅古祖辈联合写成的一封家书，收信人是李礽润和李焕麟。

1963年是我家历史上最黯淡的一年：一年内痛失两位亲人。

自1958年"大跃进"和"人民公社化"运动以来，台山国民经济比例严重失调，粮食供给年年递减，人民群众困难重重。那几年古巴禁汇，我家侨汇几乎断绝，我们这个长期依赖外汇的古巴华侨家庭，陷入了极度贫困的境地。我家是一个由二男五女共七口人组成的大家庭，人口多，劳力少，公社分配口粮严重不足，全家人常常在饥饿中饱受煎熬。为了救活全家人口，父母亲迫不得已将结婚时的金银首饰全部卖光，仍然无法解决家中缺粮的问题，家庭一些成员出现了营养不良综合征。1959年我

1963年家庭合照，左起：李振华、李美慈、李雅慈、伍秀琼。

的二姐出世，母亲坐月子的时候连咸鱼、猪肉也没有吃过，每天蒸一碟盐拌稀饭吃。由于母亲营养不足，新生婴儿也断了母乳，出现严重的婴儿营养不良综合征，身体非常孱弱。1963年，二姐已4岁，仍不能自如行走。祖母因营养缺乏，身体衰弱，患上了慢性疾病，无法参加农业生产。祖父平时气力大，吃得多，这几年粮食紧缺，日日饥肠辘辘，双脚浮肿得像"牛臀竹"一样粗，又没钱住院，只好到村前村后采摘一些草药来治疗脚病。治疗一段时间，眼看好像有些消肿，可是过几日又肿胀起来，无法直立行走，躺在厅底的板床上奄奄一息。实在没有办法了，父亲去向村里的信用社借20元，却遭到拒绝，经过诸多周折才借来10元，但杯水车薪，根本无法应付。无可奈何，全家人把所有的希望转向外洋，嘱咐父亲写信去古巴求银解困。

1963年，曾祖父已经82岁（信中所写为"84岁"），与二公一起居住在甘玛伟埠，身体常受病痛折磨，但也无钱医治，已两三年无法行走了。当日，

他收到孙子焕麟的来信，心里一阵兴奋，看后又是一番心酸，随即叫二公拿纸笔过来，提起颤抖的手，一笔一画地写下这封家书。他思前想后，自己来到亚湾58年，到晚年却贫病交加，既无银寄回家乡，也无法实现回"唐山"的夙愿，在绝望、病痛中苦度余生。他无论如何也写不出更多的字句。全信不满百字，讲述一个古巴老华侨的心声：手上无银不能寄，望家乡亲人见谅。

鸿雁又一次飞越加勒比海，它载着曾祖父的心声梦回故乡，与家乡亲人永别。两个月后，曾祖父含恨离开了这个世界。又过两个月，祖父也跟随曾祖父而去了。

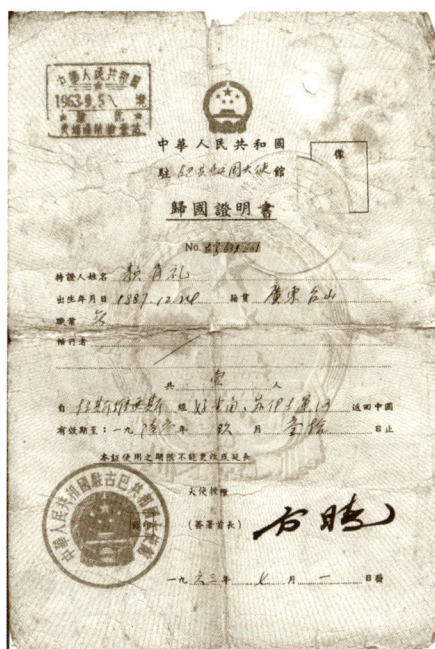

这是 1963 年 7 月古巴华侨《中华人民共和国驻古巴共和国大使馆归国证明书》，古巴的台山老华侨很多，在古巴禁汇时期能告老回乡的极少。颜肖礼是台山海宴那马人，成为成功回国的幸运者之一。该证明记录了古巴回乡的水陆路线图：古巴—拉斯维亚斯—好望角—苏伊士运河—中国。（颜明海供图）

54. 祖国富强赤子梦

1964 年 3 月 6 日古巴寄台山信

【原文】

焕麟贤侄知之：

启者，兹接传来知音二次，内云时事①，概经明白了。但人生于世，生死莫非定也，如若识（设）法，莫能挽救。况且祖父在处不幸于旧岁十月中旬病逝。总而言之，切勿怀忆过虑。我今与云宽二叔寄留异域，同居一埠，时能见面，每获平常康健。但系对于古巴今日境况，压制粮食，莫论土人外侨一律如是，须要登记凭部仔②买物。限制每人每月买

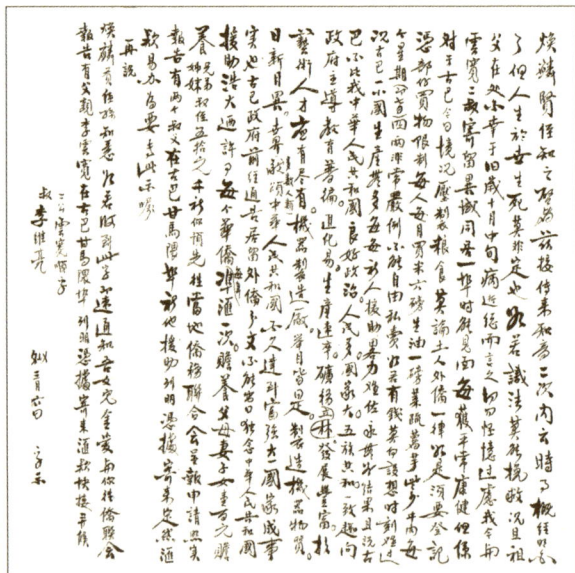

原信尺寸：227mm×227mm

米六磅、生油一磅、菜疏（蔬）薯芋些少，牛肉每个星期（即七日）四两。非常严例（厉），不能自由私卖，如若有钱，莫何设想，时刻难过。况古巴一小国，生产无多，每每祈人援助，略力难佐，永无好结果。且说古巴不比我中华人民共和国良好政治，人民多，国家大，五族共和，一致趣（趋）向政府主导，教育普编（遍），进化易，生产速卒，矿务林立，发展丰富，技艺术

---

① 时事：当前的家事，这里指李礽润于 1963 年末逝世。
② 部仔：簿子，小本本，指计划经济时代的购物证。

人才应有尽有，机器制造厂，举目皆是，制造机器物质，日新月异，世界多数人类敬颂中华人民共和国不久达到富强大（第）一国家成事实也。古巴政府前经通告，居留外侨分文不能出口，独念中华人民共和国援助浩大，迺（乃）许可每个华侨每年准汇一次，赡养父母妻子女壹（一）百元，赡养兄弟、姊妹、叔侄五拾（十）元。千祈你预先往当地侨务联合会呈报申请，照实报告有两个叔父在古巴甘马（玛）隈（伟）埠，祈他援助列明凭据寄来，定然汇款易办为要。专此示嘱。

再说，焕麟贤侄孙知悉。如若收到此字，即速通知吾女儿金爱与你往侨联会报告有父亲李云宽在古巴甘马（玛）隈（伟）埠，列明凭据寄来汇款快接并候。

二公云宽顺字

叔李维亮

一九六四年三月六日字示

原封尺寸：**160mm×93mm**

此信是李云宽书写的，1964 年 3 月 6 日古巴甘玛伟埠寄—3 月 24 日台山—交温边村李焕麟，邮路全程 19 天。

广东台山"附城（社）"铲字邮戳。

【家书解读】

这封信是二白公与二公联名写的，是云宽的亲笔字迹。

1963 年 10 月 8 日（农历八月廿一日），天空灰暗，烟雨凄迷，古巴甘玛伟埠一个华侨舍下，曾祖父离开了这个令人绝望的社会，从此长眠海国，享年 82 岁。他在古巴漂泊超过半个世纪，到晚年贫病交加，晚景凄凉，最后客死异邦，始终无法实现落叶归根的夙愿，令人唏嘘。曾祖父的一生，是台山近代古巴华侨悲情历史的缩影，千千万万的台山人前赴后继地出洋谋生，其中不少人同样客死异乡。

噩耗传来，全家人悲痛不已。生老病死本是常事，对于曾祖父来说，也许是一种解脱。但正遇中国处在经济最困难的时期，一个依赖侨汇的华侨家庭失去海外的亲人，是何等痛苦、何等悲伤！忆及此事，我泣不成声地写下《梦断亚湾》：曾祖求财出外洋，廿载搵银旋故乡。买田买地起新屋，添儿添

175

孙满华堂。千金散尽还海国，廿载厄运叹凄凉。
国破家亡妻儿散，寄人篱下暗悲伤。五十八年财
富梦，梦断亚湾人未还。

　　近段时间，我反复寻找曾祖父出国的资料，
终于找到一本高祖父的记录簿，里面清晰地记录
了曾祖父出国的时间表。曾祖父光绪三十一年
（1905）末出洋去古巴，十二月初三（1905 年 12
月 29 日）到达古巴巴梳埠（Palma Soriano，北麻
疏靓埠），次年转到亚湾（哈瓦那）。当时是高祖
父李俊衍在美国旧金山付款支持他去的。初期高
祖父还有钱寄给他，光绪三十二年闰四月十七日
（1906 年 6 月 9 日），高祖父曾寄了美金 185 元。
也许是曾祖父在天之灵把这部一百多年前的出洋
历史完整地交给我。

　　1963 年 12 月 6 日（农历十月二十一日）早
上 5 时 50 分，祖父水肿的双脚经历"三肿三消"

清末李俊衍记载李云宏出国时
间的记录簿。

之后心脏衰竭，病入膏肓，跟随曾祖父走了，享年 62 岁。据父亲的日记记
录，祖父一年前已经开始出现心脏衰竭、呕吐等重症，直到 1963 年 11 月 7 日
出现严重的呕吐，一吃便吐。到 12 月 2 日病情进入高危期，经过多次治疗无
效而逝世，后医生给出死因是反复的水肿、呕吐、腹泻导致严重贫血，上呼
吸道感染，诊断为风湿性心脏病致死。祖父去世后，父亲手上无钱，又难以筹
措，眼看无法殡葬，迫不得已向学校借了 200 元，当日把祖父的遗体安葬了。

　　祖父之死，从另一个侧面也可以看出，落后的中国、脆弱的侨乡经济和
过于依赖侨汇的侨乡社会存在着重大的隐忧。

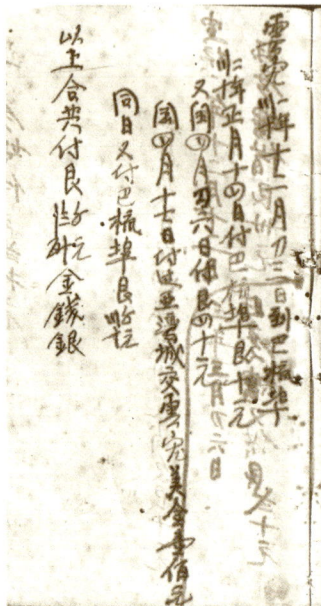

票证年代，台山什么都要凭票供应。

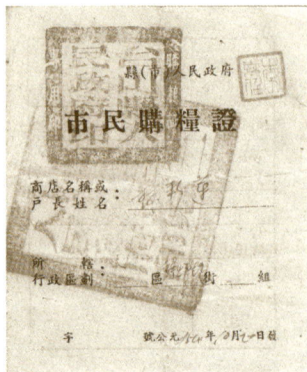

1964 年 3 月初，二公、二白公收到家乡的来信，得知祖父去世的消息，忧伤感怀，嘱咐家乡亲人不要过度悲伤，同时告知旅居古巴的乡人的苦况：古巴是一个资源贫乏、经济单一的小国，卡斯特罗上台执政后，实行社会主义制度，受到美国的经济封锁。从这年起，全国实施粮食配额供给制度，任何人都要凭政府发放的物资供应证购买东西，限制每人每月买米六磅，生油一磅，蔬菜、薯、芋少许，牛肉每个星期供应四两。该法例实施非常严厉，任何人不得自由买卖，就算有钱，也没有办法买到东西。此前古巴政府通告，"居留外侨分文不能出口，独念中华人民共和国援助浩大，酒（乃）许可每个华侨每年准汇一次，赡养父母妻子女壹（一）百元，赡养兄弟、姊妹、叔侄五拾（十）元"。信中嘱咐我父亲要迅速到公社侨联会申请登记，如实申报有两个叔父在古巴的情况，将相关的证明资料寄去古巴，这样才能申请寄侨汇。同时也请我父亲通知二白公的女儿金爱，也要办好古巴亲属登记证明书寄去古巴。

古巴实行粮食紧缩政策，禁止外侨汇款，旅居古巴华侨有苦无处诉，因此二公他们首先想到的是祖国。在他看来，当时中华人民共和国政通人和、百废待兴，备受全世界人民敬颂，不久的将来必成为一个繁荣富强的世界第一大国。在华侨的心目中，永远魂牵梦绕的，一个是祖国，一个是老家，祖国和老家就是他们的根。[①] 富强祖国，梦回故乡，是古巴华侨的所思所想。50 年前二公他们提出 "中华人民共和国不久达到富强大（第）一国家" 的强国梦，展现了海外华侨的赤子之心。2012 年 11 月，习近平总书记在参观 "复兴之路" 展览时，提出了实现中华民族伟大复兴的 "中国梦"，正是实现海外华侨强国梦的延续，"这个梦想，凝聚了几代中国人的夙愿，体现了中华民族和中国人民的整体利益，是每一个中华儿女的共同期盼"[②]。

1961 年古巴台山华侨颜肖礼加入 "古巴华侨新民主同盟" 时的盟员证，证件印上五星红旗，见证了古巴华侨的赤子之心。（颜明海供图）

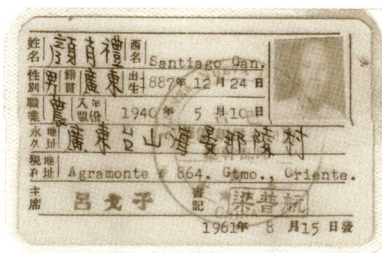

---

① 黄卓才：《鸿雁飞越加勒比——古巴华侨家书纪事》，广州：暨南大学出版社 2011 年版，第119 页。

② 2012 年 11 月 29 日中共中央总书记、中央军委主席习近平在参观 "复兴之路" 展览时的讲话。

55. 侨汇限制更严厉

1964 年 4 月 11 日古巴寄台山信

【原文】

金爱吾女儿、焕麟吾贤侄孙知之：

启者，兹付侨汇古币壹（一）百元，到期（祈）查收，每（人）应着一半。在处汇款系列金爱名单收，只因维亮前注中华总会馆册未曾列有亲属名单。况且今年不比往年，须要调查注册部合例放（方）能批准，未书未合①洒（乃）我与维亮同汇古币壹（一）百元你二人照收。如若得收驳②人民币若干，即速回音，专此示嘱。

兹将古巴华侨亲属关系登记表寄返，从速列明你长姑名单、焕麟名单，呈报申请人民公社签证寄来，放（方）能易办维亮名单继续汇款。况且侨汇每名每年准汇一次，如赡养父母妻子女兄弟姊妹不过壹（一）百，伯叔、侄孙不过五十元。

父、二公李云宽字示
一九六四年四月十一日

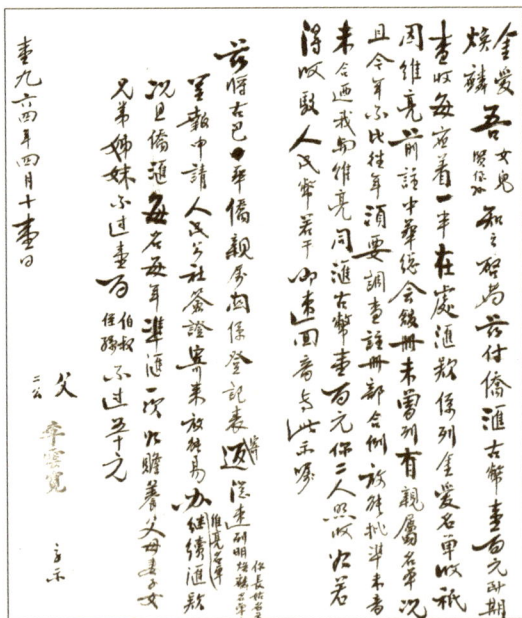

原信尺寸：**227mm×227mm**

---

① 未书未合：未注册或不符合。
② 驳：接驳兑换。

原封尺寸：**165mm × 93mm**

1964 年 4 月 11 日古巴寄给台山航空封。

【家书解读】

　　古巴实施禁汇政策以来，一年比一年严厉。1964 年，古巴中华总会馆侨汇处《新订侨汇细则》规定："凡已在中华总会馆登记的侨胞为赡家汇款回中国，如汇给家属每年不超过一百比索，如汇给旁属每年不超过五十比索。"该政策实施非常严厉，古巴政府对凡是有亲属在中国的华侨都要调查核实，登记造册，分类给予侨汇配额，每年每人只准寄一次侨汇。根据侨汇细则，二白公用他女儿金爱的名字汇款 100 比索，分给祖姑母和我父亲各 50 比索，当年的汇率 100 比索兑人民币为 245 元左右。由于此前二公没有在古巴中华总会馆登记亲属名单，暂时不能寄侨汇。因此，二公在这封信中寄回"古巴华侨亲属关系登记表"一份，要求父亲迅速去公社侨联会填写有关古巴华侨亲属关系的证明材料，寄回古巴中华总会馆登记，这样才能申请办理当年的华侨汇款。

　　据我收集的古巴华侨书信统计，古巴实施禁汇政策初期，有一部分华侨利用黑市汇路（传统的"水客"或地下钱庄）将侨汇寄到香港，然后再转回国内。后来古巴政府发现这些漏洞，将黑市侨汇全面禁绝。到这一年，想私自偷汇根本是不可能的。

　　禁汇政策，并非古巴新政府首创。新中国成立初期，以美国为首的西方国家对新中国采取政治上"孤立"、"遏制"，经济上"封锁"、"禁运"的政策，不准华侨在美洲地区寄挂号银信回中国，企图借此扼杀新生的中华人民共和国政权。美国还专门制定了条例，凡是华侨寄钱回国便属违犯法规，要判刑入狱。古巴旧政府是亲美政府，对美国言听计从，当时也跟随美国对中国大陆禁止寄挂号银信。对此，中国政府采取了一系列措施，与西方国家的

179

"孤立"、"遏制"、"封锁"和"禁运"政策展开斗争，充分利用香港、澳门作为接驳海外侨汇的桥梁作用，接通美洲各国的侨汇。

新中国成立后，古巴侨汇基本上经香港转入内地。自卡斯特罗政府上台后，古巴实行社会主义制度，政治上受美国压制，经济上受到美国封锁。在美国的策划下，1962年古巴被排除出泛美国家体系；1964年美国决定禁止向古巴销售药品和食品；同年美洲国家组织通过决议对古巴实行"集体制裁"。① 古巴本

编著者藏品

1951 年台山中国银行侨眷印鉴号码登记证

是一个小国，数十年来实行以蔗糖为支柱的单一经济体制，在美国等国家的封锁下，蔗糖出口大幅度下降，对外贸易形势不断恶化，国内各种物资紧缺，日常生活用品供应紧张，全国处于极其困难的境地。在这种情况下，禁止一切外侨汇款出国，也是一种自我保护的措施。20 世纪五六十年代，中国也处于同样困难的境地，古巴禁汇保护了本国的利益，却损害了华侨的利益，为侨眷带来了重重灾难。

---

① 黄卓才：《鸿雁飞越加勒比——古巴华侨家书纪事》，广州：暨南大学出版社 2011 年版，第 99 页。

56. 天生一日念家人

1964年4月20日古巴寄台山信

【原文】

金爱吾女儿、焕麟吾侄孙知之：

　　启者，昨接你三月廿九日付来一函，至四月十二日曾经收到，概经明白了。但我与维亮于四月十一日侨汇古币壹（一）百元，料至五月中旬放（方）能到达。如若收到驳人民币若干，你二人每（人）着一半，以应家用，即速回音。况且我早日汇款信内夹有中华（总）会馆①侨汇处格式纸列明细则，你即签你长姑与你二人名字，往人民公社呈报，证实在乡有胞妹某名及嫡侄某名二人，祈公社办事员盖章或签名寄来转传中华（总）会馆侨汇处，放（方）能合手续随时侨汇周到。怎解②，只因维亮前注中华（总）会馆册

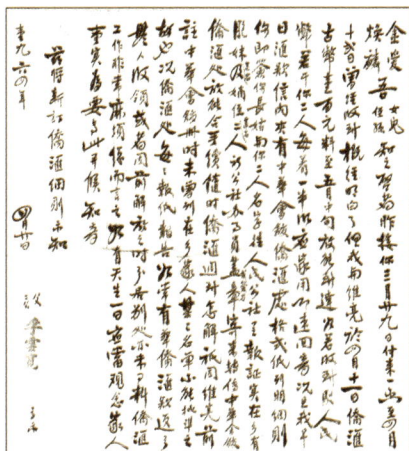

原信尺寸：**227mm × 227mm**

原封尺寸：**165mm × 93mm**

1964年4月20日古巴寄台山航空封。

---

①　中华（总）会馆：古巴华侨社团最高机构。古巴政府每年给华侨拨出少量外汇额度，因无法满足华侨侨汇需要，于是转移矛盾，让中华总会馆受理侨汇登记等事宜。

②　怎解：怎么说，为什么。

时未曾列在乡家人某某名单，不能批准之故也。况侨汇处每每报纸报告，如常有华侨汇款返乡无人收领，或者因前解放之时分居别处，亦未可料侨汇工作，非常麻烦。总而言之，如有天生一日，应当观念家人，事实为要。专此，并候知音。

兹将新订侨汇细则示知。

父、二公李云宽字示
一九六四年四月廿日

【家书解读】

时间相隔不到 10 日，二白公又寄信回乡了，只因古巴禁汇政策实施严厉，上次寄信时夹寄中华总会馆侨汇处相关的表格，当时没有说清楚，所以在此信中补充说明。

1964 年，二公失散 21 年的小妹妹金足终于找到了，按照侨汇细则规定，如果以二公的妹妹金足的名字登记，每年可汇款 100 比索；如果以二公侄子焕麟名字登记，每年可以汇款 50 比索。要取得更多的侨汇额，必须要将家乡所有的亲人名字在表格上登记清楚，并且签名，盖上人民公社公章后寄去古巴中华总会馆登记才有可能。往年白公、阿爷在世时，均以云宏、礽润的名字登记汇款，但前一年底出现重大的变故，两位亲人相继离去，以致中华总会馆底册无登记，因此必须现在补办相关的手续。

这里再说明一下，收信人金爱是云宏二弟云宽的女儿。抗日战争时期，云宽的妻子、儿子都死于战祸，两个女儿失散，后来经祖父多方寻找，终于找到了大女儿金爱的下落。在台山沦陷期间，金爱走难离开家乡，后来嫁到

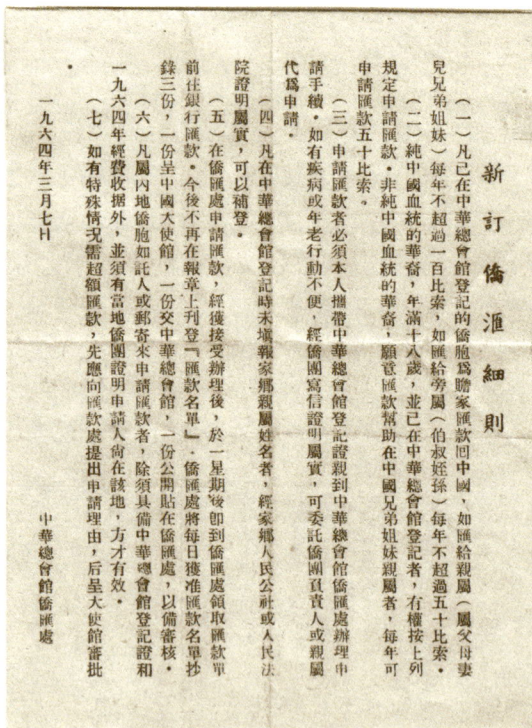

原件尺寸：155mm×213mm

1964 年 3 月中华总会馆侨汇处印制的《新订侨汇细则》。

四九松朗乡永安村落户。二白公经历破家荡产之痛后，更加疼爱这个女儿，每年都有侨汇寄给金爱。这年头，二公、二白公同居一处，因此很多时候写信都是联名写的。目睹家庭的变故，二公、二白公他们更加珍惜现在，虽然古巴境况不佳，也要想尽办法寄些钱回乡照顾亲人，因此，二白公说，只要还有一天活在这个世界上，都应当想念照顾家乡的亲人。

　　家，是华侨的根，只有家在，海外华侨才能找到心灵的依托。为了家，一代代的台山人背井离乡、远渡重洋去海外谋生，一分一分地将积攒下来的血汗钱寄回家，为家庭的兴旺发达而奋斗终生。"如有天生一日，应当观念家人。"这是一百多年来台山侨汇源源不断的动力源泉。

7. 中华总会馆理侨汇

1964 年 7 月 6 日古巴寄台山信

【原文】

焕麟贤侄知悉：

　　启者，昨六月十八日接你与金爱来函，经报告收到汇来古币壹（一）百元驳人民币 244.95 元妥收，即与金爱姑分派每（人）着 122.47 元，以应各家庭之需。当日汇款之时，只因我前注中华（总）会馆册失觉列家属某某名不能批准。我即与云宽二叔商量，将佢前在中华（总）会馆注册填有金爱女名字叔佢二人共同汇款壹（一）百元，是可知也。今将你在公社填写有你长姑金足名字（姊妹准壹（一）百）及你名字（嫡侄准五十元）寄来，我即日呈报，允许并汇古币壹（一）百元，到祈查收，以应清还债项，是为知要。从速回音，专此示嘱。

　　再说，凡属汇款用一个名字收艮（银）每年一次。

叔维亮字付

一九六四年七月六日

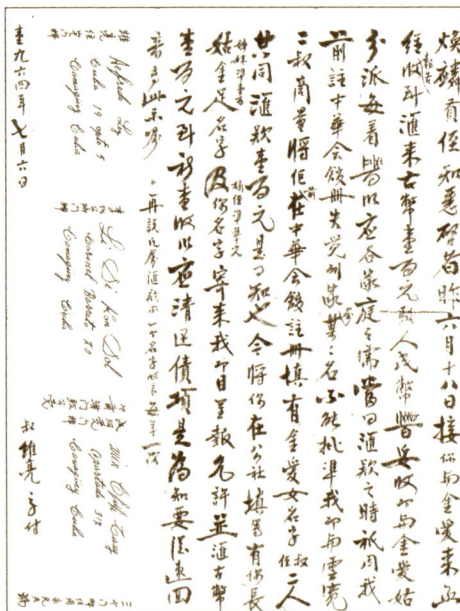

原信尺寸：215mm × 282mm

这是古巴甘玛伟埠李维亮 1964 年 7 月 6 日寄给台山李焕麟的信。此信由李云宽代笔。

原封尺寸：163mm×91mm

　　这是 1964 年 7 月 6 日古巴甘玛伟埠寄航空封①—7 月 7 日哈瓦那—7 月 21 日台山—7 月 22 日温边村李焕麟收，邮路全程 16 日。

【家书解读】

　　这封信是维亮二公寄给我父亲的家书，随信寄来古币 100 比索，作为给父亲还清债务之用。

　　上一年我家历尽劫难，这一年终于迎来喜讯——李家添丁了！全家人喜出望外，长期愁眉苦脸的阿人终于眉开眼笑，兴奋地从村尾到村头奔走相告。四亲六戚纷纷前来祝贺，送上礼金或婴儿用品。父母亲激动得热泪盈眶……这是因为，在台山这个以农业为主的侨乡社会，没有男丁的家庭在乡村是受人欺负的。结婚 14 年后终于诞下男丁，他们如释重负。最近，我找到了一幅 20 世纪 60 年代初期父亲绘制的《妈妈背弟弟，母鸡背小鸡》宣传画，从画中温馨的场面，可见当时父母亲求子心切。

　　自从曾祖父去世后，二公接过寄银养家的重任。但时势变迁，有钱想寄也不容易，每寄一笔侨汇，常常要费尽周折，要想尽一切办法才能把侨汇寄回家乡。此前二公在中华总会馆登记时没有登记家乡亲人的名字，导致不能寄汇。为解家人的燃眉之急，他与二白公商量，借用金爱的名额

1960 年李振华绘制宣传画《妈妈背弟弟，母鸡背小鸡》。

---

　　① 三个门牌任用永无失漏。民治党门牌，即前洪门致公党：Min Chih Cang，Opartado 317，Camagüey Cuba。李氏公所门牌：Li Si Kon Sol，Caranel Baveto 20，Camagücy Cuba。维亮住宅门牌：Aefredo Ley，Cuba 19 opto 5，Camagüey Cuba。

汇了 50 比索给父亲作为家庭支出的费用。当时兑换成人民币 122.47 元。现在看来，一百多元算不了什么，但在 20 世纪 60 年代初期，相当于父亲四个多月的工资了。在家庭增添了新成员，急需用钱的时候，这笔钱如雪中送炭一般，对于我们的家庭非常顶用。这次又汇来 100 比索，为我们家庭注入一股无穷的动力，人人笑逐颜开，高高兴兴地去办喜事。于是在村中逐家逐户送满月酸、红鸡蛋等，好不热闹。

这封信也说明古巴禁汇政策执行非常严格。旅古华侨如果不在中华总会馆如实登记亲属的名单，是不能寄汇的，且每个华侨名额，每年只准汇款一次。寄信时间是 1964 年 7 月 6 日，此前一天晚上，我来到了这个世界，开始了漫长的人生之旅。这也许是二公特别为我的到来制作的特殊礼物，使我在冥冥之中已经和华侨银信结下了不解之缘，并在此后数十年里与这些祖辈家书走南闯北。当年祖辈为了养家糊口不断地寄银信回家乡，为家庭的兴旺发达作出了巨大的贡献。时至今日，这些华侨书信登上大雅之堂，展示侨乡文化的精髓，成为五邑侨乡的文化之魂，这是我的先辈怎么也想不到的。

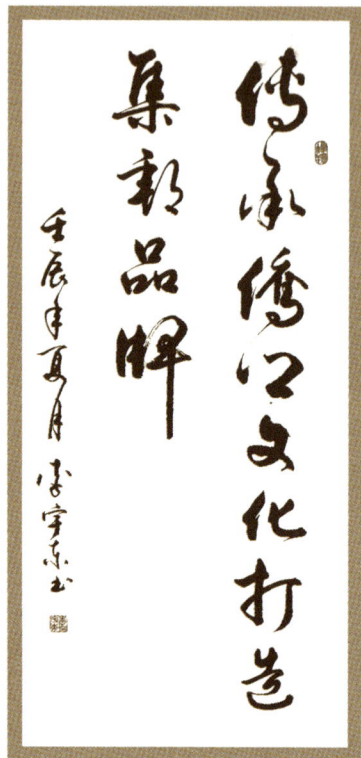

2012 年编著者的《广东五邑侨批（1900—1949）》邮集夺 "2012 呼和浩特第 15 届全国集邮展览" 镀金奖。为此，儿子李宇东以书法作品《传承侨乡文化，打造集邮品牌》表示祝贺。

58. 大同时刻无自由①

1964 年 10 月 8 日古巴寄台山信

【原文】

焕麟贤侄知之：

　　启者，昨接你由九月十三日寄来之信，收到侨汇古币壹（一）百元。怎解能汇壹（一）百元？洒（乃）侨汇证明册有你长姑金足名字方能汇壹（一）百，如若依侄你名字不能超过 50 元。你要明白侨汇规章，属内父母、妻子女、兄弟、姊妹亦系提一个名字准汇壹（一）百，伯叔侄孙亦系提一个名字准汇五十元。况且侨汇处半点不错，至今侨汇处总结未能汇足壹（一）百萬（万）元②，所有余款是以从报章上布告 1964 年前经侨汇一次者，每名有

原信尺寸：227mm × 227mm

原封尺寸：163mm × 92mm

此信写于 1964 年 10 月 8 日，10 月 12 日古巴甘玛伟埠寄航空信—10 月 26 日台山—10 月 29 日交温边村李焕麟，邮路全程 18 日。此信由李云宽执笔。

---

① 大同时刻：指古巴社会主义制度下的计划经济时期。
② 壹（一）百萬（万）元：指全古巴华侨每年侨汇总额为 100 万比索。

权再汇卅元。我与云宽二叔提名，每汇卅元共汇古币陆拾（六十）元，寄交金爱、全足、焕麟三人，每（人）着古币廿元。千祈依字迹照交各人。如若得收驳人民币若干，预先通知来你家中共叙，须要各人来音知之。我叔侄寄留古巴康健，切勿过挂。况今大同时刻，或工或商全无自由。对于粮食非常险恶。总之，见日讲日是为事实。专此并候。

财安

云宽、维亮字示
1964 年十月八日

【家书解读】

时间刚过 3 个月，二公、二白公又寄钱回乡了，这是 1964 年的第三笔侨汇。按照侨汇细则规定，每人每年只准汇款一次。但自古巴禁汇以来，每年给中国的侨汇配额为 100 万比索。古巴实行社会主义计划经济模式，群众打工或经商受尽限制。由于经济政策不当，加上美国的经济封锁，国内各种物质缺乏，只好实行各种生活用品凭证供应制度。大米是古巴人民的主要粮食之一，但是本国的稻米产量远远不能满足需要，大部分依赖进口。古巴革命后，政府采取许多措施发展稻米生产，扩大种植面积，提高产量，增强稻米的自给能力。1961 年水稻的种植面积比 1958 年扩大了近 50%，产量增加了40%。但是，卡斯特罗在 1964 年根据所谓"耕种合理化"的政策，大力削减粮食和油料作物的种植面积，其中水稻面积削减到只及革命前的 1/4①。由于稻米供应紧张，古巴人民的大米定量自 1963 年起不断减少。1964 年，甘玛伟埠限制每人每月领取稻米六磅，生油一磅，蔬菜、薯、芋少许。② 每人每月只有六磅米，实在少得可怜，二公曾讲"对于粮食非常险恶"，可以客观地反映当时古巴粮食供应非常紧张。那些年，古巴经济环境不断恶化，华人赖以生存和发展的饮食服务业、杂货店等行业难以维持，老侨逐渐老迈，新移民几乎断绝。在这种经济环境下，有能力寄钱的古巴华侨越来越少，因此，当年全古巴华侨 100 万比索的侨汇配额无法用完，余下的配额按照中华总会馆登记已经汇款的名单每人准再汇 30 比索。二公、二白公每人准汇 30 比索，共汇古币 60 比索，叮嘱分别交给金爱、金足和焕麟每人 20 比索，并预先通知各人来到祖屋相聚，分派侨汇。

旅外华侨身处非常险恶的环境，"见日讲日"地过日子。尽管如此，他们

---

① 毛相麟：《古巴的稻米生产》，《拉丁美洲研究》1980 年第 1 期。
② 请查阅本书第 54 封书信。

心中却想着如何让家乡的亲人过得更好，不断地想办法多寄钱回乡，为家庭付出自己的一切。涓涓细流，汇集成河，五邑银信，桑梓之心，长流不息，一往情深。

李振华（前二排右三）与四九车朗小学毕业班同学合照（1964 年 7 月）。

59. 阴阳相隔无会期

1964 年 11 月 14 日阳江寄古巴信

【原文】

亲爱的父亲①、哥哥②：

你们好！我好久都未有和你通过一信，我和你们已经分离开了已（几）十年时间，我是未有看到父亲和哥哥你们的面。一个是在我"三三"时（事）变③时，我就在家和母亲离开了，来到了阳江地方。那时后（候）我年已（纪）又小，不知道父亲（住）的地方在那（哪）里，所以我无法和你们来通信。现在，我的三姆把你们的地点说给我知道，所以我现在才知道你们的通信地方。我在早上十多年时间，曾经到过妈妈家里，那

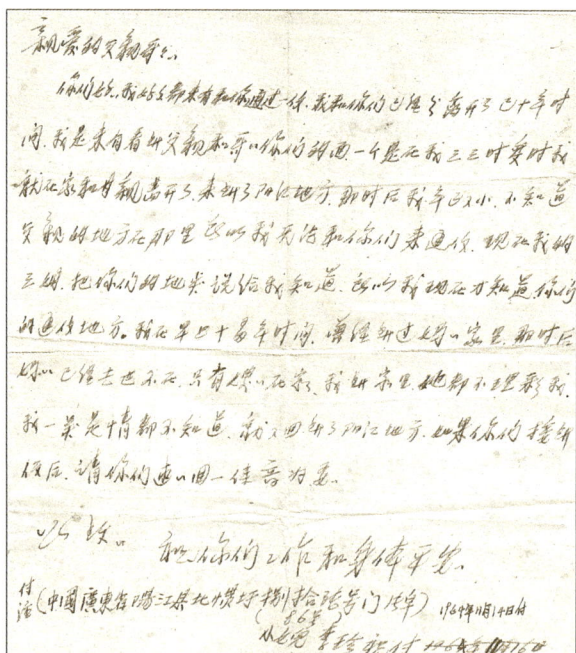

原信尺寸：197mm×225mm

此信写于 1963 年 6 月 16 日，1964 年 11 月 14 日由阳江李珍祝寄古巴李维亮，后由古巴李维亮转寄回台山。

---

① 父亲：指李云宏，这时他已经不在人世了，但其女儿李珍祝因失散多年仍不知道。等到她打听到父亲的地址时，已是阴阳相隔，相会无期。

② 哥哥：指李维亮。

③ "三三"时（事）变：1941 年 3 月 3 日，日寇首次入侵台山，台城沦陷。

时后（候）妈妈已经去世不在，只有嫂嫂在家。我到家里，她都不理彩（睬）我。我一点是（事）情都不知道，就又回了阳江地方。如果你们接到信后，请你们速速回一佳音为要。

　　此致

　　祝你们工作（顺利）和身体平安

　　付（附）注：（中国广东省阳江县北惯圩八十六号门牌）

小女儿李珍祝①付

1964 年 11 月 14 日（1963 年 6 月 16 日）

【家书解读】

　　这是 1964 年 11 月 14 日阳江李珍祝寄给古巴的父亲、哥哥的信。写信时间是 1963 年 6 月 16 日，但直到一年半后才寄出。几经周折，后来才转到二公的手上，后来二公又寄到我父亲的手上。写信人李珍祝，原名李金足，是我的祖姑母，台山话称为"长姑婆"。上文已有记述，1941 年 3 月 3 日，日军入侵台山，台城第一次沦陷。为逃避战乱，当天傍晚全家人摸黑离家逃到山区去避难，走难途中金足失散，全家人到处寻找也找不到。台山光复后，有同村中人告知，金足当天在逃难途中跟不上家人而走失，后来跟随一些年长的同村人一起走难。当时台山流传着阳江地区"每日有两餐粥一餐饭吃"，于是她就跟随村民德华的母亲流落阳江，此后与家人失去联系。抗日战争胜利后，曾祖父从古巴的侨刊中得知金足去了阳江，当时以为是祖父卖她去的，极其气愤。经过多方追查，才知道是长姑婆自愿跟别人逃荒去阳江，从而解除了误会。此后长姑婆没有明确的住址，家人无法与她联系。新中国成立初期，长姑婆曾回过故乡，但祖父、父亲等人不在家。祖母认为她去了阳江肯定是个"不大干净"的人，所以对她较为冷淡，她又返回阳江。

　　上一年，长姑婆委托她的三姆通过中国驻古巴多家机构查找曾祖父的下落，经过几番周折，终于在古巴中华会馆找到了曾祖父的联系地址。当年中华会馆转来的信这样写："现我有一个同事也是从台山落下阳江的北惯墟，这人叫李珍竹（祝），李珍竹（祝）的爸李云宏和哥哥叫李维良（亮），听说也是在古巴做工，但至今下落不明，请你查一查李云宏和李维良（亮）这二人的下落吧！"长姑婆失散 23 年后，终于找到了白公和二公的下落，心里非常

---

① 李珍祝：原名李金足，是李云宏的小女儿，去阳江后改名。

191

激动，即写这封信寄去古巴，告知她失散二十多年的情形，同时向父亲和哥哥问好。然而，天意弄人，苦命的长姑婆自一岁时见过她的父亲后，再也无缘再见了。当年曾祖父为她取名金足，意为"金银就手，富足凯旋"。事与愿违，曾祖父已于一年前抱恨客死异乡，阴阳相隔，亲生女儿的呼唤，他永远也听不见了。二公读着妹妹的来信，已经肝肠寸断、满目凄然。

正是：天苍苍，地茫茫，女儿寻父泪汪汪；家父出洋不复归，阴阳相隔无会期。

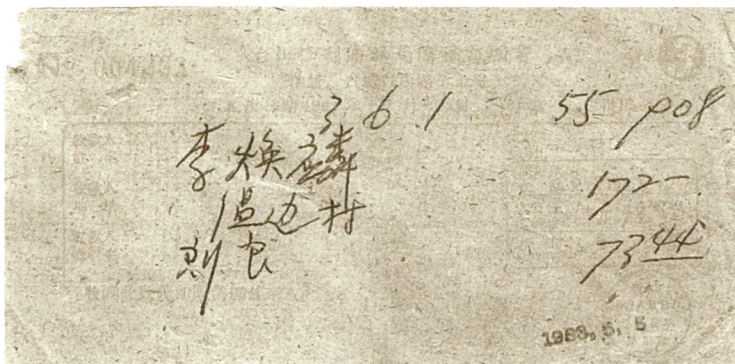

1963 年 6 月台山恒利侨批局侨汇证明书。

60. 力谋进取望图强

1965 年 4 月 15 日古巴寄台山信

【原文】

焕麟贤侄知之：

　　启者，兹于四月十五日经在侨汇处汇古币壹（一）百元，到祈查收。应交您长姑金足着古币五拾（十）元，侄你着古币五拾（十）元。如若收到此款，预先通知您长姑到来您家中，即将驳人民币若干交他（她）带返阳江，以应家庭之用。我旧岁也曾接您长姑金足从阳江县北惯圩八十六号门牌住宅寄来之信，报告家庭非常和好，组（都）系时世变迁。凡为人类各执一艺，力谋进取，希望发展图强，知之也。我叔侄寄留海国，每获康健，勿容过虑。

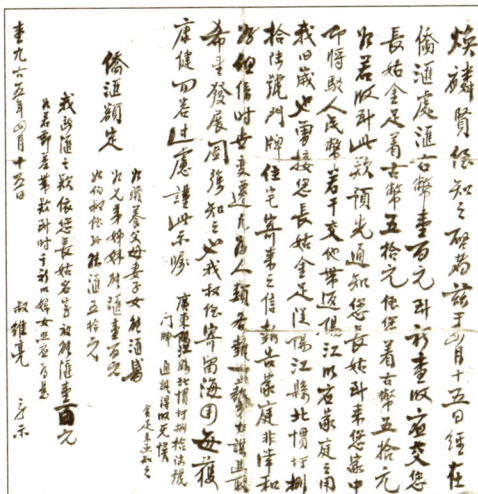

原信尺寸：**210mm×214mm**

原封尺寸：**163mm×92mm**

　　这封是古巴甘玛伟埠李维亮 1965 年 4 月 15 日寄—4 月 27 日交台山李焕麟，邮路全程 13 日。此信由李云宽代笔。

谨此示嘱。

广东阳江县北惯圩八十六号门牌，通讯（信）得收无误，金足来函知之。

侨汇额定：如赡养父母妻子女能汇一百二十元，如兄弟姊妹能汇壹（一）百元，如伯叔侄孙能汇五拾（十）元。

我所汇之款，依您长姑名字放（方）能汇壹（一）百元，如若邮差带款到时千祈以妇女照应为是。

叔维亮字示
一九六五年四月十五日

【家书解读】

时间来到 1965 年 4 月中旬，二公按照这年的侨汇配额汇款回家。这年的侨汇政策与上一年有少许不同，"赡养父母妻子女能汇一百二十元"，比上年增加了 20 元，其他关系的亲人侨汇额不变。二公这次用金足的名额汇款 100 比索，兑换成人民币为 244.95 元，长姑婆和我父亲各占一半，作为家庭生活费用。古巴实行禁汇后，执行政策越来越严厉，为防止华侨造假，古巴要求中国的收汇人必须核对身份，本人签收。因此，二公信中叮嘱父亲要预先通知长姑婆回老家，等收到侨汇后让她带回阳江去。如果邮差上门派送侨汇，一定要让家中妇女去照应收汇，否则会露出破绽，引起麻烦。

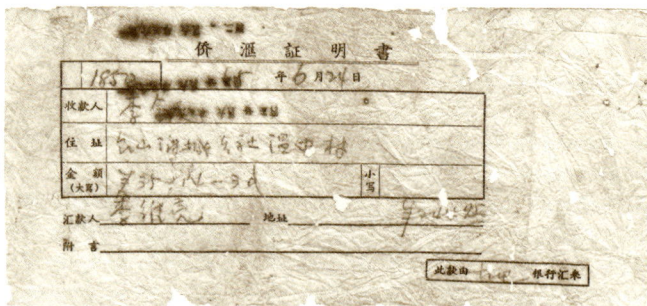

这是 1965 年 6 月 24 日李焕麟收到的古巴侨汇证明书。这笔侨汇李维亮于 4 月 15 日汇出，直到 6 月 24 日才收到，耗时 70 天。因中国与古巴之间侨汇是两国货物互换汇兑侨汇，中古贸易货物又以水路船运为主，故此费时较多。

上一年底，二公收到金足的来信，得知她在阳江的住址，同时知道她在阳江生活得很好，家庭和睦。他由此感叹，以前以为去阳江就是做牛做马或做贱人，岂料时势变迁，新中国成立后，在中国共产党领导下，人民翻身做主，政通人和，国泰民安，百废俱兴，诸业竞荣，人民生活质量逐步提高。二公旅居外洋数十年，祖国的变迁让他感慨万千。二公在信中勉励家乡的亲人，要珍惜现在，要努力学好各种知识，每个人都要掌握一定的专业技能，要"力谋进取，希望发展图强"，齐心协力，共同创造祖国美好的明天。

父亲没有辜负二公的期望。那时，他充分利用业余时间，到台山县教师进修学校接受再教育，丰富自己的知识，掌握更多的教学本领，为更好地培养祖国的接班人增强自身的实力。

1965 年李振华的"台山县教师进修学校结业证书"。

李振华油画作品：《鸳鸯比翼》。

二公希望家乡亲人"力谋进取"、"发展图强"。他旅居海外数十年，接受过中西方文化的洗礼，也目睹祖国从千疮百孔、遭人欺凌到独立自主，逐步走向富强，这是他由变迁而得出的具有深远意义的结论。他希望我们摆脱依赖侨汇过日子的传统观念，要解放思想，锐意创新，发奋图强。

"力谋进取，发展图强"。发展是永恒的主题，富强是最终的目标。祖辈的谆谆教导，我们要永远铭记！

61. 中国援古数额大

1965 年 10 月 25 日古巴寄台山信

【原文】

金爱姊、金足妹、焕麟侄知悉：

启者，前接知音，概经妥收。兹付第二次侨汇古币陆拾（六十）元，迺（乃）我与云宽二叔同寄，交您三人每（人）着古币廿元。到祈查收，驳人民币若干亦要各自回音。况且前五月时第一次侨汇古币壹佰元，金足、焕麟每（人）着伍拾（五十）元，至今日久未见金足自己复音，是必台山与阳江方言不同，乃有阻误之故。我旧岁十二月曾接金足由阳江县北惯圩门牌八十六号寄来之信，内列佢名字李珍祝，

原信尺寸：212mm×280mm

1965 年 10 月 25 日古巴甘玛伟埠寄台山李焕麟信。此信由李云宽代笔。

我今将佢寄来之原信寄返您看，定当明白。务须即速修音，叫佢及通知金爱到您家共同相叙及收款项，放（方）能有长久之希望，并速回音。专此示嘱。

李珍祝即李金足，通讯（信）：广东阳江县北惯圩门牌八十六号李珍祝收无误。

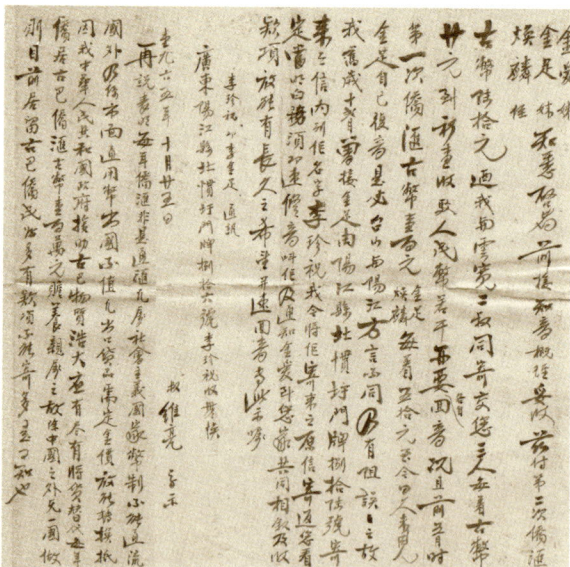

叔维亮字示

一九六五年十月廿五日

196

再说表明，每年侨汇非是通汇。凡属社会主义国家币制不能通流国外，乃系市面通用币，出国不值①，凡出口货品需定金价放（方）能转换。只因我中华人民共和国政府援助古巴物质浩大，应有尽有，将货替代每年侨居古巴侨汇古币壹（一）百萬（万）元赡养亲属之故。除中国之外无一国做则（得），目前居留古巴侨民好多有款项不能寄，多（的）是，可知也。

原封尺寸：160mm×91mm

1965 年 10 月 25 日古巴甘玛伟埠寄航空信，11 月 17 日台山，温边村李焕麟收。邮路全程 23 日。

【家书解读】

时间刚好过去半年，二公这年第二次寄侨汇，这次侨汇额为 60 比索，分别交给金爱、金足、焕麟各 20 比索，作为生活费用。自上次汇款至今，二公一直没有收到长姑婆的回信。长姑婆

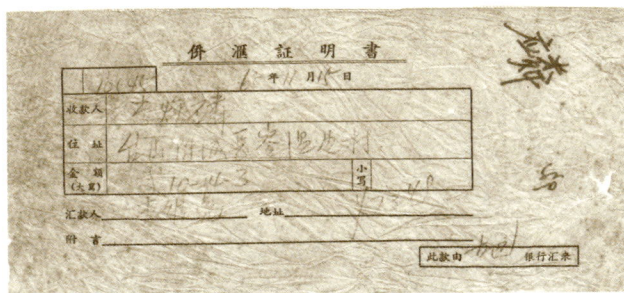

原件尺寸：185mm×86mm

只是在抗日战争前读过几年书，台山沦陷后她就逃荒去阳江，文化水平极低，写信是很不容易的事，二公想必是理解的。这封信附长姑婆上年寄去古巴的家书（即第 59 封家书），二公要求父亲一定要通知金爱、金足姊妹一起回到祖家收汇，防止引起侨汇解送人怀疑。

二公在信内讲及"每年侨汇非是通汇"，这是当时中国、古巴两国货币无法在国际金融市场流通的困境下采取的特殊办法。

---

① 不值：无使用价值，不能流通。

1960 年 9 月中古建交后，两国关系非常友好。1960 年 11 月，中古签订经济技术合作协定，规定中国向古巴提供 6 000 万美元无息贷款。1961 年 9 月古巴总统访华，中国同意购买 100 万吨古巴糖。正如信中所说："中华人民共和国政府援助古巴物质浩大，应有尽有。"古巴政府实施禁汇政策后，包括美国在内的其他国家在古巴的侨民一律禁止汇款出国，唯独允许华侨每年侨汇总额 100 万比索。但这种华侨汇款和以往的华侨银信寄递方式有所不同，因为古巴比索无法在中国兑换，它不是真正意义上的通汇。根据 1964 年 12 月31 日两国签订的《中华人民共和国政府和古巴共和国革命政府贸易协定和支付协定》，规定两国贸易以货物相互交换，将根据双方进出口平衡的原则，在本议定书附表"甲"（古巴共和国出口商品）和附表"乙"（中华人民共和国出口商品）的基础上进行。根据本议定书，相互供应货物的支付，将由中国人民银行委托中国银行和古巴国家银行根据《支付协定》和《关于执行中、古贸易和支付协定的技术细则和记账办法的银行协议》，以及有关换函的规定办理。即中古贸易通过货物先定金价，然后进行等值交易。因此，利用每年100 万比索的华侨汇款，古巴亦对中国进口等值的货物进行结汇交易。这是特定历史时期产生的特殊侨汇结汇方法。

二公将这段历史告诉家乡的亲人，目的是教育家人不要埋怨古巴政府禁汇所造成的侨汇减少，要知道每一分钱的侨汇都来之不易，要珍惜现在，要把眼光放长远一些，要有福同享，有难同当。

台山大江圩金城侨批局旧址

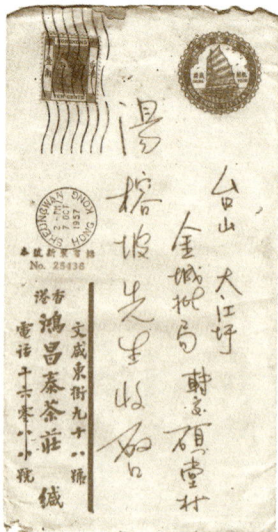

1957 年 10 月 7 日香港寄台山大江圩金城侨批局批封。

62. 实行共产受压制

1966 年 5 月 16 日古巴寄台山信

【原文】

焕麟贤侄知悉：

我今与云宽二公共同在侨汇处汇古币贰佰肆拾（二百四十）元，二公着古币柒拾（七十）元，交金爱姑古币伍拾（五十）元，交焕麟古币贰拾（二十）元；我着古币壹佰柒拾（一百七十）元，交足姑古币伍拾（五十）元，交焕麟您古币壹佰贰拾（一百二十）元，合共贰佰肆拾（二百四十）元。到祈查收，照信内列明分给各人应用。二公交您古币贰拾（二十）元，委托为修理二婆、毓元山坟之用。您来函讲到屋宇破烂，莫能如何主（支）持。况今寄留海国，境遇不良，苦况难堪。只因社会主义国家币

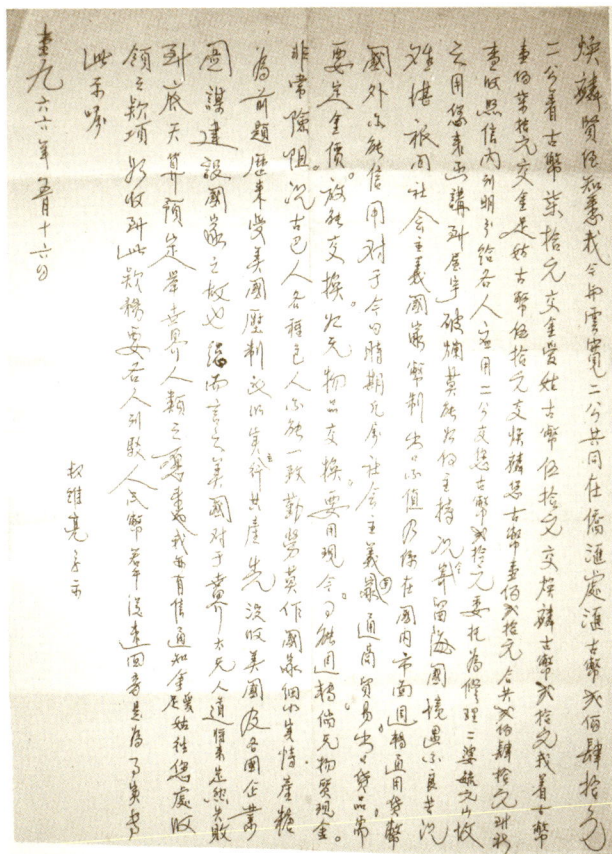

原信尺寸：250mm×350mm

1966 年 5 月 16 日古巴甘玛伟埠李维亮寄航空信。此信由李云宽代笔。

199

制，出口不值，乃系在国内市面周转通用货币，国外不能信用。对于今日时期，凡属社会主义国家通商贸易，出口货品需要定金价，放（方）能交换。如无物品交换，要用现今（金），可能周转。倘无物质现金，非常险阻。况古巴人各种色人，不能一致勤劳。莫作国家细小，实特产糖为前题（提），历来受美国压制，所以实主行共产，先没收美国及各国企业，图谋建设国家之故也。总而言之，美国对于世界太无人道，将来定然失败，到底天算预定，举世界人类之愿望也。我亦有信通知金爱、金足姑往您处收领之款项。如收到此款，务要各人列驳人民币若干，从速回音，是为事实。专此示嘱。

叔维亮字示

一九六六年五月十六日

原封尺寸：160mm×91mm

1966 年 5 月 16 日古巴甘玛伟埠李维亮寄航空信，5 月 17 日哈瓦那—6 月□日台山，温边村李焕麟收。

【家书解读】

1966 年 5 月，二公、二白公这一年第一次寄侨汇，利用金爱、金足两个名额汇款 240 比索，分别交给金爱、金足、焕麟三位家乡亲人。

二公信内提及"屋宇破烂，莫能如何主（支）持。况今寄留海国，境遇不良，苦况难堪"。关于新屋破烂之事，我也了解一些。这一年，我家有七口人，阿人年老有病不能参加公社劳动，大姐读小学，二姐和我处在孩童年代，母亲、三姑秋霞参加生产队劳动，劳动取得工分较少，生活相对艰苦，全家只有靠当小学教师的父亲那微薄的工资收入来维持生活。我家新屋是一间砖木结构的平房，1925 年曾祖父回唐山时建造的，由于采用岭南传统的建筑结构，中间大厅前开有一个约 1.5 米的天井口，用来通风透光，经过沦陷时日寇多次践踏和 40 多年的风吹雨打，天井屋檐桁桷已经朽烂，阶基石①周围漏

① 阶基石：台山民房中间大厅天井口下石阶是用花岗岩砌成的，这些岩石被称为阶基石。

水，随时有倒塌的危险。要修理破烂的房屋，需要数百元，当时这可算是一个天文数字啊。人口多，劳动力少，家庭开支大，入不敷出，所以很难筹款来修理破屋了。因此，父亲写信给二公求银帮助。

但是，二公也有他的苦衷。一是古巴禁汇，禁止一切外侨汇款。只特别允许华侨拥有每年 100 万比索的侨汇总额。就算想寄多些钱也没有渠道。二是古巴革命成功后，颁布了征用美国人在古巴财产的法律，没收了美国和各国企业。

信滙　票滙　電滙

人民幣折港幣換算表　牌價：42.70

人民幣	港幣	人民幣	港幣	人民幣	港幣	人民幣	港幣	人民幣	港幣
10	23.45	210	491.80	410	960.20	610	1,428.60	810	1,896.95
20	46.85	220	515.25	420	983.60	620	1,452.00	820	1,920.40
30	70.25	230	538.65	430	1,007.05	630	1,475.40	830	1,943.80
40	93.70	240	562.05	440	1,030.45	640	1,498.85	840	1,967.25
50	117.10	250	585.50	450	1,053.90	650	1,522.25	850	1,990.65
60	140.55	260	608.90	460	1,077.30	660	1,545.70	860	2,014.05
70	163.95	270	632.35	470	1,100.70	670	1,569.10	870	2,037.50
80	187.35	280	655.75	480	1,124.15	680	1,592.50	880	2,060.90
90	210.80	290	679.15	490	1,147.55	690	1,615.95	890	2,084.30
100	234.20	300	702.60	500	1,170.95	700	1,639.35	900	2,107.75
110	257.60	310	726.00	510	1,194.40	710	1,662.80	910	2,131.15
120	281.05	320	749.45	520	1,217.80	720	1,686.20	920	2,154.60
130	304.45	330	772.85	530	1,241.25	730	1,709.60	930	2,178.00
140	327.85	340	796.25	540	1,264.65	740	1,733.05	940	2,201.40
150	351.30	350	819.70	550	1,288.05	750	1,756.45	950	2,224.85
160	374.70	360	843.10	560	1,311.50	760	1,779.85	960	2,248.25
170	398.15	370	866.50	570	1,334.90	770	1,803.30	970	2,271.70
180	421.55	380	889.95	580	1,358.35	780	1,826.70	980	2,295.10
190	445.00	390	913.35	590	1,381.75	790	1,850.15	990	2,318.50
200	468.40	400	936.80	600	1,405.15	800	1,873.55	1000	2,341.95

各種存款　安全可靠

存摺活期存款　一元開戶　隨時存取
定期存款　存摺隨單　任由選擇
定活兩便存款　存取活期　息加定期
零存整付存款　每月存入　積少成多
支票活期存款　憑支存款　可代收付

1966 年华侨汇款"人民币折港币换算表"

国企业。这些举措，激起了美国政府的仇视和报复，随即对古巴实行政治上压制，经济上长期封锁禁运的措施。1961 年 4 月 17 日，逃亡美国的古巴人在中央情报局的协助下，在古巴西南海岸猪湾发动了一起入侵，后失败。猪湾事件标志着美国反古巴行动的第一个高峰，两国关系因该事件变得极度紧张。1962 年，加勒比海地区发生了震惊世界的古巴导弹危机。这场危机使世界形势非常紧张，差一点引发了核战争。在美国的策划下，1962 年古巴被排除出泛美国家体系；1964 年美国决定禁止向古巴销售药品和食品；同年美洲国家组织通过决议对古巴实行"集体制裁"。古巴是一个以蔗糖出口为主的单一经济体国家，革命成功后，美国取消了古巴蔗糖在其市场的份额，古巴蔗糖出口大幅度下降，失去依靠的古巴经济陷入混乱，对外贸易形势不断恶化，国内粮食和各种日常生活用品紧缺，全国处于极其困难的境地。为应对经济困难，古巴从 1962 年开始实行"供应卡"体制，一切粮食和生活必需品均凭卡供应。二公在甘玛伟埠经营一间小餐馆，受经济困难的影响，加上政府各种苛捐杂税不断增加，处境十分困难。因此，就算家乡房屋破烂，也无法寄更多的钱回来修理。

信中还讲到"二公交您古币贰拾（二十）元，委托为修理二婆、毓元山坟之用"。二婆、毓元是指二白公云宽的妻子和儿子，抗战时期死亡，这一年二白公寄钱回乡修理家乡逝去亲人的坟墓。修坟扫墓，让逝者得到安逸，抚慰生者伤痛的心灵。无论何时何地，华侨的心总是系着故土。

家是海外华侨的根，家乡的祖屋是阳宅，祖辈的坟墓是阴宅，无论是祖屋或祖坟，都是他们心中的牵挂。因此，海外华侨荣归故里，最重要的两件事，一是要看看自己的祖屋，二是要拜祭祖辈的山坟。

63. 平等对待骨血亲

1967 年 4 月 2 日古巴寄台山信

【原文】

焕麟贤侄知悉：

兹于四月二日在侨汇处汇古币 120 元，到时照收以应家用。我亦与云宽二叔将他册部可能侨汇古币 140 元，每汇七拾（十）元共乘（成）140，内应交古币七拾（十）元金爱姑收，应交古币七拾（十）元金足姑收。我曾预先写信通知他（她）两姊妹到来您处，千祈招待荷协（妥帖）。收到此款，切勿当闲，至紧为要。况且我注中华会馆册填写眷属：妹金足、侄焕麟。今年侨汇布告，汇款赡养父母、妻子女许可汇 140 元，寄兄弟、姊妹准许 120 元，寄叔侄、公孙准许陆拾（六十）元。所以我列您长姑名字准许汇 120 元，您千祈使您母亲认金足放（方）能收得。如果列您焕麟名收款，许可陆拾（六十）元。总而言之，凡属我到汇之款，莫论交两个阿姑，乃系骨血之亲，需要慎重周到诚实收款，放（方）能有延长之观念。况且今日世界，办事需要平等待遇。专此示嘱。

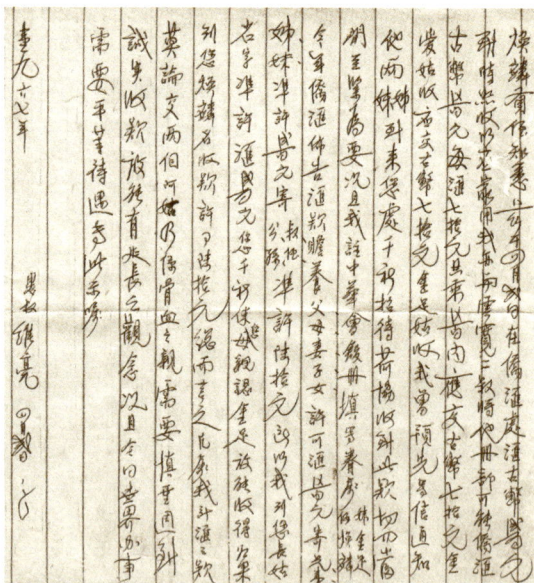

愚叔维亮

一九六七年四月二日

原信尺寸：210mm×231mm

1967 年 4 月 2 日古巴甘玛伟埠李维亮寄航空信。此信由李云宽代笔。

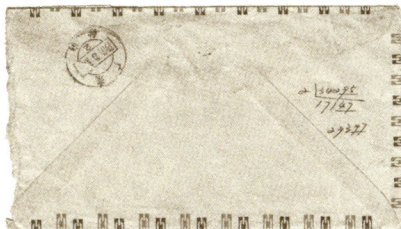

1967 年 4 月 3 日古巴甘玛伟埠寄台山航空信，5 月 10 日寄往台山，温边村李焕麟收。邮路全程 38 天。

【家书解读】

1967 年 4 月初，二公、二白公寄这一年的侨汇。这一年，古巴侨汇细则稍有变化，规定"属于父母、夫妻、子女关系的可汇 140 元；属于兄弟、姊妹、祖孙关系的可汇 120 元；属于伯叔，侄（子、女），兄嫂，弟妇关系的可汇款 80 元"。这样，二公用金爱、金足名字合计汇款 260 比索，分别给我父亲 120 比索、金爱姑婆 70 比索、金足长姑婆 70 比索。

1967 年古巴中华总会馆侨汇处通告

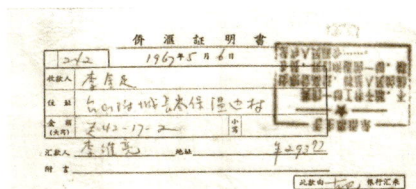

1967 年 5 月 6 日侨汇证明书

二公在信中告诉父亲"曾预先写信通知他（她）两姊妹到来您处，千祈招待荷协（妥帖）"和"千祈使您母亲认金足放（方）能收得"。这里有一段历史原因，台山沦陷时期金足离家出走阳江后，家乡亲人就冷眼对她。二公看在眼里，急在心里，他用西方的"自由、平等、博爱"的理念教育后辈，无论两个姑婆身在何处，她们身上都流着李家的血，是骨血之亲人，都要平等对待，都要恳诚相对，热情招呼，做到有福同享，要将寄来的侨汇如数交给她们，只有这样，才能使我们的家庭内外和睦、兴旺发达。

这封信是二白公云宽最后的笔迹，落款签的是二公的名字，从字里行间，我们可以感受到两代古巴华侨"自由、平等、博爱"的精神以及"开拓、开放"的海外台山人精神风貌。

64. 魂归异邦人财空

1968 年 7 月 1 日古巴寄台山信

【原文】

焕麟贤侄如见：

启者，昨接来信，均皆领悉矣。此信系由一九六八年五月廿六日寄来。前日吾不撑笔回音寄汝，系因时候之过也。前日写信多系汝二公寄信，现在我有时候，写信报告。现在处退休，每月收入艮（银）42.5 元，可以为（维）持火（伙）食。即是老（人）粮，每人每月领米 3 斤（磅），生油 1 斤（磅），牛肉 2 斤

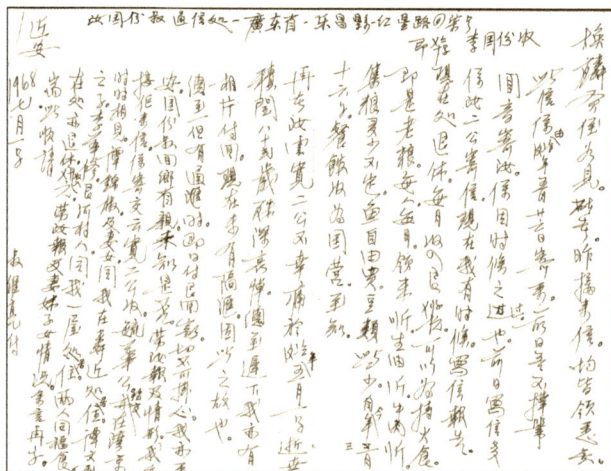

原信尺寸：**278mm×215mm**

1968 年 7 月 1 日古巴寄台山信，是李维亮亲笔信。

（磅），集（杂）粮多少不定，鱼自由买，豆类些少。自今年三月十六号，餐馆收为国营，至知。

再者，汝云宽二公不幸痛于一九六八年五月一号逝世，积闰八十二岁，殊深哀悼。总至（之）迟下我亦有相片付回。现在未有隔汇，因此之故也。总至（之），一但（旦）有通汇时，即日付艮（银）回家，切不可挂心，我亦平安。国份叔回乡省亲，未知是否？劳汝报及情形。我亦接佢来信，系寄交云宽二公收，毓华公转交，亦在湾京时时相见。谭锦椒及妻女同我在邻近处居住。谭文利之子李华修，艮（银）河村人，同我一屋处居住，两人同福

204

食，在处亦退休收入 40 元。劳汝报及妻妹子女情况，余言再字。耑此顺请

近安

叔维亮付

1968 年七月一号

汝国份叔通信处：广东省乐昌县红星路四十七号李国份收。

【家书解读】

    这封信写于 1968 年 7 月 1 日，是二公的亲笔信。此前近 20 年间，二公与二白公同居甘玛伟埠，二公忙于经营自己的小餐馆，家书均由二白公执笔和邮寄，到这年他开始"有时候，写信报告"，这是因为"今年三月十六号，餐馆收为国营"。这件事由古巴革命成功开始，1959 年卡斯特罗上台后，古巴各埠的中国城成为社会主义革命的对象，中国社区规模较大的私人商业和企业在 1960 年就被国有化，大批勤劳致富的中国人不管是富人，还是在这些商业和企业工作的专业人士与熟练工人，一夜之间一无所有，许多人被迫两手空空离开了古巴。到 1968 年，卡斯特罗发起了向共产主义直接过渡的"革命攻势"运动，古巴各埠余下的中国小商小贩和餐馆等一夜之间都被没收。至此，二公苦心经营多年的餐馆被"共产风"刮走了，当年抱着财富之梦离乡背井来亚

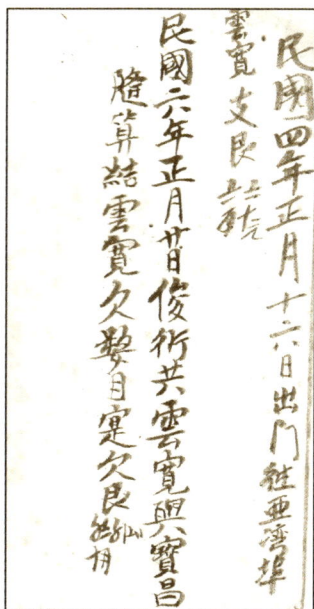

李俊衍的记事簿，记录了李云宽 1915 年去古巴的准确日期。

湾，到此梦幻破灭。二公此时年六十有五，进入退休年龄，每月只领 42.5 比索的退休金，这点微薄的收入，仅够维持一日两餐。由于粮食等生活物质缺乏，那一年到了最严重的地步，大米供应由 1964 年每人每月六磅减至三磅，牛肉每月三磅减至两磅，生油一磅，还有杂粮、豆类少许，唯一例外的是鱼类可以自由买。看着这点少得可怜的粮食，可以知道二公当时是勒紧裤带过日子的，古巴老华侨生活之艰苦，由此可见一斑。

    古巴"革命攻势"的噩梦未完，又传来了噩耗："云宽二公不幸痛于一九六八年五月一号逝世，积闰八十二岁，殊深哀悼。"二白公云宽在 1915 年 2 月 29 日（民国四年正月十六日）出门去古巴，当年高祖父借了 770 元给他作为去亚湾埠的费用，后来转到舍咕埠做车衣工人，最后旅居甘玛伟埠，历时

205

53 年，经历抗战时期倾家荡产之痛，最后魂归异邦，长眠海国。收到此信，全家人痛哭了一场。呜呼哀哉！曾祖父三兄弟先后移民古巴，最后无一人能实现落叶归根的夙愿，令人唏嘘，让我涕零。

二公在古巴境遇难堪，然而，我们一家身在中国，同样也遇到了困境。1968 年，文化大革命在台山进行。1 月 1 日，"东风"与"红旗"两派在台城山塘发生武斗后，又于 1 月 5 日至 7 日在西园展开规模较大的武斗，除了台城各机关、学校、厂矿、居民参加外，双方还调动几个公社的民兵共一万多人，使国家在政治、经济方面造成很大的损失。[①]

文化大革命初期，父亲在四九上南村小学教学。他经常参加公社的宣传队，很少有时间回家。

二公的信中问父亲"报及妻妹子女情况"，我在这里作些说明。1967 年 11 月，我又添了一个小妹妹，名叫菁慈，三姑母随后出嫁了。1968 年，我家七口人，两个姐姐、妹妹和我都处在孩童时代，父亲只有周末回家过一天半天，这就苦了我的母亲。母亲在家既要照顾孩子又要参加生产队劳动，家里的一切由阿人做主。由于家庭人口多，劳动力少，收入微薄，一家人的生活相当艰苦。阿人是一个性格犀利、封建思想严重的人，对我母亲的要求非常严格。母亲从小就养成了贤良淑德的性格，人长得较细小，力气不大，劳动不够快，经常受到阿人的责骂。家里的经济收入全部掌握在阿人的手中，她经常背着我这个宝贝男孙穿村过巷去玩，有时去大亨圩买东西给我吃，有时带我到松柏村的铺子买东西吃，我在阿人的呵护下度过了一个幸福的童年。母亲却处在婆婆的严管之下，就算坐月子也没有猪肉、酸猪脚等营养较高的食品吃，身体越来越弱，哺乳期奶水不够，参加劳动又不够力气，常常受到阿人的冷眼旁观或指责。母亲在世时，常常教我唱一首台山民谣："好女不嫁教书郎，七天六夜守空房；偶尔一夕郎君归，灯下批改作业忙。有女莫嫁教书郎，半年六月守空房；指望假期鹊桥会，谁料集中学习忙。"

事实也如这首民谣一样，我们一家七口只依靠父亲当小学教师的收入维持生活，实在艰难。如果没有二公每年寄来的侨汇资助家庭，生活那就不堪设想了。

---

① 黄剑云：《简明台山通史》，北京：中国县镇年鉴社 1999 年版，第 290 页。

65. 邮政寄银凭信收

1968 年 8 月 17 日古巴寄台山信

【原文】

焕麟贤侄知悉：

　　兹于八月八号，在侨汇处汇回古巴艮（银）一百贰拾（二十）元，系用金足姑名字寄回此一百贰拾（二十）元，系汝二人签名照收，但系（是）每人应收六十元古巴艮（银）。此汇赤纸寄交广东台山附城长岭保（堡）温边村李金足收，此款系交汝金足、焕麟二人收。汝收到此信，从速带此信往邮政局领取。一单汇款，不能用两人名字收，可也。总至（之），迟下设若有何法子，再付多少回汝收。我在外平安，不可挂心。嵩此，顺请。有相片三只在内。

　　金安

叔维亮付

一九六八年八月十七号

注明：李焕麟个人亦可收 120 元，内分二人。

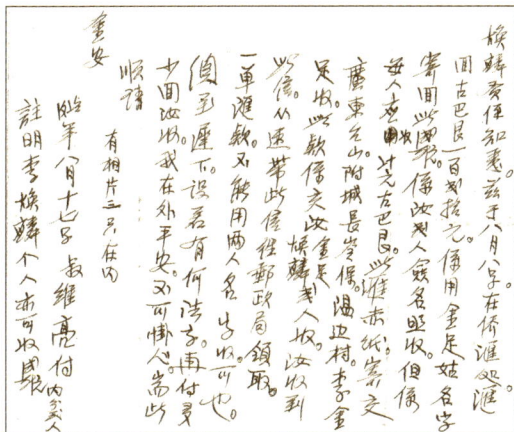

原信尺寸：**229mm × 201mm**

这是 1968 年 8 月 17 日古巴李维亮寄台山李焕麟信。

1968 年 8 月 17 日古巴甘玛伟埠寄台山航空信—9 月 28 日台山—10 月 1 日温边村李焕麟收。邮路全程 45 天。

【家书解读】

1968 年 8 月，二公寄了这一年的侨汇，共 120 比索，折算人民币为 293.9元，长姑婆与父亲各得一半。这一年侨汇政策和上一年一样，但自上年二白公去世后，我们家族又少了

原件尺寸：185mm×86mm

1968 年 9 月 23 日侨汇证明书

一个汇款的名额，想要多汇款回家的渠道越来越少。这一年初古巴发起向共产主义直接过渡的"革命攻势"。运动"革"掉了二公的餐馆以后，他开始有一种预感——终有一日，古巴会将他所有的财产收归国有。"迟下设若有何法子，再付多少回汝收"，这句话是他发自内心的，为汇款额越来越少而焦急，不断地想办法，看看如何能打破这个困局。

信中提到的汇款赤纸，并非真正意义的赤纸，应该是一种汇款的票据，这与民国时期的通天赤完全不同。自古巴革命以后，以美国为首的欧美国家对古巴实行封锁，古巴比索不能在国际金融市场流通，也取消了紧盯美元的机制，改为紧盯英镑。这个时期，古巴侨汇一般采用信汇或票汇的方式进行驳汇，汇款由古巴国家银行将比索折算为英镑后汇到中国银行，再由中国银行转至中国人民银行各地方支行，然后由地方支行折算成人民币后送至侨眷的手上，而家书则通过古巴邮政局寄至侨眷的手上，汇款与书信由不同的渠道进行传递。因此，古巴侨汇银钱与书信不同步。如果采用信汇汇款，收银人要凭信收汇；如果采用票汇汇款，由银行发通知给收银人去银行收取外汇。无论如何，一笔汇款不能写两个收银人。

66. 借人姓名寄侨汇

1968 年 10 月 18 日古巴寄台山信

【原文】

焕麟贤侄如见：

　　启者，兹昨十月十七日付上古巴艮（银）捌拾（八十）元，祈查照收。由松柏村李祊灿兄处搭付交其子联祥处，内转交汝收。得收此款，内转交伍拾（五十）元国份叔收，余卅十元汝收并是。另付相片三只转交国份叔收。早数月，我亦有信寄上国份叔，未知佢得收否？劳佢即日回音，免至两误。佢通信处：广东乐昌县红星路四十七号门牌。另付童子相片一只，我不知谁人，劳汝认明其名字报告我，将此童子相片再寄反（返）回我处一看。我在外平安，不可挂念。谨此并请

　　近安

　　　　叔维亮付

　　一九六八年十月十八日

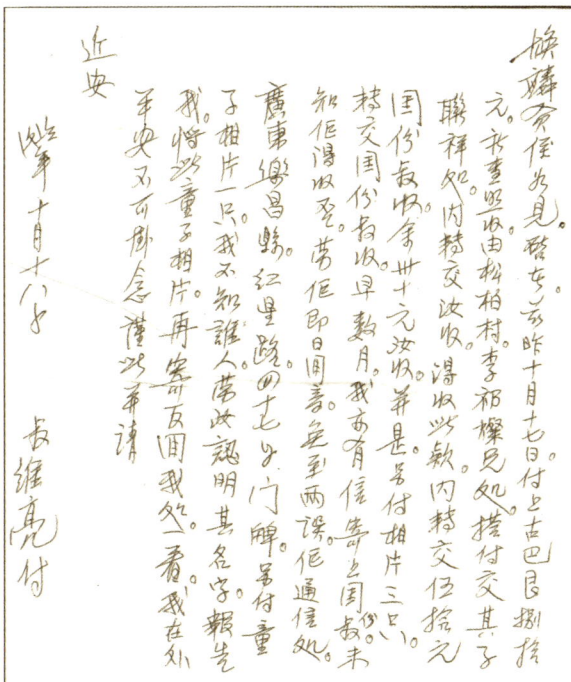

原信尺寸：**170mm × 200mm**

1968 年 10 月 18 日古巴甘玛伟埠李维亮寄台山航空信—11 月 18 日台山温边村李焕麟收。邮路全程 31 天。

原封尺寸：165mm × 91mm

【家书解读】

时间刚好过了两个月，二公又寄来侨汇了。按照当年的侨汇细则，每年每人只能寄一次华侨汇款。二公心中明白，侄子一家七口只靠一人的微薄工资来维持全家的生活是极其艰难的。二公上次寄侨汇时已经讲过，要想办法多寄一些钱回乡支持我们的家庭。经过两个月的努力，他终于找到了汇款的渠道。长岭松柏村李氏族人李礽灿这一年有剩余的侨汇配额，于是借用他的名字汇款回家。这次汇款古巴币 80 比索，其中给国份 50 比索，给我父亲 30 比索。按照

李维亮照片（1956 年）

当年的侨汇政策，李礽灿汇款给儿子联祥的侨汇配额是 140 比索，但我们的家人只能得到 80 比索，何故？当时在古巴华人社会有一条不成文的规定，凡是借人姓名寄侨汇的，侨汇收入由付款人和借出汇款名额人的家乡亲人分成，大约各占五成。二公这次汇款总额应为 140 比索，其中有 60 比索是借礽灿名额寄侨汇的"借汇费"，由李联祥收汇。

国份即云宾的儿子，我称呼为大公。新中国成立初期，国份母亲许秋凤携儿女一起去甘肃兰州工作，后来转回广东省韶关市乐昌县广东有色金属机械修配厂工作，与谢惠娟结婚后在乐昌安家乐业，生有一女一男，大女儿名婵娇，小儿名展光。二公信中提及国份寄给他"童子相片一只"，估计是国份儿女的照片。

借人姓名寄侨汇，是古巴禁汇时期的特殊产物，在五邑侨乡社会普遍存在。虽然以这种方式华侨自己的家人只得到一半的侨汇，但在无其他汇款途径的情况下，这是唯一的选择。禁汇时期，古巴华侨多数进入了老年人的行列，他们早期赚钱购置的物业全部被古巴的"共产风"刮走了，只有依靠政府每月发放 40 比索左右的养老金维持生活，所以生活相当艰苦。即使是配额

汇款，许多华侨也无钱汇回家乡。因此，借出侨汇配额给有能力汇款的同胞，既可以关照自己的亲人，也可以帮助朋友的家人，这是海外华侨团结友爱、互相帮助的集体主义精神的体现。这与孙中山先生所倡导的民族主义精神一脉相承，不仅体现出海外华侨社会本身团结的意义，更重要的是表达出海外华侨"身在四处，心在一处"的那种民族自觉和国家意识。

古巴湾城（哈瓦那）
李陇西总公所印章。

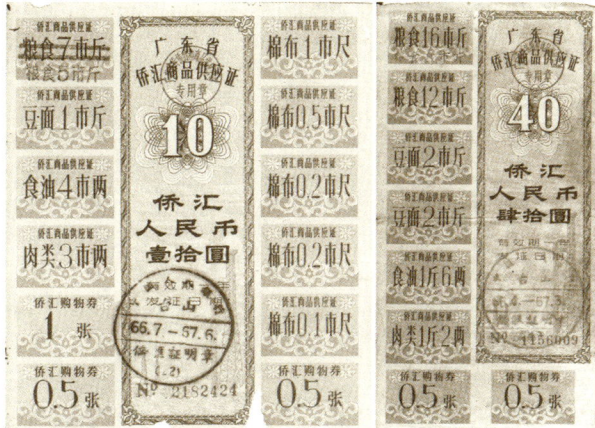

1966 年广东省侨汇商品供应证。

67. 家长里短无奈诉

1968 年 12 月 28 日台山寄古巴
回信

【原文】

叔父①大人尊前：

台山李焕麟寄古巴李维亮的航空信封。

敬启者，你由礽灿叔处付回联祥兄转来古巴银五十元给国份叔，卅元给侄收，均已妥收，勿念。我知叔在近几年来给侄帮助很大，若不是叔父帮助，侄会不知有何的困难痛苦，或者都会有不成人矣。幸吾叔体念侄之困难，谅解侄之穷困相助。

叔你付艮（银）五十元给国份，是你自己的艮（银）吗？你前后两次来款及来信，侄有很大的感觉，也很难向叔言及，但不讲你又不知。若然讲出，叔又有很大的感觉。因此，现将情告叔知。国份夫妻两人有儿子一个，两夫妻做工（油漆），收入每月有一百或八十元，只有养育一个男孩，长婆②同两好③姑照料孩子，又是吃住两好个（的）。国份的女儿已经结婚，不需国份负责，计起来三个人有百元的收入，生活过得是很好。对于国份此人是不老实的，也无兄弟的心肠。我父亲生前时，国份在我父亲处取了艮（银）用了，国份在甘肃兰州市工作，收入都好。而我父亲有病又穷困无处借个钱，走头（投）无路，迫不得以（已）写信叫国份若有艮（银）请寄回来给我父亲医病。国份无良心反而写信回来骂我父亲，追问

---

① 叔父：是李焕麟对李维亮的称呼。此信没有落款，从字迹和内容可以判断，这封信的作者是李焕麟，即编著者的父亲。

② 长婆：指国份的母亲。

③ 两好：指国份的妹妹。

何时借我父亲的艮（银）。后来我父亲指明何时何日，国份自后无信寄给我父亲，艮（银）奕（亦）无还，你话国份是否好兄弟？对于长婆，早在1943年是抗日战争时期，加上饥荒，我家因为饥荒，人口多，难以维持，已经将衣服棉胎棉被都卖去，还无法解决粮食，已经三日无饭吃。国份母亲一个在家，耕田之米有剩，椿白去卖米。我父亲见到我全家三日无饭吃过，到长婆（国份母亲）处喊买二斤米，当时父亲无艮（银）给国份母亲就取米回家来。煮了一斤米，剩下一斤准备明天吃。国份母亲怕我父亲无艮（银）给她，将剩下来一斤米还无煮就拿回去卖。做出此等无人情，何有兄弟亲人可讲？想起此事，何等痛心！所谓亲人总是假矣。你看对我全家好不好？幸得我捱（挨）过饥荒还无饿死。到今天叔你还有侄儿大嫂在家在世，此等见人饥饿无怜惜，即使是乞丐都会施舍个钱或粒米。你今日付给他五十元，有感觉吗？我很难讲出。又讲，金足长姑有四个仔（儿子），大仔有廿一岁，两人身体健康，劳动力都强。而我家有母亲身弱有病，不能做工，经常要钱治病。我有四个孩子，三个女，一个仔，男孩只有四岁，单靠我夫妻二人劳动来维持一家七口的生活。我虽是做小学教员，每月收入只不过四十元左右，除了自己的伙食零用，只可卖（买）些咸餸①回家过餐，单靠我个人收入四十元是不够用。每年取家人口粮，要付出补谷银是很多的。去年全年要补一百四十余元，今年早造五个月粮食除我的妻子劳动的艮（银）扣除外，还要补付谷艮（银）五十五元多。今年晚造七个月口粮还要补更多艮（银），算比（起）来今年又要补比去年还多补一些艮（银）。在此情况下，我是难以解决生活。叔你六十岁还有父亲在，我三十余岁我的父亲就去世了，在家只有我一个人。二公你也知国份全家在乐昌，从来未有分文过我，只有屋交我打理，在家可（找）个人来商量事情也无。想来极为痛心，自己兄弟又是单独自己。我父亲临死之前有病，我向村中信用社借二十元都不给，借十五元奕（亦）不给，诸多转折只借了十元。我父亲死了，尚无一个兄弟婶姆行埋到（走过来）我家来商量过一句话。父亲死骸摆在厅底，我手上无文，无处借到一文，眼看无法殡葬，迫不得以（已）我向公家借了一笔款二百元才把父亲葬好。叔你看此等事情，有谁怜惜？有谁帮助？还是叔你给侄帮助解决。你不要听信各人来信，以为我是好过日子。我因自小曾祖母不明白料理小孩，弄坏了我的身体很弱，很瘦削，重工不能做，加上我有痔疮，近几年来，一年有几次大便时流血，又未有艮（银）接续医好，所以身体日逐差，日逐弱。我也对身体问题顾虑，我无人帮助了，惟有希望叔知侄情，多些帮助，过得日子好一些便是了。我的孩儿②四岁，还有很长的时间才得帮助。我望叔还要长寿永无疆，帮助侄儿共享幸福。请叔父谅知侄儿之苦处。若不是叔你帮助侄，还有谁人帮助侄？每次接到叔你付来之款，总是想到不是容易得来，都是辛辛苦苦得来，未敢放宽手用去，侄

---

① 餸：菜。
② 孩儿：指编著者。

的担愁还未尽述叔知。在家虽是比旧时好，但若无艮（银），耳难闻丑语讥笑难禁，欺负极之矣。只有望叔多些帮助，俾自己在家不受人欺，好过一点。吾等合家各人平安，请勿念。余言后述，谨此。

　　敬请

金安

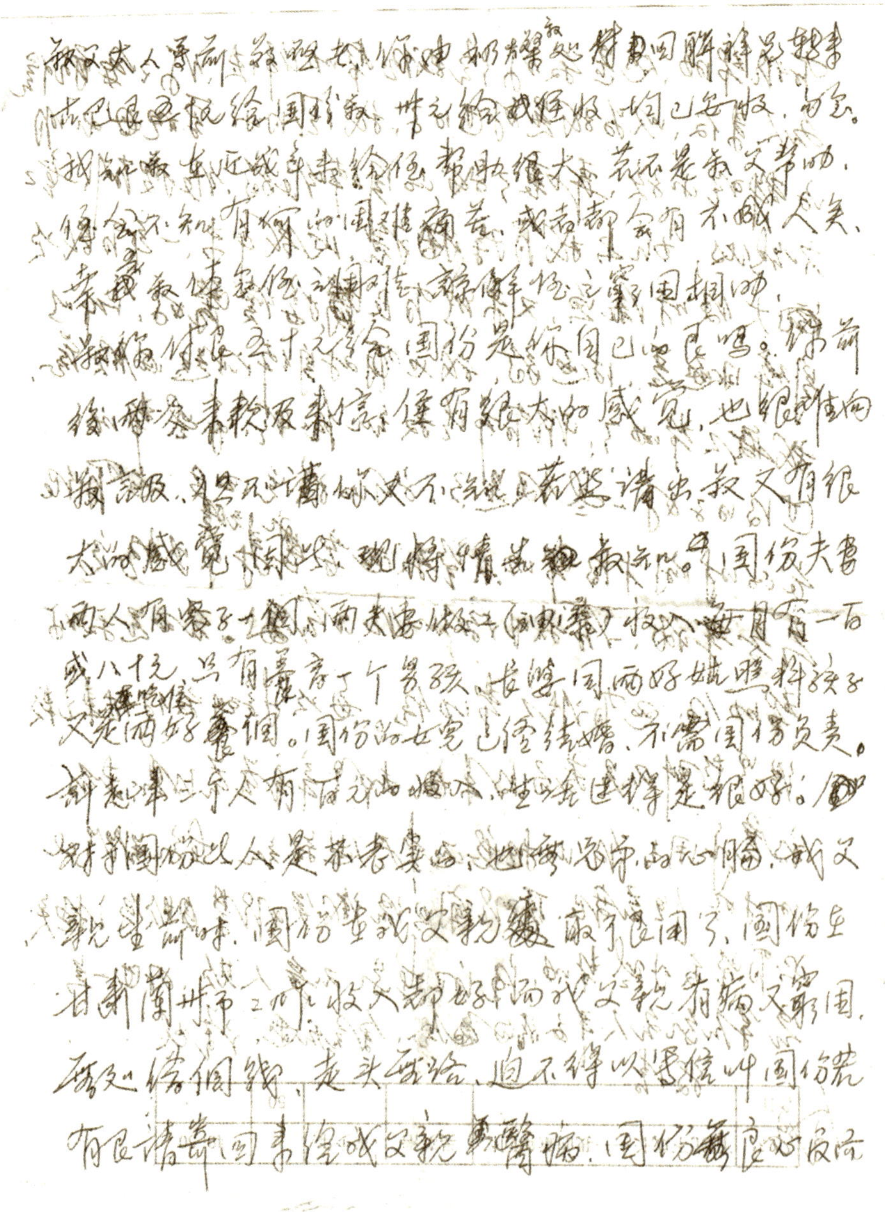

第二页

第三页

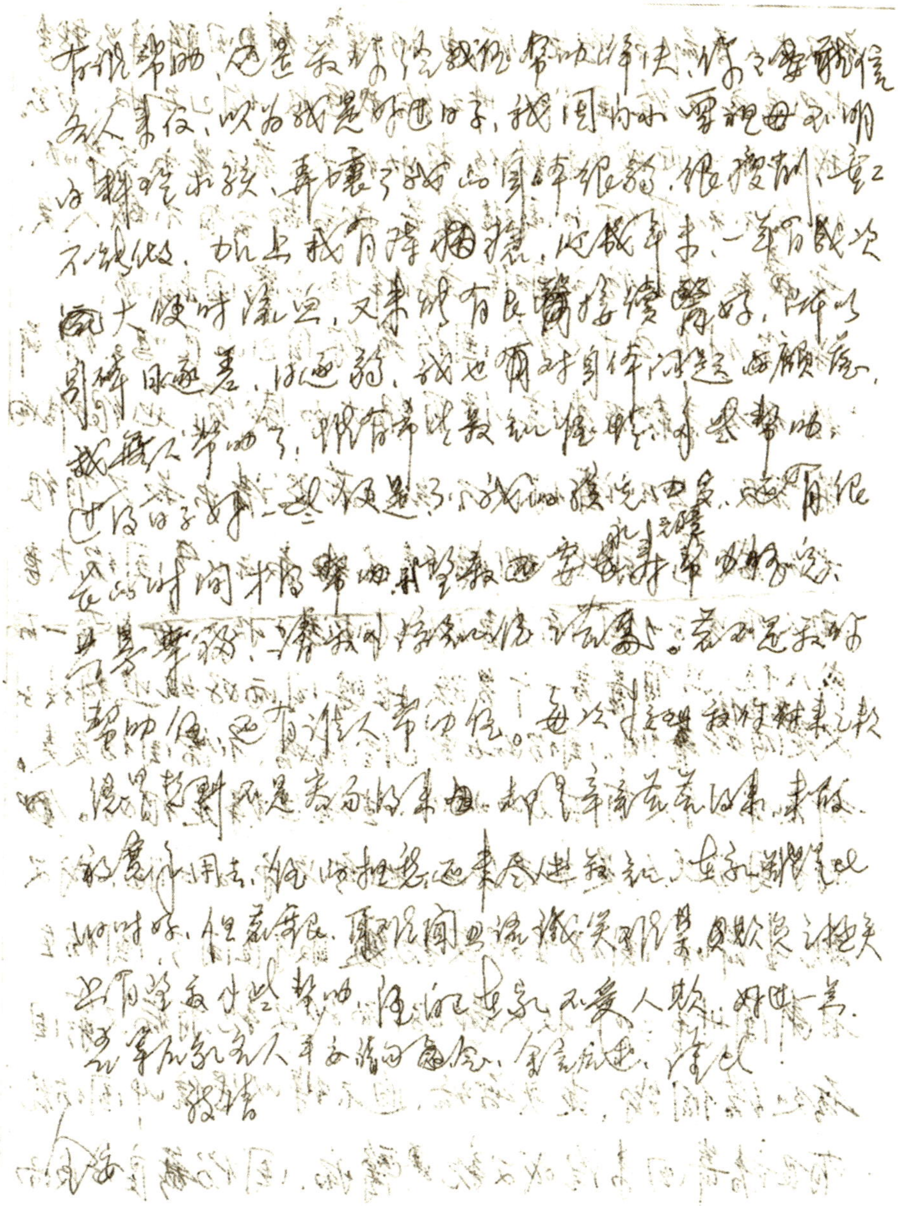

第四页

1968 年 12 月 28 日台山寄古巴信

【家书解读】

这是父亲寄给二公的回信，前两个月，二公寄了80比索回家，由松柏村初灿的儿子联祥处转付回来，其中国份大公占50比索、父亲占30比索均已收到。父亲收到这笔侨汇后，感觉有些不理解，之前二公讲过自从他的餐厅收归国营以后，只有依靠每月42.5比索的养老金维持生活，他这一年寄了两次侨汇，合计汇款200比索，相当于二公五个月的养老金。古巴的养老金本来已经微薄，二公将全年近一半的钱汇回家乡，他在外怎么生活呢？这样想来，二公在古巴的生活肯定是很艰苦的。各收汇人的家庭经济状况都不相同，所以有必要将家乡各人的家庭情况详细讲清楚。

一是国份的家庭状况。国份夫妻二人都是工人，每月有80~100元的工资，大女儿已经出嫁，仅负担养育一个儿子。国份母亲与女儿一起居住，生活上不用国份负担。这样的家庭在当时是相当富足的了。国份母亲许氏在沦陷期间和国份在新中国成立初期都做出一些非常薄情的行为，父亲对此深感痛心。在这种情况下，二公不应该节衣缩食来汇款给国份。

二是金足的家庭状况。金足长姑婆有四个儿子，长子已经二十一岁，夫妻两人身体健康，劳动力较强。在"文革"时期，劳动力强的家庭在农村具有巨大的优势，他们劳动人强马壮，参加生产队取得工分多，粮食分配也较多，这样的家庭也不算困难。

三是我们的家庭状况。阿人身体有病不能工作，要长期吃药治病，大姐在长岭小学读书，二姐、妹妹和我均是孩童，一家七口只有依靠母亲参加生产队劳动和父亲当教师每月40元的工资维持全家人的生活。由于人口多，劳动力少，"每年取家人口粮，要付出补谷银是很多的"。1967年全年要补取粮食款140多元，1968年早造5个月要补取粮食款55元多，晚造还有7个月，估计需要补款更多。六七十年代台山的农村，像我们这样一家七口的大家庭，父亲多数时间在学校，留在家里的全是老弱妇孺，在村里经常受人欺负。母亲生前讲过她在公社的惨痛经历：在人民公社吃"大锅饭"时期，母亲由于身材较小，加上台山困难时期粮食不足，营养缺乏，力气不足。有一次参加生产队劳动时，她工作不够快，在开工时不断受到村干部"老手"的指责。晚上放工后，大家回到雅传祖大饭堂吃"大锅饭"，当母亲领了一大碗饭准备吃的时候，"老手"吆喝着："不完成工作任务……不准吃饭！"跑过来一手抢了母亲手上的饭碗扔进了潲水缸；过了一会儿，一位心肠好的婶母吃过饭后将她的饭碗递给我母亲，但母亲第二次领饭后，又被"老手"发现，再次

抢走饭碗扔进潲水缸……饭分光了，母亲只好眼睁睁地看着其他社员吃完饭后陆续离去，自己却饿得发慌……祖父临死之前有病，父亲几经周折才向村里的信用社借到了 10 元。祖父死后，没有一个兄弟婶母到我家来商量办后事，父亲手上无钱，眼看无法安葬，迫不得已才向公家借了 200 元把祖父安葬好。父亲向来体弱，不能做重工，加上患有痔疮，身体虚弱，无法担当繁重的农村工作，在村里常常受到"耳难闻丑语讥笑"，受人"欺负极之矣"。值得庆幸的是，这几年来，每次当家里遇到困难的时候，二公都大力扶助，使我们全家渡过难关。因此，每当父亲接到二公寄来的侨汇后，"总是想到不是容易得来，都是辛辛苦苦得来，未敢放宽手用去"。

这封信父亲将我们家族的三个家庭的经济状况详细讲出来，通过对比，希望能让二公明白哪个家庭应该寄钱帮忙，哪个家庭不应该寄钱帮忙，毕竟这些侨汇来之不易，应该用在最需要的地方。最后，父亲祝愿二公健康长寿。

一百多年来，在海外华侨的大力支持下，大量的侨汇源源不断地涌入五邑侨乡，为侨乡的发展作出了不朽的贡献。然而，大多数人不明白这些钱是海外华侨辛辛苦苦赚来的血汗钱，也没有因此产生感恩之心，侨乡社会华侨子弟"等、靠、要"的心理普遍存在，这成为阻碍侨乡发展的一个重要因素。

俗语说："滴水之恩，当涌泉相报。"感恩是一种处世哲学，也是生活中的大智慧。必须学会感恩，记住别人对自己的帮助，学习华侨无私奉献的精神，感恩华侨给予我们的一切，学会主动帮助别人，回报社会。这样，侨乡社会才会产生积极的人生观，才会有发展的动力。

68. 日思夜想念唐山

1969 年 2 月 16 日古巴寄台山信

【原文】

焕麟贤侄知悉:

复启者,昨 1969 年元月卅号接汝来一函,均皆详明白一切。兹报告 1968 年汝来信的日期,大(第)一由五月廿六日一张,大(第)二由八月七日一张,大(第)三由十月三日一张,大(第)四由十二月廿八日一张,此日期系汝在家寄来,共收到四封信。又汝问及 1968 年十一月付来一音,未收到此信。关于云宽二公之屋,前日佢亦有安讲过,由汝管理保存。由于我家庭情况,略历谈下。与汝二婶古巴女结婚数年之久,后来离婚也拾(十)年之久。但系她佢有一个古巴仔,由一岁至十八岁成人,由我所管登记注册,并作我亲生仔,名叫吗(玛)料李邝(芳)①,现在共我同居同食。又旧年,抽出征兵服役,报效国家,内有相片一只,付回汝收存。由于所欠各人之艮(银),总至(之)有侨汇时通行我一一付回汝清还也。我日思夜想,念及唐山家人,兄弟、叔伯、侄、姊妹、婶姆之情。但系我离家四十八年之久,我在外之思想,亦即前时童年时期一样。我亦记得前时各样事情,过去之事。我亦有 67 岁老年人在外,1969 年今年退休艮(银)(即老人粮)补足每月 60 元收入。粮食平常,前日亦有字告汝知。我在处亦有拾余千元上下古巴艮(银)在手,切不可外传,讲及外人知内事。汝务要在家与各兄弟、叔伯公、姊妹、婶姆、爱姑、足姑②来往亲善。由(至)于国份叔母子二人,因何做出种种薄情仇怨,劳汝顺字讲及,前日缘故事情一一详细注明,报告我知理由。况且我前时,早四十年前接佢来信一封。但至昨旧年六月,接佢寄来交云宽二公之信,

---

① 吗料李邝:应为玛料李芳,西名 Mario Lee Fong。
② 爱姑、足姑:指金爱、金足。

我亦看过此信，我亦有信回佢付上，但佢至今仍未见佢回音。关于五十元之款，之（最）好劳联祥兄代转交乐昌县红星路四十七号，李国份收并是。请佢即速速回音，免至挂望可也。由于云明公之名字，我料即是莲珍名字否吗？希汝来字报告。此信系答复前时过去商量之话。我与汝叔侄之关系，即父子之亲一样，汝切不可在家忧虑。我虽然在外，时常有心挂念在家各人。我亦明白社会主义政策。我温边村亦有数人在处，所面见者张福平、温兆相、李福源、张子森、张兆环，我雅传祖毓华、维亮贰人，毓华即喃巫（呒）① 照之子。希汝有时候之日，顺字报告我雅传祖之人口略历情形。又汝三妹妹结婚否？我现在外平安，不可挂心。此信一一详细报告汝知。

此信系白话语。另内付一只相片（有）三童子我不知谁人？劳汝列各名字寄返回我处。余言再字，尚此并请

大安

愚叔 维亮付（我手笔字）

1969 年二月十六日

雅传祖人口略历每人先讲及广字班派至他（下），我亦明白祖宗班派：开基广衍，云礽伟业。

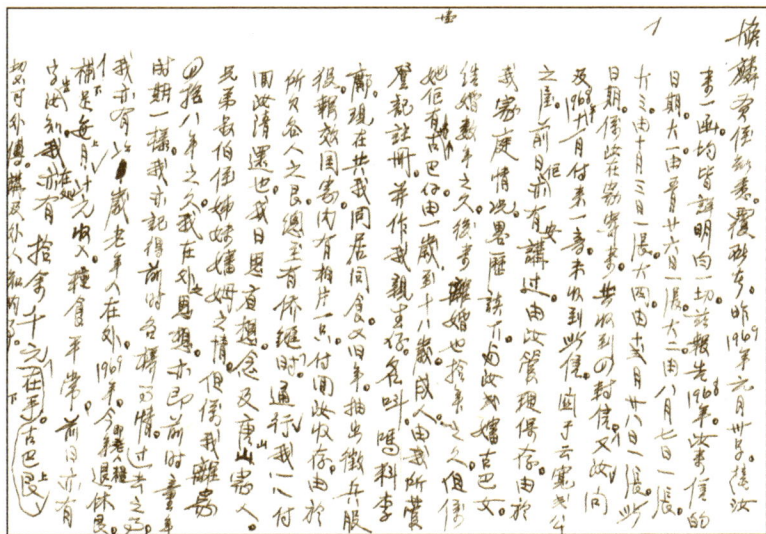

之一

原信尺寸：287mm × 200mm

---

① 喃呒：梵文（Namo）的粤语音译，指中式丧葬礼仪中为先人超度或其他穿着道袍主持民间拜神活动的民间道士。

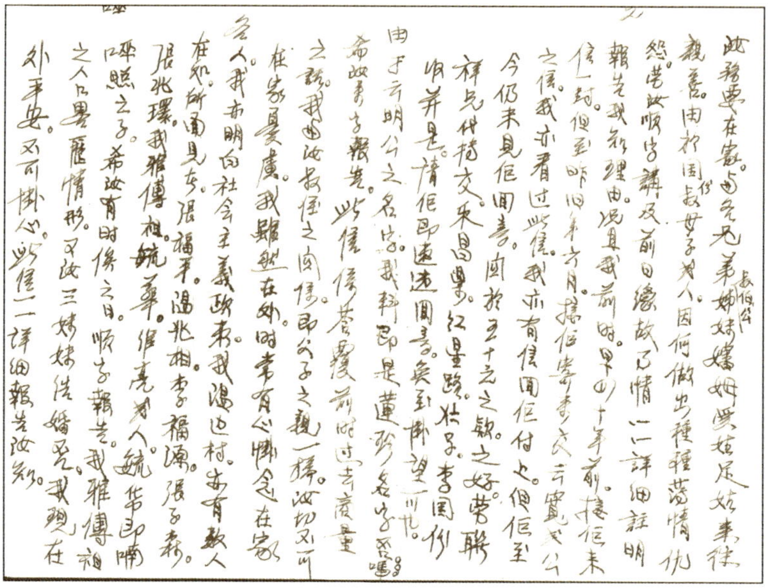

之二

原信尺寸：278mm×217mm

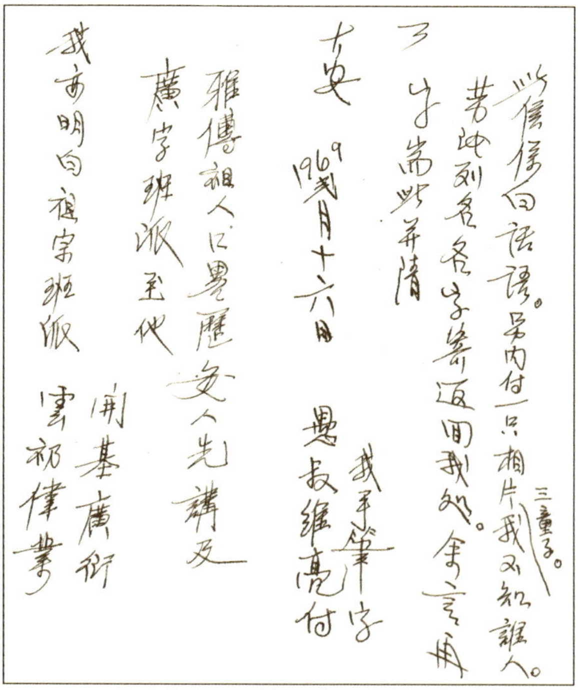

之三

原信尺寸：170mm×200mm

这是 1969 年 2 月 16 日古巴甘玛伟埠寄航空信，3 月 19 日台山投递，邮路全程 32 天。

【家书解读】

1969 年春节刚刚过去，二公寄来复信。此前，他收到父亲寄去古巴的 4 封信，问及一些家乡的事请，在此一一作出答复。

"关于云宽二公之屋"即温边村仔的房屋，原是高祖父去金山衣锦还乡后建的新屋，大门口一廊一房分给二白公云宽居住。抗战期间，二白公的妻子、儿子不幸去世，两个女儿逃难出走，此后人去屋空。二白公去古巴初期，借用曾祖父的银两较多，后来也没有还清。抗日战争胜利后，在祖父、父亲帮助下，重新寻找到二白公两个女儿金爱、连金的下落。二白公在世时，常常念及此事，因此叮嘱二公将此屋"由汝（指父亲）管理保存"。然而，在二白公去世不久，他的两个女儿金爱和连金来到温边村要卖祖屋，所以父亲写信去问清楚此房屋的产权问题，二公将此事的来龙去脉讲清楚，此屋交父亲保管，保证可以永存祖业。

二公在信中讲到家庭状况。二公 18 岁就去了古巴。出国之后，他目睹一大批华侨华人夫妻长期分离的惨痛遭遇，决心要打破这个宿命，努力学好西班牙语。他积极投身于古巴社会，与当地人交往，结识了一位古巴女子，后来与她结婚。该古巴女子原有一个私生子，二公将他当作自己的儿子去政府登记入户，取名为玛料李芳，1~18 岁由二公负责抚养。曾祖父在世时，常常对此颇有意见。二公结婚后，因夫妻两人来自不同的国家，中西方文化的差异，导致感情破裂，结婚数年后不欢而散。此后，二公父子两人相依为命，到上一年，玛料李芳年满 18 岁，响应国家的号召应征服兵役。婚姻失败后，二公更加思念家乡的亲人。虽然身居海国，他依然"日思夜想，念及唐山家人，兄弟、叔伯、侄、姊妹、婶姆之情"。离开家乡 48 年，但"在外之思想，亦即前时童年时期一样"。家乡的每一位亲人，血脉同源，因此，他叮嘱父亲"务要在家与各兄弟、叔伯公、姊妹、婶姆、爱姑、足姑来往亲善"。正因如此，他才认为父亲才是真真正正的后人，叔侄之间其实如"父子之亲一样"。

二公旅外，也经常与多位同村兄弟谈及家乡的事情，议论祖宗的班派。离开家乡近半个世纪，他还清楚地记得温边雅传祖的班派对上联："开基广衍，云礽伟业"，自己是"礽"字辈。这些年来，二公在古巴开餐馆也有一些积蓄，偷偷私藏下来的古巴币有万余比索。父亲此前欠下的债务，二公答应一一帮助偿还。

2011 年新春佳节，温边村举办一次新春开年盆菜宴，李云宏的曾孙媳妇李黄仙花在雅传祖祠堂前留念。

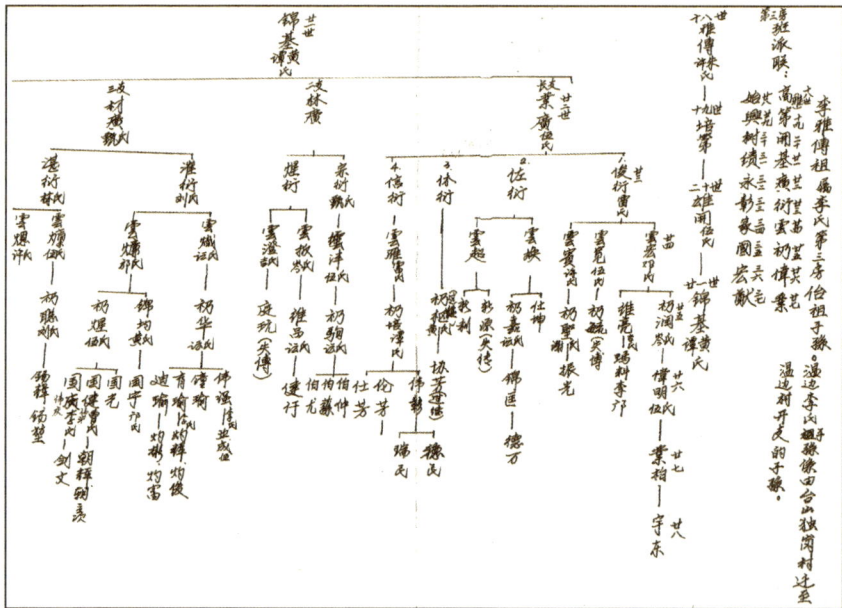

温边村雅传祖族谱（李振华编）

二公出生于清朝末年，所读的书多是文言体例，但出国后仍孜孜不倦地学习中国文化，在离开祖国近半个世纪后，竟然能用现代白话文写信，可见他身居海外、胸怀祖国的爱国情怀。

一封普通的家书，一段心酸的往事，一番感人肺腑之言，展露着古巴华侨的心声。无论何时何地，他们的心始终朝向故土，家乡才是他们的根。

69. 在家千祈和平善

1969 年 5 月 15 日古巴寄台山信

【原文】

焕麟贤侄如见：

启者，兹付回古巴币壹佰贰拾（一百二十）元，祈查照收，内陆拾（六十）元转交金足长姑收，余陆拾（六十）元汝收。此汇单系用金足名字付回，广东台山县附城公社长岭区温边村李金足收。又再委托台山县温泉市①上环村，由李伟文之子李永伸叔处汇回古巴币壹佰（一百）元，内转交金足长姑肆拾（四十）元，余陆拾（六十）元汝收可也。如

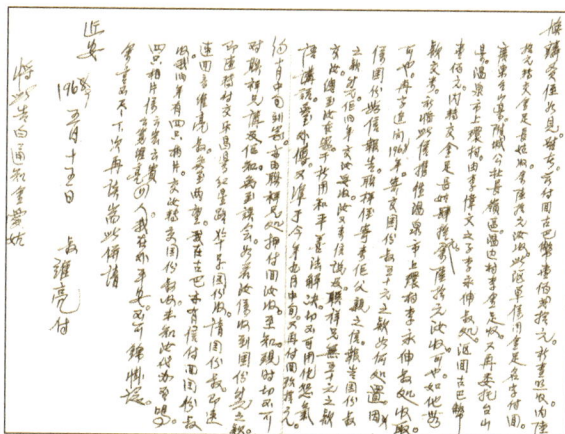

原信尺寸：**280mm×216mm**

1969 年 5 月 15 日古巴寄台山信。

他无款交来，祈将此信携往温泉市上环村李永伸叔处收取，可也。再字追问 1968 年寄交国份叔五十元之款如何处置？因系国份无信报告，联祥侄寄来佢父亲之信，报告国份叔之款 50 元，佢旧年交汝妥收，汝又来信说及联祥兄无五十元之款交汝。总至（之），汝在家千祈用和平善法解决，切不可用仇怨气语讲话，免至（致）外传。又准于今年九月中旬，又再付回玖拾（九十）元，约十月中旬到家，亦由联祥兄处押付回汝收，至知。现时切不可对联祥兄讲及佢知，免至（致）误会。如若汝系收到国份 50 元之款，即速转付交乐

---

① 温泉市：今台山市三合镇温泉圩。下同。

昌县红星路 47 号国份收。请国份叔即速回音维亮叔，免至两望。我在古巴亦
有信付回国份叔收。我旧（去）年有四只（张）相片，交汝转交国份叔收，
未知汝代办否吗？四只相片是云宏、云宽、云宾、维亮四人。我在外平安，
不可锦挂念。余言不尽，下次再谈。耑此并请

　　近安

叔维亮付
1969 年五月十五日

将此告白通知金爱姑

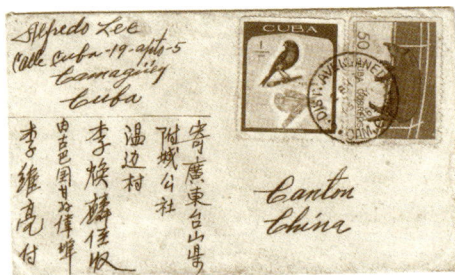

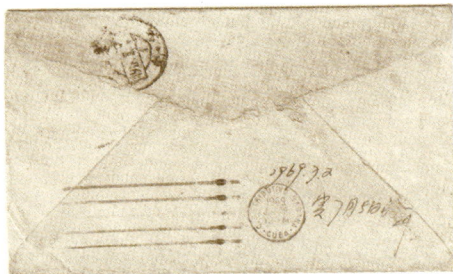

原封尺寸：**151mm×89mm**

　　这信 1969 年 5 月 15 日古巴甘玛伟埠寄，5 月□日哈瓦那寄出，7 月 2 日至台山，7 月 5 日温边村
李焕麟收。邮路全程 52 天。

【家书解读】

　　1969 年 5 月中旬，二公寄这一年的侨汇。这次寄侨汇用金足的名额寄
120 比索，又借用温泉市上环村李伟文的儿子李永伸（在下封信中为"李永
申"）寄回 100 比索，两笔侨汇金足得 100 比索，父亲收汇 120 比索。同时，
计划 9 月中旬由松柏村李联祥处再寄 90 比索回家，嘱咐父亲不要泄露秘密，
否则容易引起误会。

　　信中关于"追问 1968 年寄交国份叔五十元之款如何处置"一事，因 1968
年底父亲的回信而起。1968 年 10 月，二公借用松柏村李礽灿的姓名汇款，其
中注明转交 50 比索给国份收。但时间过了 7 个月，二公还没有收到国份的收
银回信，怀疑父亲以往和国份有些过节，将此笔侨汇款扣留。因此，他叮嘱
父亲"如若汝系收到国份 50 元之款，即速转付交乐昌县红星路 47 号国份
收"。其实这是一场误会，父亲身为人民教师，知书识礼，为人正直，办事公
道，乐于助人，在本地人所共知。每逢乡民办理红白喜事，他都乐于拿起毛
笔帮助乡亲写对联、写帖或帮助村中的侨眷代写书信，常常受到村民的称赞。
本章附录所展示的为长岭银河村旅古巴华侨李华秀给父亲的感谢信，信中讲
述父亲帮助李华秀寻找失散十多年的侄子李民生之事。最近，我翻阅父亲一
本"文革"时期的日记本，其中一篇写于 1969 年 10 月 15 日的日记，可以探

知当时父亲的内心世界。

本月 12 晚，正是星期天晚上，展览工作搞妥展出了，我回到学校来上课了，当时心情都是愉快的。可是，我原来的床位已被同志占用了，心里有了异样的不同，真是很不平静的。不是要搬到另的房间去住宿吗？去不？彭苏均同志给我托凳，性强同学给我搬东西、托台，这种热情使我深深的（地）感动，我搬到新洁的房间，虽然没有砌地台，杂木用具堆成山，就算了吧，人家搬不如自己搬走吧！给同志多点方便就是我的幸福的。

从以上事例，可知父亲为人之道，所以二公的怀疑是多余的。二公在信中要求父亲通知国份迅速回信给他，以免误会。

二公叮嘱父亲"在家千祈用和平善法解决，切不可用仇怨气语讲话"，意思是虽然父亲以前与国份有些过节，但毕竟同是一家人，叔侄之间千万不要互相埋怨或者产生怨仇，自己家中的问题一定要用和平、友善的办法去解决，讲话要心平气和，全家一团和气，这样，家庭才会兴旺发达。

从第 45 封家书"望国内和平"到这里的"在家千祈用和平善法"，二公等海外华侨始终给我们传播和平的信念。清代吴伟业《赠文园公》诗句说得好："君臣朋友尽和平，四海熙熙致清晏。"生活在这个纷繁复杂的社会，如果大家都能用和平、友善的方法去解决人与人之间、家庭之间、地区之间、国家之间的各种矛盾，那么世界和平指日可待，这个世界将充满爱。

附录　　1969 年 1 月 30 日古巴李华秀寄台山李焕麟感谢信

焕麟贤侄如晤：

顷接来函，披阅之下，各情均悉，对你关怀我们伯侄俩（两）人之事，万分感谢。民生侄被家嫂遗弃，前曾接德贵弟来信报告，非因家庭环境恶劣，乃系说他做出许多坏事，小小孩子，我亦不信，所以藉（借）口把他驱逐，离乡别井"饱受艰苦十余年"，这是民生口中之言，亦系家嫂无情无义之所为也，此种泼妇真正无用。

去年十一月中旬，接到民生来信，当时已有函复。今又接他回信一封，述说瑞松犯了政府法规，捕去劳改，或者不能回家等语，此事未知是否？请代访查，如他在家，不可将此事对他说及，以免发生大家恶感。是为至要，并请来信见告，则感激甚矣。

草此函复，并颂

时佳

愚叔华秀谨上

1969 年 1 月 30 日

1969 年 1 月 30 日长岭银河村旅古巴华侨李华秀寄给李焕麟的感谢信。

2012 年 12 月 25 日，来自美国、新西兰、中国的长岭学校 80 届初中毕业班同学回乡恳亲聚会，在长岭银河村文化楼前合影留念。

后排（左起）：刘达聪、李沃慧、刘磊品、吴卫忠、刘伟正

二排（左起）：李嘉瑶、张雪花、李逸彬、李秀芳、李振途、李柏达、刘瑞赞

前排（左起）：李艳仪、林秋珠、李秀云、李旭辉（老师）、李杏平、李艳娟

70. 家中之事莫外扬

1969 年 7 月 6 日台山寄古巴信

【原文】

叔父:

昨六月十四号收到用金足名字付来古艮(银)壹佰贰拾(一百二十)元,又在廿九号得到李永申兄之妻到来通知托付来古艮(银)壹佰(一百)元,我已经到温泉上环村李永申兄处,壹佰(一百)元古艮(银)已经妥收,前后二次来款共收古艮(银)贰佰贰拾(二百二十)元正。你付来信于七月二日收到,祈为勿念。

侄得伟文伯二嫂来我家通知付来之款,我到温泉佢家将款如数收到,内付来一信请你转交伟文宗伯作

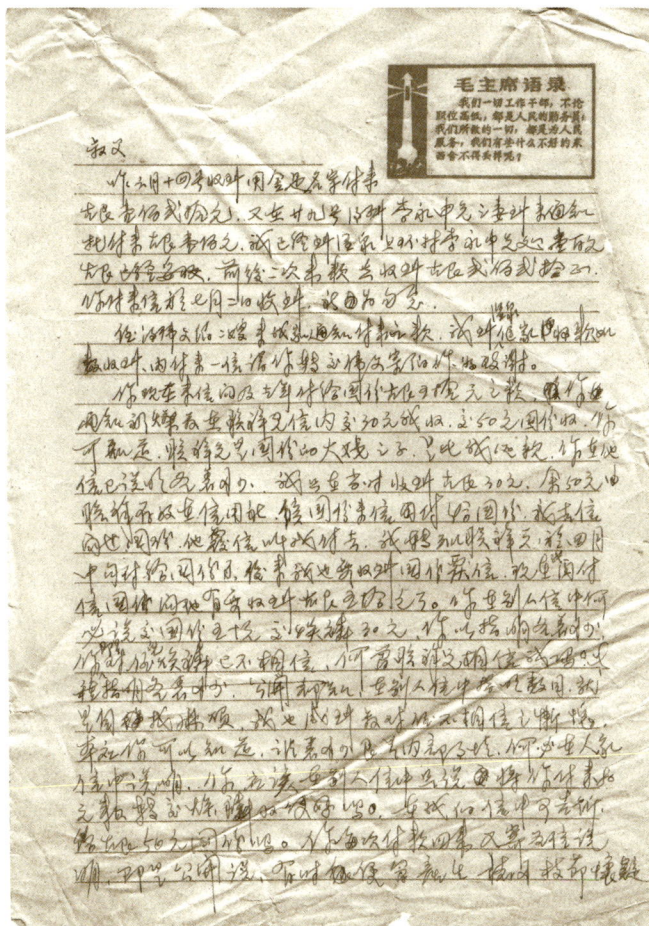

229

为致谢。

你现在来信问及去年付给国份古艮（银）五拾（十）元之数，你通知礽灿叔在联祥兄信内交 30 元我收，交 50 元国份收。你可知道，联祥兄是国份的大姨①之子，是比我还亲。你在他信已说明各着多少，我只在当时收到古艮（银）30 元，余 50 元由联祥存放在信用社，候国份来信付给国份。我去信问过国份，他复信叫我付去，我转知联祥兄，于四月中旬付给国份了，后来我也无收到国份复信。现在我再付信国份，问他有无收到古艮（银）五拾（十）元了。你在别人信中何必说交国份五十元、交焕麟 30 元？你以（已）指明各着多少，你即是对侄儿焕麟已不相信，何曾联祥兄相信我吗？此种在别人信中指明数目，就是自找麻烦。我也感到叔对侄不相信之惭愧，本应你可以知道，谁着多少艮（银）是内部事情，何必在人家信中说明。你应该在别人信中只说将你付来 80 元之款转交焕麟收便好吗？在我的信中可告诉给古艮（银）50 元国份吗？你每次付款回来，又寄各信给说明，即是公开说，有时便会产生诸多枝节怀疑……②

【家书解读】

前封信说过，二公在 5 月中旬寄了两笔侨汇回家，1969 年 6 月 14 日父亲（李焕麟）收到用金足名字寄来的侨汇 120 比索；至 6 月 29 日，父亲又收到李永申妻子的收银通知，即到温泉市上环村李永申家里收到侨汇 100 比索。这次回信，父亲随信夹寄一封给伟文伯的感谢信，谢谢他的大力支持，使我们的家族能够得到更多的侨汇。

关于二公"来信问及去年付给国份古艮（银）五拾（十）元之数"的问题，父亲在此作了详细说明。上年末，二公借用松柏村李礽灿的姓名汇款 80 比索，其中委托交 50 比索国份收，但李家之子联祥收银后直接将侨汇存放在了信用社，等到国份来信通知才汇去。父亲寄信去乐昌将收到侨汇的事告知国份，其后国份回信叫我父亲将侨汇直接汇去乐昌，父亲转告联祥，4 月中旬由联祥直接将侨汇寄去给国份，这样转来转去，耽搁了许多时间。而国份收

---

① 大姨：大姨母，母亲的姐姐。
② 此信次页丢失，没有落款，从内容和字迹可知，此信作者是李焕麟。

到银后既没有写信告知我父亲，也没有写信告知二公，导致二公怀疑父亲扣留了寄给国份的侨汇，造成一场误会。父亲为人师表，历来很受人尊重，由于侨汇的分配问题使二公对他产生怀疑，为此他感到惭愧，希望二公以后凡是涉及"内部事情，何必在人家信中说明"，也就是说，自己家中的事情，要在自己家庭内部解决。

在五邑侨乡，大多数家庭都有华侨汇款，每一封华侨银信都涉及钱银的分配问题。为了避免产生家庭纠纷，寄银人往往将汇款分配名单和金额写得清清楚楚，收信人收银后即可依信分派。但是，这些事情一般不让外人知道，因为如果钱银分配问题传了出去，就会影响家庭的声誉，也会影响海外华侨的声誉。

李振华 1974 年绘画作品《嫦娥奔月》

71. 赴京汇银千余里

1969 年 10 月 20 日古巴寄台山信

【原文】

焕麟贤侄如面：

复启者，昨九月中旬由联祥兄处押付上 90 元，祈查照收，以应还债之用。总之，来年若何设法，再付银给汝还债。我今年连接你来信二封，三月三十日又七月六日寄来，一切明白，但系当日未曾回音。但前日我亦有报告汝知，寄艮（银）规例，限额每人每年一次过，不论何人，父母、夫妻、子女关系的可汇一百伍拾（五十）元，属于胞兄弟、姊妹关系的可汇 120 元，属于伯叔、侄子女、兄嫂弟妇关系的可汇 100 元。我又说明寄银艰难处汝知，先求他人借取中华会馆注册部有权寄银 150 元，仍要迸（拼）五六十元或半数，另费用艮（银）6 元，全概由本人支出的艮（银），所得者谨（仅）100 元，或 90 元。前时借礽灿兄注册部寄银 140 元，迸佢家中之子 60 元，所得者 80 元，全由我的艮（银）支出，永伸叔处亦同一样。汝在家中千祈不可对佢各人家中说知，不可梳（疏）言外人，免至失此机会，将来无处寄艮（银），汝要明白此事，至谨为要。我在本处无处汇款，要出亚湾拿京城到中华会馆侨汇处伸（申）请汇款，费时十余天时后（候），并要费用车费 100 余元，可好办妥此事。亚湾拿京城即古巴国京城。我在甘孖伟省会，离京城千余里路程，费十余钟头到步，祈情可知，艰苦处汝亦可知。金足姑付上汝的信不是骂汝，不过求汝回信如何，免至（致）误会。我亦收到国份叔信数封，我在处平安如常，不可挂念。

耑此并请

近安

叔维亮付

1969 年十月廿号

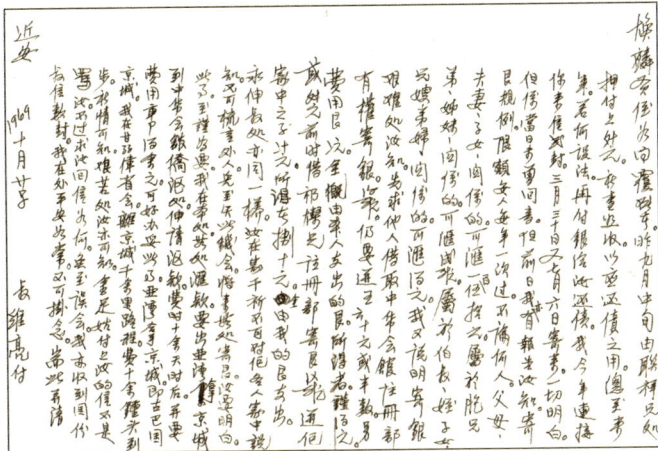

原信尺寸：**308mm × 200mm**

1969 年 10 月 20 日古巴寄台山信。

【家书解读】

1969 年，侨汇细则规定，属"父母、夫妻、子女关系的可汇一百伍拾（五十）元"，比上年增加了 10 比索，其他关系人侨汇配额没有改变。接下来的三年里，古巴侨汇政策基本不变，这是因为，20 世纪 60 年代中期，中苏两党分裂，古巴与苏联站在同一阵线上，与中国的关系处于

969 年 10 月 20 日古巴寄台山信封。

低谷。中国此时正在进行"无产阶级文化大革命"，父亲被抽调到公社负责宣传工作，现存一份 1969 年 10 月 4 日的工作日记，记录了他当时的情形：

我经过 40 天的战斗，完成了思想战线上的一个战斗任务——长岭大队的展览工作，心里觉得是一件光荣而愉快的事，这虽然是肉体上感到一些疲劳，但总是愉快的。冯同志的委托我已完成任务了，黄（裕）邦同志是我的好拍档，我还向他学习他的图画技术。

这次展览内容也给我一个很大的教育，要打倒无政府主义，打倒宗派主义，打倒自由主义。温边村的群众抬走了学校的坤甸，……个人在思想上要做好团结一切可能团结的力量，一致共同对敌。

松柏村广夫叔弃农就工，云识公的弃农就商，已尝试了苦头，可算还是觉醒快，回头过来，跟毛主席走，收入好了。

本人认为，1969 年华侨"父母、夫妻、子女关系人"的侨汇额比上年增加了 10 比索，是古巴华侨华人社会走向衰落所致，并非由于古巴政府想增加侨汇配额。因为实际上古巴政府每年 100 万比索的侨汇配额多年不变，但有能力寄侨汇的华侨越来越少了。

1969 年 9 月中旬，二公又汇款回家了，这是当年的第三笔侨汇。当时，父亲将家庭经济状况向二公一一讲清楚。二公深感侄子生活的困难，因此想办法寄多些钱回乡。这次是借用松柏村李礽灿的儿子联祥的名额汇款 90 比索，作为父亲还债之用。

古巴政府丝毫没有放松侨汇的迹象，二公想汇款回家越来越难。每次为了打破困局，都要付出沉重的代价。二公旅居的甘玛伟埠（卡马圭市），是古巴卡马圭省省会，位于古巴中部，华侨想办理侨汇，需要乘车到千里之外的古巴首都亚湾拿（哈瓦那）中华总会馆侨汇处申请办理，单程耗费 10 多个小时，往返一次需要 10 多天，旅途费用 100 多比索，汇款的艰苦，由此可见一斑。这里计算一下各次汇款的成本以及我家族人的实际收益：

（1）1968 年 8 月 8 日用金爱名字汇款 120 比索，路费 100 比索、汇费 6 比索，实际总费用 226 比索，我家族人收到侨汇 120 比索，实际收益占总成本的 53.1%。

（2）1968 年 10 月 18 日借用礽灿之名汇款 140 比索，路费 100 比索、汇费 6 比索，实际总费用 246 比索，收到侨汇后礽灿家人得 60 比索，我家得 80 比索，我家实际收益占总成本的 32.5%。

（3）1969 年 10 月借用礽灿之名汇款 150 比索，路费 100 比索、汇费 6 比索，实际总费用 256 比索，收到侨汇后礽灿家人得 60 比索，我家得 90 比索，我家实际收益占总成本的 35.2%。

从以上几次汇款可以知道，借用别人名额汇款，汇款人的家属只能收到总成本的三分之一左右，因此，古巴华侨在禁汇时期想要汇出多一点的侨汇，代价是极其沉重的。一位年近古稀的老华侨，为了帮助家乡的亲人，不计成本，不怕疲劳，长途跋涉去到千里之外的古巴首都寄银，旅途期间还要忍受十多天的舟车劳顿，可见古巴华侨为了家乡亲人的幸福不惜付出一切的赤子丹心。

感谢您——二公，是您帮我们渡过难关，是您把我们抚养成人，是您为我们带来了幸福，我们永远不会忘记您，我们为您而骄傲！

72. 想回唐山无定期

1969 年 11 月 15 日古巴寄台山信

【原文】

焕麟贤侄如面：

复启者，昨接汝来信，一切明白，亦与伟文叔商谈此事，无定期回唐山，我料佢十分难矣。由于买衣车①、手表、车仔②难得买到，若买到亦不能带回唐山，老人回唐（山）由中国货船搭回唐山。说及古币在本国内通用，若出国门无植（值）一文钱，银行亦无汇款之事。前汇款一事，由中华会馆伸（申）请汇款，由中古两国货物转换，然后由政府交人民券若干。汝亦明白社会主义国家，我亦有信付回永申叔收。现在美纸币在中国使用，找换若干元，希来字报及。早月亦有信付上各人。我在外平安，不可挂念，余言不尽，嵩此并请

近安

叔维亮付

1969（年）十一月十五日

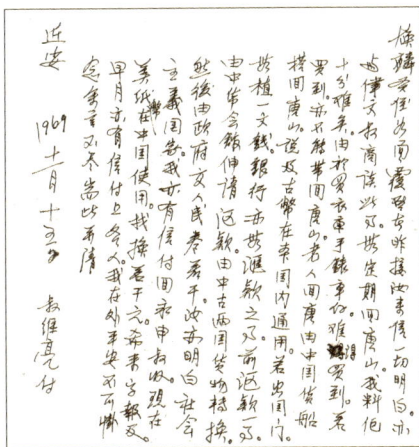

原信尺寸：**188mm×201mm**

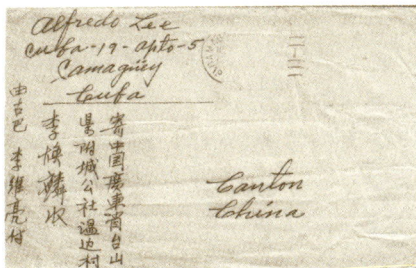

1969 年 11 月 15 日古巴甘玛伟埠李维亮寄台山李焕麟信。

---

① 衣车：指缝纫机。
② 车仔：指自行车。

【家书解读】

20 世纪 60 年代末期，中国处在计划经济时代，家庭一切生活用品均凭票供应，高档消费品更要凭侨汇供应证供应。对普通家庭来说，拥有自行车、手表、缝纫机这"家庭三大件"高档消费品是遥不可及的事情。台山享有"中国第一侨乡"的美誉，居民生活消费水平历来领先全国各地。在大量侨汇的滋润下，

1974 年 6 月李振华购买手表的发票。

"家庭三大件"陆续在侨乡出现，成了侨乡人民引以为傲的奢侈品。最早在台山流行的自行车是进口"黑加路"（译音）牌和凤凰牌等。一些侨眷为了保护买到的新车，就用一些塑料布将大梁包起。边骑车边敲铃走在乡村小路或过闹市，招来无数羡慕的目光，骑车人那种虚荣心也得到了满足。骑车人同时还要做到三不骑：下雨天不骑、上坡不骑、路不平不骑。

父亲 20 世纪五六十年代在四九公社乡村小学教学，路途遥远，道路崎岖难行，每次返校或回家都要靠自己一双脚。每逢星期六下午放学后，父亲从四九公社上南村学校走路回家，需要一个小时左右行程，沿途经过荒山野岭，据说经常有野狗、野狼出没。为了安全起见，他时常带着一根短棍，每次回到家门口，天已经黑了。这一年，父亲收到二公寄来的三笔侨汇，还清了所有的债务，手上还有一些盈余，看到台山一些侨眷骑着自行车出入轻松自如，非常方便，便萌生了买自行车的念头。拥有一辆属于自己的自行车，是父亲一直梦寐以求的。于是他写信给二公，问一问是否有乡亲回乡，可否带辆自行车回来？

二公接到信后，与同乡"伟文叔商谈此事，无定期回唐山"，"买衣车、手表、车仔难得买到，若买到亦不能带回唐山"。从这里可以知道，父亲的想法是过于奢求了。20 世纪 60 年代实行社会主义计划经济的古巴，在美洲各国的经济封锁下，各种生活消费品甚至比中国还要匮乏，购买一切商品凭证供应，想买到自行车等高档消费品十分困难。此时旅古巴华侨归国一般"由中国货船搭回唐山"，实际上，真正能回唐山的华侨少之又少。归国之难，堪比

蜀道之难! ①

父亲打消了委托老华侨带车回乡的念头。这一年底，他准备了足够数量的"侨汇商品供应证"，到台城华侨商店购买了一辆凤凰牌自行车。从此，他再也不用走路去学校了。拥有自行车后，父亲骑车来回学校时心情轻松愉快。1969年12月28日父亲在工作日记中写下了当时的心情：

> 星期天的假日过去了，太阳已从西边落下去了，黄昏晚下，我骑着自行车飞驰回到睡房里，稍稍安置了一下，陈、梁老兄相继归来，吸烟啦！饮茶啦！哈哈的（地）半说半笑着……

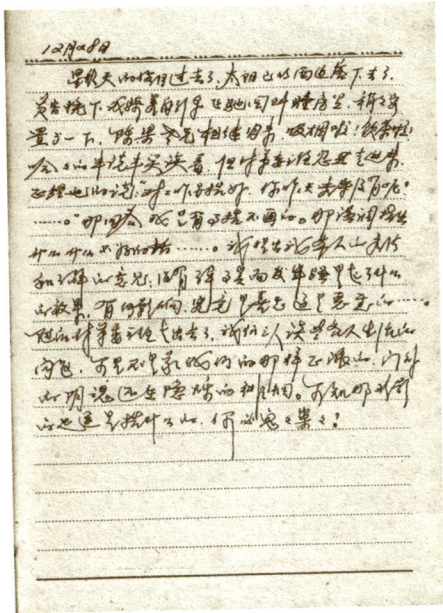

1969 年 12 月 28 日李振华的工作日记。

自那时开始，每个星期六的晚上，我提前站在我家的巷口，等待着父亲的归来。见到父亲骑着凤凰牌自行车来到塘基，我就一边高兴地叫着"爸爸——"一边跑了过去，迅速爬上自行车，叽叽喳喳地唱着歌儿让父亲推车送我进入家门，那感觉比现在有了一辆豪华小轿车更为荣耀。数十年过去了，我也有了属于自己的小轿车，但当年坐在凤凰牌自行车上的那种光荣感和幸福感，再也无法找回了。

信中提到中古通汇问题。禁汇时期，古巴侨汇能禁而绝之，最主要的原因是美国的经济封锁所造成的。自美洲各国对古巴实施经济封锁后，古巴比索只能在古巴国内流通，不能在国际金融市场流通。古巴华侨汇款，可以通过中国与古巴之间的货物进行等价交易，接通侨汇：根据《中华人民共和国和古巴共和国一九六九年贸易议定书》第一条规定："中华人民共和国和古巴共和国之间一九六九年日历年度内货物的相互交换，将根据双方进出口平衡的原则，在本议定书附表'甲'（古巴共和国出口商品）和附表'乙'（中华人民共和国出口商品）的基础上进行。"古巴华侨汇款后，先将比索折算成英镑，由古巴国家银行汇到中国人民银行，再转至中国人民银行各地方支行解付人民币给收汇人；侨汇结算后，古巴则从中国进口同等价值的货物返回古

---

① 黄卓才：《鸿雁飞越加勒比——古巴华侨家书纪事》，广州：暨南大学出版社 2011 年版，第 190 页。

巴。中国古巴货物转换接通侨汇，是社会主义国家打破美国等西方国家经济
封锁的一个特定历史时期的产物。

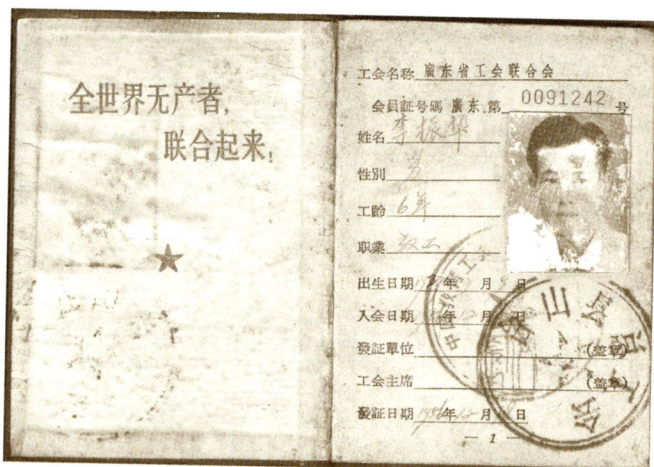

1956 年李振华的工会证

1955 年台山的棉布购买证

73. 寄银拟用假名址

1970 年 8 月 23 日古巴寄台山信

【原文】

焕麟贤侄如见：

启者，兹昨一九七〇年八月十七日付上古巴币壹佰叁拾（一百三十）元，系用金足名字汇回汝两人收，祈查照收，金足姑捌拾（八十）元，汝伍拾（五十）元。另在永申叔处付回古币玖拾（九十）元，此玖拾（九十）元应交汝个人收，应家中之用。若汝收到此款，劳汝转交阳江金足姑收捌拾（八十）元古巴币。迟他（下）将有信一封寄回汝收，系用假通信处，在信面左角，切不可用此门牌寄来我，我亦不签名付。汝亦可知一事，汝弟吗（玛）料李邝（芳）现在本埠做工，然欠八个月足够三年时后（候）正（征）兵规例，然后再作上进工业。前时一切书信收到明白，现我在外平安，不可挂心。余言再字，耑此顺请

金安

叔维亮付

一九七〇（年）八月廿三日

劳汝将捌拾（八十）元古币找换人民券买邮赤①寄阳江金足姑收。

通信处门牌：阳江县北惯公社林屋大队塘角村

---

① 邮赤：邮政汇款。

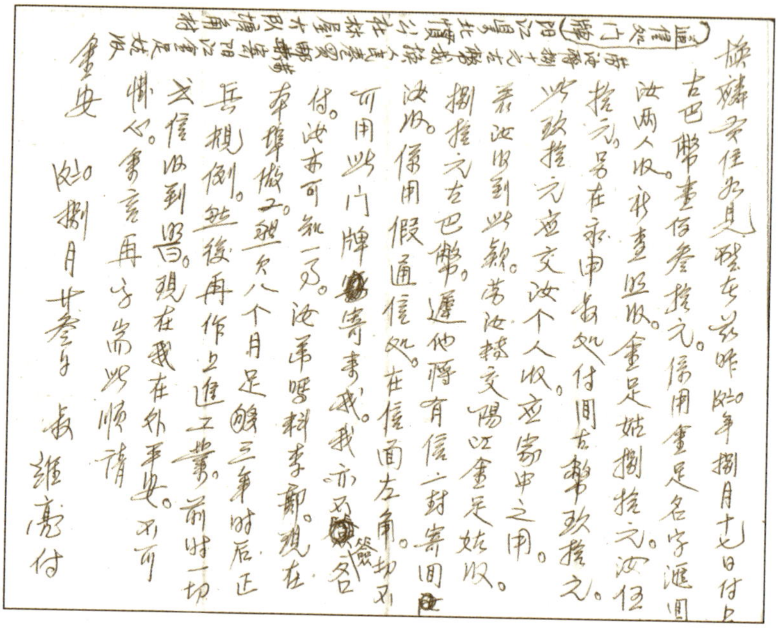

焕麟安任知見。啓者，茲昨年捌月十七日付上
古巴幣壹佰叁拾元。係用金足名字匯回
汝两人收。我壹照收。金足姑捌拾元，汝侄
捌拾元，另在永申名處付回古巴幣玖拾元。
此玖拾元應交汝个人收，应當家中之用。
若汝收到此款。當汝轉交陽江金足姑收。
捌拾元古巴幣。遲他將有信一封寄回去
汝收。係用假通信處。在信面左角。切勿
可用此门牌寄書我。我亦不会簽名
付。汝亦可知一及。汝弟嘱料李鄭，現在
本埠做工，紙欠八个月足够三年时后正
无规例。然後再作上進工業。前时一切
之信收到照。現在我在外平安。不可
掛心。書言再字茲此順請
金安
姪捌月廿叁日 叔維亮付

原信尺寸：260mm×215mm

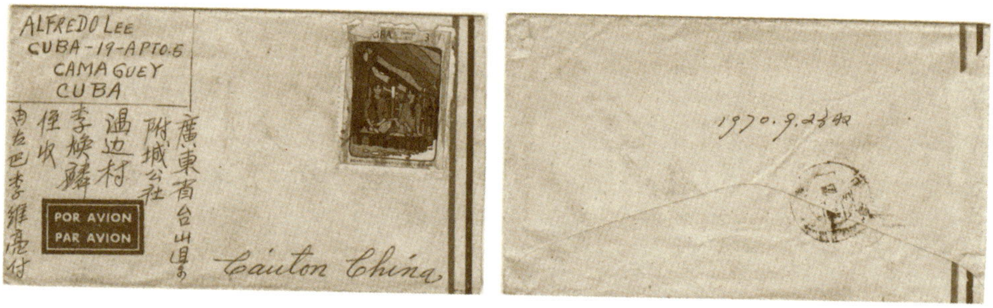

原封尺寸：152mm×90mm

这封信1970年8月23日古巴甘玛伟埠李维亮寄，9月23日台山，交李焕麟收。邮路全程32天。

【家书解读】

1970年8月中旬，二公寄回这一年的侨汇。这一年，侨汇政策稍有调整，“凡属兄弟、姊妹、祖孙关系的，可汇130元”，比上一年多了10比索。这样，二公利用金足的名额汇款130比索，又借用李永申的名额汇款90比索，分别交给我父亲140比索、金足长姑婆80比索。此外，他计划利用假的姓名地址寄银回家。古巴禁汇时期，私寄侨汇属违法行为，一旦发现，除被政府没收钱银外，还要负相关的法律责任。政府布下了天罗地网，世界各国旅居古巴的侨民均被迫屈服，极少有人有胆量去尝试冲破禁区。两年前，二公的餐馆收归国有后，他就有一种不祥的预感，估计终有一天，古巴会将华侨的财产全部收归国有，所以他想方设法多寄一些侨汇回家乡。前些时间，据说美元已经可以在中国使用，他眉头一皱计上心来，拟用一个假的寄信人、地址，参照民国时期用邮政信封夹寄银钱的方法将侨汇寄回家乡。用这种方法私寄侨汇，如果被政府查出

这是 1970 年 9 月 18 日古巴侨汇汇款证明书。原汇款古巴币130 比索，折英镑 54.34 镑，兑人民币 318.39 元。这笔汇款比书信提前 5 天送达，侨汇通过人民银行解付，书信通过邮政部门寄递，书信与汇款并不同步。

来，可以逃避相关的法律责任。所以，他提前告知我父亲，叮嘱千万不要使用虚假地址回信。

寄侨汇，是为了帮助我们全家摆脱困境，给家乡亲人带来幸福，而冒着违反国家法律的风险私寄侨汇，亦是无奈之举。

这一年，二公的养子玛料李芳叔父仍在服兵役，还差八个月才服役期满，但服役期间可以在甘玛伟埠工作，三年服役期满后，就可以正式参加工作。

1970 年 7 月 3 日至 8 月 6 日，台山地区共发生地震 400 多次，其中 3.9 级的主震发生于 7 月 4 日 4 时 34 分①。地震连绵不断，严重影响了我们的正常生活。当时地震的经历，我记忆犹新。7 月 4 日凌晨地震后，虽然村里没有什么损失，但村民人心惶惶。当天公社即派工作队下乡，在我村雅传书室门口召开群众大会，传授防震知识，号召村民夜间不要关门，不要回家睡觉。每天晚上，全体村民听从工作队的安排，到村头禾塘（晒谷场）席地而卧，经历了一段难民式的避震生活。期间余震不断，虽然无大伤害，群众心里仍很慌乱。为了缓解紧张的气氛，大队又组织了宣传队晚上在长岭学校舞台演戏，或者在学校操场放电影等文娱活动。

40 多年后，当我一封一封地看过祖辈的家书后，终于发现，当年那一张张外钞，都凝聚着先侨们的血和泪。是他们艰苦奋斗，洒尽了辛酸的泪水，才为我们带来了幸福的今天。

---

① 台山县地方志编纂委员会：《台山县志》，广州：广东人民出版社 1998 年版，第 24 页。

74. 假造门牌寄银信

1970 年 9 月 2 日古巴寄台山信

【原文】

焕麟：

启者，付上美纸一张，伸艮（申银）伍拾（五十）元，祈查照收，与应家用得。接此信早日回音，免至（致）两望。

无名字付汝知

一九七○年九月二日

信皮来回门牌假造，切不可使用寄来。

原封尺寸：152mm×90mm   原信尺寸：230mm×110mm   红条封尺寸：65mm×135mm

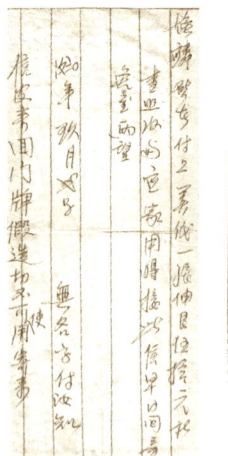

这封 1970 年 9 月 2 日由古巴甘玛伟埠李维亮寄，9 月 23 日台山交李焕麟收。邮路全程 22 天。

【家书解读】

这是一封使用虚假地址和没有签寄银人名字、暗中夹寄侨汇的家书，类似于当时的暗批。二公先写好书信，将50美元现金夹在信中间，装入红条封内，再放进邮政信封内，带到远离甘玛伟住家的邮政局，将银信寄回中国。这种寄银办法是模仿民国时期寄挂号银信的方法寄汇，但与民国时期有本质的区别。古巴禁汇之前，寄挂号银信是合法的；古巴禁汇后，禁止一切书信夹寄现金和赤纸，古巴侨汇只能通过古巴国家银行配额汇款出国。20世纪60年代初，一些古巴华侨通过地下钱庄或水客将侨汇转到香港后传入国内，到1964年以后，这些地下汇款通道已经全部被古巴政府堵绝，此后再没有其他渠道暗寄侨汇。禁汇前期，古巴政府对出口书信检查非常严格，加上古巴货币比索无法在国际流通，旅古侨民没有人胆敢去挑战禁令，暗批在古巴银信中销声匿迹。此封冲破藩篱暗寄侨汇的书信，展示了五邑华侨银信的震撼性、珍稀性。因此，它弥足珍贵，为我们研究古巴侨汇提供了一份极其难得的素材。

收到银信后，父亲带我去台城买了一件新棉衣，准备用于当年防寒过冬。

1970年10月1日，是中华人民共和国成立21周年的大喜日子。台山各地寒风凛冽，寒露风提前降临侨乡大地。一大早，我穿上了刚刚买到的新棉衣，高高兴兴地坐在父亲的自行车上，来到台城看国庆大游行。

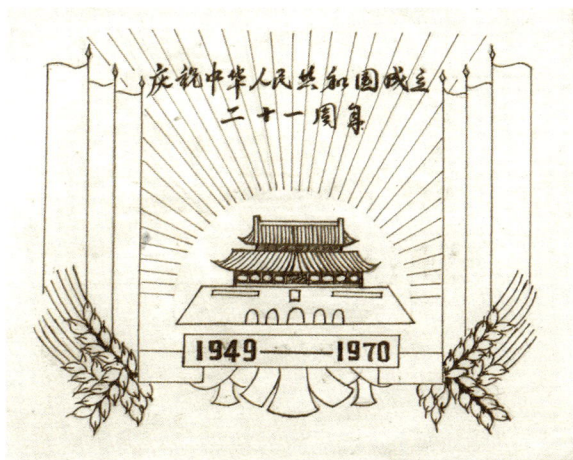

李振华作庆祝中华人民共和国成立二十一周年宣传画稿

243

75. 一世积蓄全寄清

1971 年 2 月 12 日古巴寄台山信
之一

【原文】

焕麟贤侄如见:

　　复启者,我旧年连接汝来信三封,一切明白详情。但系我一世积畜(蓄)金纸百余元,一次寄回汝各人分收。金足、金爱姑每人数拾(十)元。现在(我)并无一文存处。总至(之),今年有何机会设法再寄古币多少回汝。余言再字,耑此顺请

　　金安

叔维亮付

1971 年 2 月 12 日

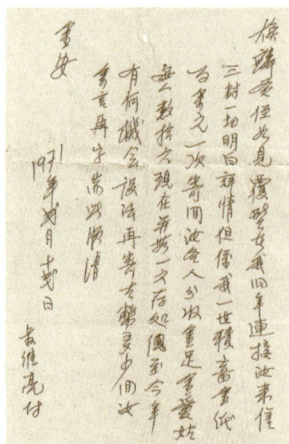

原封尺寸: 152mm×90mm
原信尺寸: 140mm×215mm

　　此信李维亮写于1971 年 2 月 12 日,2 月 15 日才由古巴甘玛伟埠寄,3 月 10 日台山交李焕麟收。邮路全程24 天。

【家书解读】

　　1970 年 9 月 2 日，二公冒名寄了 50 美元给我父亲，同时冒名寄出的还有两封同样的银信，一封寄给金爱姑婆，另一封寄给金足长姑婆，三位在家乡的亲人，每人寄数十美元。二公的美元从何而来呢？

　　古巴革命以前，古巴与美国关系非常好，在美国的控制之下，历届古巴政府几乎都沦为美国的傀儡政权，古巴比索与美元等值，且同时在古巴流通。华人更喜欢使用美元，二公手上也积存了一些美元纸币。古巴革命成功后，美洲各国联合对古巴实行经济制裁，禁止古巴比索在国际金融交易市场流通，美元从此在古巴销声匿迹。在实行社会主义的古巴，美元纸币成为难得一见的收藏品，二公也将这些美元纸币小心翼翼地收藏起来。十多年来，古巴的"共产风"席卷全国，华侨华人财产损失惨重，二公经营十几年的餐馆一夜之间化为乌有。眼看这股共产风还有蔓延之势，他忧心忡忡。1964 年，

李振华钢笔书法《青春寄语》

二公曾预言"古巴一小国，生产无多，每每祈人援助，略力难佐，永无好结果"。这些年来，古巴陆续推出禁汇、粮食配额供给制度、物资供应证制度、向共产主义直接过渡的"革命攻势"、"1 000 万吨蔗年"等政策，全国经济越来越困难，华侨日子一日比一日难过。曾祖父、二曾祖父相继含恨客死他乡，勾起了二公对家乡的思念，也激发了二公寄银的热情。他在年近古稀、收入微薄的困境下，竟然破釜沉舟，将他的"一世积畜（蓄）金纸百余元，一次寄回汝各人分收"。美元全部寄完后，还要想办法多寄古巴币。"辛苦我一个，幸福全家人"，这是二公大公无私的精神所在。在他的心中，除了祖国，就是家乡，还有家乡的亲人。

　　为了家人，默默寄银，二公将自己身上的一切奉献给家乡的亲人，从不计较个人得失，这是一种无私的境界。我们也应该以一颗感恩的心对待从海外寄来的每一笔侨汇，以海外华侨奉献的精神提升侨乡人民的思想境界。

　　正是：精诚所至金石开，禁汇天网为公破；忘我奉献垂青史，华侨银信赤子心。

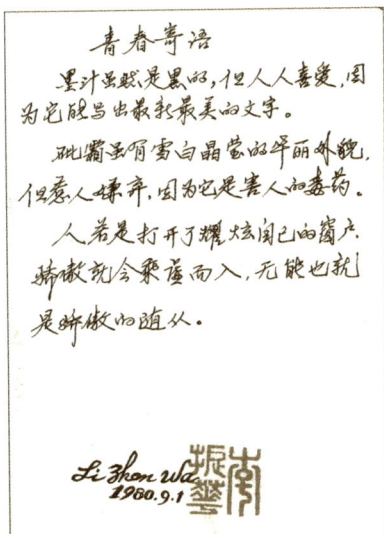

76. 信银失漏不可查

1971年2月12日古巴寄台山信之二

【原文】

金足胞妹如面：

启者，昨旧年八月尾付上一函，内床（藏）美纸二张，每张十元，共艮（银）廿元。但至（直）到一九七一年二月十二日未见回信，收到否？若果未收到，此美纸或者失漏，切不可查问。国家规例犯法，不可多言。劳汝来字通知并是，吾（唔）好彩①也。我亦收到汝旧年十月一号来信，并收到捌拾（八十）元古币伸人民券160元。总至（之），今年有何设法，再付多少回汝。我在外平安，不可挂心，谨此顺请

金安

兄维亮付
1971年二月十二日

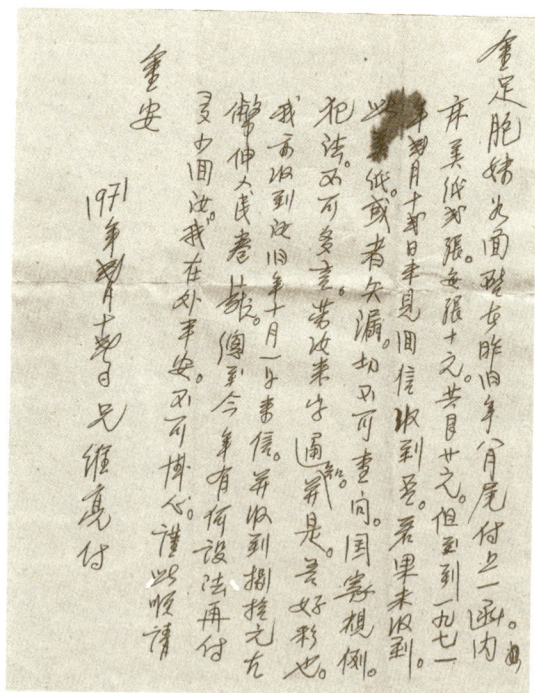

原信尺寸：165mm×215mm

此信李维亮写于1971年2月12日，2月15日由古巴甘玛伟埠寄，3月10日台山交李焕麟转交李金足收。

---

① 好彩：幸运。

【家书解读】

这封信与上一封信一起寄出，是二公寄给我父亲转交金足长姑婆的信。1970 年 8 月底，二公分别给家乡的三位亲人暗寄侨汇。五个多月过去了，二公收到了焕麟、金爱的收银回信，唯有金足没有回信，估计这封银信在寄递途中丢失了。民国时期，银信也叫担保信，带有挂号、保价的意思，担保信具有较高的安全系数，邮政寄递的全过程可以查询。古巴实施禁汇政策后，禁止一切信件夹寄现金或赤纸，邮政局也没有开办华侨汇款业务。暗寄侨汇出境属违法行为，一旦被古巴当局发现即没收该银信，还要负相关的法律责任。为了将钱银寄回家乡，二公抱着试一试的心理铤而走险，利用虚假的姓名、地址暗寄侨汇出境，这种办法可以逃避相关的法律责任，但银信能否成功穿越禁汇的天网，那就听天由命了。结果两封银信侥幸过关，一封银信可能被古巴当局截获。二公叮嘱如果收不到银信，千万不要去邮政局查询，只能怨自己运气不好罢了，希望迅速回信告知是否收到银信。

却说金足长姑婆在阳江嫁给了一个当地的农民，生下四个儿子。那几年，大儿子、二儿子相继长大成人，已经出来参加生产队劳动，近年又得到二公寄来的侨汇资助，一家数口丰衣足食。然而，天有不测风云，人有旦夕祸福。1969 年 7 月 26 日 6 时 49 分，在阳江县西南 20 公里处，发生了一次 6.4 级地震，震中烈度达Ⅷ度。地震造成 33 人死亡，1 000 人受伤，房屋万余间倒塌。在这次地震中，金足长姑婆的一间房屋倒塌，幸亏没有人员伤亡。由于钱银不足，损坏的房屋很长时间无法修复。金足长姑婆这半年没有回信给二公，我估计与她忙于灾后重建家园有关。六七十年代的侨乡农村，如果没有侨汇收入，侨眷的日子不知该怎样过啊！

附录　1969 年 8 月 5 日阳江李金足寄给李焕麟信

焕麟侄：

来信已收到了，我收到银票一张，柒拾玖（七十九）元贰（二）角，希你不要挂念，解决生活一切。

这次地震我有些损失，我烂了（损坏了）一个间（屋），现在没有盖起来，屋已经很少，人没有出现事故，我到新年有时间到你家来一次见面，现在时间不多，下次再谈。我家平安。

祝你身体健康！

李金足

1969 年 8 月 5 日

焕麟位

　　来信已收到了，也收到银票一张，共拾玖元贰角弄你不要挂
念，解决生活一切。

　　这次我要我有空探你。我唥了千凡。现在没有盖走之事
屋已经很少人没有出现事故。我到新年有时间到你家去
次足商。现在唞同後。千次再谈。祝家平安

　　祝你身体健康！

　　　　　　　　　　　　李金足

　　　　　　　　　1969年 8月 5日

1969 年 8 月 5 日阳江李金足寄台山李焕麟家书。

77. 老侨月粮寄回家

1971 年 5 月 15 日古巴寄台山信

【原文】

焕麟贤侄如见：

启者，昨 1971 年五月十日付回古币壹佰叁拾（一百三十）元，系用金足姑名字汇回汝两人收，每人分银 65 元古币，劳汝转人民卷（券）付上金足长姑收并（便）是。今年伟文叔本人亲自寄银，因佢旧年有收到老人粮每月 60 元，每年 720 元，所以存有多少，可以亲自寄多些回家还各人银。我今年系一次汇款，若果迟他（下）如有机会再付多少。我在外平安如常，不可挂心，耑此顺请

金安

叔维亮付

1971 年五月十五日

我有古币每张 50 元，未知中国通用否，劳（你）来字通知。

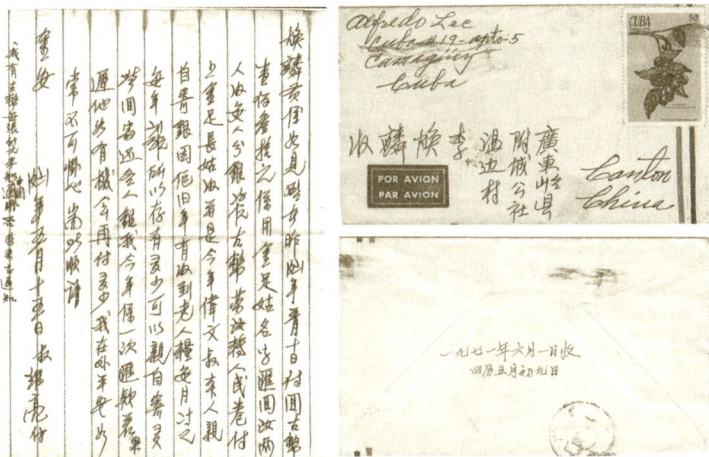

原信尺寸：175mm × 236mm

此信 1971 年 5 月 15 日由古巴甘玛伟埠李维亮寄—6 月 1 日台山交温边村李焕麟收。

【家书解读】

1971 年 5 月中旬，二公寄这一年的侨汇，金额为 130 比索，与上年侨汇配额相同。但"今年系一次汇款"，因为"伟文叔本人亲自寄银"，二公失去借人姓名汇款的机会。近两年，二公借用温泉市上

1971 年 6 月 18 日华侨汇款证明书

环村李伟文的侨汇配额汇银回乡，为我们家带来更多的侨汇。1970 年开始，伟文叔达到退休的年龄，每月有 60 比索的养老金，全年收入 720 比索，向来勤俭节约的台山华侨，会将积余下来的养老金寄回给家乡的亲人，这样，伟文叔的儿子李永申就可以得到全额 150 比索的外汇。因此，二公想寄更多的侨汇，只能另外寻找办法了。

这里，我算了一下伟文叔的汇款总费用。伟文叔与二公同居甘玛伟埠，距古巴首都哈瓦那有千余里，去首都汇款 150 比索，期间来往车费、旅差费要花 100 比索左右，加上汇费 6 比索，共要花费 256 比索。从这里可以知道，伟文叔去首都寄一次侨汇的总费用相当于他 4 个多月的养老金。1970 年，古巴蔗糖年产量 853.8 万吨，无法完成 1 000 万吨的目标，计划经济遭到挫折，老百姓日子更加艰苦。由于政府物资配额不足，黑市的价格每斤猪肉 8 比索、每斤米 6 比索、每斤黑豆 10 比索，也就是说，每月 60 比索的退休金，在黑市只能买 1 斤猪肉、7 斤米和 1 斤黑豆。[①] 在这样困难的情况下，为了给家乡亲人寄银，需要花费自己三分之一的年养老金，古巴老华侨的生活是何等节俭和艰苦啊！

这封信最后二公补上一句话，"我有古币每张 50 元，未知中国通用否"，里面应该暗藏玄机。这一年，二公只有一次机会寄银，他心里总是有点不舒服，不断地盘算着还有什么办法可以寄银。他明白，自己手上还有一些古巴比索，但无法汇出，也不知道能否在中国使用，于是就写信询问。我猜测，如果比索在中国能使用，二公可能会参照上年寄美元的办法冒险暗寄侨汇。

最近，我收到一封 1967 年 10 月 19 日中国人民银行江门市支行寄温边村族人关于古巴侨汇的书信，更加可以佐证古巴华侨的浓浓爱家情结，其信内容如下：

①　黄卓才：《鸿雁飞越加勒比——古巴华侨家书纪事》，广州：暨南大学出版社 2011 年版，第 257 页。

李兆富同志：

来信到收，勿介。承查询李煜华先生从古巴汇给李翠平汇款乙（一）事，洽悉。查我行只到收李煜华汇给李金英两笔汇款（是不是李金英即李翠平呢？）。由于收款人已逝世，现在我行正向汇出银行查问如何处理，在未收到回答之前，按照上级规定，我行无权改交任何他人收。因此，所请帮助解决之事，难以照办，有违所望，希见谅为荷。

此致

敬礼

1967 年 10 月 19 日

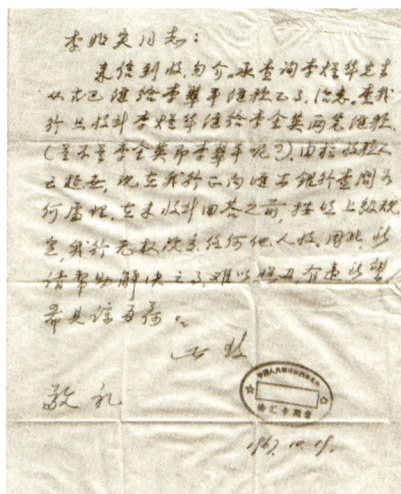

这封信中提到的李煜华是我村雅传祖云字辈族人，是李兆富的父辈，与二公同居古巴，1970 年移居美国（见本书"79. 古巴华人迁美国"）。1967 年李煜华汇了两笔侨汇给家乡亲人，而收款人早已逝世，根本无法收汇，但他还是不断地寄钱回家。由此可见古巴华侨在禁汇时期孤独无助的乡愁情结，他们十分珍惜每年来之不易的汇款机会，以寄钱回家的方式履行养家的责任和消解寄人篱下之乡愁。

像二公、伟文叔、煜华这样的古巴华侨为数不少，他们为了让家乡亲人过得更好，宁可自己勒紧裤带过日子，也要拼命地往家乡寄钱，直到生命的最后一刻。每一笔侨汇，都凝聚着海外游子的爱国爱乡情怀。

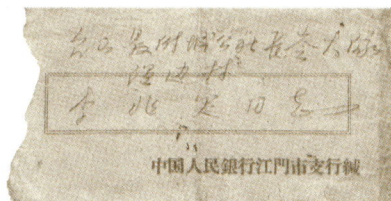

1967 年 7 月 1 日，台山全县私营侨批业与侨汇派送处合并为侨汇服务社。这是当年台山侨益侨批局在过渡时期临时使用的侨汇证明书，见证了当年侨批机构的演变过程。

251

78. 叔侄情深超父子

1971 年 6 月台山寄古巴信

【原文】

叔父大人尊前：

敬启者，昨六月一日接到来信，一切详悉。付来古币壹佰叁拾（一百三十）元已经妥收，兹将古币 65 元折换人民券，由邮局付给金足长姑收为应（家）用，勿念。汝今年二月付来之信已经收到，都已明白。我知叔父对侄是极为关心，亦劳其力尽一切能力付来之款，支持侄居家生活接济，心中极为欢喜，不胜欣幸，叔对侄比对儿子还更关心。我去年三封来信，是我对长远看世事与叔汝商谈及，因去年晚造口粮缺少之故。吾知叔汝年尊 69 岁，我希望有万岁长寿来抚养侄儿，此亦是吾等有福。但今看到世事，侄亦有未来忧虑。昔日有祖父、父亲、二公等在世，未识世情，当今世事转变，可忧呼（乎）。想到我儿女幼小，参加集体劳动力弱，收入不够解决生活，一旦接济不上，生活难以设想不堪。因此，如果叔你亦有远见之意，共策良图，方兴之家，如有通艮（银）三几千元中国艮（银），是作为今后之后盾，作为落业之艮（银），以济未来所急之需。是此意愿，非是侄之贪心也。现在国内农村劳动搬运工具以单车为主，如若用肩担物比不上别人用单车取得工分多，收入得多。不但形势所需很为吃亏，看来情况需要添置单车。每辆单车连一切所需附件要中国艮（银）180 元，吾亦想添置，希望今后在农业劳动多得些工分，增加些收入，是所愿也，但现艮（银）不够。古币在中国可为兑换通用，五月十三日报纸公布中古巴签订五年贸易协定及付款问题，汝处知否？

我之教学工作亦不能为作长远之见，因情况有变化，相信在不远会退出。无男人在家，过分受欺。此种农村老封建习俗思想未能彻底消除，同时教学有伤中气，影响身体不好。

（此信次页遗失）

252

原信尺寸：**270mm × 192mm**

1971 年 6 月台山李焕麟
寄古巴甘玛伟埠李维亮信。

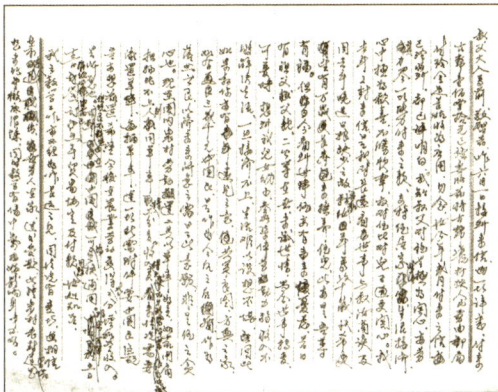

【家书解读】

这封信次页丢失，从字迹和内容可以判断，此信是 1971 年 6 月下旬父亲
（焕麟）寄给二公（维亮）的收银回信。父亲收到侨汇后，将分给金足长姑
婆的侨汇由台山邮局汇去阳江。

这些年来，二公想尽各种办法，不断地将侨汇寄回家乡，帮助我们家庭
渡过一个又一个难关。父亲是一个有情有义的人，对二公的关怀之情常记于
心。小时候，父亲经常教育我们，要永远记住二公的大恩大德。每次阿人买
糖果给我吃时，都说这是用二公寄回来的钱买的。当时年少无知的我，虽然
不知道古巴侨汇的艰辛，但也明白那个年代能有糖果吃是很幸运的。记得 20
世纪 70 年代初期，农村各种物质贫乏，村里一群与我年龄相当的小朋友常常
饥肠辘辘，成群结队到处觅食。当时村里响应公社号召，大力种植甘蔗，村
前村后的山岗地全部种上甘蔗，等到年底甘蔗收成后，我们一群孩童都跑去
蔗田争抢着捡蔗尾，用手抹一抹上面的泥土就开动自己口上的"榨汁机"，这
是我小时候尝到的最美味的果汁。新年过后，生产队分糖了，母亲领了一大
袋的黄糖（片糖）、赤砂糖（古巴糖）回家。我偷偷地用报纸把几片黄糖藏
起来，约了几位同学去村后面的大树下，找一个旧碗头①洗干净，加入黄糖，
用少量清水溶解，然后用几块烂砖头叠成一个小土灶，将碗头放在上面用柴
火烧煮，待水分蒸干后，将糖浆倒入预先准备好的荫古②叶内。一会儿，糖浆
晾干凝结成三角形条状的"棒棒糖"，我们称为"了了糖"，每人分一根。那
是童年时自制的高级麻糖，大家吃得津津有味，分享着童年时的甜蜜生活。
当然，这些"了了糖"的味道与阿人买给我的糖果不可相提并论，因此，我

---

① 碗头：是一种陶器，圆形缸状，台山多用来装饭菜。
② 荫古：又叫鹪古，野生带刺的热带植物。

也常常盼望二公多寄钱银回乡。

1971 年 6 月，我们家庭一共七口人，阿人长期患病，已经无法出门了，大姐刚好初中毕业，准备参加生产队劳动。父亲在学校教书，很少时间在家里，一家都是老弱妇孺，在村中经常受人欺负。当年参加生产队劳动，如运输稻谷、缸粪水肥、土肥、绿肥等生产物资，均以体力劳动为主。一些侨属家庭添置了自行车作运输工具，有自行车的社员出

1971 年长岭学校初中毕业班全体女同学合照。
（前排右三：李美慈）

勤得到的工分为普通劳动力的两倍。在这种情况下，添置自行车等于增加家庭的劳动力，所以我家购买自行车的欲望也特别强烈。那年代，买一辆自行车需要 180 元，而父亲每月工资只有 40 元左右，购买自行车显然是一种奢望。因此，我们全家都把希望寄托于海外。父亲将这些情况写信告知二公，希望得到二公的帮助，解决我们家庭的困难。

这几年来，为了寄银回乡，二公不惜一切代价，除了利用自己的侨汇额外，还多次借用其他华侨名额汇款，违反当地法律用虚假姓名与地址将自己一生珍藏的美金全部寄回家乡。这一切不是常人所能做到的。他与我父亲的感情，超越了叔侄关系。他心中明白，自己旅居古巴数十年，虽然有了自己的家庭和养子，但常受政府压制和土人排斥，寄人篱下的感觉无法消除，思乡之情常萦绕于心。他身在海外，根在家乡，家乡的侄子才是至亲至爱的人。浓浓的爱、血脉的情，编织成一封封飞越加勒比海的银信，汇集成侨乡发展的动力源泉。

79. 古巴华人迁美国

1971 年 12 月 14 日古巴寄台山信

【原文】

焕麟贤侄如面：

启者，今年连接汝来函二封，一切明白。问及作长远计划图谋，实在难上加难，我有艮（银）在手，无处付寄。汝亦要明白一事，主（只）可在每年每人在中华会馆汇款一次过，要分亲人关系规额矣，望来年如何设法可也。

我村尾李毓华叔 1970 年五月过美；又本村谭锦椒 1971 年七月过美，合家五人过美。我在处平安如常，在家不可挂心。余言再谈，谨此并请

金安

叔维亮字
1971 年十二月十四日

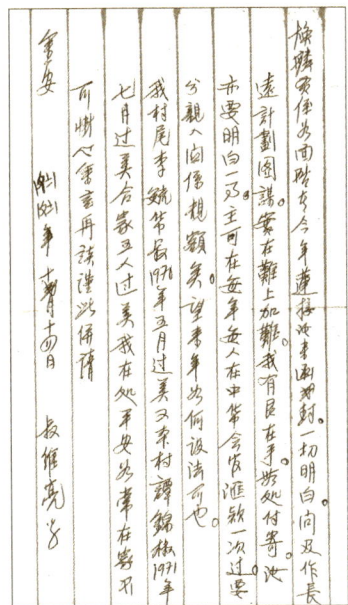

原信尺寸：**133mm × 236mm**

这信 1971 年 12 月 14 日由古巴甘玛伟埠李维亮寄—1972 年 1 月 22 日台山交温边村李焕麟收。邮路全程 39 天。

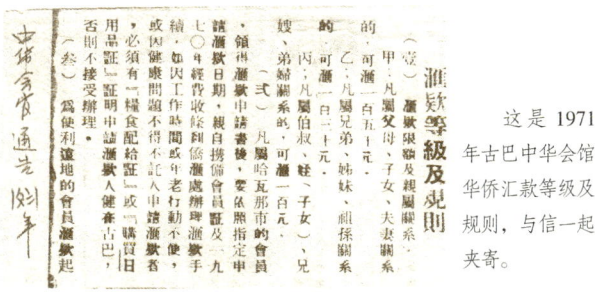

这是 1971 年古巴中华会馆华侨汇款等级及规则，与信一起夹寄。

255

【家书解读】

半年前,父亲寄信给二公,告知他欲购自行车一事,到这年底二公回信答复,若想"作长远计划图谋,实在难上加难"。二公民国初年去古巴,对古巴的政策了解得非常清楚,在他开餐馆期间,将积攒下来的钱秘密地收藏起来,避免了古巴的"共产风"。现在家乡的侄子有困难,他亦很想予以帮助。但禁汇期间,古巴华侨每年每人只能按照侨汇配额汇款一次。有钱无处寄,这是二公最困难的问题,只有希望下年再想办法了。

链接

自 1902 年古巴独立后,中古两国随即建立了外交关系。古巴经济在美国的控制下迅速发展,城乡经济持续繁荣,就业机会很多,古巴成为美洲华侨华人聚集的中心。据有关记载,20 世纪初,在古巴的华人有二三十万人,其中来自台山的就有两万多人,古巴成为华人赚钱的天堂,哈瓦那华人区成了美洲最大、最繁荣的华人区。1925 年古巴自由党独裁者格拉多·马查多·莫拉莱斯担任总统后,推行新政,导致华人主导的行业走向萧条;1929 年,古巴被卷入了资本主义经济危机,古巴经济走向衰退,加上排外风潮迭起,针对华侨的苛政百出,华侨华人赚钱越来越艰难。1943 年,美国废除《排华法案》,此后,第二次世界大战结束,美国经济快速发展,古巴华侨大量移居美国,华侨逐年减少。据古巴政府统计,1943 年有华侨两万余人;据《台山县志》记载,1953 年古巴的台山华侨有 6 833 人,这两个数字都比最高峰时期少得多。1959 年古巴革命成功后,古巴华人社区成为革命的对象。从 20 世纪 60 年代初的国有化到 1968 年的"革命攻势",善于经商的华人,无论是巨商还是小贩,财产全被收归国有。同时,古巴又推出禁止华侨汇款的政策,极大地刺伤了华侨的心。加上古巴实行的单一蔗糖经济政策一直无法让经济走出困境,华人陷于无处容身的境地,为求生存,华人掀起一波波的出走潮。据记载,1959—1960 年,成百上千的华人离开古巴。1961—1962 年走的人更多。1980 年哈瓦那发生 1 万多人到外国使馆寻求避难的事件,卡斯特罗宣布想离开的人都可以离开古巴,立即就有 125 000 多人到迈阿密去……①古巴华人越来越少,华人社会日趋没落,目前全古巴的华侨华人总共才 1 000 多人,古巴华人社区不再充满生命力。

---

① 黄卓才:《鸿雁飞越加勒比——古巴华侨家书纪事》,广州:暨南大学出版社 2011 年版,第 253~255 页。

20 世纪二三十年代，温边村旅居古巴的族人最高峰的时候有三四十人。时代的变迁导致老华侨逐年减少，移居美国的人越来越多。1970、1971 两年间，温边村族人就有李毓华（前文称为"李煜华"）、谭锦椒等 6 人移居美国，到 1971 年底，温边村旅居古巴的族人只剩下零星几个。这一切，二公看在眼里记在心上，不禁唏嘘。

二公在古巴境况难堪，我们身在中国的日子也不好过。1971 年 8 月 13 日，长期受病痛折磨的阿人终于脱离苦海，驾鹤仙逝，终年 68 岁。出殡前，我跪在阿人灵前泪如雨下。我知道，从此以后，再没有人买糖果给我吃了，更没有人像阿人这样呵护我了。

李门岑管好阿人遗照（1971 年）

1971 年 8 月下旬，父亲调到附城公社朱洞小学任教。该校离我家 16 公里，是附城公社最偏远的学校。父亲当时心里不愿意，但服从组织安排是他的职责，所以也接受了。父亲一篇 1971 年 8 月 24 日的工作日记，清楚地记录了他的心情：

当我在 10 日听到公社宣布调动，引起我许多感慨……23 日刘同志登门通知："今天要到单位上班工作……"脑子里有些不舒畅，对这次调动还不满意，这是私字的出现，但我想到这是党的事业，这样子想不是一事当前先替自己打算。所以，于 24 日早饭后，轻装的思想到朱洞学校来呀！到了这个新到的地方，朱卓民同志给我一个很好的印象，李主任同样给我更好的信任，对我的笑嘻嘻的，同志们的热闹情绪，打破了一切的苦恼。

父亲扎根偏远的乡村学校，在朱洞学校任教达十年之久，桃李满园，深受当地干部群众和学生的称赞。

李振华（左一）与学生一起在秋植甘蔗田检查。

257

80. 汇钱回乡补口粮

1972 年 5 月 21 日古巴寄台山信

【原文】

焕麟贤侄如面：

启者，兹昨今年五月中旬在侨汇处汇上古巴艮（银）壹佰叁拾（一百三十）大元，此汇单系用金足姑名字寄回，汝两人收，以应家用粮食，内交壹佰（一百）元人民币金足长姑收。又昨接汝来信，讲及再申请一次（汇款），

原信尺寸：162mm × 236mm

1972 年 5 月 21 日由古巴甘玛伟埠李维亮寄台山温边村李焕麟信。

原信尺寸：162mm × 236mm

这信 1972 年 5 月 21 日由古巴甘玛伟埠李维亮寄——6月 10 日台山交温边村李焕麟收。邮路全程 21 天。

1972 年 6 月 24 日古巴侨汇证明书

劳汝在家问及金清叔家人如何申请？办法证明书寄来我处，或者做到与否未知不定，然后（想）办法。余言不尽，后来再字，谨此顺请

金安

愚叔维亮付
1972 年五月廿一日

【家书解读】

时间来到 1972 年 5 月，二公这一年寄的侨汇，主要是给我们补足口粮用。我们家庭人口多，劳动力少，每年生产队分配粮食，都要补交一笔为数不小的口粮款，因此，每年二公寄来的侨汇，是我们领取粮食的主要资金来源。父亲收到侨汇后，按照二公的吩咐将 100 元（人民币）汇给金足长姑婆，余下 218.41 元（人民币）作为家用。除了补交口粮款外，剩余的银钱购买了一辆红棉牌的 28 寸双梁自行车。从此，大姐美慈可以骑着自行车参加生产队劳动，为我们家庭取得更多的工分。

1972 年购买自行车证明书

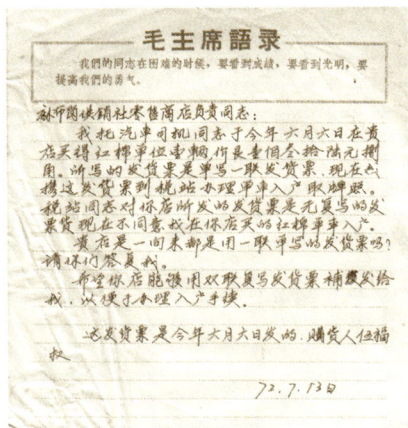

20 世纪 70 年代台山都斛公社的"购肉票"

20 世纪 60—70 年代，台山推行粮食生产"一年三熟制"，即早稻、晚稻、冬薯（或小麦）。由于连年耕作，地力超出负荷，粮食产量不高，农村口粮分配不足。小时候，家里每顿饭都是一半米一半薯芋，吃得饱就算不错了。每年春收小麦后，生产队分配麦粮给各家各户。每次煮饭前，先将粗制麦粉用水和搓成团，加上一些盐，制成咸麦包，待米饭烧滚后放入镬边蒸熟，饭熟后看见里面一个个黑巴巴的小馒头，活像一个个趴在篱笆上的小青蛙，台山人称之为"拿篱髻"。只吃一两顿还好，但顿顿吃这些"拿篱髻"就很难受了。这种东西人们吃腻了，又将面团搓拉长，剪成丸状，好像煮汤圆一样

煮成"糜水"来吃。由于那时猪肉要凭证供应，而农村人口没有猪肉供应；鱼塘是生产队的，每年只能捉一两次鱼。没有肉类、鱼类做汤底，煮成的"糜水"味道如何，可想而知。在家里吃不饱，又没钱买零食，于是我将分配的小麦炒熟，放在裤袋带回学校，用于课余时间或劳动课后充饥。常常是一班同学共同分享，一下子，小麦就分光了，还有同学想来要，那情景好像"孔乙己分茴香豆"一样，不亦"乐"乎。

每年收到二公寄来的侨汇后，趁父亲周末回家的机会，用父亲分配的一点肉票买一些猪肉，煮上一餐全米饭。我大口大口地吃得饱饱的，这是当年我们全家最幸福的一天。

1981年9月5日，台山县委召开三级干部会议，落实水稻生产责任制①。我们一家5个农村户口分到了4.4亩多水田，还有一些山岗地。那时，我的大姐、二姐已经毕业，参加生产劳动，劳动力比以前强了很多。虽然每年要向国家缴纳1 200多斤的公购粮，但家里每年收割后稻谷还是装得埕满缸满，家庭口粮年年有余，此后再也没有挨饿的日子。

1982年至2000年，台山稻谷总产量稳定在30万吨至35万吨之间。②2010年至2012年，台山稻谷总产量分别为36.87万吨、38.38万吨、38.88万吨，平均亩产分别为332公斤、343公斤、359公斤，全市每年可调出商品粮均超过22万吨③。

想起过去，看看今天，令人感慨万千。同样是台山这片土地，六七十年代粮食不足，大家都吃不饱；而现在则有大量的粮食，自给有余。台山的"珍香"等名牌大米远销广佛及香港等地。2013年8月12日，中国粮食行业协会授予台山市"中国优质丝苗米之乡"称号，台山都斛万亩水稻高产示范片被誉为"广东第一田"。台山由过去的缺粮县变成现在的售粮大市，见证了改革开放给侨乡人民带来的改变，我们的家庭也不再依赖侨汇过日子，用自己勤劳的双手实现了丰衣足食。

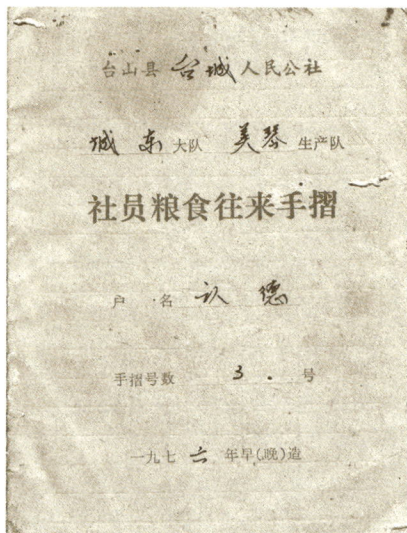

---

① 台山县地方志编纂委员会：《台山县志》，广州：广东人民出版社1998年版，第27页。

② 台山市地方志编纂委员会：《台山市志》，北京：方志出版社2011年版，第401～402页。

③ 《今日台山》编委会：《今日台山》，台山：台山市统计局2013年版，第114、115页。

81. 再次汇款没人情

1972 年 10 月 4 日古巴寄台山信

【原文】

焕麟贤侄如见：

启者，今年接汝来信数封，均皆明白一切。但因侨汇处未有人情，再申请汇款一事，若果有人情时再通知汝。现今时由金爱姑处押汇回古巴银叁拾（三十）元交汝收，又由银河村李卓著弟处押付回古巴银叁拾（三十）大元交汝收，贰（二）共艮（银）陆拾（六十）元古巴银，祈查照收，劳即回音。我在处平安如常，在家不可挂念，谨此顺请

　　金安

　　　　　　　　　　　　　叔维亮付
　　　　　　　　　　　　　1972 年十月四号

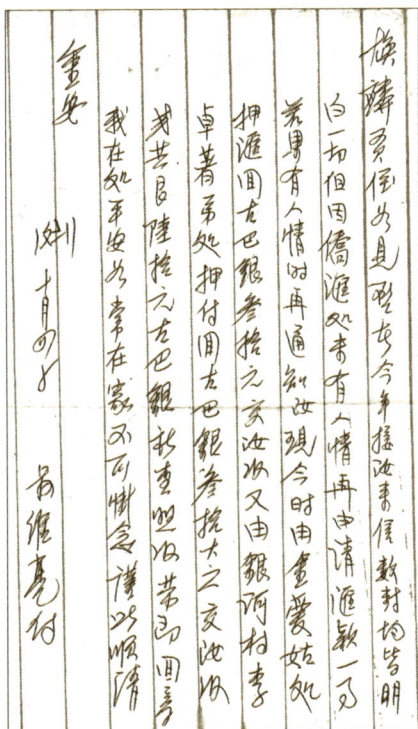

原封尺寸：**150mm×90mm**

原信尺寸：**142mm×235mm**

这是 1972 年 10 月 4 日由古巴甘玛伟埠李维亮寄台山交温边村李焕麟信。

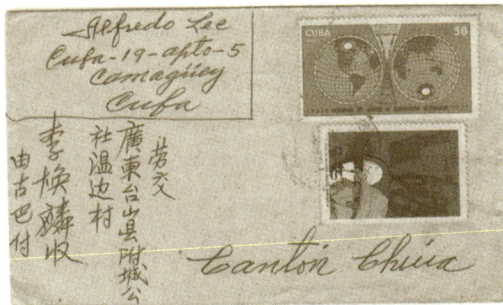

261

【家书解读】

1972 年，台山私营侨汇业被全部撤销，侨汇解送业务改由国家银行负责。从 19 世纪中叶银信侨批的形成，到民国时期高速发展，至解放初期的规范管理，直到 20 世纪 70 年代收归国家银行管理，五邑银信私营侨批机构从此退出历史舞台。

1972 年 2 月 21 日至 28 日，美国总统尼克松访华，中美双方在上海发表《中美联合公报》，标志着中美两国在对抗了 20 多年之后，关系开始正常化。冷战结束，中美两国之间恢复直接通汇，此后美洲地区侨汇不再依赖香港，可以直接转回国内。

或者是中美关系好转给父亲带来幻想，又或者是传言失真，父亲听说银河村族人金清叔这年申请了两次华侨汇款，于是写信告诉二公。二公随即到中华会馆侨汇处了解最新的侨汇政策，经多方证实并无此事。因为中古关系根本没有好转的迹象，申请再次汇款实为无稽之谈。

二公没有找到其他汇款的渠道，无法申请再次汇款。经过多方设法，他分别借用金爱姑婆和银河村李卓著的侨汇额各寄侨汇 30 比索，共 60 比索给我父亲，作为家用。

这一年是父亲来到朱洞学校教学的第二年，往返学校路途遥远，道路崎岖难行，校舍残旧简陋，教学设施较差，工作、生活条件艰苦，从父亲当年一篇题为"'粉'的话"的工作日记，可知当时的情况。

1972 年 4 月 19 日，星期三晚

本来今天因誊写油印二张蜡纸太辛苦的，肚子里很有意见。但在煤油灯下的工作仍继续紧张的，可是"粉"就有很多沙子掺杂在内，你吃到嘴里去，咽喉基本也不同意吞下，肠子也有它的提出抗议。因此我对做粉的×人提出了严厉的批评，表示我的抗议，可是还有个月……

父亲晚上在宿舍的煤油灯下写蜡纸，吃着带沙子的米粉，工作、生活条件之差可想而知。小时候，我曾跟随父亲去朱洞"旅游"，沿途经过水南墟，一条狭窄的木桥横架在水南河上，当地村民轻松自如地来往穿梭，这是进入朱洞的必经之桥。我心里打着寒战，下车后跟着父亲慢慢地走过这座木桥。那次过木桥的经历给我留下深刻的印象，此后再也不敢跟随父亲去"旅游"了。虽然朱洞学校条件如此艰苦，但父亲总是无怨无悔地，在附城最边远地区教坛默默耕耘，培育出一大批人才。70 年代末期，朱洞学校校舍天面桁桷被虫蚁蛀蚀，随时有倒塌的危险，课室窗户长期失修，残旧不堪。父亲看在

眼里，急在心上。他随即拟定倡议书，建议发动海外华侨和港澳同胞捐款重建学校，得到了学校领导和大队干部的支持。他亲笔一封一封地给海外华侨写倡议书，并寄给世界各地的朱洞乡亲。旅外华侨为之感动，纷纷捐钱支持重建校舍。不久，崭新的校舍建成，为当地学子提供了一个良好的教育场所。

水南圩，又名南昌市，是新宁铁路白沙支线沿途的一个站点侨墟。现在水南桥宽阔坚固，机动车可以通行。

海外华侨回朱洞学校参观，师生们夹道欢迎。

海外华侨回乡参观朱洞学校。

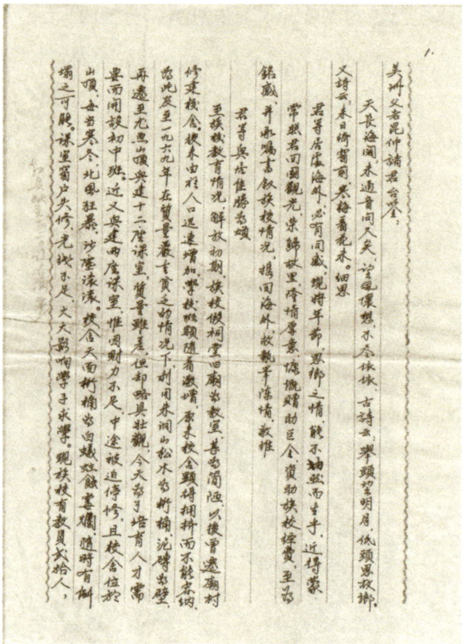

李振华书扩建朱洞学校倡议书之一、之二

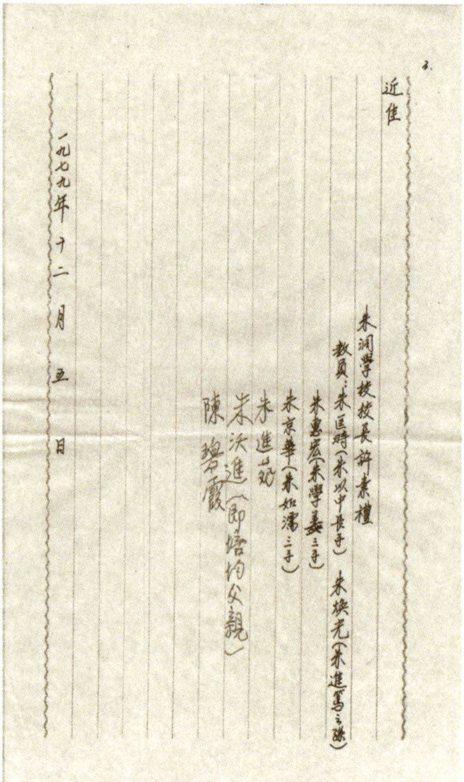

一九九九年 十二 月 五 日

近佳

朱洞学校校长许素礼
教员朱匡聘（朱以中其子）
朱惠爱（朱学姜三手）
朱京华（朱如汤三手）
朱进苑
朱汰進（即塔构父親）
陈碧霞

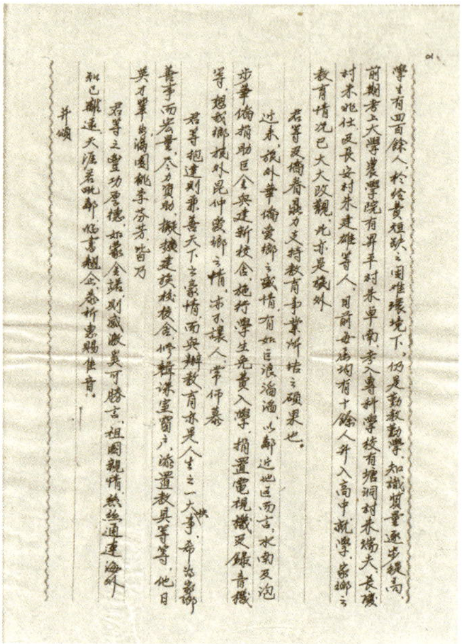

李振华书扩建朱洞学校倡议书之三

朱洞学校排球队在训练。

海外华侨回乡参观朱洞学校。

264

82. 古稀之年患哮喘

1973 年 9 月 28 日古巴寄台山信

【原文】

焕麟贤侄如面：

　　启者，昨接汝来信，讲及未知交几何艮（银）金足长姑收，信内言明交金足长姑艮（银）壹佰（一百）元人民币。我在处平安，在家不可挂心，现在有咀（扯）气正（症）①。余言不尽，谨此顺请

　　金安

叔维亮付

1973 年九月廿八日

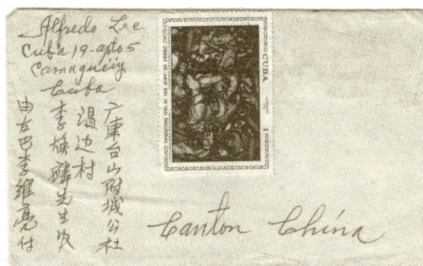

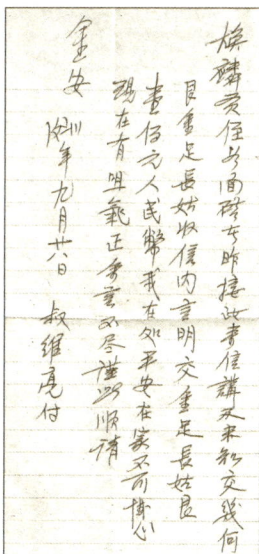

原封尺寸：**150mm × 90mm**

原信尺寸：**165mm × 209mm**

　　这封信 1973 年 9 月 28 日由古巴甘玛伟埠李维亮寄——10 月 29 日台山交温边村李焕麟收。邮路全程 32 天。

---

①　扯气症：哮喘病。

【家书解读】

1973 年 9 月，二公重新寄银了，这一年侨汇政策没有变化，但由于汇率的变化，侨汇收入减少。

从 1953 年到 1973 年，人民币与美元有较固定的比例，汇率保持在 1 美元兑换 2.46 元人民币的水平。

1973 年 10 月 25 日汇款证明书

1973 年，由于石油危机，世界物价水平上涨，西方国家普遍实行浮动汇率制，汇率波动频繁。为了适应国际汇率制度的这种转变，减少由此带来的不利影响，人民币汇率参照西方国家货币汇率浮动状况，采用"一篮子货币"加权平均计算方法进行调整。为此，人民币对美元汇率从 1973 年的 1 美元兑换 2.46 元逐步调至 1980 年的 1.50 元，即美元对人民币贬值了 39.02%，同期英镑汇率从 1 英镑兑换 5.91 元调至 3.44 元，即英镑对人民币贬值 41.8%。

古巴革命成功后，古巴比索汇率一直紧跟英镑，下面列表比较一下这几年汇率的变动。

时间	英镑（镑）兑人民币（元）	古巴比索兑人民币（元）
1971 年 6 月	1：5.88	1：2.45
1972 年 6 月	1：5.88	1：2.45
1973 年 10 月	1：4.63	1：1.93
1975 年 2 月	1：4.21	1：1.77

从上面数据可知，1972 年以前比索与英镑的汇率长期保持在 1：0.42 左右，比索与人民币汇率也保持在 1：2.45 不变。到了 1973 年 10 月，比索与人民币汇率快速调整至 1：1.93，比索汇率下降了 21%，因此，侨汇收入直接减少。在五邑侨乡，侨汇是侨眷收入的主要来源，汇率的变化情况，是侨乡人民最关心的问题。1972 年中美直接通汇后，许多海外华侨直接用挂号邮件将外币、赤纸夹寄回国内。由于汇率的变化较大，加上国家外汇牌价与市场价有一定的差距，黑市外汇市场死灰复燃。这又从另一个侧面反映了当时国家外汇管理政策上的缺陷。

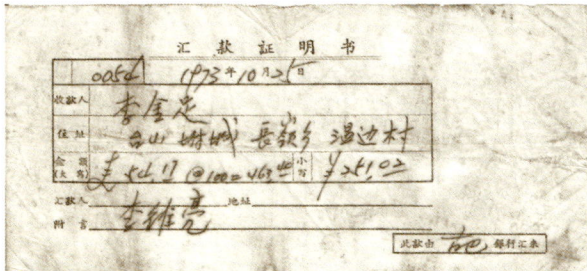

二公信中讲到他的身体有问题，"现在有咀（扯）气正（症）"。台山人俗称哮喘病为"扯气症"，父亲此前担心二公的身体问题，现在真的出现了。他年轻时身体较弱，出国后身体也没有大的好转。五六十年代他开了一间餐馆后，甚为操劳，以致积劳成疾。自餐馆收归国有后，他的心灵遭受重大打击，精神上的创伤加速了老年疾病的爆发，于是那一年他患上了哮喘病。接到此信后，我们全家人都为二公的健康状况担忧，但远隔重洋，也无法给予实质性的帮助。父亲找到一位较好的中医生，开了一张医治哮喘病的处方寄去古巴，祈祷二公早日康复！

1974 年 3 月 26 日秘鲁利马寄台山水步侨批局侨批封，是目前发现较晚期的五邑侨批。由此可见，1972 年国家撤销私营侨批机构后，有小部分私营侨批局仍在经营。

83. 落地生根变观念

1973 年 12 月 19 日古巴寄台山信

【原文】

焕麟贤侄如面:

启者,昨十一月卅日接汝十一月十日寄来信,一切明白,自应早日回信,但因健康问题,见字原谅。今年汇款,兄弟姊妹实汇 130 元,140 元是否?我且(扯)气症日日如常,现在寻找"闹洋化(花)"①,各药店无存,难以得到。我在外与养仔②同食同睡,佢在健(建)设工作,每月帮助四五十元。我现在年老有病,我不回国观光,亦不过美国,实意在处过日。早十一月十七号押付金爱姑处古巴艮(银)廿元交汝收,内付相片三只,祈查照收。

前时二公③有些少艮(银)在我处保管,每人每年限付 150 元交佢,自 1968 年以来每年照办付艮(银),实意经济好好。余言再述,嵩此并请

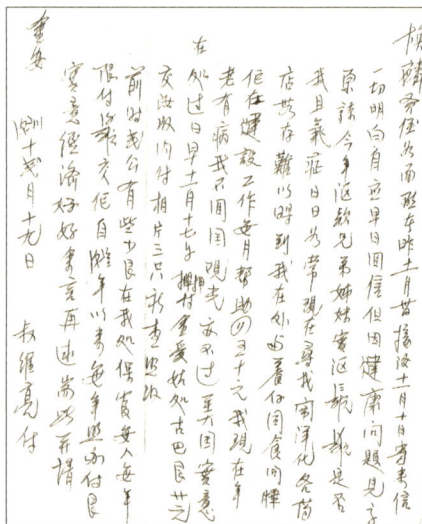

金安

原信尺寸:232mm × 213mm

这是 1973 年 12 月 19 日由古巴甘玛伟埠李维亮寄台山温边村李焕麟信。

叔维亮付

1973(年)十二月十九日

---

① 闹洋花:又叫闹羊花,是一种中草药,民间用于医治哮喘、咳嗽。

② 养仔:指义子玛料李邝。

③ 二公:指云宽,金爱的父亲。

268

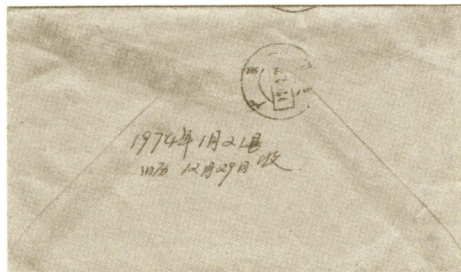

原封尺寸：150mm×90mm

这信 1973 年 12 月 19 日由古巴甘玛伟埠李维亮寄——1974 年 1 月 21 日台山交温边村李焕麟收，邮路全程 33 天。

【家书解读】

1973 年 12 月，二公年逾古稀，患有哮喘病，身体每况愈下，"且（扯）气症日日如常"，写信都有困难了。前一个月，他收到家乡寄来的处方，得知中草药"闹洋化（花）"可治哮喘病，即到药店买药，但走遍甘玛伟埠的药店都买不到。因为古巴以西医、西药为主，药店一般不经营中草药。20 世纪 70 年代初期，古巴各种物资奇缺，物价高企，各种医疗设备简陋，有病找不到好医生，有病无钱医，就算有钱也买不到好药，这是每个古巴老华侨遇到的困局。白公云宏、二白公云宽、长白公云宾凄然离去，这已经成为古巴老华侨的宿命论。二公 18 岁就去古巴谋生，在中国没有成家立室。到古巴后，他目睹父辈一个个家庭夫妻两地长期分居、骨肉分离的苦况，暗下决心要通过自己的努力去改变命运。为了寻求更大的发展，他出国后积极融入当地主流社会，在古巴发展自己的事业，结交当地朋友，还与一位古巴女子结婚，将妻子婚前所生的私生子作为自己的儿子去政府注册户口，期望在当地结下自己的"根"，试图改变命运。可是命运捉弄人，由于夫妻二人来自不同民族，中西方文化与习俗的差异，最终婚姻破裂。离婚后，他一手将养子抚养成人，父子两人同食同住，相依为命。这年养子已经参加工作，每月有四五十元工资收入帮助家庭。虽然玛料李芳不是二公的亲生儿子，但二公对他有 18 年的抚养之恩，两人结下了不解的父子情缘，二公"落地生根"的观念油然而生。因此，年过古稀的二公打算"不回国观光，亦不过美国，实意在处过日"，在古巴开花结果，延续他的"根"。

中国与古巴都是社会主义国家，同属第三世界的难兄难弟，各有各的困难。二公清清楚楚知道我们一家在乡下的困境，就算回唐山，或许很快会后悔。况且，自中美关系改善后，古巴政府更加紧靠苏联，中苏关系紧张，中

古关系也处于僵持状态。古巴限制华侨汇款和使用外汇到国外旅游。20 世纪 70 年代，能成功回国的华侨少之又少，这也是二公不打算回国的一个因素。

第二次世界大战结束后，特别是 20 世纪 60 年代以后，台山籍华侨华人社会开始发生深刻的变化，其中最根本的变化是思想观念上完全转变为"落地生根"，希望融入当地的主流社会。① 随着时代的变迁，越来越多的新华侨华人不再囿于国籍，积极融入当地主流社会，采取了跨国生存和发展的生活方式。由"落叶归根"到"落地生根"，成为当代新移民观念转变的显著特点。

二公是一个非常精明的人，在二白公去世后，他一直利用云宽与金爱父女关系的侨汇配额每年给金爱姑婆寄汇。1968 年以来，每年汇款 150 比索给金爱姑婆。因此信中讲金爱的家庭"实意经济好好"。

1973 年末，我已经读小学二年级了。那时候，学校实行"贫下中农管理学校"的教育模式。在那个"政治挂帅"的年代，贫下中农走上了农村学校的领导岗位。在学工、学农、学兵方面，他们的创造性极强。记得长岭大队银河村的瑞湛叔、温边村的伯河伯是贫农代表，每周要定期给我们上阶级教育课，召集全校师生召开"忆苦思甜"大会，大家听他们讲新中国成立前如何受地主阶级剥削，过着牛马不如的生活……长庆村的黄伯传是孤儿出身，在诉苦大会上给我们讲述他"夹下出月"②，穿村过乡去乞米的故事……

朱洞小学在贫下中农管理学校时期进行文艺演出。

贫农代表为学生上"忆苦思甜"教育课。

---

① 梅伟强、关泽峰：《广东台山华侨史》，北京：中国华侨出版社 2010 年版，第 126 页。
② 夹下出月：也叫"腋下出月"。新中国成立前，台山孤儿去乞食，带着一个土制的碗头，夹在腋下，远望上去好像腋下长出一个月亮一样。

每一节"忆苦思甜"教育课，我们都要集中精神听，课后还要写学习心得。上午和下午放学后又组织学生到各村进行晨呼晚呼，高呼当时的政治口号，喊完所有的口号后才可以回家去。由于学校政治气氛太浓厚，学生根本学不到真正有用的知识，大多数学生的心态是"上课望下课，下课望放学，放学望礼拜，礼拜望放假"。每天晚呼后我们一班同学经常到处游荡。每逢村前村后的野山竹、荔枝、番石榴、山捻子等果树挂果的时候，我们都争先恐后地爬到树上摘果子吃，过着迷迷糊糊的童年生活。幸亏打倒"四人帮"后，学校重新重视抓教育，我才真真正正学到一些知识，为我后来参加高考打下坚实的基础。

84. 华侨期待保祖业

1974 年 7 月 29 日古巴寄台山信

【原文】

焕麟贤侄如面：

启者，自今年接汝来信二封，一切明白。二月九号、又五月十七号两封信，汝讲及二公之屋，佢（他）生前时对我讲过，此屋由焕麟侄保管祖业，不能化废变卖，要永保管祖业。我之且（扯）气症，原本蓄气，并无咳症，又不多痰，些少也。又说血压症，现在正常，我常去医生处检验。又说兆环公，去年汇回二次款银，因侨汇处因余艮（银）数萬（万）元，由一号至三千号，由中华会馆册册部号数轮流汇八十元，若果今年有侨汇，将此八十元扣除。若果有汇贰佰（二百）元，除八十元，余艮（银）120 元付。我因收信后，未曾一时回音，因健康问题。所因等候侨汇处通告，至到现在未有侨汇。今时不同前时，旧时各艮（银）行徐（随）时汇款，使通用美纸。社会主义国家不准行使美纸白艮（银）。昨七月中旬有新闻纸报告，中古

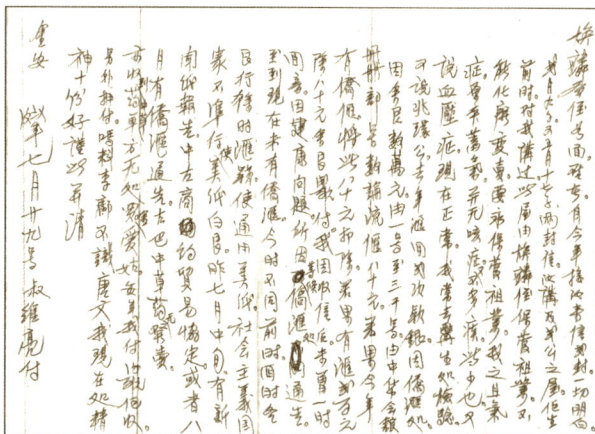

原信尺寸：330mm×210mm

这是 1974 年 7 月 29 日由古巴甘玛伟埠李维亮寄台山温边村李焕麟的信封。

商约贸易协定，或者八月有侨汇通告。古巴中草药无登卖，亦收到中草药单方无处买。金爱姑每年我付 150 元佢（她）收，另外押付。吗（玛）料李邝（芳）不识唐文。我现在处精神十分好，谨此并请

金安

叔维亮付

1974 年七月廿九号

【家书解读】

时间又过了半年多，二公的哮喘病症状表现为气喘、无咳、少痰，血压时低时高，表面上病情不严重，但没有好转的迹象。我想，其实病情正在不断加重。家乡寄去中药处方又无处买药。二公信中讲"我现在处精神十分好"，我认为这是二公怕我们担心他的病情，所以用好话来告慰我们。"有福全家享，有难自己当"，这是海外华侨一贯的做法。

前些时间，父亲得知本乡的古巴华侨能汇款两次，于是将这个消息告知二公。二公接到信后，为了给家乡的亲人多寄一点侨汇，他带病往中华会馆查询详情，得知"兆环公，去年汇回二次款银，因侨汇处因余艮（银）数万（万）元"，中华会馆在已经登记的华侨名册中按照从一号至三千号的顺序轮号排名，每一个会员批准再汇款 80 比索，但这年多汇的 80 比索要在下一年的侨汇配额中扣除。那么，就算 1973 年多汇了 80 比索，1974 年的侨汇配额要先减除 80 比索后才是真正的准汇额，因此，二公不选择这种方法寄汇。况且，古巴不准美元在国内流通，银行不能汇款出国，有钱想汇也无门。

这些年来，随着古巴社会主义进程的深入，"共产风"横扫古巴华人社会。华侨毕生的劳动成果被政府没收，失去财产的华侨只能依靠每月 40～60 比索的微薄养老金艰难度日，大批老华侨在贫病交加中含恨去世。古巴华侨华人社会迅速式微，有能力寄钱回乡的人越来越少。在每年中华会馆侨汇总额 100 万比索不变的情况下，1973 中华会馆侨汇配额剩余数万比索。

自古巴实施禁汇起至 1974 年十多年间，古巴政府每隔数年给予每位华侨汇款配额有所增加，下表以编著者收集多个家庭 1962—1974 年古巴华侨书信和二公寄回来的《中华总会馆侨汇细则》记录的侨汇配额变化作比较，来看看古巴侨汇政策的变迁：

年份	父母妻子限汇	兄弟姊妹限汇	伯叔侄孙及其他关系限汇
1962 年	100 比索	50 比索	50 比索
1963 年	100 比索	50 比索	50 比索
1964 年	100 比索	100 比索	50 比索
1965 年	120 比索	100 比索	50 比索
1966 年	130 比索	110 比索	60 比索
1967 年	140 比索	120 比索	80 比索
1968 年	140 比索	120 比索	100 比索
1969 年	150 比索	120 比索	100 比索
1970 年	150 比索	130 比索	100 比索
1971 年	150 比索	130 比索	100 比索
1972 年	150 比索	130 比索	100 比索
1973 年	150 比索	130 比索	100 比索
1974 年	270 比索	270 比索	270 比索

　　1961 年古巴中华总会馆参加登记的华侨 9 002 人①。1970 年古巴人口普查数据显示，古巴华侨总人数为 5 892 人②。那么，1974 年在古巴中华总会馆登记的人数有多少呢？按照 1974 年《中华总会馆侨汇处通告》规定"每人可汇二百七十元，不能超出此数，但可以少汇"的汇款原则，以当年 100 万比索侨汇总额估算，1974 年在中华会馆注册登记的华侨估算有 3 703 人，这个人数是否属实，本人未作考证。实际上，能汇款的人数比这个总人数还要少。从上面数据分析，古巴禁汇以来的十多年间，古巴华侨的侨汇配额每隔数年就增加一些。笔者认为，这不是古巴政府放宽禁汇政策，真正增加侨汇配额，而是在古巴政府每年侨汇总额 100 万比索保持不变的前提下，汇款人数迅速减少。

　　"讲及二公之屋……此屋由焕麟侄保管祖业，不能化废变卖，要永保管祖业。"这里是讲温边村仔的祖屋，是高祖父俊衍清朝末年去金山赚钱回乡建造的，大门口一房一廊分给二白公云宽，中间大厅分给三白公云昌，后由云宾之子国份过继（继承），小门口一房一廊分给长白公云宾。抗战期间，台山沦陷，二白公云宽的妻子、儿子死于战祸，两个女儿逃荒失散。战后重新寻找到金爱姑婆下落时，她已经嫁到四九松朗永安村。新中国成立后，国份一家

---

① 袁艳：《融入与疏离：华侨华人在古巴》，广州：暨南大学出版社 2013 年版，第 139～140 页。
② 袁艳：《融入与疏离：华侨华人在古巴》，广州：暨南大学出版社 2013 年版，第 139～140 页。

也远走他乡去兰州，后来辗转到广东乐昌定居，此后村仔祖屋空置，大门钥匙由我父亲保管。二白公云宽去世后，金爱姑婆提出要出卖她父亲的祖屋，为此，我父亲写信询问二公如何处理这件事。二白公与二公在甘玛伟埠一起居住数十年，情同父子。为了保留自己的祖屋，二白公生前嘱咐将这间房屋交由我父亲保管，绝不能变卖给他人。

如果按照新中国的法律，出嫁女也有权继承祖业。但按照台山乡村传统习惯，出嫁女无祖屋继承权。如果家庭非常困难，无法维持生活，卖屋是无可非议的。但金爱的家庭经济并不困难，二白公生前每年都有侨汇寄给她，二白公去世后，二公没有注销云宽在中华会馆的名额。从 1968 年起，二公每年寄 140～150 比索给金爱，按照 1972 年前的汇率，可得侨汇人民币 367.5 元，相当于当年我父亲近 10 个月的工资。所以二公在上一封信中讲金爱的家庭"实意经济好好"，卖祖屋是没有理由的。

二公写了这封信后，也寄信给金爱讲明道理，卖屋一事暂时搁置。但是在二公去世之后，金爱、连金两姐妹来到温边村要卖祖屋，父亲将此事与国份大公商量。以下是 1976 年 1 月 18 日国份大公寄给我们的回信：

焕麟侄：

　　你寄来两封信我也曾收到，请勿念。关于屋宇问题，我已经决定进行维修，在这次付（复）信中谈及金爱姑来到你家将屋卖给别人，这是他（她）道理何在？同时你二翁（云宽）留下之言，同时你（金爱）不是李家后代，在这样情况，你系到大队、公社询问是否能够变卖，但我的意见完全不能动用，因为他是只有一间房间及一厨房，大厅完全是我所管，如果佢（她）实行要（卖）的话，你去大队查一下，是否她有无权限，速来信示知，等我回去同她谈谈，现在我工作比较忙，后有暇时多谈。

　　祝你

春节合家安好

　　　　　　　　　　　　　叔礽胜

　　　　　　　1976 年元月 18 （日）

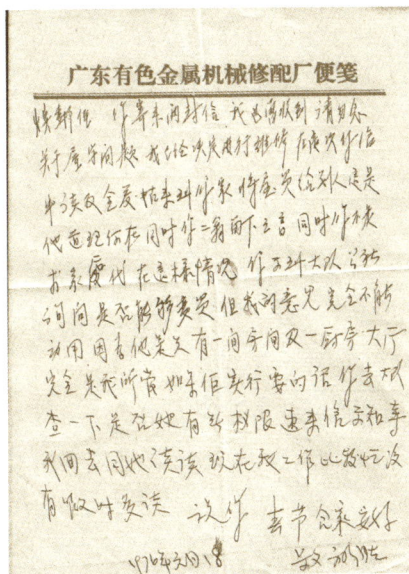

这是 1976 年 1 月 18 日由乐昌李礽胜（国份）寄台山温边村李焕麟家书。

275

为了保住祖屋，国份大公寄钱回乡修葺祖屋。当他得知金爱姐妹要卖祖屋后，亲自从乐昌赶回家乡，与金爱姐妹商量，但无法达成共识。父亲是一位教师，是讲道理之人，他知道她们姐妹卖屋是合法的，也不作太多的阻挠。不久，金爱姐妹将村仔祖屋大门口一房一廊卖给同村的李礽周，当时价格二三百元。对于这件事，我的印象是很深刻的。

1979 年 8 月 8 日，李国份因病在乐昌逝世。1980 年初，国份离世不久，他的妻子谢惠娟、女儿李婵娇先后分别提出要卖她们的祖屋，当时定下转让价为 900 元。为了保住祖屋，父亲想尽各种办法，只能筹集转让价一部分的资金，无可奈何之际，父亲只有将小门口一房一廊承买过业，把中间大厅卖给李礽周。由于当时我们家庭经济非常困难，这笔买屋款项一年后才付清。

故乡，是海外华侨魂牵梦绕的地方。风沙吹老了岁月，却吹不老深沉缠绵的思念。家，是华侨的安身立命之本，祖屋是华侨在祖国的根，保护祖屋，永保祖业，把根留住，是海外华侨华人以及侨乡人民神圣的责任。

为了有一个属于自己的家，高祖父 19 世纪中叶就去金山淘金，将自己一生积攒的血汗钱带回故乡，在村仔建造了自己的新屋，实现"落叶归根"的夙愿。为了养活自己的家，保住自己的根，曾祖父三兄弟漂洋过海去古巴谋生，最后客死异乡。为了延续自己的根，二公不惜一切代价拼命地寄钱回乡，为家乡的兄弟、姐妹、侄子献出了一切。老一辈华侨的品格是多么高尚，胸怀是多么美丽和宽广！

然而，一些华侨的后人，为了眼前的一点利益，不惜变卖祖屋，割断祖辈的根，甚至为争财产，搞出家庭不和的闹剧，这些都是先辈不愿看到的。

附录　1981 年 11 月台山李振华寄乐昌谢惠娟信

惠娟婶婶：

你好！复信我已收到，一切知道了。兹由邮局付来人民币叁佰玖拾壹圆（三百九十一元）整，请你到肖瑞银处取回该款。我原来应该再付给四百元给你，但因汇费前后两次共汇款九百元，扣除汇费九元，即前后两次共付九百元了。你收到款后，即速回信，勿使我挂念。

我知道你对我的心意了，婶侄、兄弟间是应该维护相助的。待到见面时可以详谈心里话了。你收到这笔款后，你应作好好清还欠款，如有所存可作急需备用吧！我是做教书的工作，月薪不过是六十元以下的。我现在儿子读高中二年级，每月要付一定的伙食费和费用，小女儿读初中二年级，费用较大，有一定的困难。我付这笔款给你为买屋价艮（银），是向亲友借来的。我也要想办（法）才得解决。你知道后，不必担忧，由我处理便是了。婵娇这种思想这样对付你，你不可气闷，正如你所说的便是了。你今后应该在一定的时候，即使没有什么事情，都要写信来我，告诉生活的近况。因为我是同一家人，除了你和我一家人之外，那些老一代的亲人不在了。看来作为亲人就是这样的啊！心情的沉痛是不说了。

我的大女儿还没有成亲，现在家跟你嫂嫂搞农业生产，她们比较听话，有机会才成对偶吧！我现在去年已回到大亨工作了，比较近家庭，方便一些。

你千祈保重身体健康，扶持振光弟生活，为未来创造幸福美满的家庭，是我的希望。今后如有机会回家乡时，你们可直到我家里来便好，不必多心思了。

做人应当放开眼界，看个阔大，切勿狭隘。要看到未来的光明，为了未来的明天就得要活下去。坚决要活下去！婵娇的做法由她做吧。蛮理是不对的，我也无信给她，你别多忧虑。你的家具我拿些去用了，请谅知好了。我们居家各人安康，请勿远念。收信后，请复信。余言下次再谈。

耑此 祝你
健康！

希望振光弟积极工作，踏实地生活，为未来艰苦地创业。找对象要着重心情美，要夫妻婆媳相好，切勿轻浮地重于仪表美，主要是思想品德好。老

这是 1981 年 11 月李振华寄给乐昌谢惠娟的书信。

实地生活的才有幸福的家庭。勿要过急求成，要有一定时间的了解和试测探察对方，才可确定。不能从口头外表看一个人。要的是有晓道理的姑娘，勤恳、悭俭、朴素、老实的姑娘为对象，不要被一些一时的爱情所迷惑而误的，至紧。至紧。应深入考虑，才作决定。

侄：振华上

1981 年 11 月□日

85. 银信断绝梦未圆

1974 年 11 月 22 日古巴寄台山信

【原文】

焕麟贤侄如面：

　　启者，兹付上中华会馆通告书一张，汝一看明白阻迟（原因）。我在外平安如常，在家不可挂念。总至（之），十二月初有汇款事，耑此并请

　　金安

叔维亮字

1974 年十一月廿二日付

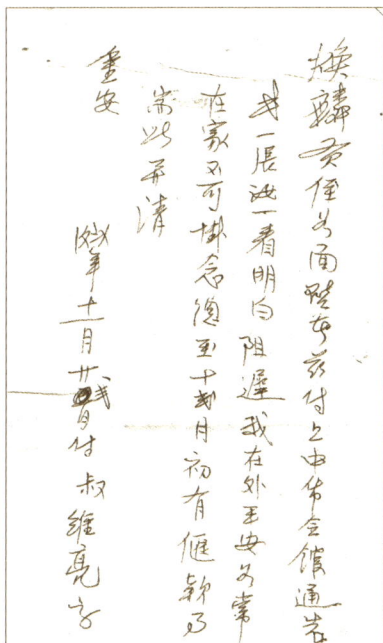

原封尺寸：150mm×90mm

原信尺寸：102mm×216mm

　　这信 1974 年 11 月 22 日由古巴甘玛伟埠李维亮寄—台山交温边村李焕麟收。

【家书解读】

这是 1974 年 11 月 22 日二公寄回家乡的一封信，是二公现存最后的手迹。但根据我父亲当年的日记本笔记记载，二公最后的一封家书应该是 1974 年 12 月 20 日寄出，1975 年 1 月 24 日由父亲收到信，2 月 27 日收到古巴侨汇 478.07 元。很可惜，最后一封信没有保存下来。

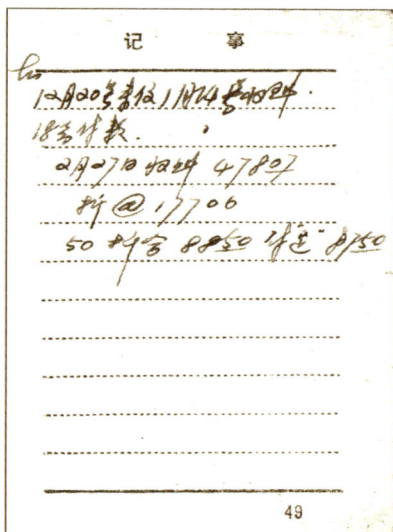

李振华 1975 年的日记簿，记录了李维亮寄的最后一笔古巴侨汇。

这封信，二公的主要目的是将当年古巴《中华总会馆侨汇处通告》寄回家，让我们明白古巴的侨汇政策：

中华总会馆侨汇处通告

一、今年侨汇定额：每人可汇二百七十元，不能超出此数但可以少汇。

二、已领取汇款申请书的胞侨，须依照所定申请日期及汇款日期前来办理手续，不可提前，或拖迟，以免影响工作。

三、办理申请手续及领取汇款单到银行交款，都可托人代办，只需带来汇款人的中华总会馆会员证及汇款申请书，不用其他文件。

四、远地（山埠）已寄来册部要求托汇的侨胞，请即将收款人地址、姓名及邮戾寄来，邮戾写 CASINO CHUNG WAH 收款。

五、银行收费，不论汇额多少，每单收费一元五角一分（如汇五十元则需五十一元五角一分，汇一百元则需一百零一元五角一分，汇二百七十元则需二百七十一元五角一分）。

中华总会馆侨汇处启

一九七四年十一月三十日

这一年的侨汇配额比往年迟，估计与侨汇政策改变有关。1973 年中华总会馆剩余侨汇额数万元，一些有能力汇款的华侨却无侨汇配额，广大华侨对此极其不满。1974 年，中国大使馆应侨胞的一再要求就侨汇问题与古巴政府反复交涉，要求修改华侨侨汇配额，古巴政府迫于压力调整了侨汇配额方案，取消了原来分等级配额寄汇办法，不论何种关系的侨眷，"每人可汇二百七十元"；但订出种种条件加以限制，如"死亡以及老侨回国者无权汇寄"①。每个有权汇款的华侨汇款配额则比上年大幅增加。表面看侨汇政策好像放宽了，其实当年古巴的侨汇总额没有增加，只是将原来剩余的侨汇配额重新分配而已。我们可以推算一下，假如 1974 年古巴中华总会馆登记会员 3 703 人，每人准汇 270 比索，全年侨汇可达 999 810 比索，刚好符合每年 100 万比索的侨汇总额。由此看来，实际上，古巴禁汇以来，侨汇政策从来没有改变过。当然，以上推算是否正确，还有待考证。

侨汇配额大幅增加，给我们家庭带来了惊喜，但看看这封信上简短的几行字，扭曲变形的字迹，可知写信人的手在颤抖。二公病情不断加重，父亲捏了一把汗，我们全家为二公祈祷。

1975 年 2 月 27 日，父亲收到二公寄来的古巴侨汇 478.07 元，他将 87.5 元转汇给阳江金足长姑婆，余下 390.57 元自用。这笔侨汇帮助我们解决了一个多年无法解决的问题。1966 年，我们的房屋中厅天井口周围桁桷已经腐烂，阶基石周围漏水，但又没钱修理。经过近十年的风吹雨打，大厅下檐天井口周围摇摇欲坠，随时会有倒塌的危险。收到这笔款后，父亲终于筹足了修屋的款项，迅速准备修理房屋的建筑材料。20 世纪 70 年代中期，台山各种建筑材料紧缺，水泥、钢筋、铁钉等建材需要凭证明供应。为了筹备这些建筑材料，父亲委托乐昌的国份大公从韶关购买一些急需的建材，一封 1975 年 3 月 7 日国份寄回家乡的信记录了这段历史：

1975 年 2 月 27 日李振华通过邮政汇款将侨汇转汇阳江李金足的汇款收据。

① 黄卓才：《鸿雁飞越加勒比——古巴华侨家书纪事》，广州：暨南大学出版社 2011 年版，第 333 页。

振华侄：

　　你两次寄来之信我也曾收到，内函领悉，一切明白。关于粮票问题，我也曾多方设法，前次谈到粮卡问题已经谈妥后，但他没有交来。故此不能寄上，在目前票价可能需要0.25（元），但一时数量不多，故此等到现在还没有及时寄上给你，可能在月中旬或下旬寄上一部分给（你），请原谅吧。现在清明佳节，快付于拜坟之事，请你代劳一下，外付币10元给你作拜山之用，只因多年在外，没有暇时回去，我在今年2月3号由乐昌托亚雪霞小叔代（带）回钢条5根，瓦角板20块，洋钉一包，饭桌一张，但佢（他）来信说及2月17号由

广州带回台山交给伍锦（振）棠，未知是否收到，请来信告知，小元（圆）枱是我给雪霞侄女应用，其他一切下函再告知你，我们各人在家均好，请勿念。

　　祝你

合家安好！

　　［伍绍华代（带）回广州去转运台山］

叔礽胜

1975 年 3 月 7 日晚

　　修理房屋用的主钢筋、洋钉、瓦角板等材料都是从乐昌托人运回台山，可见那个年代各种物资是非常缺乏的。此外，父亲还到处求人情，终于得到了买十多包水泥的指标，艰难地集齐了全部建筑材料，于当年雨季前将破烂的下檐修葺完好。

　　"安得广厦千万间，大庇天下寒士俱欢颜，风雨不动安如山"，唐代诗人杜甫当年的愿望，在侨乡台山实现了。一百多年来，成千上万的台山人前赴后继出洋谋生，将积攒下来的血汗钱，通过银信源源不断地汇入侨乡，为侨乡建设注入一股巨大的动力，促使大量的侨村、侨房、侨墟、碉楼、洋楼如

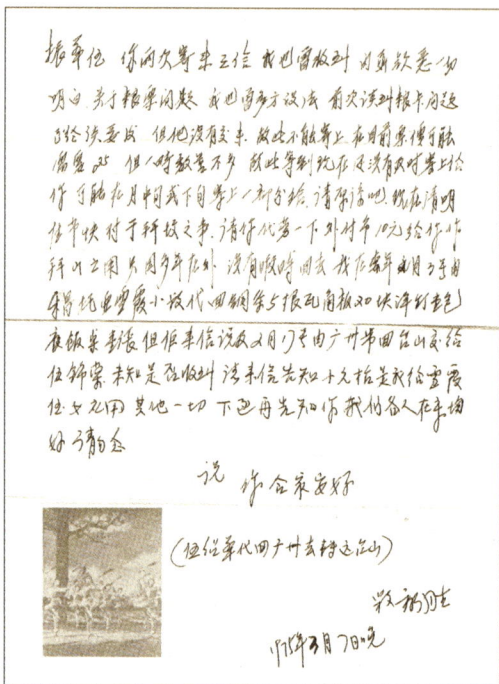

雨后春笋般在台山遍地出现。走在台山乡村间，一栋栋中西合璧的漂亮洋楼格外引人注目，一座座用水泥钢筋建筑的碉楼拔地而起，90多个侨墟疏密有致地分布于侨乡每一个角落，人流如织，车水马龙，成为侨乡乡间独特的魅力景观，成为侨乡宝贵的物质文化遗产。

　　侨汇，是每一封华侨家书离不开的主题。二公最大的愿望是古巴开放侨汇政策，让华侨将更多的钱寄回家乡，让家乡的亲人过上幸福美满的生活。然而，在汇完这笔侨汇后不久，二公溘然长逝，无法实现一代老华侨的夙愿。

台山市斗山镇浮月洋楼（2012年摄）

86. 后继有人弘祖训

1975 年 8 月 16 日古巴寄台山信

【原文（译文）】

亲爱的兄弟：

最近忙吗？你好吗？我收到你的来信，给我带来了太多喜悦，我见到你还记得我，我父亲有病，心脏有问题和无气息（哮喘病），患自 1972 年，到（今年）4 月 14 号病逝。

我仍然住在古巴 Street ＃ 19 Apt 5，你还可以写信寄到这个地址来给我，我在 Asphalt Plant 工作，我是一个道路技术员。我喜欢我的工作，我期待着你的来信，寄你和你的家人照片给我，如果你可以翻译西班牙文，下次写信时我会多写点。我看不懂英文。

你的兄弟，爱你的人

玛料李芳

原封尺寸：150mm ×90mm

这是 1975 年 8 月 16 日由古巴甘玛伟埠玛料李芳寄航空邮简—9 月 11 日台山—交温边村李焕麟收。

Espero que me conteste pronto, y si puede
mandeme foto de usted y su familia. Si puede
trate de traducir en español pues yo no se ingles
la proxima carta le escribire mas.
Se despide tu hermano Que te Quiere
mario Lee Kong.

焕麟宗弟伟鉴：付来玛料的信已经妥收问及各情
叫告伟知 他系土生完全投有中国观念或伟他的邻里而
伟叔父好友对於亚亮逝去之事我前次畧告一二不过我系文
盲不能详细告知今顺告知他的病情他入院二次前次卅多天
任医生施手术后好些出院不久復發這行入院任医生剖治后
认为疾复發医院而死去他的遗産据伟译伟共子享受到人先
叔叔向他入院付接叔向他的旦子今顺告知诸为食衣年新任
令先伟遥敖不能当国就伟他歉汇束文方法不必与他通信支
化费邮寄玛料不託中国詩竟全投有唐人观念畧少与华侨来往
一切情况如此因我系文言而能乡述举此原止即祝安好

宝文李锦啟父   1975年8月16号

SR. Lee Kong Lin.
    Querido y Apreciable Hermano:
¿Qué tal, Como estas? te diré que recibi
su carta, la cual me dio mucha alegria,
pues veo que usted se acuerda de mi.
    De mi padre te diré, que estaba en-
fermo del corazón y muy sofosado estaba
padeciendo desde el año 1972 Hasta el 16 de
Abril en que murio.

1975 年 8 月 16 日古巴甘玛伟埠玛料李芳寄台山李焕麟家书。

附录一　1975 年 8 月 16 日古巴李锦寄台山李焕麟信

焕麟宗弟：

你好，付来玛料的信已经妥收。问及各情，叫告你知，他系土生，完全没有中国观念。我系他的邻里，与你叔父好友。对于亚亮逝世之事，我前次略告一二，不过我系文盲，不能详细告知。今顺告知他的病情：他入院二次，前次卅多天，经医生施手术后好些出院。不久复发，再行入院，经医生剖治

285

后认为癌疾，没法医治而逝世。他的遗产据法律系其子享受，别人无权过问。他入院时授权与他的儿子，今顺告知，请勿为念。去年新法令先侨遗款不能出国，就系他想汇亦无办法，不必与他通信多化（花）费邮票，玛料不识中国话，完全没有唐人观念，甚少与华侨来往，一切情况如此。因我系文盲，不能多述，草此复上，并祝安好。

宗兄李锦字上

1975 年 8 月 16 号

附录二　1975 年 4 月 22 日古巴李锦寄台山李焕麟信

焕麟宗兄如面：

自我介绍，我系新会人氏，与李亮兄邻居。在于本年四月十四日，他患了急症半（搬）去医生房逝世。因为身后萧条，并无遗物，所有一切归于当地政府收办，祈为知之情好。兄弟草述，知耳。

李锦字上

1975 年四月廿二（日）

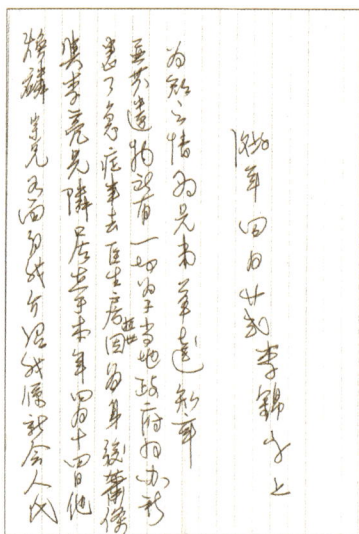

附录三　1975 年 4 月 27 日古巴社锦寄台山李焕麟信

李焕麟宗兄大鉴：

启者，特付信告知，尔叔维亮本年四月十四日旧病复发仙游逝世。但系尔叔遗落财产物件一该（概）交与佢（他）养子管业收领，乃系古巴政府法

律所关。弟住在隔里邻舍，相识日久，谊属同宗，是以写信通知兄与（以）后不可来信尔维亮叔，一则无人收领以及回信，二则枉费信资，况且现古巴政府政法律，凡外侨先友亦不准汇款出国，祈为知可也，并请近佳。

中山人宗弟社锦付

1975年四月廿七日

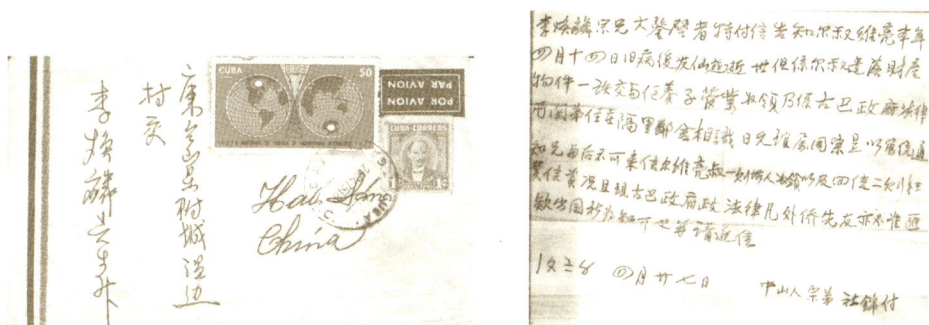

【家书解读】

这是1975年8月16日由古巴甘玛伟埠玛料李芳叔父寄给我父亲的家信，原信用西班牙语写，并附二公生前好友李锦的来信一封。此前我们还接到另外两位古巴的乡亲寄来关于二公逝世消息的信。

二公走了，他悄悄地离我们而去。此前他的病情已经很严重，但为了让家乡亲人不要为他的健康状况担心，他自己默默地承受着疾病的痛楚，隐瞒了病情，因而我们感觉他走得很突然。当年收到这几封信后，我们读了一次又一次，全家人悲痛不已。此后，我们再也看不到二公苍遒有力的笔迹，听不到二公谆谆的教导。根据二公生前的邻居李锦所说，古巴1974年推出新法律，规定"新法令先侨遗款不能出国，就系他想汇亦无办法"，从清朝、民国到新中国的70年间，为我们家庭生存和发展立下不朽功勋的古巴侨汇从此断绝。

李维亮遗照

当年父亲接到玛料李芳的信后，到处找人翻译，但找遍全台山都没有人看得懂。无奈之下，只好按照李锦写的中文"不必与他通信多化（花）费邮票，玛料不识中国话，完全没有唐人观念"去理解这封信的内容，从此打消了继续和古巴兄弟通信的念头。2013年初，我委托了一位同学把这封信翻译出来，这个38年的谜团终于解开了。原来玛料是一个很有亲情的人，他陪伴

他养父度过晚年。他是一位古巴的道路技术员，很有敬业精神。他希望能经常和中国的亲人联系，并见到家人的照片。可惜他不懂中文和英文，只会西班牙语。语言不通，导致一场误会。

今天，谜团终于解开，可惜父亲已经不能听到玛料叔父的声音。为寻找玛料叔父的下落，本人于 2013 年 5 月 30 日写了一封信，按照玛料李芳叔父以前的地址寄去古巴，书信原文如下：

亲爱的玛料李芳（Mario Lee Fong）叔父：

你好！我是你父亲李维亮（Aefredo Lee）在中国的侄孙，你中国兄弟李焕麟（Lee Kong Lin）的儿子李柏达。我现在在中国广东省台山市台城镇政府工作，工作和生活都很好。

三十八年前，即 1975 年 8 月，你写了一封信寄给我的父亲李焕麟。当时由于我们不识西班牙文，所以此后和你中断了联系。现在，我将你的信翻译出来，感觉到你是很有亲情的叔父。因此，我写这封信给你，向你和你的家人致以亲切的问候。希望你今后能和我们继续联系，欢迎你到你父亲李维亮的家乡中国广东省台山来恳亲旅游。

我的父亲已经在 2005 年 11 月去世。现在我研究父亲的书信，计划今年出版书籍，作为以后中国和古巴文化交流的历史资料。希望能找到更多

这信 2013 年 6 月 4 日台山东门邮局挂号寄出—7 月 15 古巴—7 月 20 日古巴甘玛伟（卡马圭）—7 月 20 日甘玛伟退回—10 月 11 日广州国际局—10 月 14 日台山投递。

我父亲和你父亲来往的书信和遗物，不知你还保留有这些书信吗？如果收到我这封信，请你回信和我联系。我的通信地址：中国广东省台山市台城街道办事处，E‑mail：525518241@qq.com。

　　此致
祝你健康快乐！

你中国的侄子：李柏达
2013 年 5 月 30 日

书信西班牙译文：

Querido tio Mario Lee Fong：

Hola！Yo soy el nieto（Lee Bai Da）de hermano（Lee Kong Lin）de su papa. Estoy trabajando en gobierno chino en Guang Dong, Tai Shan. Y estoy muy bien en todo.

En Agosto de año 1975, tu escribiste una carta para mi padre, Lee Kong Lin. Pero en aquella época, nosotros no sabíamos español, por eso no conseguíamos más mantener contacto contigo. Ahora, ya entiendo lo que muesta la carta que tu enviaste y consegui sentir que sos un tio muy querido. Luego, escribo esta carta por saludarte y su familia. Espero que nosotros podemos continuar mantener contacto. Y bienvenido al procedencia de su padre, Guang dong, Tai shan.

Mi padre falleció en Noviembre de 2005. Ahora, estoy analizando las cartas de mi padre y proyectando lanzar libros en este año para que tenga información histórica futuramente. Y espero que encontraremos más informaciones y objetos entre nosotros padres. Tu todavia guardas las cartas también?

Avisarme cuando recibís esta carta, querido tio. Te espero.

Mi dirección：3 Fucheng Road, Taicheng, Taishan City, Guangdong, China.

Número de celular：13923058928

E－mail：525518241@qq.com

Atentamente,

Lee Bai Da

30 de Mayo de 2013

　　这封信 2013 年 6 月 4 日在台山东门邮局挂号寄出，38 年后，鸿雁又一次飞过太平洋，飞越加勒比海。四个多月后，该信于 10 月 14 日退回原寄出地，送到我的手上，信封背面盖上一个退件戳，写上西班牙文"找不到收件人"。古巴寻亲之旅无功而返，古巴玛料李芳叔父到底现在何处，有待今后有心人帮助寻找。也许，这是一个无言的结局。

　　自 1905 年 12 月 29 日云宏白公踏上古巴的国土，到 1975 年 4 月 14 日维亮二公在甘玛伟埠离世的 70 年间，曾祖辈、祖辈 4 人先后魂归异邦。虽然无法实现"落叶归根"的夙愿，却长眠海国、"落地生根"，这正是近代古巴华侨的历史缩影。正如古巴中华总会馆厅堂上高挂着的七言诗一样：问祖索裔

远中华，转宗生根哈瓦那。丽岛山水哺吾辈，忠骨岂不献古巴！①

曾祖辈、祖辈在古巴 70 年间，为祖国，为家乡，也为侨居国古巴献出了一切。他们用毕生的精力，将美好生活赐给我们，为我们创造了幸福的今天。我希望我家的子孙后代要永记祖辈的功绩，感恩先祖，感恩社会，并开创未来。

擦干眼泪，抹去悲伤，"力谋进取，希望发展图强"，这是祖辈的遗训，也为我们今后的道路指明了方向。二公走后，我们的家庭更加困难。父亲是一位优秀的乡村教师，他在小学教学岗位上兢兢业业，为祖国培养了一大批有用的人才，多次受到上级的表彰。

父亲又是一个能文能武的人，他除了精通书法（包括毛笔、钢笔）、绘画、帖式、应用文、奇门八术外，还学会了各种农村实用知识，我也跟着父亲学到不少农村实用知识，如木桶修理，家具木工，竹箩、斗箩、笠、篸、扁古篮等竹器编织，铁器、电器修理等农村手工艺我均学到了一手。放假的时候，我为家庭编织了许多竹器、木器家具，也为家庭减轻点负担。

1975 年下半年，我在长岭小学读四年级。在"教育为无产阶级政治服务，教育同生产劳动相结合"的教学方针指引下，学校定下四年级学生全年要有半个月的劳动时间的指标。1975 年，我们念着一首诗，满怀豪情地"为革命献力量"：

当年李振华教编著者编织的"扁古篮"，现在还保持完好。

1982 年李振华被评为"先进工作者"的奖状。

李振华作《为革命种田》宣传画。

---

① 黄卓才：《鸿雁飞越加勒比——古巴华侨家书纪事》，广州：暨南大学出版社 2011 年版，第 352 页。

肩并肩，手挽手，
老师学生是战友，
同举教育革命旗，
共为农业大上快上献力量。

教育同生产劳动相结合，
开门办学就是好，
革命师生学大寨，
开荒造田增财富。

学文劳动相结合，
理论实践不脱离，
誓夺甘蔗高产量，
你追我赶赛贡献。

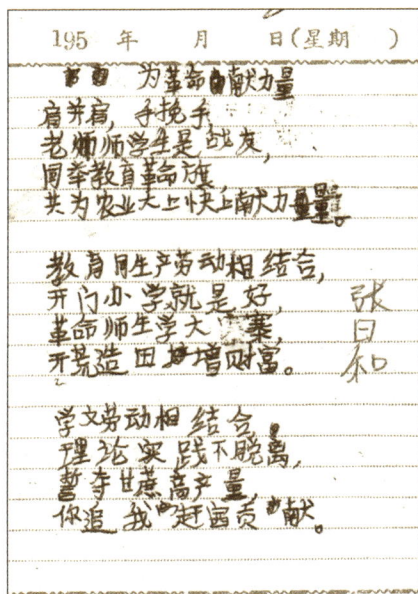

　　这首诗是当年台山县委书记张日和所作。我们长岭小学响应张书记的号召，大办校办农场，同时在马山开梯田，大种甘蔗。为了种植高产甘蔗，当时规划将蔗坑挖至0.6米宽、0.8米深。我从小长得比较瘦小，当深入蔗坑中时，地面上的其他同学竟然看不见我的样子，现在回想起来当时既危险，又很可笑。甘蔗坑挖完后，学校又下任务积肥回校下蔗坑、种蔗。每次担一缸粪水肥为甘蔗追肥，我都用瘦弱的身躯，跨着沉重的步伐艰难地前进，心里想着，待到何年何月才得到解脱啊！

　　1975年，我写了一篇《学英同（雄），见行动》的学习心得，记下当时的校园生活情况：

　　我班通过学英雄，见行动，维润同学（响应）学校号召积绿肥、奋（粪）肥提前超额完成，老师通知维润同学回校劳动，维润同学就回校劳动，今后要向维润同学学习。

　　每次回去学校参加体力劳动，都在我的脑海里留下很深的印象。我暗下决心，有朝一日，我一定要摆脱这种学习的状态。

　　1976年10月6日，祸国殃民的"四人帮"集团彻底覆灭，中华民族的复兴之路从此开始了，学校也开始重视教学质量。我也认识到学习的重要性，彻底抛弃以前的懒散作风，谨记祖先遗训，"择善而从，立定志向"，决心"为革命刻苦钻研勤学习，为实现四个现代化而奋斗"。

　　端正学习态度后，我的学习成绩有了显著提高。小学时候我在班里处于

中下游水平，到初一时已跃居班中的前茅，成为长岭学校的优秀生。1979 年末，我与李沃慧、刘达辉同学一起代表长岭学校参加附城公社物理比赛，获得集体第三名的好成绩，受到了学校的表彰，被评为长岭学校学习积极分子。

1979 年编著者参加物理比赛获得集体第三名的奖状。

1978 年编著者被长岭小学革委会评为学习积极分子的奖品。

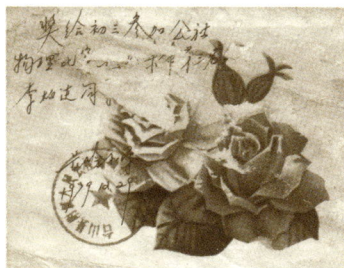

2012 年 4 月培英中学八二届高中（6）班毕业同学回母校参加校庆活动合照留念。

1980 年 7 月，我参加升高中考试，考试成绩刚好在台山一中与二中的分数线之间，最终被台山二中（现培英中学）录取，编入高一（6）班（尖子班）。两年后，我首次参加高考。那时参加高考要先通过预选考试，成绩优秀者才能取得

1982 年全国高等中专学校统一考试准考证

高考资格。当年二中应届毕业生有 6 个班，共 320 多人参加预考，最后只有 60 人左右取得高考资格，可见当时高考是非常残酷的。虽然我顺利通过预选考试，但在高考中名落孙山。

高考结束后，我回到了农村，投身到"广阔天地"中去。双夏时节到来，我跟随着父母亲、大姐、二姐一起参加收割早稻的劳动，"我割了一把又一把，汗水一条条从脸上流下来，我就用衣袖抹掉，腰酸痛了，就站起来伸一伸，还是弯下腰继续收割……"汗水湿透我的身体，高考落第更是伤透我的

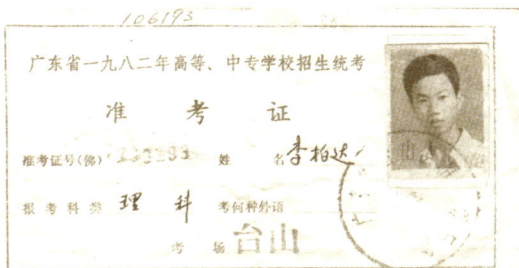

心灵。这时，我才领会到"锄禾日当午，汗滴禾下土，谁知盘中餐，粒粒皆辛苦"这首诗的真谛。

人生不言输，失败从头来。我坚信，只要我有不气馁的精神，知难而进，努力攀登高峰，成功一定随我而来。两个月后，我重整旗鼓，来到了台山侨中参加升大班补习。经历过一次又一次的挫折，在1984年7月的全国统一高考中，我终于成功了，被佛山地区农业学校录取。台山侨中为我进入更高一级的

1986年6月编著者（后排左八）在佛山地区农业学校期间与台山籍的老师、同学合影留念。

学校铺了一条康庄大道，同时也是我走上集邮之路的摇篮。从此，祖祖辈辈的古巴华侨银信伴随着我走遍全国各地，使我勇夺"呼和浩特2012第15届中华全国集邮展览"镀金奖和"第二届东亚集邮展览"镀金奖，《广东五邑侨批（1900—1949）》邮集名扬天下，古巴华侨精神传播四海，永耀侨乡！

正是：拳拳赤子心，悠悠故乡情，五邑银信史，侨乡民族魂。

2012年7月，编著者以祖辈古巴华侨银信为素材编组的《广东五邑侨批（1900—1949）》邮集，参加"呼和浩特2012第15届中华全国集邮展览"获得镀金奖证书。

2012年12月，编著者编组的《广东五邑侨批（1900—1949）》邮集，参加"第二届东亚集邮展览"获得镀金奖证书。

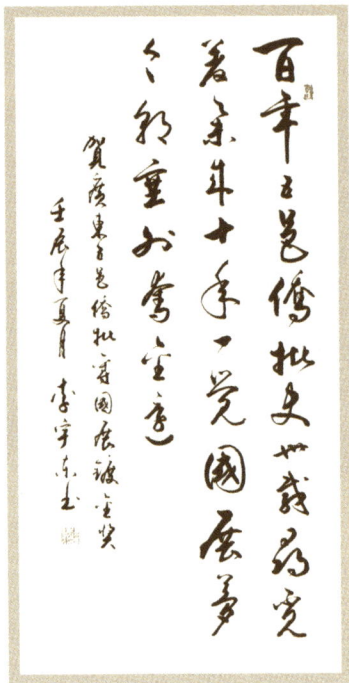

百年五邑僑批史　卅载寻
觅著集成，十年一觉国展梦，今
朝塞外夺金还。

李云宏的玄孙李宇东书法作
品——

李云宏家族后裔合照（2014 年春节摄）

前排（左起）：雅慈（曾孙女）、雪霞（孙
女）、美慈（曾孙女）。

后排（左起）：编著者（曾孙）、仙花（曾孙
媳）、宇东（玄孙）、超强（曾孙婿）、晓岚（玄
外孙女）、超伦（玄外孙）、锐钧（玄外孙）、菁
慈（曾孙女）、伟光（曾孙婿）。

2013 年 12 月 6—9 日，编著者参加五邑大学
举行的"比较、借鉴与前瞻：国际移民书信研
究"国际学术会议，并发表《古巴华侨书信与侨
汇》学术论文。

参考文献

1. （清）何福海、郑守昌主修：《新宁县志》，光绪十九年（1893）本。

2. 陈田军、黄仁夫、黄仲楫：《台山县志（1963 年编）》，台山：台山市档案馆、原台山县志编写组 2000 年版。

3. 台山县地方志编纂委员会：《台山县志》，广州：广东人民出版社 1998 年版。

4. 台山市地方志编纂委员会：《台山市志》，北京：方志出版社 2011 年版。

5. 台山县侨务办公室编：《台山县华侨志》，台山：《台山县华侨志》编纂委员会 1992 年版。

6. 黄剑云：《简明台山通史》，北京：中国县镇年鉴社 1999 年版。

7. 《台山文史》编辑部：《陈宜禧与新宁铁路》，《台山文史》（第九辑），台山：台山县政协文史资料研究委员会 1987 年版。

8. 台山中国人民银行、中国银行编：《关于目前侨汇问题答客问》，1950 年 10 月印行。

9. 黄卓才：《鸿雁飞越加勒比——古巴华侨家书纪事》，广州：暨南大学出版社 2011 年版。

10. 梅伟强、戴永洁：《台山历史文化集——台城古镇》，北京：中国华侨出版社 2007 年版。

11. 梅伟强、关泽峰：《广东台山华侨史》，北京：中国华侨出版社 2010 年版。

12. 《广东台山华侨志》编纂委员会编：《广东台山华侨志》，香港：香港台山商会有限公司 2005 年版。

13. 戴永洁：《陈宜禧与新宁铁路》，北京：中国华侨出版社 2007 年版。

14. 余耀强：《烽火中的海外飞鸿：抗战时期广东的海外邮务》，广州：广州出版社 2005 年版。

15. 杨浩：《驼峰航线邮史》，台北：集邮界杂志社 2010 年版。

16. 张永浩：《抗日战争时期之中国国际邮路》，香港：中国邮史出版社2008 年版。

17. 张公权：《中国通货膨胀史（1937—1949）》，北京：文史资料出版社1986 年版。

18. 刘进、李文照：《银信与五邑侨乡社会》，广州：广东人民出版社2011 年版。

19. 台山朱洞月刊社：《朱洞月刊——台山"九廿"事变特号》，台山：台山朱洞月刊社民国三十年（1941）版。

20. 《时局影响难望吸收侨汇》，《至孝笃亲月刊》1949 年第 71 期。

21. 台山县金饰商业同业公会：《台山城金银业同业印鉴目录》，1947 年。

22. 邓崇楷：《四邑侨汇到哪里去?》，《再生》1948 年第 3 期。

23. 《南葫月刊》1940 年第 5—8 期。

24. 毛相麟：《古巴的稻米生产》，《拉丁美洲研究》1980 年第 1 期。

25. 刘金源：《古巴的单一经济及其依附性后果》，《学海》2009 年第 4 期。

26. 袁艳：《融入与疏离：华侨华人在古巴》，广州：暨南大学出版社2013 年版。

27. 梅伟强、张国雄：《五邑华侨华人史》，广州：广东高等教育出版社2001 年版。

28. 《今日台山》编委会：《今日台山》，台山：台山市统计局 2013 年版。

29. 《台山民国日报——台山九廿倭祸专刊》，1941 年 10 月 22—24 日。

后　记

　　银信又称侨批，是指海外华侨华人通过民间渠道以及金融、邮政机构从海外寄回家乡的信件，是一种兼具书信和汇款功能的家书。2013 年 6 月 19 日，联合国"世界记忆"工程国际咨询委员会第 11 次会议在韩国召开，通过投票表决，16 万封粤闽华侨华人留下的珍贵记忆遗产——"侨批档案——海外华侨银信"被正式列入《世界记忆名录》。这是继开平碉楼与村落之后，江门五邑地区又一个世界遗产，也是产生于台山的第一个世界遗产。

　　我出生于一个古巴侨属家庭，家里有不少祖辈留下来的华侨书信。自 20 世纪 80 年代初开始，我爱上了集邮，家里的华侨书信和古巴邮票成为我的第一批集邮藏品。近年来，本人对侨批研究逐步深入，这些古巴华侨银信成为编组"第二届东亚集邮展览"镀金奖邮集——《广东五邑侨批（1900—1949）》的重要素材，古巴银信的集邮价值被完整挖掘出来，五邑侨批的庐山真面目也逐渐为人们所认识。

　　2012 年 11 月下旬，"台山市集邮协会成立 30 周年集邮展览"在台山市博物馆举行，《广东五邑侨批（1900—1949）》邮集和《广东五邑银信史》邮集参加展出，邮展吸引了大批的市民、学生、集邮爱好者和海外华侨前来观看。邮展刚刚结束，我就接到暨南大学黄卓才教授的电话，说他来到台山，想看看我收藏的古巴华侨银信。可惜邮展已经结束，于是我们相约在台山温泉喜运来酒店见面。畅谈之下，黄教授鼓励我将祖辈的古巴华侨书信整理出版，供学术研究。一个普普通通的台山华侨家庭的书信，惊动了一位全国知名大学的教授，他百里奔波追寻，我深深为之感动，也感受到古巴华侨书信在学术研究上的重要性。于是，我下决心将我家几代华侨侨属的旧书信整理出版。

　　经过一年多的努力，《古巴华侨银信——李云宏宗族家书》书稿终于完成。自 1925 年 6 月我的二祖父李维亮寄回家乡的第一封古巴家书起，到 1975 年 8 月玛料李芳叔父寄回家乡的最后一封西班牙文家书止，共收录 86 封家书，时间跨越半个世纪。这些家书紧紧围绕"银信"这个主题，讲述了一个

古巴华侨家族的百年奋斗史，重现了清末、民国、新中国三个不同历史时期发生在古巴和台山的家事、国事和天下事，记录了古巴及百年侨乡台山的历史演迁。每当我捧读宗族的家书，总是抑制不住内心的激动，不知多少次流下心酸的泪水。每一封家书，都是一份先辈的遗训，如"在家千祈勤俭，不可闲汤（荡）过日"、"父母功劳大过天，儿应奉养父母亲"、"人生在世，须要守慎德行"、"择善而从，立定志向"、"力谋进取，希望发展图强"等祖训，均可成为当代的治家格言。

在书稿付梓之际，我还有几句心里话要说。

第一，幸遇良师出书稿。本人才疏学浅，身居小城，是一个默默无名的小字辈，对于出版自己的著作简直不敢奢望。2012年底，有幸认识了暨南大学黄卓才教授。或者是因为都是台山古巴华侨的后人，或者是因为有共同的爱好，我们一见如故，结下了不解之缘。黄教授建议我将家族的古巴华侨家书整理出版。我虽然编组过邮集，但编书写书却毫无经验。我好像是刚过门的媳妇一样，战战兢兢，不知该如何入手。黄教授耐心地向我传授写作知识和方法，从信件的整理，著作体例的建立，原信字句、注解和解读内容的审订，各章节标题和书名敲定，写作注意事项乃至标点符号等细节，都提供了指导性的意见，使我遇到的困难都能迎刃而解。可以说，如果没有黄教授的指导，此书难成。在这里，我代表我们全家人对黄卓才教授表示衷心的感谢和致以崇高的敬意！

第二，众志成城著作成。2013年初，我携带此书初稿到暨南大学，受到该校国际关系学院/华侨华人研究院院长曹云华教授和陈奕平教授、黄卓才教授等专家学者的热情款待，他们对书稿的内容作了高度评价，并提出了详细的修改意见。此后，曹院长还亲临台山，指导我编写书稿。在编著书稿过程中，我得到了家人、邮友、同学和老乡的大力支持。我的妻子帮我打印信件和核对，秋凤、秋霞、雪霞三位姑母给我讲述家书里的往事，旅居美国的李素娜、林秋珠，旅居巴拉圭的陈婵姬等同学帮我翻译书信，台山集邮协会陈灿富理事为我审稿，海宴颜明海先生送来古巴华侨文史资料，还有五邑大学副校长张国雄教授和梅伟强教授、刘进教授，以及我的一班同学、邮友鼓励我出版书稿，他们都为促成此份书稿出版付出了艰苦的劳动，特此致以谢意！

第三，家书故事撼心灵。集邮30多年，这些家书伴我度过一个又一个的春秋。然而，我以往只重视对邮史的研究，未能真正领会家书的内涵。从整理家书开始，经过反复阅读、打字、校对、撰稿，我逐步走进家书及其背景故事中去，真正感受家书的内在震慑力，撼人心灵，感人肺腑。每一封家书，

都是一份祖辈的遗训，为我们今后漫步人生之路指明了方向。感谢祖辈为我们保留下这些珍贵的资料，使我们可以完整地重现当年的历史，也给我们留下一笔巨大的精神财富。我要用这些家书的故事，教育我们的子孙后代——侨乡人民应该怎样做人、怎样做事，大力弘扬华侨精神，建设一个富裕文明的新侨乡。

本书编著期间，广东南方影视传媒控股有限公司、广东电视台编导的纪录片《台山侨墟的故事》在台山开拍，该公司副总监许华琳老师得知我在编著书稿，特邀我讲述古巴华侨银信的故事，并以古巴华侨银信史料作为该纪录片的素材。

2013 年 9 月 29 日，5 艘台山渔船在西沙群岛附近海域遇险，3 艘渔船沉没，88 名渔民落水，其中 26 人获救生还，14 人遇难，48 人失踪。在处理该事件中，我参与一些遇险失踪渔民家属的善后安抚工作。其中，一位失踪渔民家属在事件发生后十多天的时间里，因悲痛过度，无法接受现实，导致情绪大起大落，无法解脱。我将祖辈古巴华侨故事告诉她："以前我的祖先漂洋过海去古巴谋生，比现在台山渔民出海捕鱼的风险更加大，沉船事件常有发生。但那时国家懦弱，政府无力，出洋之路九死一生。我的长白公云宾就是葬身于加勒比海，那时海外华侨孤独无助，有苦有难只有自己默默地承受。现在国家强大了，渔民在海上遇险，国家可以派出大规模的救援队伍专门负责搜救，各级政府及时做好善后工作，虽然目前遇难者家庭很困难，但有国家的大力支持、社会各方面的帮助，一切困难都会顺利解决的。同样是在海上遇险，两个不同的时代，遇难者家属际遇迥异，对比过去华侨出洋遇险，现在渔民幸运多了。人要学会感恩，感恩社会，遇险渔民家属应该面对现实，渡过难关，放眼世界，积极面对未来。"一个古巴华侨的故事，感动了这位失踪渔民家属，她放下心头包袱，抬起头来，积极做好各项善后工作，料理好家庭事务，勇敢面对未来的挑战。可见，古巴华侨银信故事撼人灵魂，感人肺腑。

第四，创新体裁求突破。我是一位华侨文物收藏品研究爱好者，在书稿编著过程中，突出展示银信文物，并在原信的基础上整理原文，加上标点、注释和解读，通过对每一封书信产生的背景、邮路、邮戳等方面进行研究，打破了邮政史、侨批史、华侨史、金融史、侨乡社会史的界限，将邮史与历史融为一体，让读者能够从不同角度去解读银信。这种体裁创新的尝试，我希望能得到读者的喜欢。

"烽火连三月，家书抵万金。"86 封古巴华侨家书，演绎着一个家庭、两

个国家、三代华侨的历史变迁，讲述了一个个发生在侨乡社会悲欢离合的动人故事，记录了五邑银信的产生、发展和消亡的历史。现在，我将这些银信整理出版，希望能加深读者对五邑银信的了解，引起社会的共鸣。

由于本人的水平和能力有限，舞文弄墨未免贻笑大方，书稿不当之处，敬请读者指正，希望有不同见解的朋友提出意见，欢迎来信、来电或来邮共同探讨。

通信地址：中国广东省台山市台城街道办事处（邮编：529200）。

E-mail：525518241@ qq. com。

李裕达

2015 年春